JULIA KRÖHN

Die Welt gehört uns

Eine unmögliche Freiheit

Roman

blanvalet

Die im Buch verwendeten Zitate folgen diesen Ausgaben:
Gertrude Oheim: Das praktische Haushaltsbuch, Gütersloh 1954
Erich Kästner: Gesammelte Schriften, Band 7, Zürich 1959
Erich Fried: Liebesgedichte, Wagenbachverlag, Berlin 1979
Friedrich Schiller: Gedichte. J.G. Cotta'sche Buchhandlung, Stuttgart 1879
Songtext »Wir wollen niemals auseinandergeh'n«:
Gloria De Vos, Bruno Balz, Michael Jary
Rainer Maria Rilke: Advent, P. Friesenhain, Leipzig 1898

MIX
Papier aus verantwortungsvollen Quellen
FSC® C014496
Klimaneutral*
Druckprodukt
ClimatePartner.com/14044-1912-1001

Penguin Random House Verlagsgruppe FSC® N001967

1. Auflage 2023

Dieses Werk wurde vermittelt durch die Literarische Agentur
Thomas Schlück GmbH, 30161 Hannover.

Johannes Wiebel | punchdesign, unter Verwendung von Motiven
von Stefan Laws/stock.adobe.com, whoisho/Shutterstock.com
und ullstein bild – CARO/Frank Sorge
BL · Herstellung: sam
Satz: Uhl + Massopust, Aalen
Druck und Bindung: GGP Media GmbH, Pößneck
Printed in Germany
ISBN 978-3-7341-1099-3

www.blanvalet.de

Bücher sind nicht Denkmäler der Vergangenheit,
sondern Waffen der Gegenwart.

Heinrich Laube

1965

1. KAPITEL

»Nein«, sagte Lilo Brinkmann bedauernd, »heute werde ich kein Buch kaufen.«

Ella blickte sie verwundert an. Lilo war nicht nur ihre beste Freundin, sondern auch ihre treueste Kundin. Sie hatten an der großen Theke des *Bücherreichs* geplaudert, und eben hatte Ella sich abwenden, aus den Regalen einige Bücher ziehen und deren Lektüre empfehlen wollen. Sie wusste genau, was Lilo gefiel. Als vor zwei Jahren *Angélique, die Rebellin* erschienen war, hatte Lilo den Roman ebenso begeistert verschlungen wie die kürzlich erschienene Fortsetzung *Angélique und ihre Liebe*. Der neue Band der Reihe würde auf sich warten lassen, aber Ella hatte schon eine Idee, was sie ihr stattdessen schmackhaft machen konnte: Mit *Cathérine* von Juliette Benzoni würde sie nichts verkehrt machen und ebenso wenig mit den Verkaufsschlagern von Konsalik und Simmel.

Doch Lilo schüttelte energisch den Kopf. »Du weißt doch, Ella: Mit dem Lesen ist es so ähnlich wie mit meinen geliebten Marzipanpralinen. Am Abend sagt man: Ich lese nur noch eine Seite. Dabei weißt du genau, wie es endet: Bald ist Mitternacht vorbei, man kann immer noch nicht aufhören, und am nächsten Tag wird man nicht mal unter der eiskalten Dusche wach.«

Ella musste unwillkürlich an ihre Mutter denken, die das

Lesen mit dem Genuss von heißer Schokolade verglichen hatte, aber sie vermied, sie zu erwähnen. Lilos Mutter Hertha, mit der die unverheiratete Tochter bis zuletzt zusammengelebt hatte, war erst vor wenigen Monaten verstorben, und Ella wollte nicht an die Trauer ihrer Freundin rühren. »Pralinen kann ich dir nicht anbieten, die bekommst du im Feinkostladen nebenan.«

»Aber ich darf doch nichts Süßes essen! Erinnerst du dich nicht an das Buch, das ich letztens bei dir gekauft habe?«

Ella musste kurz nachdenken, ehe ihr einfiel, dass nicht nur Liebesromane zu Lilos bevorzugter Lektüre gehörten, sondern auch Ratgeber wie Dr. Donald G. Cooleys *Wunderkur*.

Schon begann Lilo den täglichen Speiseplan vorzubeten, den sie dem Buch entnommen hatte und an den sie sich nun sklavisch hielt: Ihr Tag begann mit einem pochierten Ei und einer Scheibe Knäckebrot. Zum Mittagessen wurden frischer Spinat, Orange und Magermilch aufgetischt. Das Abendessen bestand aus Gemüsebrühe oder gegrilltem Fisch.

Als Lilo ansetzte, die Kalorientabelle, die am Ende des Buchs angehängt war, herunterzurattern, hob Ella abwehrend die Hand. Sie selbst ließ sich in einem Stehcafé in der Schillerstraße oft eine Mohnschnecke oder ein Stück Streuselkuchen schmecken – da wollte sie gar nicht wissen, wie ihre kleinen Sünden zu Buche schlugen.

»Außerdem habe ich mir die in der *Wunderkur* empfohlenen zwei Körperbürsten gekauft«, sagte Lilo. »Mit der einen reibt man sich unter heißem Wasser ab, mit der anderen unter kaltem.«

Ella verstand nicht recht, warum man hierfür nicht ein und dieselbe Bürste verwenden konnte. Aber viel wichtiger war die

Frage: Wie konnte man freiwillig auf ein neues Buch verzichten, nur weil man keine Praline dazu essen durfte?

»Dann und wann wird eine Praline doch gestattet sein«, versuchte Ella das Thema umzulenken.

»Nein, nein, ich verzichte auf ein neues Buch.«

Seufzend verabschiedete Lilo sich. Als sie einen letzten Blick auf die übervollen Regale warf, schien es, als würde sie im letzten Moment doch noch schwach werden. Aber dann spiegelte ihre Miene die Entschlossenheit eines Priesters wider, der ein für alle Mal der Versuchung abschwört.

Sobald ihre Freundin den Laden verlassen hatte, sah Ella sich wohlwollend in ihrem *Bücherreich* um. Manchmal dachte sie, sie müsse die Buchhandlung etwas übersichtlicher gestalten, aber insgeheim mochte sie es, dass man keinen Schritt tun konnte, ohne ein Buch zu berühren.

An beiden Seiten des schmalen Verkaufsraums reichten die Regale bis zur Decke. Nicht nur diese waren randvoll, auch die kleinen Tischchen davor. Und ganz hinten bedeckten mehrere Stapel, die sie noch nicht einsortiert hatte, den Boden. Obwohl das Angebot der Buchhandlung eine große Bandbreite bot – Biografien und Reiseliteratur waren ebenso erhältlich wie wissenschaftliche Werke und Lyrik –, fand Ella sich doch in jenen programmatischen Worten wieder, die Lothar Blanvalet, dem Verleger der *Angélique*-Reihe, zugeschrieben wurden. Seine Bücher, so hatte er einmal erklärt, würden dem Entspannungsbedürfnis eines breiten Publikums entsprechen, ohne dass dabei das notwendige Niveau außer acht gelassen werde.

In der kleinen Schmökerecke konnte man seit Kurzem in Bücher hineinlesen. Ella hatte einen Winkel der Buchhandlung leer geräumt und vor einer Wand mit grün-weißer Schmucktapete einen Schaukelstuhl aufgestellt. Der Platz fehlte ihr natürlich für Regale, und oft überlegte sie, ob sie ihr *Bücherreich* nicht doch vergrößern sollte. Sie könnte das Stockwerk darüber mieten oder jene Räumlichkeiten einbinden, die man über den Hinterhof erreichte, die einst den zur Buchhandlung gehörigen Verlag ihrer Eltern beherbergt hatten und die sie nach dessen Auflösung an einen Weinhändler vermietet hatte. Aber dann sagte sie sich, dass gerade die heimelige Enge ihren Reiz hatte.

Bald ließ sie ihren Blick nicht mehr über die Regale schweifen, sondern Richtung Uhr.

Luise hatte eigentlich um siebzehn Uhr da sein wollen, um Ella in der Buchhandlung abzulösen, schließlich galt es, im kleinen Büro dahinter diverse Dinge zu erledigen. Die Remittenden – jene unverkäuflichen Exemplare, die man zurück an den Verlag schickte – warteten darauf, verpackt zu werden. Außerdem musste sie ein paar Abrechnungen erledigen, um des Papierwusts auf dem Schreibtisch Herr zu werden.

Endlich ertönten Schritte.

»Wo bleibst du denn …«

Als Ella ihre Schwester – für sie insgeheim immer noch *die kleine Schwester*, obwohl Luise sie um einen halben Kopf überragte – genauer musterte, blieb ihr das »so lange« in der Kehle stecken. Stattdessen platzte aus ihr heraus: »Wie siehst du denn aus?«

Sie verstand, dass Luise mit ihrem Kleidungsstil betonen wollte, ganze zwanzig Jahre jünger als Ella zu sein. Nie hatte Ella sie getadelt, weil ihre Faltenröcke etwas kürzer, die Pfennigabsätze etwas höher waren und sie, wenn sie zum Tanzen ging, ein Rüschenwunder namens Petticoat trug. Im Gegenteil: Ella war immer die Erste, die die schmale Taille, die sie selbst den geliebten Mohnschnecken geopfert hatte, bewunderte. Doch ein Petticoat bedeckte wenigstens die Knie, dieses formlose Hängerchen aber, das man unmöglich als ordentliches Kleid bezeichnen konnte, reichte gerade mal über die Hälfte der Oberschenkel. Das Blumenmuster erinnerte an die Tapete in der Schmökerecke, allerdings waren die Farben so grell, dass es in den Augen wehtat. Und Luises Lidschatten war auch erstaunlich farbenfroh. Noch nie hatte Ella ihre Schwester so stark geschminkt gesehen, noch nie mit derart hochtoupierten Haaren. Am Hinterkopf hatte sie sich einen lockeren Pferdeschwanz gebunden, doch etliche Strähnen fielen ihr ums Gesicht.

»Ist das eine Buchhandlung oder ein Bestattungsunternehmen?«, gab Luise trotzig zurück.

Ella war nicht sicher, wann genau ihre Schwester sich diesen Tonfall angewöhnt hatte.

»Ich meine ja nur, ob dein Auftritt hierzu passt?« Sie deutete auf das graue Kleid samt weißer Schürze, das Ella wie fast alle Buchhändlerinnen bei der Arbeit trug und das sie selbst als ihre Uniform bezeichnete.

Kurz wurde Luises Miene noch verdrossener. Dann nahm sie die eigene Schürze vom Haken und band sie sich missmutig um, aber sie erklärte umso entschiedener: »Ich gehe nicht mehr dorthin.«

»Dorthin?«, fragte Ella, obwohl sie wusste, was gemeint war.

Für insgesamt acht Wochen sollte Luise ergänzend zur Buchhändlerlehre die sogenannte Schule der Frauen besuchen, wo junge Damen nicht nur Einblick in Warenkunde und Verkaufstechnik erhielten, sondern auch diverse Benimmregeln gelehrt wurden. Ella wusste, dass neben angehenden Verkäuferinnen auch Mannequins diese Kurse besuchten. Doch sie konnte sich beim besten Willen nicht vorstellen, dass man dort lernte, sich derart auffällig zu schminken. Sie verkniff sich eine harsche Entgegnung und fragte vermeintlich amüsiert: »Warum denn nicht? War heute wieder mal ein Beamter der Frankfurter Kriminalpolizei eingeladen, der über Heiratsschwindel referierte?«

Sie hatten letztens gemeinsam darüber gelacht, aber heute war Luise nicht nach Lachen zumute.

»Eine Hauswirtschaftslehrerin hat über Gefriertruhen, die sie liebevoll Spartruhen genannt hat, gesprochen. Und besonders begeistert hat sie geschildert, wie man Schweinehälften zerlegt.«

Ella konnte nicht anders, als loszuprusten, aber aus Luises schmalen Augen blitzte Verärgerung.

»Du bist die Letzte, die sich darüber lustig machen darf«, zischte sie. »Schließlich entspricht dieser Unsinn doch dem Frauenbild, das du hier propagierst.«

»Propagierst?« Ella konnte sich nicht erinnern, einen Begriff wie diesen jemals aus Luises Mund vernommen zu haben.

Luise trat prompt zu jenem Bücherregal, aus dem Lilo vorhin ihren Diätratgeber gezogen hatte. Sie nahm ein Buch heraus und hielt es hoch wie eine Anklageschrift. »Du verkaufst ja auch so etwas!« Schon begann sie, mit künstlicher Stimme ein Kapitel aus dem *Praktischen Haushaltsbuch* von Gertrude Oheim zusammenzufassen. »Richtig tolle Tipps werden einem da gegeben! Zum Beispiel, das Frühstücksgeschirr schon am Vortag vorzubereiten. Kleider und Schuhe sowieso. Und die Erbsen für das Mittagessen einzuweichen. Die dämliche Hausfrau scheint ohne Anweisung ja nichts auf die Reihe zu kriegen.«

Ella zuckte mit den Schultern. »Ich weiß, das klingt etwas … antiquiert, aber es verkauft sich nun mal gut.«

»Und deine Seele verkaufst du gleich dazu!«

»Warum bist du bloß so melodramatisch?«

Luise nahm sich den nächsten Ratgeber vor. »Weißt du, was hier drinsteht? Dass man täglich laut einen Zeitungsartikel mit einem Flaschenkorken zwischen den Zähnen lesen soll? So lernt man deutliche Aussprache. Ich frage mich allerdings, wozu. Für junge Frauen ist schließlich nicht vorgesehen, sich an Gesprächen zu beteiligen.« Sie blätterte ein paar Seiten weiter. »Hier, siehst du: *Wenn Sie Gäste haben, zeigen Sie Ihr Wissen nur, wenn Sie direkt gefragt werden.*« Luises Stimme klang nicht, als hätte sie einen Korken zwischen den Zähnen, sondern hart und verärgert. »Und ein weiteres Kapitel widmet sich dem Thema, wie man seine eigene Bestattung plant.«

Ella konnte sich vage erinnern, dass der wichtigste Ratschlag lautete, Bescheidenheit über den Tod hinaus zu demonstrieren und auf einem einfachen Sarg zu bestehen. Und dass der beste Ruheort das Elterngrab wäre. Sie hatte es ein wenig kurios gefunden, dass gleich nach diesem morbiden Kapitel eines über das richtige Auftragen von Faltencreme folgte, aber sie konnte trotzdem nicht verstehen, warum Luise derart erzürnt war.

Sie trat auf sie zu, nahm ihr das Buch aus den Händen. »Wie gesagt, es gibt Kundinnen, die solche Bücher verlangen und …«

»Bücher!«, stieß Luise aus. »So etwas kann man doch nicht Bücher nennen. Frauenverblödungsmachwerke sind das bestenfalls. Und deine ganzen Schmonzetten …«

»Luise!« Ella verlor allmählich die Geduld. Oft genug hatte sie ihrer jüngeren Schwester ihre Sichtweise erklärt. »Es ist schön und wichtig, dass Menschen überhaupt lesen. Solange sie nicht vor dem Fernseher sitzen, ist mir jede Form recht. Es ist elitär und ignorant, über die Bedürfnisse der Menschen hinweg an einem Bildungskanon festzuhalten, der nicht mit der Zeit geht, und etwas als kitschig und anrüchig zu bezeichnen, was eine wichtige seelische Funktion hat. Nach all den langen Jahren, in denen es mit dem Umsatz bei uns stetig bergauf ging, ist jetzt ein Einbruch zu befürchten, weil viele Menschen den Fernseher bevorzugen. Da kann ich nicht von meinem Programm abrücken, das mir verlässlich Kundschaft bringt. Es ist auch nicht so, dass ich keine zeitgenössische Literatur anbiete. Natürlich gibt es hier ebenso Werke von Heinrich Böll, Ingeborg Bachmann oder Siegfried Lenz.« Luise hatte schon den Mund geöffnet, um zu widersprechen, doch Ella würgte die Debatte ab. »Lass uns später weiterreden. Wolltest du nicht heute das Schaufenster dekorieren?«

Luise verzog ihr Gesicht, als wäre ihr auch das zu dumm. Dabei war in der Berufsschule vorgesehen, dass sie jeden Monat mindestens einen Plan für eine Schaufenstergestaltung anfertigte und umsetzte.

Etwas versöhnlicher fügte Ella hinzu: »Wenn dir so viel am Niveau unserer Buchhandlung liegt, kannst du dich gerne auf die Sachbücher konzentrieren. *Mit dem Fahrstuhl in die Römerzeit* ist ein echter Verkaufsschlager. Für dieses Buch haben wir vom Verlag jede Menge Dekorationsmaterial erhalten.«

Nun zupfte ein Lächeln an Luises Lippen. »Ich hoffe, das ist langlebiger als der Nazipanzer.«

Selbigen hatten sie gemeinsam mit einem Buch über den

Zweiten Weltkrieg bekommen. Er bestand aus drei Teilen, die man an gestrichelten Linien mit etwas Klebstoff zusammenfügen sollte, doch am Ende dabei herausgekommen war ein grässliches, schiefes Monstrum. Als noch instabiler hatten sich die zwei Pappfiguren in Lebensgröße erwiesen, die Stalin und Roosevelt darstellen sollten und ein kleines Mädchen, das mit seiner Mutter das *Bücherreich* besuchte, zum Weinen gebracht hatten. Immerhin war der Anblick der beiden Staatsmänner nicht so erschreckend gewesen wie das Pferd mit den beweglichen Augäpfeln – das Dekorationsmaterial für ein naturkundliches Buch.

Ella musste schmunzeln, aber Luise war längst wieder ernst. »Warum verkaufst du nicht endlich mal Bücher von Rowohlt, Suhrkamp und der Europäischen Verlagsanstalt?«

»Weil die nicht ins *Bücherreich* passen.«

»Sind dir die Verlage etwa zu links?«

»Wir haben keine politische Ausrichtung.«

Luise stampfte mit dem Fuß auf. »Alles ist politisch.«

»Wo hast du denn diesen Spruch her?«

»Muss mir das jemand vorgebetet haben? Kann ich als frei denkender Mensch nicht selbst darauf gekommen sein?«

Ella hob beschwichtigend die Hände, doch jetzt hatte sich Luise in Fahrt geredet. »Karl Marx anzubieten, das wäre doch mal was. Oder die Mao-Bibel, gerade weil man die fast nirgends bekommt. Damit würdest du auch Kundschaft anlocken … junge, frische, unverbrauchte Kundschaft. Stattdessen setzt du auf Plüschsesselliteratur, die ausschließlich deiner Generation gefällt.«

»Jetzt ist aber mal gut. Du tust ja so, als stünde ich mit einem Fuß in der Gruft, dabei bin ich gerade mal zweiundvierzig.«

»Egal wie alt du bist – du verhältst dich wie eine von diesen betulichen Buchhändlerinnen, die ihre Käufer bevormunden wollen.«

»Und wenn ich einer Lilo Brinkmann eine Mao-Bibel andrehe, bevormunde ich sie nicht?«

Luise trat an ihr vorbei und klopfte auf den Tresen. »Es fängt schon mit diesem Ungetüm an, das klar eine Grenze zwischen Leser und Buchhändler zieht. Warum sieht unsere Buchhandlung nicht wie ein Kaufhaus aus, in dem jedes Eckchen frei zugänglich ist? Warum lockst du keine jungen Leute an? In Italien stehen in fast jeder Buchhandlung ein Flipper und ein Cola-Automat.«

»Cola!«, Ella versagte beinahe die Stimme. »Trinkt man das etwa zur Karl-Marx-Lektüre?«, krächzte sie.

»Lass es eben Wein oder Kaffee sein. Eigentlich geht es nicht ums Trinken, sondern um freies Denken, und das kann man inmitten von Büchern, auf deren Einband adrett frisierte Frauen dargestellt sind, ja wohl kaum.«

Luise kam Ella fremd wie nie vor, und relativ scharf entfuhr es ihr: »Es reicht jetzt. Du kümmerst dich ums Schaufenster. Und du übernimmst die Kundenbetreuung, während ich …«

Luise schüttelte rüde den Kopf, ehe sie sich abwandte, um die Buchhandlung zu verlassen. »Tut mir leid, aber ich muss mich erst mal von den Schweinehälften erholen.«

»Luise, du kannst nicht kommen und gehen, wann du willst. Du machst hier offiziell eine Lehre, für die du bezahlt wirst und …«

Ella konnte kaum fassen, dass sie anstelle einer Entschuldigung oder Rechtfertigung nur die Ladenglocke hörte – und danach klappernde Schritte. Ihr war völlig entgangen, dass

Luise zu dem Hängerchen auch noch hochhackige Stiefel anhatte. Seit wann trug man die mitten im Sommer? Seit wann wurde im *Bücherreich* gestritten? Und das, obwohl ihre Schwester für sie wie eine Tochter war?

Als sich Ella auf den Verkaufstresen stützte, merkte sie, dass ihre Hände zitterten. Sie ließ ihren Blick kreisen, doch die vollen Bücherregale wirkten nicht wohltuend wie sonst. Plötzlich überkam sie eine unbändige Sehnsucht nach Marzipanpralinen – Bücher allein waren nun mal nicht immer ein Trost.

Luise bereute es bald, dass sie mit Ella gestritten hatte.

Sie fand zwar immer noch, dass sie mit allem, was sie gesagt hatte, recht hatte, aber die dumme Auseinandersetzung hatte sie viel Zeit gekostet. Warum hatte sie nach der Schule der Frauen überhaupt noch den Umweg über die Buchhandlung genommen?

Als sie kürzlich zu spät auf den Campus gekommen war, weil ihr die Schwester Überstunden aufgebrummt hatte, hatte sie sich eine von Thilos spöttischen Bemerkungen eingefangen: »Mit deinen zweiundzwanzig Jahren brauchst du noch eine Genehmigung für einen freien Abend?«

In den letzten Wochen hatte sie alles getan, um den Eindruck zu zerstreuen, sie stünde unter Ellas Fuchtel, auch heute würde sie nicht die Wahrheit sagen, lieber so tun, als hielte sie Pünktlichkeit für spießig. Leider verriet die aufgelöste Frisur, dass sie gerannt war, die zerlaufene Wimperntusche machte gar den Anschein, als hätte sie geweint. Nun gut, bevor sie das Studierendenhaus – der Mittelpunkt vom Campus Bockenheim – betrat, spiegelte sie sich im Fenster und beseitigte die schlimmsten Spuren der Hast.

Aus der Ferne wirkte das Gebäude ein wenig wie ein Kloster, aber mittlerweile war sie oft genug hier gewesen, um zu wissen, dass in den um einen Innenhof gruppierten Fluren regelmäßig lebhafte Diskussionen und Debatten tobten. Den lichtdurchfluteten Festsaal hatte sie zwar noch nie betreten, aber sie kannte diverse Klubräume und das Herz des Hauses – die Mensa –, wohin sie auch jetzt strebte. Anders als noch vor ein paar Wochen fand sie sich mittlerweile gut zurecht, wusste, wo sich die Druckwerkstatt einer Studentenzeitschrift befand, wo die Autovermietung und die Arbeitsvermittlungsagentur.

Kaum zu glauben, wie sich die Uni in nur wenigen Jahren verändert hatte. Als sie sich seinerzeit nach dem Abitur inskribiert hatte, um Lehrerin zu werden, hatte man den Dekan als Spektabilität anzureden, und bei der feierlichen Immatrikulation waren die Erstsemester in Anzug und Kleid vor dem Rektor – der Magnifizenz – erschienen, der seinerseits Talar trug. Alles war ihr sehr steif vorgekommen, sie hatte rasch die Lust am Studium verloren, weil sie mehr mit Menschen arbeiten wollte, und nachdem sie auch eine Reisebürolehre abgebrochen hatte, hatte sie sich entschieden, in die Fußstapfen ihrer Schwester zu treten. Mittlerweile aber war die Buchhandlung zu einem Ort geworden, der ihr antiquiert und verstaubt erschien, während hier ein frischer Wind wehte.

Sie blickte sich in der Mensa um, konnte zwar Thilo nirgendwo entdecken, aber einige seiner Freunde.

Am auffälligsten war Ernesto. Mit durchgedrücktem Kreuz saß hier niemand, jeder hing auf seinem Stuhl, doch keiner war in der Kunst des Gammelns so bewandert wie er, der auf dem durchgesessenen Fauteuil eher lag, als saß. Auch andere trugen die Haare länger, als es ihren Eltern zusagte, aber keiner hatte einen so wild wuchernden Bart. Nicht nur, dass er nicht gestutzt war, es verfing sich immer irgendwas in den Zotteln – Zigarettenasche, Essenreste, einmal sogar ein ganzer Bleistift. Bis heute wusste sie nicht, ob er ihn selbst hineingesteckt oder jemand ihm einen Streich gespielt hatte.

Genau genommen hieß Ernesto Ernst, aber er war glühender Bewunderer von Che Guevara – jenem marxistischen Revolutionär, der zunächst angetreten war, mehr Gerechtigkeit nach Kuba zu bringen, nach einem Streit mit Fidel Castro aber nun die Revolution im Kongo vorantreiben wollte – und ließ sich nur mit dessen Vornamen anreden.

Ernesto gegenüber saß der Jurastudent Claus. Er hatte so gar nichts mit Ernesto gemein, sah aber auch nicht so aus, wie Luise sich noch vor Kurzem einen typischen Studenten vorgestellt hatte. Seine blonden Haare waren zwar akkurat gescheitelt, und die Nickelbrille, die im Laufe heftiger Diskussionen oft auf die Nasenspitze rutschte, gab ihm einen intellektuellen Anstrich, aber er trug stets stark gemusterte Anzüge, niemals Krawatte und Stiefeletten aus kreischend rotem oder blauem Lack. Anders als die anderen lümmelte er nicht auf einem Stuhl, sondern hielt seine langen Monologe über die Verkrustung des Establishments im Stehen.

Auch jetzt hatte er sich in Rednerpose geschmissen, und da alle Augen auf ihn gerichtet waren und niemand merkte, wie sich Luise näherte, war ihr die Entscheidung abgenommen, ob sie nach Thilo fragen sollte. Möglichst leise setzte sie sich auf einen Stuhl, während Claus die geplante Notstandsgesetzgebung anprangerte, die in seinen Augen das Parlament entmachten, folglich dem autoritären Staat Vorschub leisten würde.

Ernesto zupfte mit solch grimmiger Miene an seinem Bart herum, als wollte er ihn sich ausreißen, und ballte verärgert die Hände. »Und wo warst du dann vor zwei Tagen, als wir am Römerberg dagegen protestierten?«, grummelte er.

Claus blickte über Ernestos Fäuste hinweg. »Die staatskapitalistische Ausrichtung unseres Staats hat sich drastisch verstärkt. Man muss ein Bewusstsein für die reale Lage wecken und neue Formen der politischen Agitation finden. Was nützen denn die Demonstrationen, solange im Proletariat kein revolutionäres Potenzial mehr vorhanden ist?«

Ernesto löste seine Fäuste und winkte ab. »Ist ja schon gut mit dem Geschwafel. Mir würde es reichen, wenn jeder Nazi mal eine aufs Maul kriegt.«

Doch Claus hatte sich in Fahrt geredet. »Das große Projekt der Revolution sollte den geschichtlichen Nullpunkt markieren, der die Zukunft von jeglicher Vergangenheit abzutrennen hat. Und das ist nur mit antiautoritärer Erziehung und Zugang zur Bildung für alle Schichten zu erreichen.«

»Bildung, ha! Was nützt das bei diesen Ignoranten?«, höhnte Ernesto. »Jeder Dritte weiß nichts von den Napalmbomben in Vietnam. Das muss man ihnen ins Hirn hämmern.« Seine eindeutigen Gesten bekundeten, dass er am liebsten sofort damit angefangen hätte. Die heftige Regung führte allerdings dazu, dass er sich leicht zur Seite drehte und sein Blick auf Luise fiel. Neben den vier anderen, die im Halbkreis saßen, war sie die einzige Frau.

»Was willst du denn hier?«, kam es ungnädig.

Sie war nicht sicher, was sie sagen sollte. Mit dem Hinweis, dass sie schon an mehreren Diskussionsrunden teilgenommen hatte, würde sie eher Claus' Zustimmung ernten, nicht

Ernestos. Und der würde wohl auch nicht davon beeindruckt sein, dass sie sich auf das heutige Gespräch eigens vorbereitet hatte, indem sie sich in die erste Ausgabe der von Hans Magnus Enzensberger herausgegebenen Kultur-Zeitschrift *Kursbuch* vertieft hatte. Besondere Aufmerksamkeit hatte sie dem Dossier über Jean-Paul Sartre geschenkt, auch wenn sie nicht sicher war, ob sie es wirklich verstanden hatte. Sie war nicht mal sicher, ob Ernesto überhaupt wusste, wer Sartre war. Unlängst hatte er behauptet, dass nicht Philosophen mit Büchern in der Hand eine neue Welt formten, sondern Revolutionäre mit der Waffe.

Bevor sie etwas sagen konnte, waren Schritte hinter ihr zu hören. »Sie will doch nur wissen, wo Thilo steckt.«

Luise fuhr herum. Die junge Studentin, die sich ihnen näherte, wäre auch dann aufgefallen, wenn weibliche Studentinnen keine Minderheit gewesen wären – auf drei männliche kam gerade mal eine. Obwohl Luise sich alle Mühe gegeben hatte, sich ihrem Stil anzupassen – nie würde sie an diese mühelose Lässigkeit herankommen. Egal was Rosie trug, bei ihr wirkte es immer eine Spur schicker als bei ihr selbst. Obwohl auch Luises Hängerchen verboten kurz war, bedeckte Rosies Minirock noch weniger Bein. Ihr Oberteil war nicht bloß bunt, sondern hatte jenes geometrische Muster, wie Luise es bis jetzt nur in Modezeitschriften gesehen hatte, die die Boutiquen der Londoner Carnaby Street und King's Road anpriesen. Während Luise fast eine Stunde mit ihrer Frisur gekämpft hatte, hatte sie einmal gesehen, wie Rosie sich zwischen zwei Vorlesungen ganz ohne Blick in den Spiegel die Strähnen zusammendrehte und mit einer Spange befestigte. Als sie ihren neidischen Blick gespürt hatte, hatte sie schulterzuckend erklärt, dass die langen Haare ihr lästig waren und sie sie bald streichholzkurz schneiden lassen würde.

Luise konnte sich nicht vorstellen, dass so eine Frisur irgendjemandem stand – außer Rosie natürlich.

Gerade machte sie sich eine Zigarette an und wurde zum lebenden Beweis dafür, dass ein weiterer Frauenratgeber in Ellas Buchhandlung – *Das kleine Anstandsbuch für junge Mädchen* – komplett irrte mit der Behauptung, dass Kettenrauchen und literweise Kaffee dem guten Aussehen schadeten.

Selbst Ernesto war kurz verstummt, und das gab Luise Zeit, zu einer Erklärung anzusetzen. »Ich bin hier, um über Sartre …« Der Name blieb ihr nicht nur darum in Kehle stecken, weil sie sich an einem möglichst rauen r versuchte.

»Genug mit der öden Theorie!«, unterbrach Rosie. »Haben wir nicht vereinbart, in den Club Voltaire zu gehen?«

Claus war kurz irritiert, hatte wahrscheinlich noch mindestens zwei Vorträge parat, aber die anderen vier erhoben sich mit einem Ausdruck der Erleichterung, und Ernesto war es wohl egal, wo genau er von der Revolution träumen konnte.

Luise wusste, dass der Club Voltaire in der Kleinen Hochstraße bei Studenten beliebt war, aber betreten hatte sie ihn bislang noch nie. Gut möglich, dass es dort ähnlich zuging wie auf der Studentenparty, die sie letzte Woche besucht hatte. Flaschenbier und Zigaretten waren nur in den ersten Stunden herumgereicht worden – danach hatten alle zu kiffen begonnen, bis sogar Ernesto verträumt gelächelt und Claus gekichert statt geredet hatte. Nur Luise hatte abgelehnt, der Rhythmus von Velvet Underground und Pink Floyd berauschte sie genug.

Das Verruchteste, was sie bis dahin erlebt hatte, war die *Blaue Stunde* in einer Teenagerbar nahe der Hauptwache gewesen, wo zwischen 17.00 und 20.00 Uhr Rock 'n' Roll getanzt wurde. Für die zwei Mark Eintritt gab es auch eine Cola gratis.

Obwohl sie sich lieber die Zunge abgebissen hätte, als zuzugeben, dass ihr der Club Voltaire nicht ganz geheuer war, durchschaute Rosie sie natürlich. Schon sagte sie mit herablassendem Lächeln: »Keine Angst, dort kriegst du auch eine Limo. Aber mit flachen Stiefeln Twisten geht eher nicht.«

Luise blickte auf ihr neues Schuhwerk. Eigentlich hatte sie noch nie so hohe Absätze getragen wie heute, doch mit Rosies weißen Lackstiefeln konnte sie nicht mithalten.

»Ich bin heute nicht dabei«, erklärte Claus. »Morgen hält Jürgen Habermas seine Antrittsvorlesung, die will ich mir nicht entgehen lassen.«

»Und dafür brauchst du zuvor deinen Dornröschenschlaf? Für die Schönheit oder den Intellekt?«

Claus schob sich seine Nickelbrille zurück. »Thilo geht heute auch nicht mehr fort, hat er mir gesagt. Er ist schon im Studentenwohnheim.« Er wandte sich an Luise. »Wenn du willst, kannst du mich begleiten.«

Wieder fühlte sie sich ertappt. Wie peinlich, dass selbst Claus erkannt hatte, dass Sartre ihr nur als Vorwand diente, um Thilo zu sehen. Allerdings war von ihm kein Spott zu erwarten, auf dem Weg zum Studentenwohnheim würde sie nur eine antikapitalistische Rede über sich ergehen lassen müssen – und die war ihr immer noch lieber als Rosies Grinsen und ihr verächtlicher Blick. Außerdem wollte sie seit Langem wissen, wo genau Thilo wohnte. Leider hatte er sie bis jetzt noch nie zu sich eingeladen, aber als die selbstbewusste junge Frau, die sie sein wollte, sollte sie nicht darauf warten, sondern sich das Recht herausnehmen, ungefragt bei ihm aufzukreuzen.

Ein Vortrag von Claus blieb ihr dann doch erspart, denn das Kolb-Studentenwohnheim am Beethovenplatz war nicht so weit entfernt wie gedacht. Sie wusste, dass es im Keller einen Vortragssaal für Veranstaltungen des SDS gab – des Sozialistischen Deutschen Studentenbunds –, wo politische Debatten stattfanden, ehe er dann wieder zum Tanzsaal umgewidmet wurde. Bevor Claus dorthin ging – offensichtlich hatte er keinen Schlaf gewollt, sondern die Möglichkeit, Ernestos dumpfen Phrasen zu entgehen –, nuschelte er noch Thilos Zimmernummer.

Wenig später war Luise ins dritte Stockwerk hochgestiegen und stand vor Zimmer 124. Sie hatte die Hand schon erhoben, um zu klopfen, ließ sie nun aber wieder sinken. Auf ein Herein zu warten war sicher spießig.

Sie kannte Thilo seit knapp vier Monaten, und immer noch konnte sie nicht recht einschätzen, womit man bei ihm wohlwollendes Gelächter oder beißenden Spott, eine skeptisch hochgezogene Braue oder ein Funkeln in den Augen hervorrief. Sie wusste nur, dass ihr Herz unrhythmisch zu pochen begann, sobald sie in seiner Nähe war – so wie zuerst an jenem Märztag vor vier Monaten, der ihr nun deutlich vor Augen stand.

Sie war auf der Zeil einkaufen, und neben der üblichen Menschenmenge drängte sich ein Protestzug über Frankfurts Einkaufsstraße. Erst später nahm sie wahr, dass die jungen Leute gegen den Vietnamkrieg protestierten. Sie begegnete einer Demonstration nicht zum ersten Mal, wenige Wochen zuvor hatte sich eine Menschenmenge Richtung US-Generalkonsulat in der Siesmayerstraße auf den Weg gemacht und war dabei am *Bücherreich* vorbeigekommen. Damals war es ein

Schweigemarsch gewesen, heute waren immer wieder Parolen zu hören. So beharrlich sie den Demonstranten zunächst auszuweichen versuchte – irgendwann war kein Durchkommen mehr, hatten sie doch die Zeil einfach abgesperrt.

Luise dachte sich nicht viel dabei. Erst kürzlich hatte Ella gemeint, dass diese jungen Demonstranten Hunden glichen, die zwar bellen, aber nicht beißen würden. Also nutzte sie die erzwungene Ruhepause, um zu kontrollieren, ob die Naht ihrer neuen Seidenstrümpfe gerade saß, und sie zurechtzuzupfen. Laut Benimmbuch war das zwar etwas, was eine junge Dame niemals auf offener Straße tat, aber sie fühlte sich unbeobachtet. Gerade als sie sich noch etwas tiefer beugte, um die Strümpfe auch über den Fersen zurechtzuschieben, erkannte sie allerdings, dass dem nicht so war.

»Na, sitzt die Naht?«

Später konnte sie sich nicht mehr genau erinnern, was sie als Erstes wahrnahm, als sie den Blick hob: Das breite Grinsen, das eine weiße Zahnreihe offenbarte, diese langen braunen Locken, die ein kantiges Gesicht umspielten und ihm etwas Weiches gaben, die leicht zusammengekniffenen Augen, deren Farbe zwischen Blau, Grau und Grün changierte und die kalt gewirkt hätten, wäre nicht dieses Funkeln darin gewesen, den groß gewachsenen, schlaksigen Körper, der leicht wippte, als wäre das Leben ein Seiltanz.

Bevor sie all das erfasste, hatte sie jedenfalls etwas gefühlt, was einem sanften Stoß in den Magen glich. Ein Prickeln rann über ihren Rücken, und ihre Wangen liefen glühend rot an. Sie schämte sich, weil der junge Mann sie ertappt hatte, wie sie sich die Strumpfnaht richtete – und noch mehr, dass sie ihn mit offenem Mund hingerissen anstarrte. Sein Lachen, das man mit viel gutem Willen als keck hätte bezeichnen können, das in Wahrheit aber wohl anzüglich war, ließ sie noch heftiger erröten. Rasch senkte sie den Blick, um sich allerdings im nächsten Moment zurechtzuweisen, dass sie sich nicht wie ein kleines Mädchen benehmen solle, das beim Schummeln erwischt worden war. Sie blickte wieder hoch und zischte ein trotziges: »Idiot!«

Er war nicht im Geringsten beleidigt, sein Lachen klang freundlich, doch im nächsten Augenblick ging es im Lärm unter. Dass die Demonstranten die Zeil abgesperrt hatten, hatte eine Kompanie Polizisten auf den Plan gerufen. Luise konnte nicht genau erkennen, aus welcher Richtung sie kamen, nur dass im nächsten Moment auf Sprechchöre Geschrei folgte. Sie sah, wie Schlagstöcke flogen, auch Fäuste. Sie wollte ihrer ersten Regung folgen und fliehen, aber aus den Augenwinkeln sah sie, wie der junge Mann den Zweikampf mit einem Polizisten aufnahm, und sie konnte den Blick nicht von ihm abwenden. Die Bewegungen waren so geschmeidig, als wäre der Kampf ein Tanz.

Wie verrückt, sich mit der Staatsmacht anzulegen, wie frech, wie provokant ... wie elektrisierend.

Der Polizist hatte zwar rasch wieder von dem jungen Mann abgelassen, weil an anderer Stelle die Gegenwehr heftiger ausfiel, aber er musste ihn mit dem Schlagstock getroffen haben. Über die Stirn ging ein dünner Riss, aus dem Blut tropfte, und in seinem Blick stand nicht länger Spott – eher eine gewisse Verachtung, weil sie so entsetzt aufschrie.

Rasch presste sie die Lippen zusammen, und wieder ging alles ganz schnell. Aus den Augenwinkeln nahm sie wahr, wie nur ein paar Meter von ihnen entfernt Demonstranten abgeführt wurden und sich von der anderen Richtung weitere Polizisten näherten. Im nächsten Augenblick hatte sie den jungen Mann am Arm gepackt. »Komm mit!«

Schon zog sie ihn in eine Seitengasse neben dem Kaufhaus Schneider. Sie hatte mit Gegenwehr gerechnet, ungeminderter Kampfeslust, aber er rannte hinter ihr her. Als sie stehen blieben, sobald sie die Polizisten abgeschüttelt hatten, waren seine Wangen leicht gerötet und seine Miene wieder so belustigt, als wäre alles ein großer Spaß. Dabei kam aus der Wunde noch mehr Blut, perlte über die Wangen wie rote Tränen.

»Du bist verletzt!«

Wieder dieses Lachen. »Du bist nicht zufällig Krankenschwester?«, spöttelte er.

Sie schüttelte den Kopf, erlebte zum ersten Mal, wie er die rechte Augenbraue hochzog. Sie achtete nicht weiter darauf, denn schon bückte sie sich, zog die Seidenstrümpfe von ihren Beinen, und bevor sie bereuen konnte, dass sie etwas so Kostbares verschwendete, bevor sie sich sagen konnte, dass das lächerlich aussehen würde, hatte sie sie ihm um den Kopf gewickelt wie einen Verband.

»Oh, là, là! Dafür lässt man sich gern den Schädel einschlagen.«

Als sie in seinem Blick versank, hatte sie kurz das Gefühl, dass auch ihr jemand auf den Kopf geschlagen hatte. Ihr schwindelte, und sie stützte sich unwillkürlich gegen die Hauswand. Im nächsten Augenblick stand er ganz dicht an sie gepresst. Laut und deutlich waren Pfiffe und Trampeln zu hören, die herannahende Polizisten verrieten. Auf der Suche nach noch mehr Unruhestiftern, die sie abführen konnten, erreichten sie soeben die Seitenstraße. Bevor sie den jungen Mann erblickten, presste der seinen Mund auf ihren. Seine Haare kitzelten sie, die Seidenstrümpfe erst recht, und wieder war da dieses Kribbeln in ihrem Magen, das sich überallhin ausbreitete.

So abrupt er sie an sich gezogen hatte, ließ er sie wenig später los. »Ich glaube, jetzt sind sie weg«, stellte er fest, dann machte er erneut diese weichen, fast tänzelnden Schritte, als wäre er nicht auf der Flucht, sondern schlenderte am Main entlang. Sie starrte ihm wortlos nach, doch am Ende der Gasse blieb er stehen, drehte sich um und deutete auf seinen Kopfverband. »Die Strümpfe darf ich doch behalten, oder?«

Ein Kichern brach sich in ihr Bahn, von dem sie nicht sicher war, ob es belustigt oder hysterisch klang.

»Und darf ich den Namen meiner Retterin erfahren?«, fragte er.

Sie unterdrückte ein neuerliches Kichern. »Luise … Luise Reichenbach«, sagte sie gepresst.

Er ging weiter. Thilo heiße er, warf er ihr über die Schultern zu. Seinen Nachnamen nannte er nicht, aber er lud sie zu einer Diskussion an die Uni ein.

In den nächsten Wochen hatte sie erfahren, dass der Campus Bockenheim nicht einfach nur ein Ort war, wo man studierte. Er war die Brutstätte einer Bewegung. Luise hatte APO bis dahin für eine Abkürzung von Apotheke gehalten, nun aber erfahren, dass es sich hierbei um die sogenannte außerparlamentarische Opposition handelte, zu der die Ostermarschbewegung mittlerweile ebenso gehörte wie die Kampagne *Tod dem Atomstrom*. Es gab verschiedene Untergruppen, die sich den Protest gegen die griechische Militärdiktatur oder das Franco-Regime in Spanien auf die Fahnen geschrieben hatten; der Kern, der die zersplitterte Formation zusammenhielt, war jedenfalls der SDS, der Sozialistische Deutsche Studentenbund, der in Frankfurt sein Bundessekretariat eingerichtet hatte und hier zahllose Vollversammlungen sowie Demonstrationen organisierte.

Einmal war Luise an Thilos Seite bei einer mitmarschiert. Immer wieder war er ganz nah an sie herangerückt, hatte seinen Arm um ihre Schulter gelegt, nur geküsst hatte er sie leider nicht wieder, und seine Miene war immer spöttisch geblieben.

»Weißt du überhaupt, was die geplanten Notstandsgesetze sind, gegen die wir hier demonstrieren?«

Luise wollte nicht eingestehen, dass sie das immer noch nicht ganz kapiert hatte, auch nicht, warum ein Aktionsausschuss dagegen gegründet worden war. »Ich weiß, dass unsere Regierung aus Faschisten besteht«, sagte sie knapp, und aus dem gönnerhaften Grinsen wurde ein wohlwollendes. Im nächsten Augenblick gab er ihr sogar einen flüchtigen Kuss auf die Stirn.

»Und weiß jemand wie du, was Faschismus überhaupt ist?«

Sie hatte keine Ahnung, was mit »jemand wie du« gemeint war. Ernestos Ansicht, wonach alle über dreißig Faschisten waren, erschien ihr jedenfalls etwas zu platt. Sosehr sie um die richtigen Worte rang, sie fielen ihr genauso wenig ein wie bei den Diskussionsrunden auf dem Campus. Mit vielen Begriffen – ob *Emanzipation*, *antiautoritäre Erziehung* oder *Neomarxismus* – konnte sie kaum etwas anfangen. Nun gut, Rosie, die man oft dort antraf, wo Thilo, Claus und Ernesto gerade waren, schwieg auch meistens. Aber sie wirkte dabei geheimnisvoll wie die Sphinx, während Luise ständig vor Scham rote Flecken im Gesicht hatte.

»Du bist doch mit Büchern aufgewachsen«, hatte Thilo, dem sie mittlerweile von ihrer Buchhandelslehre und ihrer Schwester erzählt hatte, gespottet. »Kann es sein, dass du bis jetzt die falschen Bücher gelesen hast?«

Zumindest das wollte sie sich nicht vorhalten lassen. In den letzten Wochen hatte sie alles, was ihr vom sogenannten roten Trio – Suhrkamp, Rowohlt und Europäische Verlagsanstalt – in die Hände kam, gelesen, und nun eben auch das von Hans Magnus Enzensberger herausgegebene Kursbuch.

Sie würde Thilo mit ihrem Wissen über Sartre allerdings nicht beeindrucken können, wenn sie vor seinem Zimmer stehen blieb. Am Ende verzichtete sie darauf zu klopfen und riss die Tür einfach auf.

Thilo lag auf dem Bett und schlief. Das Bett war schmal, das Zimmer erst recht. Gleich neben der Tür befand sich ein von Sprüngen durchzogenes Waschbecken. Die grünlichen Fliesen dahinter waren in keinem besseren Zustand, der Spiegel angelaufen. Wahrscheinlich wiesen auch die weißen Wände ein paar Risse auf, aber die waren mit Plakaten gepflastert, von denen eins ein Porträt von Che Guevara zeigte. Es gab einen Schrank, dessen Tür halb offen stand; die Kleidung war nicht aufgehängt, sondern lag auf einem Haufen am Boden. Das Regal an der Wand war ebenfalls leer, denn das, was sich dort hätte befinden können, war auf dem Boden verstreut – etliche Schallplatten, auch diverse Bücher. Sie waren nicht zu Stapeln geschlichtet, sondern lagen nebeneinander, teilweise aufgeschlagen – Camus, Adorno, Horkheimer, Lukács, Marcuse. Luise musste dem Drang widerstehen, sich danach zu bücken, die Eselsohren glatt zu streichen und sie zu ordnen. Sie war mit dem Gefühl aufgewachsen, dass Bücher heilig wären. Aber sie wusste, mit Ordnungswahn würde sie Thilo nicht beeindrucken. Schließlich lag der in Stiefeln und Parka auf der fleckigen karierten Bettdecke.

Sie schlich zum Bett, kniete sich davor und betrachtete ihn. Dort, wo er damals verletzt worden war, war eine dünne Narbe geblieben, und jedes Mal, wenn sie ihn traf, überkam sie das unbändige Verlangen, sie mit der Fingerkuppe nachzufahren. Sie konnte es immer unterdrücken, aber jetzt kam ein neues Verlangen hinzu – eine der braunen Locken, die ihm in die Stirn gefallen war, zurückzustreichen. Auch dem gab sie nicht nach, begnügte sich, einfach zuzusehen, wie er regelmäßig atmete. Doch als sie schon überlegte, wieder zu gehen, schnellte seine Hand vor und umfasste ihr Handgelenk. Während ihr ein spitzer Schrei entfuhr, verriet das Lachen, das aus ihm herausplatzte, dass er sich nur schlafend gestellt hatte.

»Hab ich dich erschreckt?«

Sie zwang sich zu lächeln. Die Lippen bekam sie so unter Kontrolle, das Beben nicht.

»Gar nicht«, sagte sie schnell und überlegte, wie sie die Überleitung zu Sartre hinkriegen könnte. Thilo machte allerdings nicht den Eindruck, als stünde ihm der Sinn nach philosophischen Debatten. Ruckartig zog er an ihrem Arm, und unversehens lag sie mit ihm auf dem Bett. Kaum zu glauben, dass hier zwei Menschen Platz finden konnten. Es war nur möglich, weil sie halb auf ihm zu liegen kam. Nie war sie ihm so nahe gekommen, nie hatte sie seinen schlaksigen Körper so deutlich gespürt, nie seinen warmen Atem so dicht an ihrem Gesicht.

Wie von weither ertönte in ihr eine mahnende Stimme, dass Verehrer einen bestenfalls auf eine Tasse Kaffee einladen durften, schon eine Kino- oder Theaterkarte anzunehmen nicht sittsam war und dass man in der Öffentlichkeit nicht mal Händchen halten oder einen Kosenamen nennen durfte.

Nun, sie hatte keinen Kosenamen, und die mahnende Stimme wurde gerade immer leiser. Sein Arm lag eine Weile schwer auf ihrem Bauch, doch plötzlich wanderte seine Hand langsam nach oben, während seine Lippen sich ihren Ohrläppchen näherten. Sie spürte, wie sie glühend heiß anliefen.

»Hans Marcus Enzensberger hat ... «, setzte sie an.

»Du besuchst mich endlich einmal in meinem Zimmer, und dann willst du über Bücher sprechen?«

Er klang, als hätte er seit Wochen darauf gewartet und wäre immer wieder enttäuscht worden. In Wahrheit hatte sie inständig, aber vergeblich, auf ein Zeichen gewartet, dass ihm etwas an ihr lag, der damalige Kuss mehr als nur ein Ablenkungsmanöver für die Polizisten gewesen war, dass er sie nicht für ein kurioses Mädchen hielt, das durch das Studierendenhaus stolperte, sondern für eine belesene junge Frau, die etwas Interessantes zu sagen hatte.

In diesem Moment konnte sie nicht einmal etwas Uninteressantes sagen, doch wenn sie ihm gar nichts bedeutete, würde er nicht plötzlich ihr Ohrläppchen küssen, würde nicht auch noch seine zweite Hand über sie wandern lassen, kleine Stromstöße durch ihren Körper senden. Dann würde er nicht plötzlich in jenen dünnen Spalt ihrer Bluse vordringen, sich gefährlich der rechten Brust nähern.

Sie japste nach Luft. Sosehr sie sich gewünscht hatte, dass er sie noch einmal küsste – das hier ging ihr etwas zu weit.

»Na, du gehst aber ran.« Sie wollte locker wirken, belustigt, aber ihre Stimme klang gepresst, und unwillkürlich machte sie sich steif. Er merkte es, und so schnell, wie seine Hände begonnen hatten, ihren Körper zu erforschen, so schnell zog er sie zurück.

»Ist es zu schnell für dich?«

Als er von ihr abrückte, kam sie der Bettkante bedrohlich nahe. Aus dem aufregenden Kribbeln in ihrem Körper wurde ein dumpfes Pochen. Die Gedanken dröhnten in ihrem Kopf. Wollte sie es ewig bei dem belassen, was man Fummeln nannte? Sie hatte es mit ihrem einstigen Partner in der Tanzschule gemacht, der Walter hieß, schnell schweißnasse Hände bekam und bei jedem Kuss nach Luft schnappte wie ein Fisch auf dem Trockenen. Nach ihm war sie eine Weile mit Peter zusammen gewesen. Er brachte immer einen Blumenstrauß mit, der schon etwas welk war, und genauso fühlte sich der Griff seiner Hände an. Bevor er küsste, nahm er stets seine Brille ab. Und während er küsste, knetete er ihren Bauch wie einen Lebkuchenteig.

Bei solchen Männern konnte man doch nur ein spätes Mädchen werden. Aber sie wollte weder spät noch ein Mädchen sein, sondern eine junge, lebendige Frau, verführerisch und begehrenswert. Klug natürlich auch.

»Ach was. Make love, not war. So sehe ich das auch. Doch Liebe und Krieg sind zwei unterschiedliche Dinge. Du musst ja nicht gleich über mich herfallen wie ein Soldat über seine Kriegsbeute, oder?«

Er grinste, wälzte sich zur Seite, nahm sich diesmal die Zeit, um sie gründlich anzusehen, ehe er sie mit einer schwungvollen, aber keineswegs hektischen Bewegung auf sich zog. Eine Weile küssten sie sich, dann erst vollführte er eine weitere Drehung, sodass sie unter ihm lag. Nun ging es doch wieder recht schnell, irgendein Knochen stach hart in ihre Hüfte, aber bald gab sie sich wieder diesen Schauern hin, die sich überall dort ausbreiteten, wo seine Lippen sie berührten. Und das war fast überall. Er küsste sie auf den Mund, auf die Ohrläppchen, auf den Hals und zwischen den Brüsten. Erst als er beim Bauchnabel angekommen war, merkte sie, dass sie nackt war, zumindest teilweise. Ihr Hängerchen war einfach hochgeschoben, die Unterwäsche hing bei den Knien. Er selbst öffnete bloß seine Hose und schob sie mit der Unterwäsche etwas nach unten, während er Parka und Stiefel anließ.

Als er nun die Braue hochzog, wirkte es siegesgewiss.

Wieder presste sich sein Mund auf ihren, seine Zunge drang tiefer ein als zuvor. Sie war noch dabei, einen Rhythmus zu finden, als sie spürte, wie sich seine Finger zwischen ihre Beine schoben. Unwillkürlich verkrampfte sie sich, als auf das wohlige Kribbeln ein Schmerz folgte.

Er hob den Kopf, sah ihr forschend in die Augen. »Tue ich dir etwa weh? Ich meine, du bist doch schon zweiundzwanzig. Du bist doch keine …«

Sie rang sich ein Lächeln ab. »Natürlich bin ich keine Jungfrau mehr, nun mach schon.«

Sie schlang ihre Hände um seinen Nacken, um ihm einen gierigen Kuss zu geben, dann biss sie vorsorglich die Zähne zusammen, um jeden Schmerzenslaut im Keim zu ersticken. Noch hielt er sich zurück.

»Du nimmst doch die Pille, oder?«

Eine weitere Lüge lag ihr auf den Lippen, aber sie wusste, dass diese mehr wog. Verlegen schüttelte sie den Kopf. »Du weißt doch, an die kommen nur verheiratete Frauen heran oder die, die aufgeschlossene Mütter haben.«

»Na, dann muss ich halt aufpassen.«

Wieder trafen sich ihre Zungen, während sich sein Körper

in sie schraubte. Sie hatte keine Ahnung, was genau sie tun sollte, außer es einfach geschehen zu lassen. Immerhin war der stechende Schmerz sofort vorbei, eigentlich spürte sie fast gar nichts mehr, kein Kribbeln, keine Schauer, keine roten Flecken im Gesicht. Auch die Ohrläppchen glühten nicht länger, als hätte der restliche Körper nichts mit dem zu schaffen, was sich in der Leibesmitte abspielte. Nun gut, etwas fühlte sie schon – einen tiefen Triumph, als seine oft harten Züge so weich, fast liebevoll wurden, als das spöttische Lachen in ein Keuchen überging, die mechanischen Bewegungen in geschmeidige.

Und es war schön, hinterher ihr Gesicht an seine Brust zu schmiegen, auch wenn er sich nicht weiter entkleidet hatte, immer noch den Parka trug.

Er hatte sich eine Zigarette angezündet.

»Kann ich auch eine haben?«, fragte sie, erfreut, dass ihre Stimme wie gewünscht rau klang, nicht piepsig.

Einmal mehr zog er die Augenbraue hoch. »Seit wann rauchst du denn?«

»Oh, schon seit einer Weile.« Diese Lüge fiel ihr wieder ganz leicht.

Es war schon nach Mitternacht, als sie in ihre Klamotten schlüpfte. Insgeheim hatte sie gehofft, dass sie die ganze Nacht bei ihm verbringen würde, aber nach der dritten Zigarette hatte er gemeint, er müsse früh raus. Während sie sich anzog, blieb er liegen und sah ihr zu. Sie versuchte, möglichst wendig in ihre Unterwäsche zu schlüpfen, doch ihre Bewegungen wirkten wohl recht ungelenk. Seinem Grinsen ließ sich nicht entnehmen, ob ihm der Anblick gefiel. Wenigstens ihren Abgang wollte sie in Würde hinbekommen. Zwar hätte sie sich am liebsten noch einmal über das Bett gebeugt, ihn geküsst und auf diese Weise gezeigt, wie viel ihr dieser Abend bedeutete, aber es wirkte wohl wesentlich cooler, wenn sie, ohne sich umzudrehen, bis zur Tür ging und erst dort einen letzten Blick über ihre Schultern warf.

»Bis bald.«

Sie trat hinaus, stellte fest, dass im Gang nur ein Notlicht brannte. Suchend sah sie sich nach einem Schalter für die Neonleuchte an der Decke um, sah stattdessen … Rosie.

Einen Fuß lässig gegen die Wand gestützt, stand sie da und schien anders als Luise nicht verwundert über die Begegnung zu sein.

»Na endlich.«

»Was machst du denn hier?«

»Was wohl? Ich will hier schlafen.«

Rosie stieß sich von der Wand ab und kam auf sie zu stolziert, und Luise erstarrte.

Hier schlafen? Lebte sie mit Thilo zusammen? Waren sie ein Paar? Nun gut, ganz am Anfang hatte sie diesen Verdacht gehabt, denn wo Thilo war, war Rosie nie weit. Aber dasselbe galt für Ernesto und Claus, und sie hatte nie gesehen, dass Thilo und Rosie sich geküsst hätten.

Die Studentin schien zu wissen, was hinter Luises Stirn vorging, denn sie blieb stehen.

»Eigentlich lebe ich in einer Wohngemeinschaft, aber wenn die anderen Mädels rumzicken, schlafe ich auch mal hier.«

Als sie weitergehen wollte, stellte sich Luise ihr in den Weg.

»Thilo und du … seid ihr zusammen?«

Die eben noch spöttische Miene wurde ungehalten. »Himmel, so wie du das sagst, klingt es fast, als wollten wir morgen vor den Altar treten. Ich habe halt was mit ihm.«

Sie machte eine ungeduldige Bewegung mit dem Kinn, ein Zeichen, dass sie vorbeiwollte, aber Luise konnte sich immer noch nicht rühren. Trotz des eben noch genervten Ausdrucks lachte Rosie plötzlich auf.

»Keine Angst. Es ist kein Problem für mich, wenn er zwischendurch mit einer anderen bumst, das mache ich ja auch. Ich halt's mit dem alten Descartes: *Coito ergo sum.*«

Die Worte boten Luises Gedanken etwas, woran sie sich festhalten konnte. Sie hätte schwören können, dass der Grundsatz des Philosophen *Cogito ergo sum* hieß – und es ihm ums Denken, nicht um Sex gegangen war. Ob sie sich vollends lächerlich machte, wenn sie das sagte?

Rosie kam ihr zuvor, indem sie neugierig fragte: »War's denn gut für dich?«

Luise spürte einmal mehr, wie sich rote Flecken in ihrem Gesicht und Dekolleté ausbreiteten. »Ich will nicht …«, begann sie.

»Warum sollen wir denn nicht darüber reden?«, fragte Rosie unschuldig. »Wie Claus so schön sagt: Sexuelle Befreiung ist Teil des gesamtgesellschaftlichen Kampfes für die Selbstbestimmung der Menschen. Der befreite Eros ist dazu bestimmt, die bürgerliche Gesellschaft in Bewegung zu bringen.«

Sie lachte wieder, Luise war nicht sicher, ob über Claus' gestelzte Worte oder ihre steifen Bewegungen. Eben hatte sie sich aus der Starre gelöst, ein paar Schritte gemacht. Gerade mal drei hatte sie geschafft, als die Tür hinter ihnen aufging und Licht den Flur erhellte. Thilo lehnte im Türrahmen, sein Blick ging zwischen ihnen hin und her.

Luise blieb wieder stehen, obwohl sie eigentlich dringend wegwollte.

»Ist noch was?«, fragte er.

Irrte sie sich oder klang er ungehalten?

Rosie trat auf ihn zu. »Du, ich habe mir Gedanken gemacht, was wir auf die Transparente schreiben können. Bei der geplanten Demo gegen den bundesweiten Bildungsnotstand nämlich. Ich habe da eine ganz witzige Formulierung …«

Sie hielt inne, als ihr aufging, dass Luise immer noch wie angewurzelt dastand. Genervt drehte sie sich zu ihr um.

Luise hatte bis zu diesem Zeitpunkt nicht einmal gewusst, dass eine Demonstration geplant war. Und dass in Deutschland so etwas wie Bildungsnotstand herrschte, war ihr ebenfalls neu. »Tschüss«, presste sie heraus, bevor sie sich noch komplett blamierte, und ging eilig weg. Sie hatte das Gefühl, auf Stelzen zu laufen, und sie war überzeugt, die beiden starrten ihr nach und lachten sich insgeheim kaputt. Doch dann hörte sie, wie die Zimmertür zufiel, und im nächsten Augenblick stand sie wieder im trüben Licht der Notbeleuchtung.

»Verdammt!«

Sie tastete nach dem Lichtschalter, fand ihn nicht. So blieb ihr wenigstens genug Zeit, um nachzudenken. Es war ihr unerträglich, dass das eben für Thilo nur eine schnelle Nummer war, die nichts zu bedeuten hatte. Ob sie selbst am Postulat der Einehe festhielt, hatte sie zwar noch nicht endgültig entschieden, aber sie wollte noch einmal an Thilo gepresst eine Zigarette rauchen. Um mit Rosie mitzuhalten, sie gar auszustechen und ihn restlos zu beeindrucken, würde allerdings kein Slogan für ein Transparent reichen, sie musste sich etwas anderes einfallen lassen.

Die Idee kam ihr genau in dem Augenblick, als ihre Hand den Lichtschalter berührte.

2. KAPITEL

Im Büro hinter der Buchhandlung war es heiß und stickig. Die Jalousie schützte kaum vor der Julisonne, die auf die Scheiben knallte, und obwohl Ella viel zu tun hatte, kam sie nicht recht voran.

Mehrmals musste sie einen Brief mit ihrer kleinen Erika-Schreibmaschine neu tippen – einmal, weil sich zu viele Fehler eingeschlichen hatten, dann, weil das Blaupapier verrutscht war.

Nach den Geschäftsbriefen nahm sie sich die Bestelllisten vor. Bis vor Kurzem hatte sie den Einkauf bei den Verlagsvertretern telefonisch abgewickelt, seit einiger Zeit arbeitete sie mit dem Telex, einem Fernschreiber: Ähnlich wie beim Telefon wählte man die Nummer des Adressaten und tippte dann Buchstaben ein, die in Signale verwandelt wurden.

Es war Luise gewesen, die auf der Anschaffung dieses Geräts bestanden hatte, würde dergleichen doch mittlerweile in allen Redaktionen stehen und wegen der ratternden Geräusche Ticker genannt werden. Ella war nicht klar gewesen, warum man als Buchhandlung einer Zeitung nacheifern sollte, eigentlich telefonierte sie auch gerne, aber es war ihr wichtig gewesen, Luise einen gewissen Gestaltungsspielraum zu lassen. Leider hatte das nichts gebracht. Seit ihrem Streit vor über einer Woche war die Schwester schmallippig und führte mit der Kundschaft weitaus längere Gespräche als mit ihr.

Nicht nur ihr Streit belastete Ella, auch die Tatsache, dass Luise an diesem Abend erst sehr spät nach Hause gekommen war. Sie hatte sich alles Nachfragen verkniffen, hatte sie nur misstrauisch gemustert. Betrunken hatte sie nicht gewirkt, aber am nächsten Tag hatte sie sich wegen angeblich unerträglicher Kopfschmerzen krankgemeldet.

Auch die Bemerkung, dass eine Tablette und starker Kaffee eigentlich reichen müssten, hatte Ella sich verkniffen, stattdessen sanft gesagt: »Bleib im Bett und ruh dich aus.«

Den ganzen Tag über hatte sie gehofft, dass sich nicht nur Luises Zustand bessern würde, auch ihre Laune, doch als sie am Abend angeboten hatte, Vanillepudding zu machen – früher ein Wundermittel, wenn Luise krank gewesen war –, hatte diese sie angeblafft: »Ich bin doch kein kleines Kind mehr.«

Wie eine verantwortungsvolle Erwachsene verhielt sie sich allerdings auch nicht. Am nächsten Tag hatte sie wieder erklärt, zu angeschlagen für die Arbeit zu sein, und aus Angst vor einem neuen Streit hatte Ella sie gewähren lassen. Selbst seit Luise endlich wieder zur Arbeit erschien, behandelte sie sie wie ein rohes Ei. Sie konnte sich nicht erinnern, sich im Umgang mit ihr je so unsicher gefühlt zu haben.

Dass sie die kleine Schwester wie eine Tochter liebte, hatte bislang genügt, um sie alle Krisen meistern zu lassen. Als Luise schon nach einer Woche am Gymnasium erklärt hatte, nicht mehr hinzugehen, weil einer ihrer Lehrer einen Mitschüler verprügelt hatte, hatte sie die richtigen Worte gefunden – behutsame gegenüber Luise, drohende gegenüber dem Rektor. Und als die kleine Schwester wenig später an Silvester heimlich zu viel von der Bowle getrunken hatte, hatte sie sie nicht getadelt, sondern ihr nur die Haare zurückgehalten, als sie über der Kloschüssel hing. Gewiss, es war ihr nicht leichtgefallen zuzusehen, wie schwer sie sich bei der Berufswahl tat, aber sie hatte immer Geduld bewiesen, und den Krisen waren so viele glückliche gemeinsame Jahre vorausgegangen.

Sie hätte nicht sagen können, welches Alter ihr das liebste gewesen war – jedenfalls hatte es immer etwas gegeben, was sie gerne gemeinsam gemacht hatten. Nicht nur Luise hatte sich einst dafür interessiert, wie die Schlafaugen der Puppe, die sich von selbst öffneten und wieder schlossen, funktionierten. Als Luise mit der Pinzette eine komplizierte Operation durchgeführt hatte, an deren Ende ein Auge für immer weit offen stand, hatte Ella sie dafür genauso wenig gerügt wie für die Tatsache, dass sie der Puppe eines Tages die Haare raspelkurz geschoren hatte. »Weil sie doch Läuse hat!«

Und sie hatte sich mit Luise durch alle Sorten von Ahoj-Brause getestet. Wenn sie in Gasthöfen im Taunus, wohin sie Ausflüge machten, kostenlos heißes Wasser bekamen, rührte sich Ella nicht nur Löskaffee an, immer auch die Brause.

Gerne gewandert waren sie bei diesen Ausflügen beide nicht, meist hatten sie sich frühzeitig ein schattiges Plätzchen gesucht, um zu lesen. Gemeinsam hatten sie Luises Kinderbücher verschlungen – angefangen mit *Pippi Langstrumpf*, später dann Josef Carl Grunds *Rosita, das Zigeunermädchen* oder die Heftreihe *Abenteuer mit Doktor Dolittle*.

Obwohl das Lesen eine gemeinsame Leidenschaft blieb – sie hatte auch die Fernsehabende genossen, als Luise größer wurde. Dass sie sich eine Flimmerkiste – eigentlich der Todfeind einer jeden Buchhändlerin – angeschafft hatte, blieb lange ihr Geheimnis. Jedenfalls hatten sie sich für die Krimis von Edgar Wallace ebenso begeistert wie für Karl Mays *Schatz im Silbersee* oder die Serie *Melissa*. Nur von *Bonanza* sahen sie bloß eine Folge – zu viele Schießereien, hatten sie beide gefunden.

Nein, nie hatte ihr jemand sagen müssen, wie man ein Kind großzog, immer hatte sie geahnt, was Luise brauchte, und war überzeugt gewesen, ihr das geben können. Mussten andere Frauen in Ratgebern nachlesen und tausend Kniffe anwenden, um ein zufriedenes Leben zu führen, hatte sie nie mühevoll darum gekämpft.

»Na, aber einen Mann hast du nicht«, hatte ihre Freundin Lilo einmal spitz gesagt. Gewiss, den zu ergattern galt vielen als wichtigstes Ziel im Leben einer Frau. Ella wusste, dass Lilo darunter litt, als spätes Mädchen zu gelten, wie sie es nannte. Aber sie selbst konnte immer im Brustton der Überzeugung erklären: »Mir fehlt keiner.«

»Aber willst du nicht auch einmal dein Herz verlieren?«, hatte Lilo nach der Lektüre eines besonders schwülstigen Liebesromans gefragt.

Obwohl Ella gleichmütig gelächelt hatte – im Innersten hatte es ihr einen Stich versetzt. Das habe ich doch schon längst, war ihr durch Kopf gegangen – nein, nicht einfach durch den Kopf, durch den ganzen Körper, in dem sich etwas schmerzlich zusammenkrampfte, wann immer sie an ihre große Liebe dachte. Doch mit den Jahren geschah das seltener, zumal sie mit niemandem darüber sprach, auch nicht mit Lilo. Die hatte lediglich mitbekommen, wie Reinhold Schadewald eine Weile um sie geworben hatte, und damals von einer Romanze geschwärmt, von der in Wahrheit nicht die Rede sein konnte.

Dass Ella vor einigen Jahren mehrmals mit ihm ausgegangen war, geschah nicht aus Zuneigung oder Interesse, sondern aus Mitleid. Reinhold war der Sohn von Hildegard, jener Buchhändlerin, die ihr beim Wiederaufbau nach dem Krieg so unverzichtbare Hilfe geleistet hatte. Er hatte viele Jahre in russischer Kriegsgefangenschaft verbracht, und nach seiner Rückkehr hatte er mit nicht mal dreißig wie ein Greis gewirkt. Er war ein etwas unbeholfener Mann mit steifen Bewegungen, bei dessen Anblick Ella manchmal an eine Mumie denken musste. So nett sie ihn fand und so freundlich sie ihm begegnete – als er einmal während einer Operettenaufführung ihre Hand ergriffen hatte, hatte sie sie ihm rasch entzogen. Er hatte schmerzlich und resigniert gelächelt, es nie wieder versucht, und die Treffen waren immer seltener geworden, bis sie kurz nach Hildegards Tod vor fünf Jahren ein endgültiges Ende gefunden hatten.

Sie seufzte, wischte sich mit einem Taschentuch den Nacken, denn trotz der praktischen Kurzhaarfrisur, die sie seit Jahren trug, schwitzte sie.

Sie brauchte keinen Mann. Sie brauchte keinen Ratgeber, in dem sie erfuhr, wie man Hüte pflegte und den Kaffeetisch dekorierte. Sie brauchte Luise. Ihre Buchhandlung war ihr ganzer Stolz, aber an der Schwester, so fühlte sie, hing ihr Glück – nur leider schien dieser Faden unmerklich dünner geworden zu sein.

Als sie die Bestellungen abgeschlossen hatte, war sie erleichtert, dass sie in spätestens zehn Minuten im Laden stehen würde. Der Kontakt mit den Kunden würde sie mehr beleben als die einsame Arbeit in diesem Loch. Doch als sie sich erhob, um die obligatorische weiße Schürze umzubinden, hörte sie von draußen Schritte.

Zu ihrer Überraschung traf sie im Laden keine Kundschaft an, sondern Luise, obwohl diese Spätdienst hatte.

Nicht nur, dass sie bereits ihre weiße Schürze trug – ihr Kleid war deutlich länger als in den letzten Wochen, das Make-up dezenter, und überdies hatte sie einen Staubwedel in der Hand, um damit Tresen und Bücherregale abzuwischen.

»Du bist schon hier?«

Luise konzentrierte sich aufs Staubwischen. Als sie sich das Regal mit den Liebesromanen vornahm, murmelte sie eher in dessen Richtung als in Ellas: »Es tut mir leid, dass ich diese Bücher als Schmonzetten abgetan habe. Ich weiß, dass Heftromane bevorzugt von Arbeiterinnen gelesen werden, und dem Bildungsbürgertum steht es wirklich nicht zu, diese hart arbeitende Schicht abzuwerten.«

Ella zog ihre Braue hoch. Wie immer, wenn sie nervös war oder über etwas nachdenken musste, zupfte sie an ihrem Haar, eine Geste, die sie sich als junge Frau angewöhnt hatte, als sie sich ihre langen Zöpfe abgeschnitten hatte.

»Und dir habe ich auch Unrecht getan«, fuhr Luise fort. »Du hast dich den neuen Zeiten durchaus angepasst.« Sie deutete auf jenes Regal, in dem die Taschenbücher standen. »Ich erinnere mich noch, was für ein Geschrei es damals gab, als Taschenbücher immer größere Verbreitung fanden.«

»Oh ja«, erwiderte Ella. »Etliche prophezeiten den Untergang des Buchhandels.« An ihren Lippen zupfte ein Lächeln.

Doch Luise blieb todernst, als sie fortfuhr: »Du hast dich nicht davon abbringen lassen, Taschenbücher zu verkaufen. Hast sogar jene mit grauem Papier, winziger Schrift und poppigen Einbänden in dein Sortiment aufgenommen, die andere Buchhändler als Raubdrucke abgetan haben und die vor allem junge Menschen ansprechen sollen.«

Sie fuhrwerkte wieder mit dem Staubwedel herum und ließ

eine kleine Staubwolke entstehen. Ella wurde das Gefühl nicht los, dass sie auch mit dem Vortrag eine Wolke erzeugen wollte, die ihr eigentliches Ansinnen verschleierte.

»Nun ja, ich sah das immer recht pragmatisch und …«

»Und du hast sogar Comics verkauft!«, fiel Luise ihr ins Wort. »Die meisten Buchhandlungen haben sich dem vermeintlichen Schund strikt verweigert.«

»Hier haben sie sich so gut wie gar nicht verkauft.«

»Trotzdem. Ich erinnere mich noch an diese große Umtauschaktion. An meiner Schule hatte man uns aufgerufen, fünf der sogenannten Schundhefte in Buchhandlungen gegen ein richtiges Buch einzutauschen – was vom Jugendamt finanziert wurde. Aber du hast dich geweigert mitzumachen, hast abgewinkt, wenn von der diabolischen charakterzersetzenden Wirkung der Comics die Rede war. *Dass* die jungen Leute lesen, sei dir wichtig, hast du immer gesagt. *Was* sie lesen, sollen sie selbst entscheiden.«

Sie fegte mit dem Staubwedel nicht länger über den Tresen, sondern klopfte mit der Stange energisch gegen das Regal.

Ella trat zu ihr und nahm ihr den Staubwedel behutsam aus der Hand. »Ich freue mich, dass du das so siehst, aber …«

»Und du hast immer wieder gute Ideen gehabt«, fiel Luise ihr einmal mehr ins Wort. Kurz stockte sie, um danach umso entschlossener zu erklären: »Ich kann mich erinnern, wie du Anfang der Fünfzigerjahre einen Lesezirkel ins Leben gerufen hast. Nach Ladenschluss traf man sich hier, um über Bücher zu diskutierten – mindestens viermal pro Monat.«

Ella lächelte schmerzlich. Mit dieser Tradition hatte sie den Geist ihrer Mutter Klara Reichenbach am Leben erhalten wollen, für die Bücher immer das beste Mittel gewesen waren, um

Menschen zusammenzubringen und einen lebendigen Austausch anzustoßen.

»Warum hat dieser Lesezirkel denn ein Ende gefunden?«, fragte Luise.

Ella zuckte mit den Schultern, konnte es gar nicht mehr so genau sagen. Der Aufwand war wohl zu groß gewesen. Nicht nur dass die Buchhandlung täglich neun Stunden geöffnet war, sie hatte sich außerdem um Luise kümmern müssen und sie insbesondere an den Abenden nicht allein lassen wollen. Aber die Schwester drängte ohnehin nicht auf eine Antwort.

»Warum können wir so etwas nicht wiederbeleben?«, rief sie. »Ich meine, wir müssen doch über die Stammkundschaft hinaus ein neues Publikum in die Buchhandlung locken, als eine Art Werbung, wie sie immer wichtiger wird. Nicht zuletzt darum findet man in den Taschenbüchern nun häufig Anzeigen für Zigaretten oder Wertpapiere.«

»Womit nicht für das Buch an sich geworben wird.«

»Trotzdem gibt es einen guten Grund, warum die Verlage ihre Werbeabteilungen immer weiter ausbauen, warum immer häufiger Umfragen unter Lesern durchgeführt werden, um die Markttauglichkeit der Verlagsprogramme zu überprüfen, warum immer auffälligere Einbände in schrillen Farben angefertigt werden, damit sie sofort ins Auge stechen. Ich finde, unsere Buchhandlung sollte ein Hingucker hier in Bockenheim sein … ein echter Magnet.«

»Du schlägst jetzt aber nicht vor, dass unser Name künftig in Form blinkender Neonröhren über dem Eingang steht«, scherzte Ella.

»Das *Bücherreich* soll ein Alleinstellungsmerkmal haben und mehr als nur eine Buchhandlung sein, ein lebendiger Ort nämlich, wo Bücher nicht nur gekauft, sondern besprochen werden.«

»Und deswegen die Rückkehr zum Lesezirkel?«

In Ermangelung des Staubwedels klopfte Luise mit der Hand auf den Verkaufstresen.

»Na ja, Lesezirkel klingt etwas antiquiert. Es müsste schon eine andere Art von Veranstaltung sein.«

»Denkst du an Autorenlesungen?«

»Eher an Diskussionsrunden. Die sich nicht einfach nur mit einem bestimmten Buch beschäftigen, sondern mit einem Thema.«

»Und welches Thema soll das sein?«

Luise wich ihrem Blick aus. Erst jetzt fiel Ella auf, dass sie sie eigentlich die ganze Zeit über nicht richtig angeschaut hatte.

»Kann ich das festlegen? Und … kann ich eine solche Veranstaltung ganz allein organisieren?«

Ella fühlte, wie sich ihre Schwester anspannte, obwohl es dafür eigentlich keinen Grund gab. Sie hatte nie von ihr verlangt, exakt in ihre Fußstapfen treten, hatte ihr immer die Freiheit gelassen, eigene Ideen zu verfolgen. Warum zog sie jetzt verlegen den Kopf ein? Aber dann beschloss sie, dem nicht zu viel Gewicht zu geben.

»Aber natürlich!«, rief sie aus. »Was für eine gute Idee! Nimm dir alle Freiheiten, die du brauchst.«

In den kommenden Tagen gab sich Ella alle Mühe, sich zurückzuhalten. Luise sollte nicht nur alle inhaltlichen Entscheidungen treffen, sondern auch selbst festlegen, wie sie die Veranstaltung bewerben und welche ihrer Stammkunden sie gezielt einladen würde. Gewiss, manchmal musste sie sich auf die Lippen beißen, zum Beispiel um nicht einzuwenden, dass der Sommer keine gute Jahreszeit für Veranstaltungen aller Art war und sie besser den Herbst abwarten sollten. Doch am Ende sagte sie sich, dass Luise ihre eigenen Erfahrungen machen musste – so wie sich für sie einst in der Nachkriegszeit das Leben als der beste Lehrmeister erwiesen hatte.

Als der Abend der Veranstaltung nahte, konnte sie aber zumindest auf eines nicht verzichten: Häppchen vorzubereiten, die Luise augenscheinlich vergessen hatte. Nicht dass sie darin ein Profi war: die Gurkenschiffchen, die sie in der Küche schnippelte, waren so schief, dass sie beim geringsten Seegang untergehen würden, die Pumpernickelscheiben waren krümelig und die Käsewürfel so groß, dass kaum mehr Platz blieb, um auch die Weintrauben auf die Zahnstocher zu spießen.

Immerhin richtete sie alles hübsch auf zwei silbernen Tabletts an, balancierte diese mühsam zum Auto und später vom Parkplatz zur Buchhandlung. Schon von Weitem kam ihr Lilo entgegen.

»Darf ich etwas davon abhaben?«, fragt sie mit sehnsüchtigem Blick auf die Häppchen.

»Ich dachte, du wärst auf Diät. Hast du mir nicht kürzlich vorgeschwärmt, dass schon vier Pfund gepurzelt sind?«

»Aber danach stockte es. Und deswegen zähle ich jetzt keine Kalorien mehr, sondern mache eine Traubensaftkur, da ist eine Weintraube schon mal erlaubt. Und der Käse zählt ja nicht wirklich, oder?«

In dieser Größe wohl schon, dachte Ella, aber laut fragte sie nur: »Fällt Wein auch unter Traubensaft?«

Lilo zuckte mit den Schultern. »An zwei Tagen die Woche

darf ich eine Gemüsebrühe essen. Und etwas Obst.« Sie verzog das Gesicht, wohl, weil sie weniger an Obst sondern an Essig dachte. In diesen nämlich, so fuhr sie fort, wurde der Verbandsstoff getränkt, um damit einen Brustverband anzulegen.

»Warum brauchst du denn so etwas?«, entfuhr es Ella.

»Nun, in dem Buch, das ich bei dir gekauft habe, steht, dass sich auf diese Weise die Brüste straffen lassen.«

Ehe sie das Wort Brüste aussprach, hatte sie sicherheitshalber um ihre Schulter gelugt, um sicher zu sein, dass kein Passant lauschte.

Ella sparte sich die Bemerkung, dass der Tipp bestimmt für junge Mütter nach einer Schwangerschaft gedacht war. Sie verkniff sich auch die etwas anzügliche Frage, wie sie es denn schaffte, einen solchen Verband ganz allein anzulegen. Sagte, während Lilo ein Käsehäppchen in den Mund schob, nur: »Ich bin ja erstaunt, dich zu sehen. Luise zielt doch sicher auf ein jüngeres Publikum ab.«

»Na, hör mal, ich bin gerade mal Anfang vierzig!«

Als sie gemeinsam die Buchhandlung betraten, stellte Ella fest, dass die meisten Gäste nicht nur vierzig waren, sondern mindestens die fünfzig, gar sechzig überschritten hatten.

Insgeheim war sie erleichtert. Luise hatte nicht nur ihr das Thema der Veranstaltung verschwiegen – auch auf den Einladungskarten und den Plakaten war bloß von einem literarischen Abend die Rede, weswegen sie befürchtet hatte, sie würde einen Roman wie *Dein Sohn lässt grüßen* in den Mittelpunkt stellen. Der war kürzlich auf die Liste jugendgefährdender Schriften gesetzt worden, weil er nicht nur die ehebrecherische Beziehung zwischen einer verheirateten Frau und einem Schüler als reine Liebe darstellte, sondern es mehrere

Anspielungen auf Sex zwischen den beiden gab. Damit, so hatten die Behörden erklärt, würden Jugendliche verwirrt und fehlgeleitet.

Ganz offensichtlich hatte Luise ein anderes Thema ausgewählt.

»Kann ich davon eins haben?«

Diesmal deutete Lilo nicht auf die Käsehäppchen, sondern auf das Toastbrot, das Ella in Dreiecke geschnitten hatte, um damit die Häppchen zu umranden. Eigentlich taugte es nur für Dekorationszwecke, denn obwohl es dank ihres Toasters eine goldbraune Farbe angenommen hatte, war es zäh.

Lilo schmauste trotzdem vergnügt, während ein Herr auf Ella zutrat, der es nicht auf eine Toastbrotscheibe, sondern auf das ganze Tablett abgesehen hatte.

»Lass mich dir doch helfen, das zu tragen.«

Ella war überrascht, aber auch erfreut, dass Luise offenbar ihren alten Verehrer Reinhold Schadewald eingeladen hatte und der die Gelegenheit nutzte, um mal wieder die Buchhandlung zu besuchen, in der seine Mutter so lange gearbeitet hatte. Die übliche Verlegenheit, weil er seinerzeit mit seinem zaghaften Werben um sie gescheitert war, blieb aus, bereitwillig nahm er Ella das Tablett ab.

»Wo soll ich das hinstellen?«

Ella wollte diese Entscheidung eigentlich Luise überlassen, aber sie hielt vergebens nach ihr Ausschau, stellte nur fest, dass sich die Buchhandlung in den letzten Stunden gründlich verändert hatte: Der Verkaufstresen war in jene Ecke zurückgeschoben worden, wo sonst der Schaukelstuhl stand, und somit Platz für insgesamt drei Stuhlreihen geschaffen worden.

»Am besten dorthin«, entschied sie und wies auf den Tresen. Nachdem sie die Häppchen neu arrangiert hatte, um die Lücken, die Lilos Hunger gerissen hatte, zu verbergen, erkannte sie, dass sich zwischendurch die Reihen gefüllt hatten, und ebenso, dass der Altersdurchschnitt inzwischen gesunken war. Nicht nur, dass sie endlich Luise entdeckte, da waren auch ein paar junge Leute, die sie auf Anfang zwanzig schätzte und die die Schwester soeben begrüßte.

»Was diese Schmalzköpfe hier wollen, muss man mir auch erst mal erklären«, meinte Lilo kopfschüttelnd.

»Schmalzköpfe?«

»Na, so nennt man diese Gestalten mit ihren langen Haaren doch.«

»Lange Haare sind nicht zwangsläufig auch fettige Haare.«

»Bei denen schon.«

Ella konnte dem nicht zustimmen. Zugegeben, es war ungewöhnlich, dass bei diesem jungen Mann die Haare derart weit über die Ohren reichten, aber dass die weichen Locken die kantigen Züge umspielten, ließ ihn ausgesprochen attraktiv wirken. Das Lächeln, das er Luise schenkte, als die auf ihn zutrat, war einnehmend, und Ella konnte gut verstehen, warum ihre kleine Schwester derart rot anlief. Ein weiterer junger Mann trug seine Haare nicht lang, sondern streng gescheitelt. Sein Anzug war erstklassig, aber knallrot. Kaum dezenter war die Farbe des karierten Minikleids, das die junge Frau neben ihm über einem Rippenpullover trug, dazu Stiefeletten – was eine ungewöhnliche Wahl im Hochsommer war, wenngleich man ihr den modischen Geschmack nicht absprechen konnte.

»Wenn's nur die Haare wären, aber dieser Bart«, stöhnte Lilo. »Als wollte Luise einen Märchenabend veranstalten, und Rübezahl höchstpersönlich hätte einen Auftritt.«

Ella folgte ihrem Blick und sah einen jungen Mann, der in der zweiten Reihe lümmelte, als wäre sein Rückgrat aus Gummi. Überdies stellte er die Füße – in Schuhen mit offenen Schuhbändern steckend – auf den noch leeren Stuhl vor ihm. Und Lilo hatte recht: Nicht nur dass diese Haare schon lange kein Shampoo mehr gesehen hatten – der dunkle, wild wuchernde Bart schrie förmlich nach einer Bartschere.

Sie hoffte, dass er wenigstens seine Füße wieder zurückziehen würde, sobald er seine Schuhbänder zugebunden hätte, doch dazu machte er nicht die geringsten Anstalten. Als Reinhold auf der Suche nach einem freien Platz vor dem Stuhl stehen geblieben war, schien er ihn gar nicht zu bemerken. Erst blickte Reinhold ihn nur herausfordernd an, dann fragte er: »Können Sie bitte den Stuhl freimachen?« Er klang höflich, aber wie immer ein wenig angestrengt, als kostete es ihn Überwindung, andere auf sich aufmerksam zu machen.

Der bärtige Mann hob enervierend langsam den Kopf, und ebenso langsam ließ er seinen Blick über Reinhold schweifen. Umso schneller kamen seine hitzigen Worte. »Setz dich halt woandershin.«

Reinhold erstarrte, Lilo sog scharf den Atem ein. Ella ließ ihre Freundin stehen und hastete auf die beiden zu. Eine zornige Zurechtweisung lag ihr auf den Lippen, aber sie ermahnte sich, es besser mit Humor zu versuchen.

»Wie es ausschaut, leidet dieser junge Mann hier an Krampfadern, dafür müssen wir Verständnis haben«, sagte sie, hakte sich bei Reinhold unter und zog ihn zu einem freien Stuhl. Reinhold war von der unerwarteten Berührung wohl so ergriffen, dass er keine Gegenwehr leistete, sondern willig Platz nahm. Als Ella sich umdrehte, hatte der Bärtige schon wieder den Kopf eingezogen, und nun bekam sie selbst einen tadelnden Blick ab – von Luise nämlich, die sich hinter dem kleinen Tischchen positioniert hatte und ihr mit ungeduldiger Geste signalisierte, dass sie als Einzige noch stand. Tatsächlich hatten mittlerweile alle Platz genommen – die junge Frau mit dem karierten Minikleid just auf jenem Stuhl vor dem Bärtigen. Offensichtlich hatte sie mühelos geschafft, worin Ella und Reinhold gescheitert waren.

Rasch ging Ella zurück zum Tresen.

Luises Begrüßung fiel denkbar knapp aus, und danach wandte sie sich nicht eigens an die Stammkunden, um ihnen für ihr Kommen zu danken. Auch eine launige Bemerkung oder ein Scherz, um die Stimmung aufzulockern, blieben aus. Anstatt langsam aufs Thema überzuleiten, stellte sie in schulmeisterlichem Ton die Frage: »Was haben Hans Magnus Enzensberger, Rolf Hochhuth, Siegfried Lenz und Martin Walser miteinander gemein?«

Dem Geraune entnahm Ella, dass sie nicht die Einzige war, die von dem Thema überrascht wurde.

»Nun«, sagte Luise, »sie alle haben sich darum verdient gemacht, den Scheinwerfer auf eine Zeit zu richten, die viele gerne im Dunkeln wissen – die Zeit des Nationalsozialismus. Man sollte meinen, dass man sich in jenen zwanzig Jahren, die seit dem Ende des Kriegs vergangen sind, gründlich mit der Schuld beschäftigt hat, die das deutsche Volk auf sich geladen hat. Doch leider gilt es, das Gegenteil zu konstatieren. Erich Maria Remarques 1954 erschienener Roman *Zeit zu leben und Zeit zu sterben* wurde erst nach der Entfernung etlicher Stellen über die Wehrmacht veröffentlicht. Und es hat Jahrzehnte gedauert, bis mit Hans Buchheims Werk *Anatomie des SS-Staates* zum ersten Mal eine wissenschaftliche Aufarbeitung der sogenannten Endlösung der Judenfrage erfolgte.«

Wieder folgte Geraune, und diesmal war nicht nur Überraschung, sondern auch deutliches Missfallen herauszuhören. Ganz kurz glaubte Ella sich selbst dort stehen zu sehen … wie damals, kurz nach dem Krieg, als sie ebenfalls umstrittene Autoren zitiert hatte – Bertolt Brecht, Reinhold Schneider und Karl Jaspers. Wie schnell sich damals die Stuhlreihen geleert hatten! Jetzt blieben die Besucher sitzen, aber sie rutschten unruhig hin und her, als Luise fortfuhr: »Ich frage mich, warum ist das so? Warum herrscht in diesem Land der Eindruck vor, als wären alle erst nach der Stunde null geboren und hätten mit dem, was zuvor geschehen ist, nichts zu tun …«

Das Gemurmel schwoll an, und Ella entging nicht, dass es Luise etwas aus dem Konzept brachte. Die roten Flecke auf den Wangen verrieten es ebenso wie die Tatsache, dass sie sich an dem Tischchen festhielt. Dennoch fuhr sie unbeirrt, wenn auch ein wenig hektisch fort: »Wann genau hat sich unsere Gesellschaft zu diesem kollektiven Schweigen entschlossen, das sowohl die Frage erstickt, was die Opfer erleiden mussten, als auch die, was die Täter verbrochen haben? Wann genau hat man sich darauf geeinigt, dass jeder, der sich dem Schweigen widersetzt – wie zum Beispiel die von mir genannten Autoren –, ein Nestbeschmutzer ist, in Deutschland verhasst? Wann wurde die Übereinkunft getroffen, dass die Wahrheit nichts ist, was frei macht, sondern man sie lieber wie einen verfaulten Apfel im dunkelsten Kellerwinkel liegen lässt?«

Ella vermutete, dass sie sehr viel Zeit auf diese Formulierung verwendet hatte. Doch sie hatte wohl nicht den Effekt, den Luise angestrebt hatte. Anstelle von ergriffenem Schweigen gab es irritiertes Gemurmel. Noch lauter als dieses war ein schrilles Kichern, das von dem Mann mit den dunklen Locken kam. Er saß etwas aufrechter als der Bärtige und legte nun den Kopf in den Nacken, um nicht nur lauthals zu lachen, sondern auch zu rufen: »Ein fauler Apfel! Du lieber Himmel! Versteck dich doch nicht hinter Worthülsen, Luischen! Frag doch gleich in die Runde, wer von den alten Säcken ein paar Juden vergast hat!«

Während aus Luises Lippen ein trotziger Strich wurde, stand Ella kurz mit offenem Mund da. Sie waren nicht die Einzigen, die keinen Ton hervorbrachten, doch zwei der Gäste fanden ihre Fassung wieder und erhoben sich – ein alter Freund ihres Vaters Julius Reichenbach samt seiner Gattin.

»So etwas muss ich mir nicht anhören!«, verkündete er erbost.

Ella wusste, dass sie eingreifen sollte, aber sie war so perplex, dass sie sich nicht aus ihrer Starre lösen konnte. Nur ihr Blick kreiste suchend, blieb am dreieckigen Toastbrot hängen, als wäre von dort Rat zu erhoffen. Zu spät bekam sie mit, wie der lümmelnde Bärtige bewies, dass sein Rückgrat doch nicht aus Gummi war, denn plötzlich stand er neben der Tür, sein ganzer Körper angespannt.

»Und ob ihr euch das anhört. Niemand verlässt die Buchhandlung.«

Der ältere Herr war so verdattert, dass er tatsächlich verharrte, während Ella wie von weit her wieder Luises Stimme hörte.

»Es ist nicht nur das kollektive Schweigen, das wir beklagen. Wenn man die Vergangenheit einfach vergessen hätte, wäre das vielleicht noch entschuldbar. Aber was man nicht verschämt im

Keller versteckt hat und dort vermodern lässt, nein, was immer noch nicht totzukriegen ist, ist der Judenhass.«

Weitere Gäste hatten sich erhoben, darunter auch Lilo. »Das geht jetzt aber wirklich zu weit, Luise.«

»Ach ja?«, gab Luise angriffslustig zurück. »Willst du denn leugnen, dass vor fünf Jahren die jüdische Synagoge in Köln geschändet wurde, indem man sie mit Hakenkreuzen und der Forderung ›Juden raus!‹ beschmierte? Dass in den nächsten Tagen überall in Deutschland solche Schmierereien auftauchten und dass die Bundesregierung das als Dummejungenstreich abgetan hat, anstatt es als das zu benennen, was es ist: Grassierender Antisemitismus? Als kurze Zeit später eine Bildungsoffensive vorgestellt wurde, mit dem Ziel, den Nationalsozialismus als eigenständiges Thema in den Lehrplan aufzunehmen, regte sich massiver Widerstand seitens der Lehrer und Eltern. Wie sollte es auch anders sein? Die Zahl derer, die unter der Vergangenheit am liebsten einen Schlussstrich ziehen würden, wächst von Jahr zu Jahr.«

Ella löste endlich ihren Blick vom Toastbrot und machte einige Schritte auf Luise zu. Ehe sie etwas Mäßigendes einwerfen konnte, kam es erbost von Lilo: »Dass du dich nicht schämst, in dieser schönen Buchhandlung …«

Sie wandte sich ebenfalls Richtung Ausgang, doch auch ihr stellte sich der Bärtige in den Weg und machte seine fehlende Größe mit aggressivem Blick wett.

»Schöne Buchhandlung!«, rief der junge Mann mit den dunklen Locken schrill. »Opas und Omas Buchhandel ist tot!«

Lilo wandte sich hilfesuchend an Ella, doch ein anderer griff schützend ein. Reinhold erhob sich, leckte sich mit der Zunge ein paarmal nervös über die Lippen, brachte zornig hervor: »Ihr jungen Leute habt doch von nichts eine Ahnung. Wie die Maden im Speck seid ihr aufgewachsen. Was wisst ihr denn von den Bombennächten? Was wisst ihr vom Hunger? Was wisst ihr von der Kälte in Russland und wie unsere Soldaten erfroren sind? Mit der Laubsäge hat man unsereins die Finger abschneiden müssen, wenn sie abgestorben sind …«

Der junge Mann mit den dunklen Locken sprang auf. Seine Bewegungen wirkten geschmeidig, doch aus dem Zischen in seiner Stimme tönte nicht mehr Belustigung, nur unverhohlene Verachtung.

»Wir wissen nichts?«, rief er. »Ist das so? Seit fast zwei Jahren findet hier in Frankfurt der Auschwitzprozess statt – und das ganz öffentlich. Wie oft sind denn Sie im Gerichtssaal dabei gewesen? Wie oft haben denn Sie den Zeugenaussagen zugehört? Wie oft haben Sie den Staatsanwalt klagen hören, dass man hier förmlich im Blut wate? Die Angeklagten sind die übelsten Schinder und Schänder, die das Dritte Reich hervorgebracht hat.«

Wieder leckte Reinholds Zunge über seine Lippen, es wirkte so, als suchte er nicht nach Worten, sondern schnappte nach Luft.

Der junge Mann fuhr grimmig fort: »Und die Schauergeschichten von der Ostfront kannst du dir sparen. Was wünschte ich mir, dass der Laubsäge die Finger zum Opfer gefallen wären, *bevor* sie sich auf den Abzug der Gewehre gelegt haben und die Juden, die zuvor ihre eigenen Gräber hatten ausheben müssen, totgeschossen wurden.«

Reinhold war leichenblass, auch Lilo starrte nicht länger hilfesuchend auf Ella, sondern in Richtung Liebesromane. Der

Freund des Vaters polterte dagegen los: »Das ist doch alles üble Propaganda.«

»Soll auch das Propaganda sein, was vor zwei Monaten im Auschwitzprozess berichtet wurde? Dass einmal eine Waggonladung mit fünfzig Kindern unter sechs Jahren im Vernichtungslager ankam? Dass an diesem Tag nicht mehr genug Gas da war, weil die Deutschen es zwar immer geschafft hatten, genug Nachschub an jüdischen Opfern zu bekommen, aber das Rattengift manchmal knapp wurde? Was niemals knapp wurde, war die Mordlust. Man hat die Kinder, eins nach dem anderen, in eine Grube gestoßen, wo Feuerstellen brannten.«

Längst war kein Gemurmel mehr zu hören, sondern lauter Protest, wenn auch in manchen Gesichtern nicht nur Empörung stand, sondern Betroffenheit. Ein unangenehmes Summen breitete sich in Ellas Kopf aus. Die Stimmen der anderen übertönte es nicht – nur ihre eigene, als sie sich plötzlich das Silbertablett in der Hand mit kieksiger Stimme fragen hörte: »Will jemand eine kleine Stärkung?«

Ganz kurz schaffte sie es mit der unpassendsten aller Fragen tatsächlich, das Gemurmel zu bezwingen. Selbst der junge Mann sah sie verblüfft an.

»Das gehört nicht hierher«, zischte Luise schließlich in ihre Richtung. Nun, zumindest in dieser Hinsicht war Ella einer Meinung mit ihr, doch ehe sie das Tablett wieder abstellen konnte, erhob sich die junge Frau mit dem karierten Minikleid und kam auf sie zugestakst. Schon schnappte sie sich ein Stück Toastbrot und führte es mit gespreizten Fingern an den Mund.

»Oh, das ist aber zäh.«

Und nun trat auch der junge Mann auf sie zu und nahm ebenfalls ein Toastbrot, wenn auch nicht, um es sich in den

Mund zu stecken, sondern um es wie eine Anklageschrift zu erheben.

»Dazu fällt mir auch eine Geschichte ein. Von einem Häftling in Auschwitz, über den das Todesurteil verhängt wurde. Glücklich war, wer erschossen wurde. Dieser aber wurde in den Stehbunker ohne Verpflegung gesperrt. Als man nach ein paar Tagen die Leiche holte, fehlte das Oberteil seiner Schuhe. Die hat er in seiner Verzweiflung nämlich aufgegessen.«

Er warf das Toastbrot einfach in die Luft. Ella sah nicht, wo genau es landete. Sie sah nur, dass fast alle aufgesprungen waren und zur Tür drängten. Kurz machte es den Anschein, als wollte der Bärtige nicht weichen, und Ella befürchtete schon, Zeugin eines unwürdigen Gerangels zu werden. Doch der mit dem schrillen roten Anzug redete auf seinen Freund ein und faselte irgendwas von Freiheitsberaubung und Straftat, sodass er endlich die Tür freigab. Anstatt sich aber wieder auf seinen Stuhl zu lümmeln, stand er im nächsten Augenblick an einem Bücherregal und nahm einen Liebesroman nach dem anderen heraus und ließ sie auf den Boden fallen.

Sogar Luise ging das zu weit. »Nicht!«, hielt sie schwach dagegen. »So geht man nicht mit Büchern um.«

Sie wollte zu dem Bärtigen hin, aber der andere junge Mann schlang einen Arm um sie, hielt sie fest und begann ein Gedicht zu rezitieren.

»Wenn wir den Krieg gewonnen hätten,
mit Wogenprall und Sturmgebraus,
dann wäre Deutschland nicht zu retten
und gliche einem Irrenhaus.«

Ein Irrenhaus, echote es in Ella, ja, das trifft es. Sie war bloß nicht sicher, ob sie eine von den Wahnsinnigen oder eine Pflegerin war. Wahrscheinlich war sie nur eine Statistin, wie sie da mit ihrem Silbertablett stand, von dem die junge Frau ein Käsehäppchen nach dem anderen nahm, unfähig, sich zu rühren, einzuschreiten. »Das schmeckt aber gut.«

Während sie aß und der Bärtige Bücher aus den Regalen fetzte, fuhr der andere fort, Erich Kästner zu rezitieren.

»Dann läge die Vernunft in Ketten
und stünde stündlich vor Gericht.
Und Kriege gäb's wie Operetten.
Wenn wir den Krieg gewonnen hätten –
Zum Glück gewannen wir ihn nicht.«

Ja, Vernunft war gerade nicht zu Gast – gut, dass die jungen Leute endlich abrauschten, nachdem sie das Tablett geleert hatten.

»Thilo!«

Luise musste seinen Namen dreimal rufen, ehe er endlich stehen blieb und sie zu ihm aufschließen konnte. Obwohl sie ihm regelrecht nachgerannt war, verlangsamte sie unwillkürlich ihre Schritte. Eigentlich hatte sie keine große Lust auf die Gesellschaft von ihm und seinen Freunden. Sie hatte nur vor Ella fliehen wollen, die vorhin ganz steif inmitten des Chaos im *Bücherreich* gestanden hatte, sie nicht vorwurfsvoll, eher entsetzt und fassungslos angestarrt hatte.

»Na, willst du mit uns einen Happen essen gehen?«, fragte Thilo, als wäre nichts geschehen.

Rosie strich sich über ihren Bauch: »Also ich bin eigentlich satt.«

»Na, ich hätte mir diese Schuhsohlen nicht reingestopft«, spottete Thilo. Erst hängte er sich lachend bei Rosie ein, dann zog er Luise in seinen anderen Arm. Sie war so verdattert, dass sie sich nicht wehrte, sondern sich einfach mitziehen ließ. Als er aber plötzlich seinen Kopf auf ihre Schulter legte und seine langen Haare sie am Hals kitzelten, beschwingte sie das nicht wie erwartet, sondern war ihr unangenehm.

Da es ihr immer darum gegangen war, ihn zu beeindrucken, sie nur seinetwegen diese Veranstaltung organisiert hatte – blieb diese flüchtige Berührung ein zu karger Lohn, zumal sie gehofft hatte, dass der Abend nicht in einer überfüllten Kneipe enden würde, sondern in seinem Studentenzimmer. Und es war noch nicht mal das, was sie am meisten enttäuschte.

Ein Stück ließ sie sich wortlos mitziehen, plötzlich aber versteifte sie sich und blieb stehen, sodass auch er gezwungen war innezuhalten.

»Ich finde, ihr seid zu weit gegangen. Viel zu weit.«

Abrupt ließ er sie los. »Sag bloß, du kannst die Geschichten von Auschwitz auch nicht ertragen!«

Sie holte tief Atem, aber konnte nicht verhindern, dass ihre Stimme piepsig klang. »Ich ertrage es nicht, wenn man Bücher auf den Boden wirft.«

Rosie lachte glucksend; was Ernesto für eine Geste machte, wollte sie gar nicht genau wissen. Thilo trat noch einen Schritt zurück, musterte sie von oben bis unten, als müsste er sich erst mühsam ins Bewusstsein rufen, wer sie war und warum er mit ihr Zeit verbrachte. Bei der Begrüßung hatte er noch Wohlwollen bekundet, weil ihr Kleid so kurz wie nie war und ihre Beine gut zur Geltung brachte, jetzt konnte sie nicht sagen, ob ein wenig Respekt in seinem Blick lag oder bloß Verachtung.

»Nun ja«, warf Claus ein, »schön finde ich das auch nicht. Aber irgendwie gilt es nun mal, den Vergreisungsprozess des

Buchhandels anzuprangern. Wenn man wegkommen will von dieser provinziell miserablen, vordemokratischen, altväterlichen Prägung, dann muss man …«

»Jetzt hör zu schwätzen auf!«, rief Ernesto ungeduldig. »Wie oft soll ich noch sagen, dass die Revolution nicht mit Büchern gemacht wird.«

Seine zornige Geste ließ Luise zurückweichen.

»Jetzt mach doch dem Mäuschen keine Angst«, warf Rosie gut gelaunt ein. Schon hakte sich Thilo wieder bei Luise unter, und sie ließ sich ein paar Schritte mitziehen, ehe sie sich abrupt von ihm löste.

Sie konnte nicht recht sagen, was sie ritt, nur klang ihre Stimme nicht mehr ganz so piepsig, als sie verkündete: »Ich komme nicht mit. Ich muss zurück in die Buchhandlung und helfen aufzuräumen. Sie ist unser Familienunternehmen. Nichts, rein gar nichts, rechtfertigt es, sie derart zu verwüsten.«

Rasch senkte sie den Blick, um Thilos gehässige Miene nicht länger sehen zu müssen, und ehe sie es sich anders überlegen konnte, wandte sie sich ab und machte kehrt.

»Vergiss nicht, die Krumen vom Toastbrot zusammenzukehren«, rief Rosie ihr nach.

Ihr Lachen verfolgte sie auch dann noch, als es nicht länger zu hören war.

Als sie in die Wohnung zurückkehrte, war es spät am Abend. Es hatte nicht sehr lange gedauert, das Chaos zu beseitigen. Genau genommen hatte sie kaum mehr Chaos vorgefunden, als sie die Buchhandlung betreten hatte. Ella musste in Windeseile die Bücher zurück ins Regal gestellt haben, ehe sie das *Bücherreich* verlassen hatte. Das Einzige, was Luise noch zu tun blieb, war, die Stühle aufzustapeln und in jenen Lagerraum zu bringen, wo Pakete verpackt wurden.

Es fuhr kein Bus mehr, weswegen sie den ganzen Weg zu ihrer Dreizimmerwohnung in der Nähe der Alten Oper zu Fuß zurücklegen musste. Ganz leise sperrte sie auf, nahm erleichtert wahr, dass die Wohnung im Dunkeln lag, Ella also schon zu Bett gegangen war.

Gut so, für heute war sie zu erschöpft für eine Auseinandersetzung.

Doch obwohl sie am liebsten ebenfalls so schnell wie möglich ins Bett gegangen wäre, verharrte sie im Wohnzimmer. Vom Mobiliar waren in der Dunkelheit nur Konturen zu erkennen, aber die Erinnerungen waren gestochen scharf, als sie ihr gemeinsames Leben hier Revue passieren ließ.

Sie war zehn Jahre alt gewesen, als sie hier eingezogen waren, und die 65 Quadratmeter waren ihr riesengroß erschienen, nachdem sie zunächst nur zwei winzige Zimmer bewohnt hatten. In der neuen Wohnung gab es nicht nur eine Zentralheizung, sondern außerdem eine Einbauküche. Und obwohl Ella keine Frau war, die dort gerne Zeit verbrachte, hatte sie ihr doch ehrfürchtig alles gezeigt – den Elektroherd, den Kühlschrank, die Nirostaspüle. Eine vollautomatische Waschmaschine würden sie auch bald bekommen.

»Und wir müssen uns unbedingt einen Toaster anschaffen.«

Damals hatte sie nicht mal gewusst, was das war. Später hatte sie begriffen, dass jeder, der einen gewissen Wohlstand beweisen wollte, sich einen leistete. Eine Trockenhaube übrigens auch.

Der Toaster hat nicht gehalten, was er verspricht, ging ihr

jetzt durch den Kopf. Das Brot, das rauskommt, ist entweder zäh oder verbrannt.

Aber die Anzahl ihrer Küchengeräte war ihr ohnehin immer egal gewesen. Auch die ungewöhnlich moderne Einrichtung – skandinavische Möbel aus warm anmutendem Holz, Schalensessel aus Korbgeflecht und ein Webteppich in Dottergelb anstelle von dunklen Schränken und schweren Samtvorhängen. Was ihrer Wohnung eine Seele gab, waren die vielen Bücher. In doppelten Reihen standen sie in den Regalen, lagen in Stapeln neben dem Sofa und auf einem kleinen Tischchen. Sie bestimmten nicht nur Ellas Berufsalltag, sondern waren ihr Leben.

Luise hatte es immer großartig gefunden, dass hier – ganz anders als im Laden – keine thematischen Schwerpunkte gesetzt, die einzelnen Werke nicht streng nach Genre geordnet waren. Ähnlich wie im Schlaraffenland der Kirschkuchen neben den Würstchen baumelt, reihten sich hier Brockhauslexika an die vier Bände von Hela von Trothas *Die Herren auf Greifenau*, Günter Grass' *Blechtrommel* oder Heinrich Bölls *Billard um halbzehn* an Lyrik von Novalis und Eichendorff, Sachbücher über den deutsch-französischen Krieg 1871 an Kochbücher. Wobei es natürlich bezeichnend war, dass Letztere hier standen, nicht in der Küche, weil Ella sich noch nie an komplizierten Gerichten versucht hatte. Jedenfalls bewies ihre Privatbibliothek, dass Ella kein Buch zu trivial oder zu anspruchsvoll war, zu seicht oder zu hochtrabend, zu schlicht oder zu gelehrt. Wie Mitglieder einer großen Familie seien sie, hatte sie mal gesagt, und zu so einer gehörten nun mal der gestrenge Gelehrte mit dem Monokel ebenso wie der Abenteurer, der auf dem Kanu einen Ozean überqueren will, oder die

Romantikerin, die im duftenden Rosengarten von der großen Liebe träumt.

Ella hatte sich vom Anblick der vielen Büchern stets beschenkt, nie beengt gefühlt – und eigentlich hatte auch Luise immer so empfunden.

Wann genau hatte sich das geändert? Wann hatte sie Ellas Lektürevorlieben zum ersten Mal als altmodisch abgetan, wann den Laden nicht mehr als *Bücherreich* empfunden? Und ab wann hatte sie das Gefühl gehabt, Gleichaltrigen atemlos hinterherzuhinken? Selbst wenn sie rannte, blieb jenes Tempo, das Rosie sogar mit Riesenabsätzen mühelos hielt, für sie unerreichbar.

Sie unterdrückte ein Seufzen, beschloss, sich in ihr Zimmer zurückzuziehen, doch auf dem Weg dorthin nahm sie den Lichtschein unter Ellas Zimmertür wahr. Ella musste gehört haben, wie sie heimkam, wollte sie aber offenbar nicht sehen. Auch Luise hielt es eigentlich für besser, wenn sie sich erst am nächsten Morgen ausgeschlafen gegenübertraten. Aber zugleich wusste sie, dass ihr eine schlaflose Nacht bevorstünde, wenn sie jetzt dem Gespräch auswich.

Sie überlegte kurz anzuklopfen, obwohl sie das nie getan hatte. Es war immer selbstverständlich für sie beide gewesen, einfach einzutreten. Warum auch nicht, sie hatten nie etwas voreinander zu verbergen gehabt. Doch als sie jetzt die Tür aufriss, sah sie, wie Ella zusammenzuckte. Sie kniete mitten im Zimmer, und sobald sie Luise erblickte, beugte sie sich schützend über das, was vor ihr auf dem Fußboden stand.

Luise hatte sich keine Worte zurechtgelegt. So groß ihr schlechtes Gewissen auch war – der Trotz, der sie von einer Entschuldigung abhielt, stand ihm in nichts nach. Nun war sie erleichtert, dass es ein anderes Thema als die missratene Veranstaltung gab.

»Was machst du da? Was ... was ist denn das?«

Ella duckte sich noch tiefer, doch als Luise näher trat, sah sie eine kleine Kiste. Und weil Ella diese nicht sofort verschloss, sondern das, was sie in den Händen hielt, rasch hineinlegte, konnte sie einen kurzen Blick auf den Inhalt erhaschen. Es waren Dokumente darin – Ausweise, Urkunden? –, auch verblichene Fotos und alte Bücher.

Schon knallte der Deckel zu, Ella drückte die Kiste an ihre Brust und stand auf.

»Das ist nicht so wichtig.«

»Versteckst du diese Kiste etwa vor mir?«

»Das ist nicht so wichtig«, wiederholte Ella, und diesmal klang es nahezu feindselig.

»Diese Fotos ... zeigen sie unsere Eltern?«

Luise hatte so gut wie keine Erinnerungen an Julius und Klara Reichenbach. Als die Mutter kurz nach dem Krieg gestorben war, war sie gerade mal zwei Jahre alt gewesen. Der Vater war erst einige Jahre später seinem Herzleiden erlegen, aber da sie die ersten Lebensjahre größtenteils bei ihren Großeltern verbracht hatte – Ella musste sich damals um den Wiederaufbau der Verlagsbuchhandlung kümmern und konnte sie nur an den Wochenenden zu sich holen – war er keine Konstante in ihrem Leben gewesen. Sie hatte noch lebhafte Erinnerungen, wie Ella ihr damals entweder vorgelesen oder ihr mit einer Fibel das Lesen beizubringen versucht hatte. Doch wenn sie sich ihren Vater vorzustellen versuchte, war da anstelle seines Gesichts nur ein grauer Fleck. Sie hatte ihn nie schmerzlich vermisst, wenn überhaupt hatten die Geschichten, die Ella ihr erzählte, Stolz erweckt, von solchen ehrenwerten, tüchtigen Menschen abzustammen. Aber es hatte keine Leerstelle in ihrem Leben gegeben, die Ella nicht mit ihrer Fürsorglichkeit und Liebe gefüllt hätte.

»Ich zeige sie dir ein anderes Mal.«

Die Kiste war noch nicht ganz geschlossen, das Eckchen eines dünnen Büchleins lugte hervor. Ella öffnete sie erneut und schob das Büchlein zurück, und Luise erkannte, dass es eine ziemlich zerfledderte Ausgabe von *Don Carlos* war.

Eigentlich war Schillers Drama nichts, was Misstrauen erweckte. Doch weil sie sich nicht erklären konnte, was es hier verloren hatte, wurde es – noch mehr als die Urkunden, Ausweise und Fotos – für sie zum Beweis, dass Ella ihr etwas verschwieg und sie in dieser Kiste ein Stück Vergangenheit nicht einfach nur aufbewahrte, sondern verbarg.

»Nun lass mich doch sehen, was …«, setzte sie an und versuchte nach der Kiste greifen.

»Da ist wirklich nichts Wichtiges drin«, sagte Ella und zog sie rasch zurück.

»Sind Andenken an unsere Eltern etwa nicht wichtig?«

»Du hast mich so gut wie nie nach ihnen gefragt.«

»Und du hast sie so gut wie nie erwähnt.«

»Ich wollte keine Wunden aufreißen.«

Mit jedem Wort wurde Ellas Stimme schärfer. Kurz erschien es Luise lächerlich, dass die Auseinandersetzung ausgerechnet an dieser Kiste entbrannte, obwohl der heutige Abend Grund genug für einen bitterbösen Streit gewesen wäre. Doch irgendwie schien das eine mit dem anderen zu tun zu haben. Anstelle von Schuldgefühlen regte sich in ihr etwas, was sie nicht genau benennen konnte, eine Mischung aus Zorn und Ohnmacht, wie sie vielleicht Ernesto dazu bewogen hatte, Bücher aus dem Regal zu reißen. Das hätte sie zwar nie getan, aber kurz hätte sie am liebsten um diese Kiste gekämpft.

»Ich weiß von unseren Eltern nicht viel mehr, als dass sie Verleger aus Leidenschaft waren. Kann es sein, dass du mir etwas verschwiegen hast? Dass … dass …« Sie konnte es kaum aussprechen, aber einmal mehr musste sie an Ernesto denken und was er über die Elterngeneration dachte. »Waren sie etwa Nazis?«

Ellas Miene verschloss sich. »Sag mal, bist du verrückt geworden? Ich habe dir doch erzählt, dass unsere Mutter an den Folgen einer Folterung starb. Sie hat mit verbotener Literatur gehandelt, und deswegen wurde die Gestapo auf sie aufmerksam.«

Natürlich kannte sie diese Geschichte. Allerdings hatte Ella sie immer nur am Rande erwähnt, nicht mit dem Stolz, der eigentlich zu erwarten gewesen wäre, sondern tief betroffen, auch immer so schmallippig.

»Und Vater?«, fragte Luise. Als nicht sofort eine Antwort kam, fügte sie hinzu: »Und du?«

»Ich war damals noch ein Kind!«

»Du bist Jahrgang 1925, warst bei Kriegsende also schon eine junge Frau. Sonst hättest du es nicht geschafft, das Unternehmen deiner Eltern ohne fremde Hilfe weiterzuführen und durch diese schweren Jahre zu bringen. Warum … warum sprichst du nie über diese Zeit?«

Wieder blieb Ella ihr eine Antwort schuldig. Nur in ihrem Blick sah Luise einen Schmerz aufflackern, der sie in seiner Vehemenz und Tiefe überraschte. Sie hatte manchmal gedacht, dass Ella ein ziemlich eintöniges, gar langweiliges Leben führte, aber sie hatte nie daran gezweifelt, dass es ein durch und durch zufriedenes war.

Jetzt barg die Schwester die Kiste an ihrer Brust – zärtlich und zugleich voller Kampfeslust.

»Es geht hier um mein Leben, nicht um deines«, rief sie aus.

Luise konnte sich nicht erinnern, dass Ella je laut geworden war. Selbst nach dem, was vorhin in der Buchhandlung geschehen war, hatte sie sicher sein können, dass die ältere Schwester zwar eisig werden würde, aber nicht schreien.

Ella schien selbst erschrocken über ihre Heftigkeit zu sein, denn gemäßigter fügte sie hinzu: »Wenn das für dich wirklich so wichtig ist, dann kann ich dir hoch und heilig versichern, dass ich nie mit Nazis sympathisiert habe. Im Gegenteil, ich habe sie gehasst.«

Luise spürte, dass das keine Lüge war. Und doch kam ihr genau dieses Wort in seiner ganzen giftigen Bedeutung in den Sinn.

»Das kann jeder sagen, wenn keine Taten folgen müssen.«

Nun hielt Ella die Kiste wie einen Schutzschild.

»Taten? Welche Taten denn? Hätte ich heute auch wie eine Furie wüten, Bücher auf den Boden werfen, gute Freunde und treue Kunden als Kriegsverbrecher beschimpfen, Schauergeschichten zum Besten geben müssen? Tut mir leid, aber das kannst du nicht von mir erwarten.«

Entschieden wandte sie sich ab, schien nicht mehr zu befürchten, dass Luise die Kiste gegen ihren Willen an sich reißen würde. Sie öffnete den Kleiderschrank und schob sie in das Fach ganz oben. Luise brachte es tatsächlich nicht über sich, nach der Kiste zu greifen, aber klein beigeben wollte sie auch nicht.

»Meine Freunde sind einen Schritt zu weit gegangen. Trotzdem wundere ich mich, dass du dich so gar nicht für die Vergangenheit zu interessieren scheinst – nicht nur für deine nicht, auch nicht für die unseres Landes.«

Ella stellte sich auf Zehenspitzen, um der Kiste einen Schubs zu geben, sodass sie nicht mehr zu sehen war. Wie viel gab es noch in ihrem Leben, was man nicht sah, wenn man nicht willentlich danach suchte?

»Ich weiß ehrlich gesagt immer noch nicht, was genau du erwartest.« Ella hatte die gleichen roten Flecken im Gesicht wie sie selbst manchmal, und doch war ihr die Schwester nie so fremd, so fern erschienen.

»Ich kann mich noch gut an den Skandal erinnern, zu dem es vor einiger Zeit auf der Frankfurter Buchmesse gekommen ist«, sagte Luise. »Der Göttinger Plesse-Verlag hat damals seinen Stand mit einer Neuausgabe von Alfred Rosenbergs Rassebüchern bestückt und wurde aufgefordert, sie zu entfernen. Als das nicht geschah, schlugen ihm die Besitzer der Nachbarstände die Einrichtung zusammen und schleppten die Bücher gebündelt auf den Ausstellungshof. Ich weiß, du hast das alles beobachtet. Aber ich weiß auch, dass du nicht mitgemacht hast, als es galt, diese antisemitischen Machwerke zu entfernen.«

»Das ist zehn Jahre her!«

»Macht es das besser? Der Krieg ist zwanzig Jahre her, und jeder tut so, als ginge ihn das alles nichts mehr an.«

»Das habe ich so nie gesagt.«

»Das Gegenteil auch nicht. Du bist Buchhändlerin! Wie viele Bücher zu diesem Thema sind in unserem Laden erhältlich?«

»Bis vor Kurzem war dir das egal. Hat dich wirklich das Interesse an der Vergangenheit gepackt – oder eher das an diesen jungen Herrschaften, die heute nichts als Chaos verursacht haben?«

Fast entfuhr Luise ein Lachen. Nichts passte weniger zu Thilo und seinen Freunden als die Zuschreibung »junge Herrschaften«. Aber der Laut blieb ihr in der Kehle stecken, stattdessen fühlte sie plötzlich Traurigkeit in sich aufsteigen. Seit wann sprachen Ella und sie nicht mehr die gleiche Sprache? Seit wann war es so mühsam, einander zu verstehen? Seit wann war das Einzige, was sie zu einen schien, Müdigkeit?

Luise deutete mit dem Kinn in Richtung Schrank. »Sag mir einfach, warum du das vor mir versteckt hast«, bat sie leise.

Ella folgte ihrem Blick nicht. Sie starrte Luise unverwandt an, und hinter der Verstörtheit, dem Befremden, auch einem gewissen Trotz war wieder die vertraute Schwester zu erahnen.

»Das sind meine Erinnerungen, keine Indizien in einem Prozess. Ich sitze nicht auf der Anklagebank, ich muss mich nicht rechtfertigen.«

»Na, du nicht«, entfuhr es Luise.

»Wie meinst du das?«

»Wenn du schon nicht von unseren Eltern sprechen willst, wenn dir deine eigene Vergangenheit so heilig ist, dann könntest du mich wenigstens begleiten, um zu beweisen, dass du nicht aus Ignoranz oder Gleichgültigkeit schweigst.«

»Wohin begleiten?«

Luise war erst in diesem Augenblick auf die Idee gekommen. Und sie war nicht sicher, ob es eine gute war. Aber als Ella erblasste, sobald sie ihr Anliegen genannt hatte, und dann widerstrebend herumdruckste, fühlte sie sich im Recht, darauf zu bestehen.

»Ich finde, dass es für alle Deutschen Pflicht ist, sich der Vergangenheit zu stellen«, beharrte sie, »vor allem die Frankfurter sollten die Gelegenheit nutzen, bei diesem Ereignis dabei zu sein, es findet schließlich in ihrer Heimatstadt statt.«

Immer noch zögerte Ella.

»Natürlich kannst du mir auch den Inhalt der Kiste zeigen, wenn dir das lieber ist«, schob Luise gnadenlos nach.

Kurz sah sie in der Miene der Schwester nicht nur Unbehagen sondern auch Empörung. Nach der missglückten Veranstaltung schuldete eigentlich Luise ihr etwas – nicht umgekehrt. Das wusste Luise selbst. Aber am Ende überwog wohl Erschöpfung.

»Wenn es dir so wichtig ist, begleite ich dich eben dorthin«, murmelte Ella, ehe sie sich erhob und Luise aus dem Zimmer schob, um mit ihren Geheimnissen aus der Vergangenheit allein zu sein.

3. KAPITEL

»Das darf doch nicht wahr sein! Wir kommen zu spät«, rief Luise vorwurfsvoll.

»Es ist doch nicht meine Schuld, dass es keinen freien Parkplatz gibt«, hielt Ella dagegen.

Normalerweise war es mit dem kleinen VW-Käfer, den Ella seit zwei Jahren fuhr, kein Problem, fündig zu werden, aber in der gesamten Frankenallee war nicht die winzigste Lücke zu entdecken. Die Verkehrssituation in Frankfurt war seit Langem verheerend. »Früher wollten wir das Volk ohne Raum sein, jetzt sind wir ein Volk ohne Parkplätze«, spottete Luise.

Zum dritten Mal fuhren sie nun schon die Straße entlang, und Ella entschied, dass dies der letzte Versuch sein würde. Sie konnte nicht leugnen, dass ihr ein Vorwand, wieder umzukehren, äußerst willkommen war. Nicht nur, dass es sie Überwindung gekostet hatte, das *Bücherreich* heute ausnahmsweise geschlossen zu halten – der Gedanke an das, was sie hier erwartete, weckte das kalte Grauen in ihr.

Doch plötzlich rief Luise begeistert: »Dort hinten ist was frei!« Und Ella ergab sich seufzend ihrem Schicksal.

Nachdem sie den Wagen abgesperrt hatte, musste sie laufen, um zu Luise aufzuschließen. Der schien es gar nicht schnell genug zu gehen, das Gebäude in der Frankenallee 111 zu erreichen. Dort allerdings verharrte sie so abrupt, dass Ella beinahe in sie hineinlief. Mit dem Kinn deutete Luise in den Innenhof, wo vier Gefangenentransporter standen. Gerade stiegen mehrere Männer aus einem, und Polizeibeamte in blauer Uniform geleiteten sie Richtung Eingang.

Ella kam es aufdringlich vor, sie offen anzustarren, aber sie konnte nicht anders, als sie aus den Augenwinkeln zu mustern. Was ihr als Erstes in den Sinn kam, war nicht: So sehen also Kriegsverbrecher aus. Nur: Das sind ja bloß alte graue Männer.

Anders als sie hatte Luise sie unverhohlen angestarrt, und ebenso offen zeigte sie ihre Verachtung: »Ein paar der Angeklagten befinden sich nicht in Untersuchungshaft, sondern kommen jeden Tag mit dem Zug angereist. Viele Prozessbesucher versuchen, in der Kantine in ihrer Nähe zu sitzen, hab ich gelesen – das verspricht wohl besonderen Nervenkitzel.«

Ellas Nerven flatterten kein bisschen, ihr Körper fühlte sich bleiern an, erst recht, als sie das Gebäude betraten und sofort in eine Menschenmenge gerieten, hin und her geschoben wurden in einer immer dickeren Wolke an Ausdünstungen.

Waren die anderen, die energisch versuchten, einen Platz im Gerichtssaal zu ergattern, ebenfalls nur neugierige Frankfurter wie sie selbst?

Wobei sie gar nicht neugierig war, alles in ihr drängte zur Flucht. Als sie Luise an jenem Abend versprochen hatte, mit ihr den Frankfurter Auschwitzprozess zu besuchen, war ihr das als geringeres Übel erschienen. Hauptsache, sie konnte ihre kleine Kiste voller Erinnerungsstücke geschlossen halten. Nun schien sich eine viel größere aufzutun. Wie lächerlich zu glauben, man könnte Erinnerungen irgendwo handlich verstauen.

»Schau«, raunte Luise ihr zu. »Das dort hinten muss eine Gruppe von ehemaligen Häftlingen von Auschwitz sein. In der Zeitung stand, dass viele Vertreter von Widerstandsorganisationen gegen den Faschismus vor Ort sind – deutsche wie ausländische.«

Ella vermied es, in die Richtung zu blicken, in die Luise wies. Sie wusste nicht, woran man ehemalige Häftlinge erkannte. Vorhin hatte sie ja auch nicht gewusst, ob diese alten grauen Männer bösartig oder müde, hasserfüllt oder überdrüssig, schuldbewusst oder trotzig waren.

Sie selbst war immer überforderter, hilfloser, sehnte sich nach frischer Luft in dem Gedränge schwitzender Leiber.

»Wir kriegen nie und nimmer einen Platz«, presste sie hervor.

Luise schien das ebenfalls langsam einzusehen. »Die Journalisten dort dürfen wenigstens hoch zur Pressetribüne, während wir uns hier die Beine in den Bauch stehen.«

Ella zögerte, witterte die Chance, dieser Situation zu entkommen. Aber sie wollte die Schwester nicht enttäuschen, und allein die Hoffnung, dass man in diesem Gebäude irgendwo frische Luft atmen konnte, führte dazu, dass sie Luise beherzt am Arm packte und mit sich zog.

»Aber wir sind nicht von der Presse, wir dürfen nicht …«, setzte Luise verdattert an, doch da waren sie die Treppe schon zur Hälfte hochgestiegen, und Ella war zu beglückt, tiefe Atemzüge nehmen zu können, um wieder kehrtzumachen.

»Lass mich nur machen«, sagte sie energisch.

Wenig später standen sie einem Saalwärter gegenüber, der ihnen »Presseausweis« entgegenblaffte. Ella entging nicht, dass Luise verlegen den Kopf einzog, doch ihr gelang es, den Mann zu fixieren und ein professionelles Lächeln aufzusetzen. »Das tut mir wirklich leid, aber in der Hektik des Morgens haben wir den komplett vergessen. Doch so oft, wie wir hier sind, müssten Sie uns eigentlich kennen. Wir sind von der *Frankfurter Neuen Presse* und …«

Der Blick des Mannes wurde schmal, doch Ella trat selbstbewusst einen weiteren Schritt auf ihn zu, drängte sich dann einfach an ihm vorbei.

»Fräulein, Sie können nicht …«

»Muss ich etwa beweisen, dass ich Journalistin bin? Stellen Sie mir doch einfach eine Frage. Zum Beispiel zum Rotationstiefdruckverfahren. Ich kann gerne erklären, wie der Zeitungsdruck vonstattengeht: Der Druckzylinder trägt das Druckbild in winzigen Näpfchen, und diese werden …«

Der Mann winkte genervt ab, und als Ella immer noch keine Anstalten machte, stehen zu bleiben, verdrehte er die Augen und winkte sie und Luise weiter.

Luise blickte Ella bewundernd an. »Das hätte ich dir niemals zugetraut!«

»Dass ich etwas vom Zeitungsdruck verstehe? Oh, ich habe keine Ahnung, ob das Rotationstiefdruckverfahren immer noch Anwendung findet, aber damals nach dem Krieg wurden diese Rotationsromane herausgebracht und …«

Sie brach ab. Kurz hatte die eigene Unverfrorenheit beflügelnd gewirkt, doch nun hatten sie die Pressetribühne erreicht und blickten hinab in den Saal. Menschen kämpften dort um die wenigen freien Plätze, doch ein Stuhl war unbesetzt: der Zeugenstuhl, der nicht sonderlich weit entfernt von der Anklagebank stand.

In den letzten zwanzig Monaten hatten unzählige Männer und Frauen dort Platz genommen und ausgesagt, heute jedoch würde niemand mehr dort sitzen. Im ersten groß angelegten

Gerichtsverfahren, das sich die juristische Aufarbeitung der NS-Verbrechen zum Ziel gesetzt hatte, würde das Urteil gesprochen werden.

»Hier können wir uns hinsetzen«, hörte sie Luise sagen und ließ sich von der Schwester auf einen wackeligen Stuhl ziehen. Sie hatte die Zuschauerreihen nun nicht mehr zur Gänze im Blick, aber sie würden die Angeklagten sehen, die Staatsanwaltschaft, die Richter.

Ellas Kehle wurde eng, und was in ihr hochkroch, war nicht einfach nur Unbehagen, es war regelrecht Panik.

Wofür es eigentlich keinen Grund gab, redete sie sich gut zu. Es war schließlich nicht so, dass sie den Auschwitzprozess in den letzten Jahren komplett verdrängt hätte. Sie hatte sich durchaus damit befasst, wusste, dass nach den Nürnberger Prozessen unmittelbar nach dem Krieg, in denen etliche führende Größen des Dritten Reichs vor den Militärgerichtshof gebracht worden waren, der Kampf der Alliierten um Gerechtigkeit rasch erlahmt war und es danach in Deutschland über viele Jahre kein Interesse gegeben hatte, die Verbrecher der NS-Zeit zur Verantwortung zu ziehen. Der Eichmann-Prozess 1961 in Jerusalem hatte aber zur Frage geführt, wie viele Drahtzieher der sogenannten Endlösung der Judenfrage unbehelligt in der BRD lebten. Und auf das Betreiben von Generalstaatsanwalt Fritz Bauer hin waren schließlich insgesamt zweiundzwanzig Männer für Morde in Auschwitz angeklagt worden.

Als der Prozess am 20. Dezember 1963 im Plenarsaal des Frankfurter Rathauses am Römer begonnen hatte, war es dort laut der Presse mindestens so voll gewesen wie heute hier, und aufgrund des Andrangs hatte der Prozess ab dem darauffolgenden April seinen Fortgang im etwas geräumigeren Bürgerhaus

Gallus gefunden, doch seitdem war das Interesse zurückgegangen, und irgendwann standen nicht mehr die grauenhaften Verbrechen im Vordergrund, nur noch die Frage, wie lange der Monsterprozess dauern sollte.

»Schau«, sagte Luise und deutete Richtung Fenster, »die Angeklagten nehmen auf der Anklagebank Platz. Die Verteidiger sitzen bei ihnen.«

Ella schluckte schwer, nur kurz schweifte ihr Blick über die Männer, blieb dann an zwei Plänen des Vernichtungslagers an der Stirnwand des Saales hängen, einer Fülle schwarzer Striche auf weißem Hintergrund, die nicht an Grauen und Sterben denken ließen.

»Die Richter und Schöffen des Frankfurter Schwurgerichts werden den Angeklagten gegenübersitzen.«

Immer noch starrte sie auf die Linien, so angestrengt, dass ihre Augen zu tränen begannen und die Linien zerflossen.

Luise schien dagegen sehr gut zu sehen. »Ich glaube, da vorn sitzt Robert Mulka, der Adjutant des Lagerkommandanten«, raunte sie, »ich habe sein Foto in der Zeitung gesehen.«

Meinte sie den Mann mit dem verkniffenen Mund? Aber konnte sie überhaupt der Form der Lippe trauen, sah sie nicht auch diese verschwommen? Der graue Schleier, der sich über die Szenerie legte, wurde immer undurchsichtiger.

Ellas Körper fühlte sich merkwürdig taub an, nur in ihren Händen kribbelte es. Verspätet merkte sie, dass sie die Stuhllehne fest umklammerte. Sie löste ihren Griff, ließ den Atem entweichen, den sie unwillkürlich angehalten hatte.

»Im Publikum sitzen die alten SS-Seilschaften«, zischte Luise. »Sie bieten den Angeklagten moralische Unterstützung, heißt es. Oh, wenn es nur das wäre. Über die Jahre haben sie alles getan, um die Aufklärung der Verbrechen zu verhindern. Auch wegen ihrer Anwesenheit hat jeder der Angeklagten erklärt, nur Befehle befolgt zu haben.«

Unwillige Laute hinter ihnen erinnerten sie daran, dass sie aufhören sollten zu reden. Auch das Gemurmel im Zuschauerraum ließ nach, nur vereinzelt waren Stühlerücken oder Räuspern zu hören. So schwer Ella bis jetzt auf dem Stuhl gehangen hatte – jetzt ging plötzlich ein Ruck durch sie. Sie begriff erst, dass sie stand, als Luise ihre Hand packte. »Was ist los?«

»Ich … ich brauche einen Schluck Wasser … Ich habe viel zu wenig getrunken … mir ist schwindelig …«

Eigentlich begann sich erst alles um sie zu drehen, als sie es behauptete. Was sich dagegen schon längst in immer schnelleren Kreisen drehte, waren ihre Erinnerungen. Sie waren zu schnell, als dass sie eine einzelne erhaschen konnte. Aber mächtiger als sämtliche Bilder, die schlaglichtartig vor ihr auftauchten, waren die Gefühle, die sie auslösten. Da war wieder diese Panik. Auch Erschütterung, Ohnmacht, Hilflosigkeit spürte sie. Alle Gefühle hatten ihren Ursprung vor fast zwanzig Jahren und prasselten dennoch mit einer Wucht auf sie ein, als wäre sie ihnen das erste Mal ausgeliefert, als hörte sie zum ersten Mal jene raue, gepresste Stimme von damals.

Sie haben uns in Waggons gepfercht, die Bahnfahrt war sehr lang, ein paar Menschen starben, sind verdurstet oder das Herz hat nicht mitgemacht.

»Jetzt reiß dich doch zusammen!«

Luise zog sie energisch zurück auf den Stuhl, die Welt stand wieder still, aber aus jenem Schleier, der sich über alles gesenkt hatte, wurde ein Flimmern, das in den Augen schmerzte.

Es war finster, als wir ankamen. Alles ging sehr schnell, es war eisig kalt, in der Luft hing ein Geruch, den ich nie vergessen werde, eigentümlich süß und zugleich beißend.

»Du kannst jetzt nicht mehr raus«, sagte Luise streng.

»Trotzdem ich muss … ich will …«

»Du hast mir versprochen mitzukommen.«

»Ich … ich wusste nicht, dass es mir so schwerfallen würde.«

»Warum denn nur? Dafür gibt's doch keinen Grund!«

»Psst!«, machte jemand hinter ihnen.

Nun kribbelten ihr nicht mehr nur Hände und Zehen, auch ihr Kinn zitterte. Ihren Atem konnte sie halbwegs beschwichtigen, aber weiterhin nicht die Panik. Das, was ihr Innerstes in den letzten Jahren notdürftig zusammengehalten hatte, schien zu reißen. Und zugleich verwob sich ihr jetziges Leben wieder mit jenem Schicksalsfaden, den sie damals entschieden gekappt hatte.

Vom Zug ging es auf die Rampe …

Sie beugte sich etwas vor, und ihr Blick fiel auf jene Männer, die Luise vorhin als Auschwitzüberlebende bezeichnet hatte.

Sie strahlten Resignation und Trotz aus, Trauer und Kampfesmut, Verzweiflung und Härte. Gewiss, sie konnte nur die Hinterköpfe sehen, aber sie wusste, wie die Gesichter dazu aussahen … Sie wusste es von damals, als sie im Displaced Persons Camp in Zeilsheim, wo viele Juden nach dem Krieg für kurze Zeit Zuflucht gefunden hatten, ein und aus gegangen war, mit Überlebenden gesprochen hatte, mehr noch, ihnen Fragen gestellt hatte, so lange gebohrt, bis aus dem erschütternden Satz – man hat die Juden vergast – ganze Geschichten wurden.

Auf der Rampe hielten wir uns noch an den Händen, meine Frau, meine Tochter und ich. Wir dachten, uns kann nichts Schlim-

mes passieren, wir sind doch zusammen. Doch da waren so viele uniformierte Männer. So viele Hunde.

Nicht nur tief erschüttert war sie damals gewesen, auch viel mutiger als heute. Sie war nicht schaudernd zurückgewichen, sie hatte nie jemanden bedrängt, endlich zu schweigen, Wort für Wort hatte sie vernommen, mit ihren Ohren, mit ihrer Seele. Damals war sie überzeugt gewesen, dass sie es ertragen müsste, die Geschichten zu hören, weil sie ahnte, dass es noch viel schwerer war, sie zu erzählen. Und mit dem Zuhören hatte sie sich nicht begnügt … sie hatte sie aufgeschrieben … sie verlegt … sie anderen Leuten vorgetragen und ihre Wut und ihr Unverständnis, weil sie so kurz nach dem Krieg in der Wunde wühlte, hingenommen. Nun gut, irgendwann hatte sie den Wunsch zu schweigen verstanden und sich ihm gebeugt. Es war allerdings keine logische Konsequenz, dass, wer selbst schwieg, auch nicht mehr zuhören konnte. Warum tat sie es jetzt nicht einfach, warum sperrte sich alles in ihr dagegen, hier zu sein, warum japste sie nach Luft wie eine Ertrinkende?

»Ich möchte wirklich …«

Wieder erhob sie sich, wieder zog Luise sie zurück. Was danach geschah, dauerte Stunden, aber die Zeit schien sich nicht auszudehnen, sondern sich klein zu machen und zu schrumpfen wie sie selbst.

Der Vorsitzende Richter Hans Hofmeyer betrat den Gerichtssaal, gefolgt von zwei Beisitzern, zwei Ersatzrichtern, sechs Geschworenen, drei Ersatzgeschworenen.

Dann begann der Oberstaatsanwalt sein Plädoyer – mit einem Zitat aus der Rede des Bundespräsidenten, die dieser im ehemaligen Konzentrationslager Bergen-Belsen gehalten hatte: »Uns erweist keiner von denen einen Dienst, die unserem Volk zureden, es müsse endlich einmal Schluss sein mit dieser Schattenbeschwörung aus den Tagen einer furchtbaren Vergangenheit. Nicht wir beschwören die Schatten, die Schatten beschwören uns, und es liegt nicht in unserer Macht, uns ihrem Bann zu entziehen.«

Da war kein Schatten, kein toter Winkel, wohin sie fliehen konnte, kein gerader schwarzer Strich, an dem sie sich festhalten konnte, nur dieses Flimmern, das Gefühl, am Grund eines Schwimmbeckens zu hocken, hochzustarren und zu wissen, dass die Luft nicht mehr reicht.

»Luise, ich …«

»Jetzt wird endlich das Urteil verkündet.«

Der Richter sprach es laut aus, Luise wiederholte es flüsternd. Es waren so nüchterne Worte. Sie passten nicht zu den Geschichten, die von diesen Wänden widergehallt waren, die in den Köpfen der Überlebenden rumorten, auch in ihr lebendig wurden.

Auf der Laderampe hat man mich von Frau und Kind getrennt. Meine Tochter winkte mir noch einmal zu, dann ging sie an der Hand ihrer Mutter fort. Sie drehte sich nicht mehr nach mir um, ich habe die beiden nie wiedergesehen.

Ella schloss die Augen.

Zehn Angeklagte wurden der gemeinschaftlichen Beihilfe zum gemeinschaftlichen Mord in mindestens 28 910 Fällen für schuldig erklärt. Ihr Strafmaß reichte von drei Jahren und drei Monaten bis hin zu vierzehn Jahren. Sieben Angeklagte wurden wegen Mordes oder gemeinschaftlichen Mordes an 4243 Menschen zu lebenslangen Zuchthausstrafen verurteilt, in 605 Fällen konnte ihnen Mord als selbstständige Tat nachgewiesen werden. Dreimal erfolgte ein Freispruch.

Wieder waren da Zischen, Gemurmel, Räuspern, Stühlerücken, lauter als vorhin, auch empörter oder insgeheim befriedigt? War es ein gerechtes Urteil, und konnte es das überhaupt jemals sein?

Sie schlug die Augen wieder auf, wappnete sich gegen das Flimmern. Doch diesmal zerfloss das Bild nicht vor ihr, sie sah plötzlich alles gestochen klar, auch das Gesicht dort vorn, von einem Mann, der sich halb erhoben hatte. Er beugte sich über einen anderen, der auf dem Stuhl kauerte, redete auf ihn ein. Dessen Gesicht konnte sie nicht sehen, aber ihr genügte der Anblick des weißen Haars, des dunklen Anzugs, um auch ihn zu erkennen.

Ja, sie wusste, wer die beiden waren, sie wusste, wie sie hießen. Lange hatte sie ihre Namen nicht einmal in Gedanken sagen wollen. Jetzt kamen ihr nicht nur diese in den Sinn, auch ein anderer.

Johanna.

Des einen Schwester. Des anderen Tochter.

»Ich brauche jetzt wirklich ein Glas Wasser.«

Luises Hand griff ins Leere, während Ella an den Journalisten vorbeihastete. Sie trat auf irgendeinen Fuß, wie ein Schmerzenslaut verriet, aber sie achtete auch weiterhin nicht auf ihren Weg, starrte nur auf die beiden Männer dort unten. Der Sitzende rührte sich nicht. Der andere hob den Kopf, blickte in ihre Richtung. Erkannte er sie? Konnte er sie überhaupt erkennen, solange sie sich weigerte, seinen Namen zu denken?

Jetzt stand sie draußen im Gang, blickte sich nach den Toiletten um, die nicht ausgeschildert waren. Ihre Absätze klapperten auf dem steinernen Boden, plötzlich kamen weitere

Schritte hinzu. Die Tür hatte sich nur kurz geöffnet, solange die Urteilsverkündung nicht abgeschlossen war, der Richter nicht das Schlusswort gesprochen hatte, würde kaum einer den Saal freiwillig verlassen. Und doch kam jemand die Treppe hochgelaufen.

Über das gestochen scharfe Bild senkte sich wieder ein Schleier, aber der Name hing nicht am Grund fest, er löste sich von dort, schwamm hoch ans Licht und an die Luft.

»Ari!«

Das Echo ihres Rufs wurde nicht von den Wänden verschluckt. Er hallte in ihr nach, wurde zu einem lang anhaltenden Ton, der auch dann nicht abriss, als es schwarz um sie wurde.

Das Erste, was sie spürte, als sie wieder zu sich kam, war eine Hand auf ihrem Gesicht, die sanft ihre Wange streichelte. Und eine zweite Hand hatte sich unter ihren Nacken geschoben. Erst nachdem sie mit dem Kopf auf den Steinboden gekracht war oder davor, um sie zu schützen? So oder so fühlte es sich jedenfalls angenehm an, obwohl ihr der kalte Schweiß ausbrach und sie zitterte.

»Ist dir kalt?«

Fragte er das wirklich?

Oder war es das ein Echo jener Frage, die er vor vielen Jahren gestellt hatte – in einer Kühlkammer des Displaced Persons Camp in Zeilsheim? Sie konnte sich nicht erinnern, je so gefroren zu haben wie an diesem Tag. Auch Aris Vetter Viktor war dabei gewesen. In jener Kühlkammer hatte sie erfahren, was hier jahrelang verhandelt worden war – welch schreckliche Verbrechen während des Kriegs an den Juden verübt worden waren.

Ist dir kalt?

Nein, ihr war nicht kalt, ihr Zittern erstarb. Und er zog hastig beide Hände zurück.

»Was machst ausgerechnet du hier?«, fragte er, und hinter seiner Verwirrung glaubte sie auch einen stummen Vorwurf wahrzunehmen.

So ruckartig er die Hände von ihr gezogen hatte – er blieb auf den Knien kauern, anstatt aufzuspringen.

So war er ja immer gewesen, bedächtig in all seinen Gesten, zurückhaltend, leise.

Dünn war er auch gewesen, war es immer noch. Die Beine hatten bei ihrer ersten Begegnung aus zu kurzen Hosen geragt, jetzt trug er lange, dunkle, aber sie sah deutlich, wie sehnig er darunter war. Sein Gesicht, einst schmal und spitz, wirkte etwas voller, aber die einst weichen Lippen wirkten nicht nur schmaler, auch rauer durch all die Jahre in Israel. Nun saßen Sommersprossen auf seiner Nase. Sein einst rötlich braunes Haar war heller und von weißen Strähnen durchsetzt. War er ergraut, oder hatte die Sonne es gebleicht? Den grauen Augen hatte die Hitze jedenfalls nichts anhaben können, sie ließen sie wie einst an ein Gewässer denken, nur dass es damals ein tiefes war, jetzt ein kaltes.

Wie alt er mittlerweile war? Anfang Vierzig?

Sie hob den Kopf. Dass er nicht wehtat, war ein weiteres Zeichen, dass Ari sie rechtzeitig aufgefangen haben musste.

»Du fragst *mich*, was ich hier mache? Ich bin doch diejenige, die all die Jahre in Frankfurt lebt. Du dagegen bist nach Israel ausgewandert!«

Er nickte langsam, als ginge ihm dieser Sachverhalt jetzt erst auf. »Mein Vater …«, murmelte er. »Er hat als Zeuge ausgesagt … Du weißt ja … Robert Mulka galt es nachzuweisen, dass er tatsächlich an der Laderampe Transporte empfangen und Selektionen vorgenommen hat. Mein Vater ist damals von Mutter und Johanna getrennt worden.«

Er starrte auf seine Hände.

»Wann?«, presste sie hervor.

»Wann er die Zeugenaussage gemacht hat? Er musste insgesamt zwei Mal aussagen, hat das schon vor etlichen Wochen hinter sich gebracht. Aber er wollte unbedingt dabei sein, wenn das Urteil verkündet wird.«

Etliche Wochen … Und nie hatte er sich bei ihr gemeldet.

Die Erkenntnis sickerte ganz langsam in ihre Gedanken. Der Schmerz war schneller. Er sprang von Faser zu Faser, und da war nichts, was ihm eine Grenze setzte, was ihn aufhielt. Ari hatte sie nicht sehen wollen.

Als er sich nun erhob und einen Schritt zurücktrat und wegging, war sie überzeugt, ihn nie wiederzusehen. Doch schon nach wenigen Minuten kam er zurück zu ihr, ein Glas mit Wasser in der Hand, das nicht klar, sondern milchig grau war. Während er wieder auf die Knie ging, setzte sie sich auf. Sie war nicht sicher, was sich drehte – der Boden unter ihr oder die Decke über ihr. Der Schmerz hämmerte jedenfalls weiterhin in der Brust, schien aus all ihren Organen etwas Kleines, Hartes machen zu wollen. Als sie das Glas an die Lippen setzte, schmeckte sie kein Wasser, nur Staub.

»Wo … wohnt … ihr … denn?«

Von allen war das die unwichtigste Frage. Aber die, die am wenigsten wehtat. Bei der man auch nichts falsch machen konnte – nicht, wenn man sie stellte, nicht, wenn man sie beantwortete.

»Am Anfang mussten etliche Zeugen des Prozesses im selben Hotel schlafen wie jene Angeklagten, die sich noch auf freiem Fuß befanden.«

Es war fremd, ihn so zornig zu sehen, aber erleichternd, dass der Zorn auf Fremde zielte – und dass sie ihn teilen konnte.

»Das ist doch eine Zumutung!«, rief sie.

»Nun ja«, sagte er etwas gemäßigter, »in letzter Zeit ist das nicht mehr vorgekommen.«

Damit war ihre Frage nicht beantwortet, aber es gab ohnehin drängendere.

Warum hast du dich nicht gemeldet? Hast du überhaupt an mich gedacht? Hast du die Orte in Frankfurt aufgesucht, wo wir gemeinsam Zeit verbracht haben? Findest du es schlimm, mich zu sehen, oder schön?

Keine der Fragen fand den Weg aus ihrem Mund, doch sie schrien aus ihrem Blick, und er hörte sie wohl, denn plötzlich nahm sie eine vertraute Geste wahr: wie er die Schultern etwas hochzog, den Kopf neigte. Als gälte es, sich zu schützen.

»Ella? Wo bleibst du denn?«

Luises Stimme ertönte, gefolgt von hektischen Schritten.

Als sie Ella erblickte, wie sie da auf dem Boden kauerte, verharrte sie. »Was … was ist denn hier los? Bist du gestürzt?«

Unwillkürlich hatte Ella die Augen geschlossen wie ein Kind, das sich für unsichtbar hält, solange es nichts sehen kann. Als sie die Augen wieder öffnete, hatte sie ihre Miene unter Kontrolle.

»Es ist nicht weiter schlimm, mir geht's schon wieder gut«, murmelte sie und rappelte sich hastig auf.

Obwohl sie nur ein, zwei Schluck getrunken hatte, reichte sie Ari das Glas, als wäre es sein Besitz und gelte es, ihm diesen zurückzugeben, nun, da der Moment des Abschieds gekommen war.

Aber wie verabschiedete man sich, wenn sich zuvor nicht richtig begrüßt hatte?

Als er sich erhob, schrie es wieder aus ihrem Blick: Du kannst nicht einfach gehen. Dass uns der Zufall hier zusammengeführt hat, muss doch eine Bedeutung haben!

Doch Luises Stimme war lauter. »Kein Wunder, dass du von deinen Gefühlen überwältigt wurdest. Dem Vorsitzenden ging es genauso. Er meinte, wir könnten für lange Zeit nicht mehr in fröhliche und glückliche Kinderaugen schauen, ohne an die Kinder zu denken, die ihren Weg nach Auschwitz gegangen sind.«

Sie brachte die Worte atemlos hervor, als hätte sie Angst, sie sonst wieder zu vergessen. Nur beim letzten Satz drosselte sie das Tempo, hatte sie doch Aris Blick gespürt, der sich auf sie richtete.

Da war sie, die Wehmut, die Ellas Anblick nicht ausgelöst hatte. Da war sie, die Wiedersehensfreude.

»Bist du das, Luise? Wie groß du geworden bist … wie erwachsen.«

Er starrte sie unverwandt an, schien das kleine Mädchen von einst vor sich zu sehen, das auf dem ersten Frankfurter Weihnachtsmarkt nach dem Krieg in einen kandierten Apfel gebissen hatte. Der Zuckerguss hatte gekracht, war zersplittert wie das Eis, das den nahen Main bedeckte.

Aris Lippen verzogen sich zu einem Lächeln, schienen jetzt wieder voll und weich wie damals zu sein, die Wüste, die Sonne, der Kampf um das eigene Land hatten dieses sanfte Lächeln also doch nicht versengt.

Luise wirkte irritiert, als sie erst zu Ella blickte, dann zu Ari. Auch über ihre Züge huschte Erkennen, sie war schließlich fast sechs gewesen, als sie sich das letzte Mal gesehen hatten. Doch irgendwann hatte sie nicht mehr nachgefragt, warum er so plötzlich verschwunden war, und ihn vergessen.

»Wer ist das?«, fragte sie.

Die Liebe meines Lebens. Der einzige Mann, mit dem ich je habe zusammen sein wollen.

Ella richtete sich auf, strich ihren Rock glatt. Aus den Augenwinkeln sah sie, wie er das Wasserglas umklammerte.

»Das … das ist Aron Stein«, sagte sie zu Luise.

Er hob das Glas, schien nicht sicher, wohin damit, nicht sicher auch, wohin mit seinen Gefühlen. Am Ende stellte er es auf einem Fensterbrett ab. »Ich muss zurück zu meinem Vater, er muss sich dringend ausruhen.«

Ella überlegte kurz, Naphtali grüßen zu lassen, aber so verschlossen, wie Aris Miene wieder wirkte, hätte er das wohl als Anmaßung empfunden. Am Ende murmelte sie nur: »Ich hoffe, ihr müsst jetzt nicht länger den Angeklagten über den Weg laufen.«

»Oh, wir wohnen nicht mehr im Hotel. Wir sind bei einem Ehepaar namens Selig untergekommen. Wie wir sind sie einst nach Israel ausgewandert, aber in den Fünfzigerjahren zurückgekehrt.«

Schon pressten sich seine Lippen zusammen, als bereute er, so viele Worte gemacht zu haben. Er nickte Luise knapp zu, und dann war er gegangen, ohne vorzuschlagen, dass sie ihn einmal bei den Seligs besuchen oder sie sich anderswo treffen könnten, ohne zu sagen, dass auch sein Vater sie sicher gerne wiedersehen würde.

Zumindest dessen war sie sich sicher. Sie war schließlich die Tochter von Klara Reichenbach, die seinen Sohn versteckt und somit sein Leben gerettet hatte.

»Wer ist das?«, fragte Luise wieder. »Er … er kommt mir so bekannt vor.«

Schlaglichtartig stiegen Bilder ihres Lebens auf, doch sie konnte keines festhalten. Er ist die Liebe meines Lebens, dachte sie wieder. Als wir uns kurz nach dem Krieg kennengelernt hatten, standen wir uns sofort so nah. Auch unsere Träume standen sich so nah. Ich, die unbedingt Bücher veröffentlichen wollte, er, der unbedingt Schauspieler sein wollte. Doch je mehr ich von seiner Vergangenheit erfuhr, desto schwerer fiel es mir, daran zu glauben, dass er eine Zukunft in diesem Land hat. Und ich eine an seiner Seite. Eines Tages habe ich ihm erklärt, dass ich mir kein gemeinsames Leben mit ihm vorstellen kann, weil er Jude ist.

»Später«, sagte sie, stürzte zur Fensterbank, hob das Glas an ihre Lippen, trank gierig. »Ich erzähle es dir später.«

Es war schon Abend, als Luise den Römerberg erreichte. Seit dem Krieg war das Areal zwischen Dom und Rathaus nahezu unbebaut geblieben. An manchen Wochentagen diente es als Marktplatz, sonst als Parkplatz, nur rund um den mit Bäumen und Büschen neu bepflanzten Archäologischen Garten befand sich eine größere Fußgängerzone, und der Platz im Anschluss war oft Ziel von Demonstrationsmärschen. Auch heute standen hier dicht gedrängt Menschen und diskutierten hitzig.

Während Luise sich durch die Massen drängte, nahm sie allerhand Wortfetzen auf.

»Wir haben doch alle unter dieser verbrecherischen Diktatur gelitten, nicht nur die Juden«, sagte einer.

»Gerade darum sollten wir froh sein, dass heute das Recht wieder die Oberhand gewonnen hat«, fuhr diesen ein anderer an.

Insbesondere bei jungen Menschen witterte sie Empörung. »Ist denn heute Recht gesprochen worden? Die Urteile waren von außergewöhnlicher Milde.«

»Und was noch schlimmer ist: Den Deutschen kommt es doch gelegen, alle Schuld auf die abzuwälzen, die gerade zu Gefängnisstrafen verurteilt wurden.«

»Es geht auch nicht nur um Recht. Die Welt würde aufatmen, wenn endlich mal ein Wort der Entschuldigung gefallen wäre – aber das ist nicht passiert.«

»Wie denn auch? Das Verhalten der Staatsanwaltschaft gegenüber den Tätern war milder als das Verhalten der Verteidiger gegenüber den Opfern. Sie haben keine Gelegenheit gescheut, sie als Idioten oder Lügner hinzustellen.«

Endlich hatte Luise inmitten der Menschenmenge Thilo und seine Freunde entdeckt, die sich hier verabredet hatten. Sie war nicht nur erleichtert, zu ihnen zu stoßen, sondern auch festzustellen, dass Rosie nicht dabei war. Doch der leise Triumph wurde zunichtegemacht, als Thilo spöttisch eine Braue hochzog, sobald er ihrer ansichtig wurde, und ihr im nächsten Atemzug über den Kopf strich. Mit nur sehr viel Wohlwollen ließ sich das als liebevolle Geste interpretieren – wahrscheinlich sah es eher so aus, als würde er einen Hund tätscheln.

»Und? Was sagst du zu den Urteilen, die im Auschwitzprozess gesprochen wurden? Du hast doch mitgekriegt, dass die heute gefällt wurden, oder?«

Vom schnellen Gehen atemlos brachte sie hervor: »Ich war im Gerichtssaal dabei.«

Die zweite Braue wurde hochgezogen, diesmal anerkennend. »Echt? Du hast es ins Bürgerhaus geschafft?«

Eigentlich hatte sie vorgehabt, das ein wenig auszuschmücken. Sie war sich sicher, bei Thilo Eindruck schinden zu können, wenn sie erzählte, dass sie sich als Journalistin ausgegeben hatte, um auf die Pressetribüne zu gelangen. Aber das war letztlich der Verdienst ihrer Schwester gewesen – die sich später so merkwürdig verhalten hatte. Luise war deswegen immer noch verwirrt. Wer war dieser Aron Stein? Warum kam er ihr so bekannt vor und stiegen seit ihrer Begegnung vage Erinnerungen in ihr hoch, die sie nicht einordnen konnte?

Den einsilbigen Antworten, die Ella ihr vorhin gegeben hatte, hatte sie lediglich entnommen, dass er der Angehörige eines Zeugen war.

Sie überlegte, Thilo zumindest davon zu erzählen, aber gerade setzte Ernesto zu einer wutentbrannten Rede an.

»Ein Skandal!«, rief er. »Ein riesiger Skandal. Es ist doch sonnenklar, dass der Lagerapotheker Dr. Capesius Selektionen durchgeführt hat – und jetzt bekam er gerade mal neun Jahre aufgebrummt. Und das nur, weil man ihm keine Aktivitäten an der Rampe oder in der Nähe der Gaskammern nachweisen konnte. Und drei der Angeklagten wurden auf freien Fuß gesetzt! Das gibt's doch nicht!«

Luise war vorhin schon etlichen Ellbogen ausgewichen, nun duckte sie sich unter den Fäusten, die durch die Luft fuhren, als gälte es, etwas kurz und klein zu schlagen. Als sie immer weiter zurückwich, kam sie jedoch in gefährliche Nähe zu Thilos Zigarette. Er kommentierte Ernestos Worte nicht, sondern lächelte nur süffisant. Claus dagegen hatte seine Gelehrtenmiene aufgesetzt und gab mal nicht den Systemkritiker, sondern den Juristen, der er eines Tages sein wollte. »Überall dort, wo Zweifel auftauchen, muss für den Angeklagten entschieden werden. Das ist nun mal der Grundsatz unserer Rechtsprechung.«

Ernesto fuhr herum. »Woran gab es denn noch Zweifel?«

»Der Vorsitzende Richter hat im Verlauf des Prozesses mehrfach erklärt, dass der Verdacht der Mittäterschaft auch bei den Freigesprochenen weiter bestehe. Zugleich aber musste er immer wieder einräumen, dass Zeugenaussagen nicht die geeignetsten Beweise sind. Nach mehr als zwanzig Jahren hat der Beste von ihnen Erinnerungslücken, und neutral, objektiv können solche Aussagen niemals sein. Und auf welche Indizien konnte man sich sonst stützen? Es gibt nun mal keine Leichen, keine Spuren, keine Fingerabdrücke – nur dürftige Quellen wie Bunkerbuch, Sterbebücher und Funksprüche. Aber all das gibt lediglich Aufschluss über das Verbrechen insgesamt, nicht über die Beteiligung des Einzelnen.«

»Es hätte mehr Zeugenaussagen gegeben, wenn die ehemaligen Mitglieder der SS ihrer Zeugenpflicht nachgekommen wären, aber sie quatschten was von Erinnerungslücken. Oh, ich würde die Erinnerungen gerne aus ihnen rausprügeln, dann wissen sie, was echte Lücken sind.« Wieder ließ er die Fäuste spielen, wieder duckte Luise sich, diesmal zum Preis, Claus' Speicheltröpfchen abzukriegen.

»Die Problematik besteht darin, dass wir es mit einem Zivilisationsbruch zu tun haben. Wie will man an einen Massen- und Völkermord wie diesem mit einem Paragrafen aus dem Strafgesetzbuch von 1871 herantreten, das so etwas wie Schreibtischmörder gar nicht kannte?«

»Das sind doch nur Ausreden von euch Winkeladvokaten und Rechtsverdrehern«, tobte Ernesto. »Ihr grabt den Angeklagten ein Schlupfloch. Wie sie alle erklären, nur ihre Pflicht getan zu haben, obwohl es ihnen schwerfiel. Bla, bla, bla. Sich zu widersetzen wäre Selbstmord gleichgekommen. Bla, bla, bla. Aber Reue? Von wegen!«

»Noch mehr als Reue zählen bei einem Gerichtsprozess Formalien.«

»Hast du etwa Verständnis für die Täter?«

»Ich habe Verständnis dafür, dass es juristisch kaum möglich war, ein anderes Urteil zu fällen.«

Kurz ließ Ernesto seine Faust sinken, als würde er einsehen, dass er damit nicht weiterkam. Im nächsten Augenblick aber krachte sie auf Claus' Brust. Der hatte den Schlag nicht kommen sehen, wankte, stieß gegen Luise. Wenn sie nicht geistesgegenwärtig genug gewesen wäre, ihn zu stützen, wäre er womöglich zu Boden gegangen. So oder so begann die Nickelbrille gefährlich zu rutschen.

»Sag mal, bist du verrückt?«, rief Claus. »Du tust ja so, als wäre ich Robert Mulka persönlich.«

Ernestos grimmig zusammengekniffene Augen verrieten, dass er noch nicht fertig war. Doch ehe er wieder die Faust hob, holte Claus mit dem Knie aus. Nicht dass er Ernesto traf, aber dass der Intellektuelle dazu bereit und fähig war, Gewalt anzuwenden, zeigte, dass Ernesto ein breiteres Gefühlsrepertoire zur Verfügung hatte als lediglich blanke Wut und ohnmächtigen Zorn, nämlich auch tiefste Verblüffung.

Thilo begann so schrill zu lachen, dass er die Zigarette fallen ließ, Ernesto hingegen fing sich schnell wieder. »Deine Klugscheißerei geht mir so was von auf den Sack«, murrte er in

Claus' Richtung. »Ein Streber bist du, dem seine Noten beim Jus-Examen über alles gehen.«

»Und zu wie vielen Examen bist du überhaupt schon angetreten? Kann es sein, dass du nur darum ständig rumbrüllst, damit niemand nach *deinen* Noten fragt?«

Ein zweites Mal traf die Faust Claus' Brust, wenn auch nicht ganz so heftig, Claus wehrte sich diesmal nicht mit dem Knie, sondern seiner Stiefelspitze. Obwohl er ins Leere traf, heulte Ernesto übertrieben auf, und im nächsten Augenblick unternahm Claus' Nickelbrille erneut eine gefährliche Rutschpartie Richtung Nasenspitze. Dass das Gerangel kein Ende fand, lag wohl auch daran, dass Umstehende darauf aufmerksam wurden und es grölend befeuerten.

»Jetzt tu doch was!«, rief Luise entsetzt.

Thilos Versuch, sich eine neue Zigarette anzuzünden, missglückte, weil seine Hand vor Lachen zitterte. Endlich flammte das Streichholz auf, und das Gelächter versiegte, doch anstatt sich einzumischen, machte er in aller Seelenruhe drei tiefe Züge und legte den Kopf in den Nacken, um Rauchkringel in den violetten Abendhimmel zu schicken.

Ernesto hatte Claus mittlerweile in den Schwitzkasten genommen, während der immer noch seine beste Waffe – seine Stiefel – nutzte, und damit auf Ernestos Füßen rumtrat.

»Nicht!«, schrie Luise.

»Jetzt lass sie doch. Wie will man denn verkrustete Strukturen anders aufbrechen als mit Feuer und Gewalt? Glaubst du, die Welt wird besser, wenn wir unsere Gegner streicheln?«

»Die beiden sind keine Gegner, sie sind Freunde.«

Während er die Hand mit der Zigarette sinken ließ, erhob er die andere und fuhr ihr wieder übers Haar, als würde er einen Hund tätscheln. »Bei dir macht das Streicheln natürlich Spaß.«

Luise versteifte sich. Etwas in ihr sagte ihr, dass sie sich von seiner Berührung nicht einlullen lassen durfte, notfalls selbst zwischen die Streithähne gehen musste. Doch ehe sie sich dazu durchringen konnte, vernahm sie das Klackern von Absätzen auf den Pflastersteinen. Luise versetzte es einen schmerzhaften Stich, dass Thilo sich von Rosie ertappt fühlte und rasch die Hand von ihrem Kopf zog.

Rosie schien keinen Blick dafür übrigzuhaben, stirnrunzelnd besah sie sich das Gerangel. »Was treibt ihr denn da, Jungs?« Obwohl auch sie keine Anstalten machte einzugreifen, sondern sich ebenfalls enervierend langsam eine Zigarette entzündete, erlahmte der Zorn der beiden.

Ernesto gab den anderen endlich frei, wenngleich er nicht darauf verzichtete, ihm einen letzten Stoß zu versetzen. Claus wiederum erhob seine Stiefelspitze, aber zielte nur noch spielerisch Richtung Schienbein, danach war er damit beschäftigt, seine Brille zurechtzurücken. Als er Rosies Blick erwiderte, hatte er plötzlich weder etwas mit einem Intellektuellen noch einem Raufbold gemein, war nur mehr ein schmachtender Mann, und das gab Luise einen noch schmerzhafteren Stich.

Sie hatte sich heute Morgen gesagt, dass sie das Gerichtsgebäude unmöglich in schrillen Farben betreten könnte, und sich für einen grauen Rock und eine weiße Sommerbluse entschieden. Rosie trug dagegen einen verboten kurzen Minirock in durchdringendem Gelb und darüber ein kurzärmeliges Jäckchen in Orange mit riesigen Knöpfen. Die kleinen Puffärmel mochten etwas antiquiert wirken, aber dass sie mit der Mode gekonnt spielte, bewies die Schirmmütze auf dem Kopf, unter der zwei Zöpfe hervorsahen, nicht stramm geflochten, sondern so locker, als würden sie sich gleich auflösen.

Luise beneidete sie nicht nur um ihr Erscheinungsbild – auch, weil sie die Aufmerksamkeit so mühelos auf sich gezogen hatte.

Nun gut, der Burgfrieden zwischen Claus und Ernesto währte nicht lange. Sobald Thilo fragte, wo Rosie gesteckt hatte und warum sie nicht bei der Pressekonferenz des Internationalen Auschwitz Komitees gewesen war, kam Ernesto einer Antwort zuvor: »Was genau hat denn die Pressekonferenz gebracht außer noch mehr Bla, bla, bla?«

»Und was genau ist dein Vorschlag?« Claus strich sich die Haare zurück, und die klebten nun wieder am Kopf wie festgeleimt, nur der Scheitel saß nicht ganz so akkurat wie sonst. »Farbbeutel werfen?«

»Granaten zu werfen würde mir noch besser gefallen. Wobei mir schon etwas Krach genügen würde, damit die Bundesrepublik nicht einschläft.«

»Das heißt«, warf Thilo amüsiert ein, »dass wir morgen bei der ausführlichen Urteilsbegründung einen Staubsauger mitbringen?«

Thilo machte übertrieben laut das Geräusch eines solchen nach, und Ernesto sah ihn an, als würde er am liebsten auf ihn losgehen. Doch wer Thilo schließlich auf den Oberarm schlug, war Rosie.

»Jetzt hör doch auf, das ist alles kein Witz«, fuhr sie ihn streng an.

Thilo tat so, als hätte ihn ein Schlag in die Magengrube getroffen – er krümmte sich. Ernesto dagegen stampfte auf. »Nun, das Urteil ist schon ein Witz, und deswegen müssen wir dagegen …«

»Dafür, dass du deine Revolutionsfantasien ausleben kannst, ist dieser Prozess zu schade. Merkt ihr es denn nicht? Habt ihr euch mal gefragt, wie's den Überlebenden geht, denen, die aus Polen, Israel, Amerika angereist sind, um Zeugnis abzulegen, und die nun ertragen müssen, dass einige der Angeklagten künftig frei rumlaufen werden?«

Sie fuchtelte mit der Zigarette, und die Schirmmütze verrutschte etwas. Thilo wirkte nahezu kleinlaut, als er ihr den Arm um die Schultern legte. »Wir finden es ja alle löblich, dass du die letzten Wochen etliche Zeugen betreut hast. Es brauchte schließlich jemanden, der sie in den Gerichtssaal begleitete, ihnen beim Einkaufen half, mit ihnen Restaurants oder Kulturveranstaltungen besuchte, sich als Fremdenführer betätigte.«

Luise hatte nichts davon gewusst und wollte gerne mehr darüber erfahren, aber schon begann Ernesto zu höhnen: »Ja klar, auf diese Weise sühnt man Unrecht. Indem man den ehemaligen KZlern die Drosselgasse in Rüdesheim oder das Schloss in Heidelberg zeigt. Deutschland ist ja so schön.«

Rosie warf ihre Zigarette in seine Richtung. »Du hast ja keine Ahnung, du Idiot. Weißt du, wie schwierig es ist, das Vertrauen der Auschwitz-Überlebenden zu gewinnen? Der Letzte, der mit ihnen deutsch geredet hat, war meist ein SS-Mann. Als wir einmal eine Zeugin vom Flughafen abholen wollten und ihr Name aufgerufen wurde, hat sie sich vor lauter Schreck unter einer Bank im Wartebereich verkrochen. Andere kriegen schon Schweißausbrüche, wenn sie nur einen Schäferhund bellen hören. Nein, das ist alles kein Witz. Für sie nicht, für mich auch nicht. Und wenn es für euch einer ist, dann will ich nicht …«

»Ist ja schon gut.«

Thilo war vor sie getreten und hatte seine Hände auf ihre Schultern gelegt. Kurz schien sie sich dagegen wehren zu wollen, doch am Ende ließ sie sich die Stirne küssen. Er wirkte nicht länger abfällig, überheblich, nur liebevoll, und selbst Ernestos Wut war endgültig erlahmt. Er nuschelte, dass es schon spät sei, ehe er davonhastete.

Auch Claus folgte ihm in die Dunkelheit, was Thilo und Rosie kaum zu bemerken schienen. Sie starrten sich an, und während Rosies Ausdruck zunächst ablehnend war – als er beharrlich lächelte, begannen auch ihre Mundwinkel zu zucken.

Luise wusste nicht, wohin mit ihren Händen und mit ihren Blicken. Sie kam sich dumm vor, die beiden neiderfüllt anzustarren. Noch dümmer wäre ihr allerdings erschienen, wortlos zu fliehen und dabei über die eigenen Füße zu stolpern.

Am Ende machte sie den Mund auf, und ohne darüber nachzudenken, presste sie hervor: »Ich … ich kenne auch einen … ich meine, einen Juden … den Angehörigen eines Zeugen vom Auschwitzprozess. Wir könnten doch irgendeine Veranstaltung organisieren, auf der er über seine Vergangenheit und die seines Vaters spricht, auch über den immer noch grassierenden Antisemitismus in Deutschland. Ich könnte ihn euch gerne vorstellen, vielleicht mal zu einer Diskussionsrunde mitbringen.«

Als Thilo sich zu ihr umdrehte, lächelte er nun sie an. Kurz überflutete sie Triumphgefühl. Aber dann fragte sie sich, ob von allen dummen Dingen, die sie hätte machen können, dieses nicht das allerdümmste gewesen war.

4. KAPITEL

Lange hatte Luise gezögert hierherzukommen – seit der Urteilsverkündung im Auschwitzprozess waren mittlerweile zwei Wochen vergangen. Nun aber stand sie doch vor der Fassade eines schlichten Mehrfamilienhauses im Röderbergweg. Das gesuchte Namensschild war ihr auf der Klingeltafel sofort ins Auge gestochen. Sie zögerte kurz, drückte schließlich auf die Klingel, war nicht sicher, worauf sie sich gefasst machen sollte.

Am wenigstens wohl auf ein junges Mädchen, das den Kopf durch den Türspalt im zweiten Stock steckte.

Luise war atemlos, weil sie so hastig die Treppe hochgestiegen war. »Hier … hier wohnt doch das Ehepaar Selig?«, fragte sie keuchend.

»Das sind meine Eltern … Stiefeltern.«

Die Tür ging etwas weiter auf, sodass nicht länger nur der Kopf zu sehen war, auch der schlanke Oberkörper. Dichtes rotbraunes Haar fiel dem Mädchen über die Schultern, das Gesicht war blass, die Züge wirkten sehr fein. Luise konnte auch einen kurzen Blick ins Wohnzimmer gleich hinter dem Flur erhaschen, wenngleich sie sofort wieder wegsah. Sie wollte nicht aufdringlich erscheinen, es hatte auch ein Blick genügt, um zu erfassen, wie altmodisch die Einrichtung war, als wäre die Zeit hier stehen geblieben. Eine wuchtige Schrankwand aus Massivholz nahm fast zwei Drittel der Wand ein, daneben stand eine nicht minder mächtige Vitrine aus dunklem Holz. Beides war so gut wie leer. Zwei Bücher standen dort, wo zwanzig Platz gefunden hätten, drei Tassen, wo mehrere Teeservices hätten aufbewahrt werden können.

»Kann es sein, dass hier auch ein gewisser Aron Stein wohnt … mit seinem Vater?«

»Ein gewisser Aron?« In den Augen blitzte Schalk auf. »Du meinst Ari?«

Luise war erleichtert, dass sie von den zwei Familien Selig, die sie im Telefonbuch gefunden hatte, die richtige ausgesucht hatte. Der Name, den sie damals vor dem Gerichtssaal aufgeschnappt hatte, war der einzige Hinweis gewesen, wie sie Aron Stein finden könnte, denn Ella selbst hatte ihr nicht weiterhelfen wollen. Jedes Mal, wenn Luise das Gespräch auf die Begegnung vor dem Gerichtssaal zu lenken versucht hatte, war sie schmallippig geworden und hatte rasch das Thema gewechselt.

Als sie einmal nicht zu Hause gewesen war, hatte Luise heimlich jene Kiste geöffnet, in der Ella ihre Lebenserinnerungen sammelte. Allerdings hatte sie der Inhalt eher verwirrt als ihr weitergeholfen: Die Fotos, auf die sie gestoßen war, zeigten nur ihre Eltern – kein Bild von Aron Stein. Und ansonsten befanden sich vor allem alte Bücher darin. Die *Don-Carlos*-Ausgabe hatte sie an jenem Abend schon gesehen, hinzu kam eine der ersten Veröffentlichungen des Verlags nach dem Krieg mit dem sonderbaren Titel *Kochen ohne Zutaten*, und darunter entdeckte sie ein Büchlein mit den Lebenserinnerungen von Naphtali Stein, das 1947 im Hagedornverlag erschienen waren. Wenn sie es recht im Kopf hatte, hatte der Reichenbachverlag damals so geheißen, weil Ella nach dem Krieg mit dem Mädchennamen der Mutter größere Chancen auf eine Genehmigung durch die Amerikaner gehabt hatte. Als sie den Inhalt jenes Büchleins überflog, hatte sie jedenfalls rasch festgestellt, dass Naphtali Stein – Arons Vater – tatsächlich ein Zeitzeuge war und Auschwitz überlebt hatte.

Die Hoffnung, dass sie hier sehr schnell mehr erfahren würde, erhielt eben einen Dämpfer. Denn als sie fragte, ob sie Aron Stein sehen könnte, sagte die junge Frau bedauernd: »Tut mir leid, er ist nicht hier.«

Luise sank das Herz. In den letzten Tagen hatte sie mehrmals Rosies Spott ertragen müssen, weil auf ihre vollmundige Ankündigung, einen Zeitzeugen zu kennen und ihn zu einer Diskussionsrunde einladen zu wollen, keine Taten gefolgt waren. Wie würde Rosie erst reagieren, wenn sie am Ende kleinlaut zugeben müsste, heillos übertrieben zu haben?

»Ist er etwa wieder in Israel?«

Aus dem Bedauern wurde Sorge. »Onkel Naphtali hat nach dem Prozessende einen Zusammenbruch erlitten, er war erst im Krankenhaus, wird nun im jüdischen Altersheim in der Gagernstraße betreut. Ari ist jeden Tag dort, eigentlich sollte er bald zurück sein.«

Der Name, der nun ein zweites Mal gefallen war, brachte etwas in Luise zum Klingen. Der Name Aron Stein hatte ihr gar nichts gesagt, aber Ari … Zwar waren die Erinnerungen von einem grauen Nebel verborgen, aus dem keine klaren Bilder treten wollten, aber sie glaubte Stimmen zu hören … amüsierte, neckende Stimmen … Kinderreime … Lachen …

Als sie den fragenden Blick der jungen Frau auf sich ruhen fühlte, riss sie sich zusammen. »Kann ich … kann ich hier auf ihn warten?«

Eigentlich hatte sie gehofft, mit Naphtali Stein persönlich sprechen zu können, war er doch der Auschwitz-Überlebende – aber insgeheim war sie auf Ari viel neugieriger, auch auf die Rolle, die er in ihrer Kindheit gespielt hatte, darauf herauszufinden, warum er Ella gegenüber eine so harte, unbeteiligte Miene aufgesetzt hatte.

Das Mädchen zögerte, waren vom Wohnzimmer her doch Stimmen zu vernehmen. Luise verstand die Worte in einer fremden Sprache nicht, nur dass ein Name fiel. »Eva!«

Die junge Frau drehte sich um und antwortete rasch, auch sie nicht auf Deutsch, dann trat sie vor die Tür und lehnte sie hinter sich an. Erst jetzt sah Luise, dass sie einen langen dunklen Rock trug.

»Wenn du warten willst, dann besser hier im Treppenhaus. Meine Stiefeltern regen sich schnell auf, in letzter Zeit noch mehr als sonst. Der Arzt hat ihre Medikamentendosis erhöht, aber ich habe nicht das Gefühl, dass es davon besser wird.«

Luise fragte sich, von was für Medikamenten die Rede war, aber sie wagte nicht nachzufragen. Das Schweigen zwischen ihnen wurde allerdings bald unangenehm, zumal die junge Frau sie zwar gutmütig musterte, aber keine Fragen stellte.

»Du heißt also Eva«, stellte Luise fest und nannte ihren eigenen Namen.

»Nach der Geburt wurde ich Chaja genannt, das heißt Leben auf Hebräisch. Aber hier benutze ich die deutsche Form.«

»Ich verstehe«, murmelte Luise und verstand eigentlich nichts. Wenn sie einen hebräischen Namen trug, war das wohl ein Zeichen, dass sie in Israel geboren war. Das widersprach allerdings jener Ahnung, die die Erwähnung von Stiefeltern in ihr geweckt hatte.

Am Ende war die Neugierde größer als Scheu. »Deine leiblichen Eltern … Sind sie im Krieg … sind sie …« Wie genau formulierte man die Frage, ob jemand Opfer der sogenannten Endlösung geworden war?

Eva stieß ein Lachen aus. »Das käme nicht hin, ich bin doch erst siebzehn. Ich wurde im Lager von Zeilsheim geboren, und meine Eltern sind kurze Zeit später nach Israel ausgewandert.«

Luise rechnete den Jahrgang aus und kam auf 1948.

»Im Lager von Zeilsheim?«, entfuhr es ihr.

»Hat dir deine Schwester nie davon erzählt? Ich meine, du hast dich als Luise Reichenbach vorgestellt, das bedeutet, du bist Ellas Schwester, oder?«

Eva lehnte sich an die Tür, während Luise nun unruhig von einem Fuß auf den anderen trat. Wie war es möglich, dass dieses junge Mädchen mehr über Ellas Vergangenheit wusste als sie selbst?

»Ich höre das erste Mal, dass es ein Lager in Zeilsheim gab«, sagte sie, »meinst du ein … Konzentrationslager?«

»Nein, gar nicht! Es ist erst nach dem Krieg gegründet worden, von den Amerikanern. Die jüdischen Überlebenden wohnten dort, vor allem die aus Polen. Displaced Persons Camp nannte man es, es war nicht das einzige in Deutschland, aber eins der größten.«

Luise hatte nicht das Gefühl, nun sonderlich schlauer zu sein. Wieder entschied sie sich für Ehrlichkeit. »Ich habe den Namen Aron Stein erst vor Kurzem zum ersten Mal wieder gehört. Ich glaube, ich kannte ihn als Kind, aber seitdem …«

Aus der sachten Belustigung der anderen wurde Erstaunen. »Ella hat all die Jahre nie von ihm gesprochen?«, rief sie überrascht. »Oh, Ari hat früher so viel erzählt. Na ja, vielleicht nicht so viel über Ella, da musste man ihm jedes Wort aus der Nase ziehen, aber viel über Deutschland. Als ich ein kleines Kind war, war er es, der mir Deutsch beigebracht hat. Ich nehme an, er sehnte sich nach einem Menschen, mit dem er diese Sprache sprechen konnte.«

Mit jedem Satz kamen neue Fragen auf. Ehe Luise sich entschieden hatte, welche die wichtigste war, waren wieder gedämpfte Stimmen aus der Wohnung zu hören. Mit einem knappen Nicken bedeute Eva ihr zu warten, verschwand kurz und streckte wenige Minuten später wieder nur den Kopf durch den Türspalt, kam nicht mehr heraus.

»Wenn ich gehen soll …«, setzte Luise an, obwohl sie noch so vieles wissen wollte.

»Wie gesagt – es war alles etwas viel.«

»Deine Eltern … Stiefeltern … haben sie auch im Prozess ausgesagt?«

Eva ließ den Kopf sinken, sodass ihr das rotbraune Haar ins Gesicht fiel. »In gewisser Weise waren sie besser dran als die übrigen Zeugen. Immerhin sind sie schon vor vielen Jahren wieder zurück nach Frankfurt gekommen. Die aus Polen oder Israel verstanden oft kein Deutsch, konnten sich nicht in einer fremden Stadt orientieren, hatten kaum Geld für die nötigen Ausgaben.«

Zumindest dies war ein Thema, bei dem Luise nicht völlig ahnungslos war.

»Ich dachte, es gab Organisationen, die sich um sie kümmerten.«

»Das schon, aber das passierte erst im letzten Jahr. Ab da wurden sie nicht länger nur vom Roten Kreuz unterstützt, auch

Frankfurterinnen erklärten sich bereit, die Zeugen ehrenamtlich zu betreuen und ihnen nach der Zeugenaussage beizustehen. Sie hatten immer ein Beruhigungsmittel zur Hand.«

Waren die Medikamente, die die Stiefeltern nahmen, auch Beruhigungsmittel?

Eva hob den Kopf, lauschte, machte schon wieder Anstalten, in der Wohnung zu verschwinden. Unwillkürlich trat Luise einen Schritt vor.

»Ich … ich habe bei meiner Schwester ein Buch gefunden. Mit den Lebenserinnerungen von Naphtali Stein. Er wurde mit seiner Frau und Tochter nach Auschwitz deportiert, während sein Sohn Aron als Einziger hier in Frankfurt zurückblieb und versteckt wurde. Ich weiß, was mit Naphtalis Frau und der kleinen Johanna passiert ist …« Sie leckte sich über die Lippen. Konnte man von »wissen« sprechen? »Aber was ich nicht weiß, ist …«

»Wie ich in das Bild reinpasse?«

Eigentlich war es ihr darum gegangen, wie Ella hineinpasste.

Sie nickte trotzdem, der Türspalt wurde etwas breiter. Eva sprach sehr schnell und nicht in ganzen Sätzen. Doch es genügte, um zu begreifen, dass sie die Tochter von Aris Vetter war, der Viktor hieß, und dass der mit ihrer Mutter Marta nach Israel emigriert war. »Im Sinaikrieg ist er gefallen, und meine Mutter starb schon zuvor bei einem Angriff der Araber auf unseren Kibbuz. Ari hätte gerne meine Betreuung übernommen, aber er hat damals schon in Tel Aviv gelebt, und es wäre nicht im Sinn meines Vaters gewesen. Dass meine Stiefeltern nach Deutschland zurückkehren, hätte er allerdings auch nicht gutgeheißen. Das Leben in Israel war zu hart für sie nach allem, was sie erlebt haben.«

Ihre Stimme wurde immer leiser, zugleich so unbeteiligt, als hätte das alles nichts mit ihr zu tun. Luise konnte ihr nicht verdenken, dass sie nicht gerne darüber sprach. So viel Tod in so wenigen Sätzen.

Vieles lag Luise auf den Lippen. Wie leid es ihr tat, dass Eva ihre Eltern verloren hatte und es den Stiefeltern so schlecht ging, dass sie sich schämte, weil sie so wenig wusste ... über die Geschichte des eigenen Landes, über Israel, über ihre Familie.

Ehe sie ein Wort hervorbrachte, vernahm sie von der Treppe her Schritte. Obwohl sie hergekommen war, um mit Aron Stein oder seinem Vater zu sprechen, hätte sie sich jetzt am liebsten versteckt. Im Hausflur war das nicht möglich, und sie wollte sich vor Eva nicht lächerlich machen. Trotzdem fühlte sie sich wie jemand, der unbekümmert in dunkles Wasser gesprungen ist, ohne zu wissen, wie tief und kalt es ist, ja, ohne zuvor im Seichten Schwimmen geübt zu haben.

Als sie sich zögerlich umdrehte, erkannte sie den Mann vom Bürgerhaus Gallus sofort wieder, wenngleich seine Körperhaltung heute eine ganz andere war. Als er dort vor Ella gestanden hatte, hatte er sich ganz steif gemacht. Nun hielt er den Kopf so tief gesenkt, dass er sie beide gar nicht wahrzunehmen schien.

»Wie geht es Onkel Naphtali?«, fragte Eva.

Ganz langsam hob er den Kopf. »Etwas besser, er konnte endlich wieder aufstehen und ein paar Schritte machen. Aber ich kann mir nicht vorstellen, dass er für die Heimreise ...« Er brach ab, als sein Blick auf Luise fiel. Unwillkürlich wappnete sie sich gegen jene leise Feindseligkeit, die er Ella gegenüber gezeigt hatte, doch es erschien nur wieder das Lächeln auf seinen Lippen, das er ihr schon bei ihrer letzten Begegnung geschenkt hatte.

Anders als ihre Erinnerungen an ihn mussten seine gestochen scharf sein.

»Warum bist du denn hier, Luise?«

Hilflos zuckte sie mit den Schultern.

Um mich wichtigzumachen, ging es ihr durch den Kopf. Um vor meinen Freunden anzugeben und Eindruck zu schinden. Um mit Rosie mitzuhalten – wofür es scheinbar nicht nur kurze Kleider und hohe Stiefel braucht, sondern auch einen Auschwitz-Überlebenden, der wie eine Jagdtrophäe vorgeführt werden soll.

Wie beschämend das war.

Während sie nach Worten rang, neigte Aron Stein den Kopf. Ganz deutlich glaubte sie Wehmut in seinem Blick zu lesen, und sie fühlte plötzlich, dass diese nicht nur von Erinnerungen an sie genährt wurde.

»Schickt … schickt Ella dich?«, fragte er gepresst.

Da klang nicht nur Wehmut aus seiner Stimme, auch eine sachte Sehnsucht oder gar Hoffnung, allesamt Gefühle, die Luise kürzlich auch in Ellas Miene wahrgenommen hatte, obwohl daraus viel zu schnell Trauer geworden war.

Luise atmete tief durch. Es gab so vieles, worauf sie sich keinen Reim machen konnte, aber eines wusste sie: Was sie nun tun würde … tun musste.

»Ja«, sagte sie trotz aller Verlegenheit entschlossen. »Ja, Ella schickt mich.«

Es würde nicht die einzige Lüge bleiben, die sie an diesem Tag aussprach.

Ella konnte nicht verhehlen, dass sie schrecklich aufgeregt war. Sie war viel früher als geplant beim Treffpunkt am Roßmarkt angekommen, ging dort unruhig auf und ab.

»Wollen Sie auch mitfahren?«, traf eine Stimme sie.

Sie blickte hoch, sah einen der Busse, mit denen man eine Stadtrundfahrt machen konnte. Eine junge Fremdenführerin mit Mikro am Spiralkabel in der einen Hand und etlichen Kopfhörern in der anderen sah sie fragend an.

»Die Erklärungen werden in acht Sprachen gegeben«, fügte sie hinzu.

»Ich … ich warte noch«, stammelte Ella.

Die Bustüren schlossen sich, während sie auf die Uhr blickte, es war mittlerweile fünf nach drei. Wie lange konnte sie warten, ohne sich lächerlich zu machen?

Dass sie überhaupt eingewilligt hatte, Ari zu sehen, weil der sie laut Luise unbedingt treffen wollte, geschah eher ihrer Schwester zuliebe. Gewiss, seit ihrem Wiedersehen sehnte sie sich nach einem Lebenszeichen von ihm, und der Versuch, sich einzureden, er hätte aus gutem Grund keinen Kontakt zu ihr aufgenommen, war schmählich gescheitert. Natürlich wollte sie ihn sehen. Aber sie fürchtete sich auch davor. Und wenn sie selbst so zerrissen war, wie ging es dann ihm?

Gerade als sie davon überzeugt war, dass er es längst bereute, auf das Treffen gedrungen zu haben, und einfach nicht erscheinen würde, erblickte sie ihn. Ihr Herz pochte unrhythmisch in ihrer Kehle. Er stieg aus einem Taxi, verharrte vor dem Auto. Den Kopf hielt er geneigt, wie sie es von ihm kannte, seine Schritte gerieten so vorsichtig, als wäre er nicht sicher, ob der Boden ihn trüge. So viel vom einstigen Ari, der immer ein wenig schüchtern gewesen war, vorsichtig und verhalten in seinen Gesten, steckte in ihm – wie viel von der Ella von einst nahm er an ihr wahr? Hatte er im Bürgerhaus festgestellt, dass sie rundlicher geworden war?

Sie wollte nicht zu offensichtlich in seine Richtung starren, senkte den Kopf, und als sie ihn wieder hob, stand er schon vor ihr.

»Tut mir leid … der Verkehr«, setzte er grußlos und mit hochgezogenen Schultern an.

Ausgerechnet seine offensichtliche Verlegenheit machte es ihr leicht, die eigene Unbeholfenheit zu überwinden. Mit dem Verkehr hatte er ihr überdies ein dankbares, weil unerschöpfliches Thema vorgegeben.

»Oh ja!«, rief sie ein wenig zu laut. »Der Verkehr in Frankfurt ist eine einzige Katastrophe. Vor allem seit der Bau der unterirdischen Stadtbahn begonnen hat. Eine riesige Baustelle, das kannst du dir gar nicht vorstellen. An der Eschenheimer Landstraße wurde alle zwei bis drei Meter ein Stahlträger für den Tunnel in den Boden gerammt. Jetzt ist die Strecke zwischen Hauptwache und Nordwestzentrum zwar so gut wie fertig, trotzdem …«

Sie sprach immer lauter, hatte am Ende das Gefühl, ihn regelrecht anzuschreien.

Nun, ein Gespräch würde erst zustande kommen, wenn auch er etwas sagte. Aber er sah sie nur erwartungsvoll an – als erhoffte er sich von ihr die Antwort, warum er überhaupt hier war. Luise hatte behauptet, das Treffen sei ihm wichtig, aber so sah er nicht aus.

»Insgesamt ist es ja gut, dass der Schienenverkehr in den Untergrund verlegt wird«, fuhr sie hastig fort, sprach nun zwar etwas leiser, dafür aber schneller. »Ich meine, in den letzten Jahren hat sich die Zahl der Kraftfahrzeuge verfünffacht. Und … auch oben in der Luft herrscht viel Verkehr. Dieser Düsenlärm vom Frankfurter Flughafen …«

Unwillkürlich legte sie den Kopf in den Nacken und blickte hoch zum Himmel. Er war heute zu grau, um Kondensstreifen zu sehen. Und gerade eben war auch kein Fluglärm zu hören. Immerhin, als sie den Kopf senkte, war sein Lächeln nicht mehr ganz so unsicher. Breiter war es, vertrauter.

Wieder begann ihr Herz schnell zu pochen, nur diesmal nicht in der Kehle, um ihr dort die Luft abzuschnüren, eher im Magen, um ein Kribbeln in den ganzen Körper zu senden. Auch ihr fiel es plötzlich leicht zu lächeln. »Ich glaube, ich rede zu viel … Es tut mir leid, aber …«

»Luise«, sagte er mit einem sanften Kopfschütteln, »Luise sagt, du willst mit mir sprechen.«

Sie sog scharf den Atem ein, und ihre Miene entglitt ihr. »Hat sie das gesagt?«, rief sie ungläubig.

Er nickte, während sie nur den Kopf schütteln konnte. »Mir gegenüber hat sie das ganz anders dargestellt. Sie meinte, du hättest ihr vorgeschlagen … ich hatte ja keine Ahnung … wie konnte sie nur …«

Die Verlegenheit von vorhin war nichts, gemessen an der Scham, die sie nun erfüllte. Sie war sich nicht einmal sicher, ob sie sich für die kleine Schwester genierte oder für ihre eigene Leichtgläubigkeit.

Auch aus Aris Mund kam ein Laut der Verblüffung, als ihm die Bedeutung ihrer Worte aufging, aber es war kein Vorwurf daraus zu hören, eher Belustigung. Und noch bevor sie sich sicher sein konnte, ob er tatsächlich lachte, hörte sie sich selbst losprusten.

»Das klingt ein bisschen nach einem mittelmäßigen Liebesroman.«

Ari erwiderte ihr Lachen herzlich. »Ich kann mich nicht

erinnern, dass sie als kleines Mädchen so durchtrieben gewesen ist. Ich habe das Gefühl, es wäre erst gestern gewesen, dass sie mit ihren fünf Jahren auf meinem Schoß saß und mich zu Wortspielen aufforderte, weil sie sich nicht mit ihrer Fibel beschäftigen wollte.«

Sämtlicher Verkehrslärm um sie schien zu ersterben. Umso lauter war die Erinnerung an Luises Plappern, an Aris Gabe, schnell Wörter zu finden, die sich reimten. Wie unbeschwert diese Stunden gewesen waren, wie nahe sie einander. Undenkbar damals, dass sie sich jemals verlegen gegenüberstehen würden.

»Sie ist eine hübsche junge Dame geworden«, sagte er versonnen.

»Na ja …« Sie musste unwillkürlich lächeln. »Ich bezweifle, dass sie gerne als Dame bezeichnet werden möchte.«

»Ich denke jedenfalls, dass du stolz auf sie sein kannst.«

Obwohl in der letzten Zeit so oft Unbehagen, Unsicherheit, Befremden diesen Stolz überlagert hatten, konnte sie nicht anders, als energisch zu nicken. Danach schwieg sie zu lange, um sich wieder ins Geplänkel flüchten zu können. Die Stille schrie nach der Entscheidung, was sie nun machen sollten – die Gelegenheit nutzen oder mit der Begründung, von Luise belogen worden sein, auseinandergehen.

Ella wusste, was sie wollte, aber sie wagte nicht, es auszusprechen,solange sie nicht sicher war, ob das auch für ihn galt. Und ehe sie die richtigen Worte fand, rollte wieder ein Doppeldeckerbus heran. Kaum dass er vor ihnen bremste, folgte sie der ersten Eingebung.

»Hast du vielleicht Lust, eine Stadtrundfahrt zu machen? Frankfurt hat sich in den letzten Jahren so sehr verändert.«

Ari wirkte eher überrumpelt als begeistert, aber als sich die Türen öffneten und sie beherzt auf den Bus zuging und einstieg, folgte er ihr. Die nächsten Minuten waren sie beschäftigt, zwei freie Sitzplätze zu ergattern, und bis sie sich wieder ansahen, hatte sich der Bus ins Straßengeflecht rund um den Roßmarkt eingereiht, war an der Katharinenkirche, dem Rathenauplatz und dem Goetheplatz mit dem Gutenberg-Denkmal vorbeigefahren, um danach das Grandhotel Frankfurter Hof zu passieren.

Die angebotenen Kopfhörer, dank derer man den Erklärungen der Reiseführerin lauschen konnte, hatten sie zwar angenommen, aber nicht aufgesetzt. Seine Miene glich trotzdem der eines unbeteiligten Touristen, der dem, was er sieht, ein gewisses Interesse entgegenbringt, aber nicht davon berührt wird.

Sie dagegen war von seinem Anblick berührt, seinem Kampf, die Miene unter Kontrolle zu halten. Etwas steckte in ihrer Kehle fest, von dem sie nicht sicher war, ob es ein neuerliches Lachen oder ein Weinen war. Für beides gab es keinen Grund, aber eigentlich hatte es auch keinen gegeben, diese Stadtrundfahrt zu machen.

Am Ende flüchtete sie sich wieder in Worte, so schnelle und zahlreiche, dass sie nicht zur Brücke taugten, eher einem Fluss glichen, der alles mitriss, die Unsicherheit, die Hilflosigkeit, den sachten Schmerz, der umso augenscheinlicher wurde, weil sie ihn beide hartnäckig zu verbergen suchten.

»Bald kommen wir am Zürichhaus mit seinen zwanzig Geschossen vorbei – das höchste Gebäude Frankfurts.«

Ari blickte nach draußen.

»Und die Alte Oper liegt immer noch in Ruinen«, sagte er wehmütig.

»Lange Zeit haben die Mittel für den Wiederaufbau gefehlt, aber im letzten Jahr wurde eine Aktionsgemeinschaft gegründet, um Gelder einzutreiben. Trotzdem wird es noch Jahre dauern, bis die Oper wieder aufersteht. Es scheint, Bankhäuser haben hier Priorität. Es gib ganze 438.«

Er löste seinen Blick vom Fenster, sah sie verwundert an. »Das weißt du so genau?«

Ein schrilles Kichern entfuhr ihr. »Vielleicht sind es auch nur 437, oder es sind 439.«

Sein Lächeln blieb fadendünn, ein falsches Wort und es würde reißen, aber ein Lächeln war es trotzdem.

»Man sieht kaum mehr eine Fassade ohne Neonwerbung«, fuhr sie fort. »Ob für Stollwerckschokolade, die *Frankfurter Rundschau* oder Cinzano.«

»Und dazwischen klaffen die Narben vom Krieg.«

Er deutete auf Baulücken, Mauerreste. Um einige von ihnen waren Zäune errichtet – Bretterkonstruktionen mit aus den Angeln hängenden Toren. Daneben häuften sich Schuttberge, auf denen Brennnesseln und Disteln wucherten.

Eben hatte sie zu weiteren nichtigen Worten ansetzen wollen, aber sie brachte sie nicht hervor. Wie Neonwerbung auf einem Trümmergrundstück wären sie erschienen. Es musste sich doch etwas Echtes dazwischen finden lassen, ein schmaler Weg vielleicht, auf dem man von keinem blinkenden Schild in die Irre geführt wurde.

»Wie … wie sieht es denn dort aus, wo du lebst?«

Kurz war da kein Weg, nur eine Wand. Sie bemerkte, wie er die Hände verkrampfte. Aber das Bedrohliche, das Unaussprechliche waren die Erinnerungen, die sie teilten, nicht die, die nur einer von ihnen besaß.

»Tel Aviv ist ganz anders.«

Seine Worte glichen einem tropfenden Wasserhahn, aus dem nur etwas kam, weil er leckte, nicht, weil jemand ihn willentlich aufgedreht hatte.

»Eine eigenartige Stadt«, setzte er an. »Man merkt ihr an, dass sie von Jekkes gegründet wurde – so werden die deutschen Einwanderer genannt, weil die auch bei Hitze dunkle Anzüge tragen. Sie haben Caféhäuser eröffnet, Krankenkassen und Sparkassen. Sie haben im Einzelhandel Festpreise eingeführt, das Pressewesen umgekrempelt und die Werbung ins Land gebracht. Tausende von Bauhaushäusern wurden ebenfalls errichtet – im Stil jener Architekten, die aus Nazi-Deutschland vertrieben worden sind.«

»Und in einem davon wohnst du?«, fragte sie in der Hoffnung, etwas über ihn zu erfahren, nicht nur über die Stadt.

Wieder entging ihr nicht, wie sich seine Hände ineinander verkrampften, als wäre es ein Kraftakt, in Frankfurt über Tel Aviv zu sprechen.

»Die Anfangszeit habe ich in einem Kibbuz verbracht. Als ich dann nach Tel Aviv kam, konnte ich mir gerade mal eine Kellerwohnung leisten. Es waren winzige Räume, sehr niedrig, sehr dunkel, aber das störte mich und meinen Vater nicht, denn so wurde es nie allzu heiß. Wir haben Holzkisten als Möbel benutzt, in denen Waren aus Europa geliefert wurden und die sämtlich vom Salzwasser beschädigt waren.«

Sie versuchte, es sich vorzustellen, aber das Einzige, was seine Worte heraufbeschworen, war das winzige, finstere Loch, in dem ihre Mutter ihn im Krieg versteckt gehalten hatte. Als er es ihr damals das erste Mal gezeigt hatte, hatte seine Einsamkeit sie förmlich angeschrien. Jetzt war da nur ein Flüstern.

Ich bin nicht glücklich geworden.

Nein, das hatte er nicht gesagt, das interpretierte sie in seine Worte hinein. Weil es das war, was sie insgeheim hören wollte? Aber hatte sie ihm nicht immer von ganzem Herzen Glück gewünscht?

»Und wo lebst du jetzt?«

Er löste seine Hände, gestikulierte beim Reden, beschwor viele Bilder herauf, nur sah sie in keinem ihn.

»Tel Aviv ist eine Kunststadt. Dort gibt es ein Philharmonisches Orchester, etliche Theater, Konzertsäle, Kinos, auch private Zirkel, wo man über Kunst und Literatur diskutiert. Mir gefällt, dass es dort viel lebhafter zugeht als in Jerusalem, der Stadt der Rabbiner und Politiker. In Tel Aviv gibt es überall große Boulevards wie den Rothschildboulevard und die Herzlstraße. Am schönsten ist die Dizengoff-Straße. Stell dir vor: Flanieren heißt dort dizengoffen.«

Auch auf diesem Bild suchte sie ihn vergebens.

»Und … du?«, fragte sie leise.

Der Bus stand mittlerweile, sie hatte nicht mitverfolgt, in welche Richtung er gefahren war. Er warf einen kurzen Blick aus dem Fenster und sagte hastig: »In Tel Aviv muss jeder ein Auto haben. Was Tel Aviv und Frankfurt auf jeden Fall gemeinsam haben, ist die Verkehrssituation. «

Und wir?, dachte sie plötzlich. Haben wir auch noch etwas gemeinsam?

»Ich weiß jetzt einiges über Tel Aviv, aber fast nichts über dich.«

Er zuckte mit den Schultern. »Was für Tel Aviv gilt, gilt auch für mich. Die Stadt entstand, wo sie eigentlich nicht hingehört, nämlich in der Wüste, und hat es dennoch zur Blüte gebracht.

Und ich bin in einen Pionierstaat geraten, in den ich eigentlich nicht gehöre, und bin trotzdem Schauspieler geworden.«

Nein, dachte sie, du bist einer geblieben, weil du immer schon einer warst.

Aber das wollte sie nicht laut aussprechen, und er selbst berichtigte sich nicht, begann im geschäftsmännischen Ton über seine Karriere zu sprechen, als ginge es um ein Handelsunternehmen, nicht um seinen Lebenstraum. Was er sagte, klang denn auch weniger nach Traum als nach Kampf. Als wäre auch die Bühne etwas, was stetig dem Wüstensand abzutrotzen wäre.

In der Anfangszeit habe er tagsüber in einer Hotelküche Gemüse geschnibbelt und abends auf der Kabarettbühne gestanden. Deutsch war eine verpönte Sprache, er hatte auf Hebräisch gespielt, auch als er es noch nicht richtig beherrschte, hatte die Texte, die er auswendig lernte, selbst kaum verstanden. Wenn das Publikum lachte, hatte er nie sicher sein können, ob er etwas Lustiges gesagt hatte oder man seinen Akzent verspottete. Als er die Sprache endlich fließend beherrschte, hatte man ihn am Kammertheater aufgenommen, ein junges, neu gegründetes Theater, das sich vom größten Haus des Landes, der Habima, abgrenzte, indem es sich westlich orientierte.

»Das ist doch großartig!«, rief Ella und versuchte, jenen begeisterten Klang in ihre Stimme zu legen, der seiner Erzählung fehlte.

»Na ja«, wiegelte er ab. »Das erste Jahr musste ich umsonst arbeiten. Und auch später gab es keine Subventionen. Alles, was in die Kasse floss, wurde geteilt, die Gagen waren immer minimal. Aber zumindest an Publikum herrschte kein Mangel, laut irgendeiner Statistik gibt es in Israel mehr Theatergänger also sonst wo in der westlichen Welt. Und wenn ich nicht spielte oder Gemüse schnibbelte – eine Weile tat ich das immer noch, um genug zum Leben zu haben –, übersetzte ich Klassiker ins Hebräische, damit wir sie aufführen konnten, *Nathan der Weise* oder *Othello*.«

Sein Lächeln war nicht mehr ganz so dünn und rätselhaft. Gab es eine Möglichkeit, seine Gedanken zu übersetzen, in eine Sprache, die sie verstand?

Eben fuhr der Bus über den Main und erreichte Alt-Sachsenhausen.

»Das klingt alles wunderbar.«

Wunderbar – ein lächerlich kleines Wörtchen, das nie und nimmer das notwendige Rüstzeug für den Kampf gegen die Wüste bot, den Kampf um eine neue Sprache, um eine Heimat, den Kampf gegen die Sehnsucht. »Ich habe nun eine große, helle Wohnung und richtiges Mobiliar«, murmelte er.

Wie vorhin stieg ein Bild in ihr auf, diesmal von weißen Möbeln, wie es sie hierzulande kaum gab, doch wieder war er selbst nicht zu sehen.

»Das ist ja wunderbar«, sagte sie noch einmal, und das Wörtchen war zu klein für all die Fragen, die ihr auf den Lippen lagen, bist du nun glücklich geworden, wie ist es deinem Vater ergangen, warum war es ihm wichtig, im Auschwitzprozess auszusagen, wie hat er sich gefühlt bei seiner Rückkehr nach Deutschland, hast du mich vermisst?

»Ich finde, wir sitzen jetzt schon ziemlich lange in diesem Bus«, murmelte er.

Nein, dachte sie, viel zu kurz, um wenigstens eine einzige dieser Fragen zu stellen.

»Ari …«, setzte sie an.

Auch dies war ein zu kleines Wörtchen, die Fragen lugten hervor wie zu lange Gliedmaßen aus kurzer Kleidung. Eine von ihnen war besonders hartnäckig: Wie lange werden wir noch beisammen sein? Doch welche Antwort säße schon passgenau, wie angegossen?

Am Ende schwieg sie, sodass die Stimme der Reiseführerin zu hören war.

»Und hier sehen Sie nun die berühmten Ebbelwoi-Kneipen von Alt-Sachsenhausen, achten Sie auf den Fichtenkranz, der über dem Eingang angebracht ist und mittlerweile oft aus Plastik besteht. Er ist das Zeichen, dass hier gekeltert wird. Auch in Bornheim und Schwanheim gibt es solche Kneipen, aber natürlich können die nicht mithalten mit einer *Fraa Rauscher*. Hier lernen Sie das echte Frankfurt kennen.«

Als der Bus stehen blieb, stiegen etliche Passagiere aus.

»Wie kann etwas echt sein, wenn der Fichtenkranz doch aus Plastik besteht?«, fragte Ari.

Ella zuckte mit den Schultern. Wie konnte ihr Gespräch echt sein, wenn sie sich hinter Plastikworten versteckten. »Willst du etwas trinken gehen?«

»In eine Ebbelwoi-Kneipe?«, gab er zurück.

Ellas Blick fiel auf eine Reisegruppe, in deren Gesichter die Aussicht auf Leberklöße mit Sauerkraut schon jetzt rote Backen zauberte. Es erschien ihr wenig reizvoll, sich ihnen anzuschließen, aber dann kam ihr eine Idee.

»Komm mit! Ich will dir Frankfurt zeigen.«

»Haben wir nicht deswegen eine Stadtrundfahrt gemacht?«

»Manchmal sieht man mehr, wenn man sich nicht in der Stadt befindet, sondern darüber.«

Zugegeben, von außen wirkte der Henningerturm auf dem Sachsenhäuser Berg, auf dessen quadratischem Unterbau ein Zylinder ohne Fenster stand, wie ein großes Gerstesilo. Oder, wie andere spöttisch sagten, wie eine Flasche mit kurzem Hals und riesigem Korken. Genauer gesagt waren es einhundertzwanzig Meter, die man allerdings nicht über eine Treppe überwand, sondern mit einem Schnellaufzug, der in einer Sekunde ganze vier Meter zurücklegte. Auch das war etwas, was sie im Tonfall einer Reiseführerin berichtete. Im Bus war sie blind für die anderen Menschen gewesen, es schien nur sie und Ari zu geben. Im Aufzug war es wirklich so, und gerade weil der Wunsch, dicht an ihn heranzutreten, so groß wurde, presste sie sich an die Wand.

Als sie oben ausstiegen, genossen sie schweigend den Ausblick, der sich ihnen bot.

Als Erstes suchten sie den Frankfurter Dom, der wie eine Miniaturkirche wirkte. Sonderlich lange war er nicht zu sehen, denn das dreißigste Stockwerk, in dem sich das Restaurant befand, drehte sich langsam um die Turmachse, sodass ständig ein neuer Blickwinkel auf die Stadt und ihre Umgebung geboten wurde.

Sobald sie sich an die schwindelerregende Höhe gewöhnt hatten, ließen sie sich an einem freien Tisch nieder, bestellten Kaffee und Wasser, blickten aber auch von hier aus fortwährend aus dem Fenster. Sie konnte nicht recht sagen, ob Ari bloß hingerissen war oder auch ein wenig verstört. So klein wie Frankfurt von hier oben aus wirkte, hatte sie erwartet, dass auch die dunklen Flecken der Vergangenheit schrumpfen würden, doch das Schweigen wurde eher drückender.

Gedankenverloren führte er die Kaffeetasse an seine Lippen.

»Wie ein Karussell«, murmelte er.

»Nur viel langsamer. Würde jemand ein leeres Bierglas auf die Fensterbank stellen, käme es erst nach fünfundvierzig Minuten wieder vorbei. Mit Luise habe ich das früher oft gemacht, wobei die natürlich kein Bier getrunken hat, sondern Apfelsaft.«

Sie schob ein Lachen hinterher, das etwas verunglückt klang. »Siehst du die beiden Rathaustürme? Im Volksmund werden sie Kleiner Cohn und Langer Franz genannt. Und weiter rechts erkennt man die Türme der Alten Nikolaikirche, der Paulskirche, von St. Katharina. Na ja, jetzt muss man den Kopf schon arg zur Seite biegen, um noch etwas von Frankfurt zu sehen. Gleich werden die vielen bewaldeten Hügel im Umland Frankfurts an uns vorbeiziehen – der Taunus, die Spessarthöhe und die Odenwaldberge.«

Immer noch gedankenverloren starrte er aus dem Fenster. Ob er an die Monate in dem Versteck dachte, als er nur durch eine winzige Luke die gegenüberliegenden Häuser hatte erspähen können, nicht aber den Himmel?

Sie wollte nicht an den Erinnerungen an dieser Zeit rühren, doch plötzlich sagte er selbst: »Ich frage mich, ob dieses kreisende Restaurant ein Sinnbild meines Lebens ist. Ob sich zwangsläufig alles wiederholt, ich immer wieder zum selben Ort zurückkehre.«

»Bleibt denn ein Ort jemals derselbe?«

»Die Frage ist eher: Bleibt ein Mensch derselbe?«

Ich nicht, dachte sie plötzlich. Wäre ich die Ella von einst, ich würde die Dinge offen, wenn auch behutsam, ansprechen. Doch als er sie schräg von unten ansah, war er kurz der Ari von einst, ein Mann, der immer ein wenig traurig wirkte, selbst wenn er lächelte, der selbst dort, wo er sich vermeintlich geborgen fühlte, ein Heimatloser war.

»Falls sich das Leben wirklich im Kreis dreht«, murmelte er, »ist das eher Gnade oder Strafe?«

»Es ist zumindest ziemlich bequem. Es fehlen die Kreuzungen, die uns Entscheidungen abfordern. Es macht auch keinen Unterschied, ob wir vorwärts oder rückwärts gehen, weil wir ohnehin an den Ausgangspunkt zurückkehren.«

Ihre Blicke trafen sich. Und plötzlich fühlte sie, dass sie beide ungeachtet ihrer Worte sehr wohl an einer Kreuzung standen, dass sie hier und jetzt entscheiden musste, was aus diesem Treffen wurde.

»Bist du glücklich?«, hörte sie sich atemlos fragen.

Die Frage fühlte sich verboten an, aber auch richtig.

»Wenn ich auf der Bühne stehe – ja«, sagte er, während der Taunus vorbeizog und Ari nervös über die weiße Tischdecke strich.

Wie viel Zeit war das gemessen an jener, da er nicht Theater spielte? Waren diese Stunden nur Krumen, die gerade mal genug nährten, um nicht zu verhungern, oder waren es große Happen, die satt machten?

Seine Hand hielt endlich still. »Bist du denn glücklich?«, fragte er. »Wie geht es dir?«

Er klang freundlich, auch interessiert, und doch entging ihr der lauernde Tonfall nicht.

Sie ließ zu viel Zeit verstreichen, um ein schlichtes Ja, ein schlichtes Gut hervorzupressen. Der Main war bereits wieder zu sehen, als sie endlich sagte: »Die Fünfzigerjahre waren wirklich hart für den Buchhandel. Die Frachtspesen und Gebührensätze der Bundespost wurden erhöht, auch die Mieten.

Und erst die Erhöhung der Personalaufwendungen! Ich habe mir nie jemanden leisten können, der dann und wann aushalf, was schwierig war, weil ich ja Luise großgezogen habe und …«

Wie lächerlich, sich hinter dem Beruf zu verschanzen. Sie konnte seinen Blick nicht erwidern, nicht einmal aus dem Fenster sehen.

»Die Neuerscheinungen gingen sprunghaft in die Höhe, 14000 waren es 1951, 17000 sechs Jahre später, dieses Jahr ganze 27000. Natürlich ist es unmöglich, das alles zu lesen, aber vieles muss man eben doch kennen, wenn man eine gute Buchhändlerin sein will.«

»Die Zahlen sind monströs hoch«, murmelte er.

Aber wie der Henningerturm, der gen Himmel ragte, waren sie zugleich dünn. Sie konnten nicht verstecken, was sich dahinter verbarg.

»Eigentlich habe ich dich nicht gefragt, wie es dir als Buchhändlerin geht, sondern als …«

»Als Frau?«

»Als Mensch.« Sein Lachen klang holprig wie ihres.

»Manchmal kann ich nicht glauben, dass Luise schon erwachsen ist. Die Jahre sind wie im Flug vergangen und nun …« Sie zuckte mit den Schultern, wollte nicht zugeben, wie groß die Angst vor der Leere war. Teilte er diese, oder gab es eine Frau in seinem Leben? Und war es eine berechtigte oder einfach nur anmaßende Hoffnung, dass dies nicht der Fall war, sie für ihn die eine geblieben war?

»Was für dich Luise ist, war für mich eine Weile Chaja … oh, ich kann mich immer noch nicht daran gewöhnen, dass sie hier Eva genannt wird. Als Kind habe ich ihr jedenfalls viel Zeit gewidmet, zumindest solange ich noch im Kibbuz lebte. Später habe ich sie regelmäßig besucht. Als dann Viktor und Marta starben, habe ich mich für sie verantwortlich gefühlt, kurz sogar überlegt, sie bei mir aufzunehmen. Aber welches Leben hätte ich ihr schon bieten können, ohne Frau, die eine Mutter ersetzt hätte. Zwar waren ich und mein Vater ihre einzigen leiblichen Verwandten, aber wir haben zugestimmt, dass ein mit ihren Eltern befreundetes Ehepaar ihre Fürsorge übernahm.«

Er lächelte schief. Sie hatte alle Worte gehört, aber was sich jetzt in ihrem Kopf wiederholte, waren nur zwei. Ohne Frau … ohne Frau … ohne Frau …

Um ihre Freude zu verbergen, die viel hitziger war, als sie es sich eigentlich gestatten wollte, fragte sie bestürzt: »Viktor und Marta sind beide tot?«

Sein Lächeln wurde schmerzlich. »Ich erzähle dir darüber ein anderes Mal. Für heute haben wir doch genug von den traurigen Geschichten.«

»Warum denn traurige Geschichten? Was von dem, was wir uns erzählten, ist traurig? Du lebst in einer interessanten Stadt und bist Schauspieler, ich habe Luise großgezogen und bin immer noch eine Bücherfrau aus Leidenschaft.«

Er lehnte sich zurück. Doch es war kein Zurückweichen. Das zögerliche Herantasten vorbei. Er hatte sich in seinem Versteck den Himmel vorstellen müssen, und deswegen war er einer, der auch durch Nebelschwaden hindurch sehen konnte. »Ich habe ein Leben, in dem ich mich zurechtfinde, aber wenn du mich fragst, ob ich glücklich geworden bin, muss ich das wohl verneinen.«

Am liebsten hätte sie ihm widersprochen. Auch abgewiegelt.

Doch sie blieb stumm. Wieder starrte sie aus dem Fenster, stellte fest, dass sie zum Ausgangspunkt zurückgekehrt waren.

»Ich bin auch nicht glücklich geworden«, gestand sie plötzlich gepresst. »Wie denn auch … ohne dich. Wir haben zusammengehört. Wir haben uns so geliebt.«

Ganz sacht begannen sich seine Hände, die reglos auf dem Tisch gelegen hatten, zu bewegen. Es schien, als wollte er etwas wegstreichen. Dabei waren da keine Krumen, da stand auch kurz nichts zwischen ihnen, nicht all die Jahre, nicht die dunklen Erinnerungen. Ein paar Zentimeter galt es nur zu überbrücken, und ihre Hände würden sich berühren, würden sich miteinander verschränken, würden alle Fragen stellen und alle Antworten geben.

Doch plötzlich zog er seine Hände zurück. »Es ist ein wenig merkwürdig, dass du unsere große Liebe beschwörst«, sagte Ari harsch. Erst jetzt, da er diesen harten Tonfall anschlug, ging ihr auf, wie leise, sanft er bislang gesprochen hatte. »Am Ende ist doch zumindest deine sehr klein gewesen, sonst hättest du uns eine Chance gegeben. Aber die Wahrheit ist: Du wolltest nach dem Krieg nicht mit einem Juden zusammenleben.«

Wenn sie sich über den Tisch gebeugt hätte, sie hätte seine Hände zu fassen bekommen. Aber sie wagte es nicht, versuchte, nur mit Worten eine Brücke zu bauen.

»Das stimmt so nicht …«

»Willst du etwa leugnen, dass du dich von mir losgesagt hast? Behauptet, du könntest Luise nicht zumuten, als Judenbankert beschimpft zu werden?«

»So habe ich es gesagt. Aber ich habe es nicht so gemeint …«

Eine hehre Lüge war es gewesen. Und in einsamen Stunden hatte sie sich daran aufrichten können. Nur jetzt dachte sie plötzlich, dass es widersinnig war, sich von einer Lüge Halt zu erhoffen. An der Wahrheit wiederum wollte sie sich nicht festhalten, sie endlich loswerden wollte sie. Dass die Wörter so selbstverständlich kamen, zeigte, wie groß dieses Bedürfnis war. »Ich konnte das deinem Vater doch nicht antun … Ich meine, hier in Deutschland zu leben … in jenem Land, wo fast seine gesamte Familie ermordet worden ist. Wir beide wären hier glücklich geworden, egal, welchen Preis ich dafür zu zahlen gehabt hätte, aber *ihr* beide … ihr hattet nur in Israel eine Zukunft. Du weißt doch, dass mein eigener Vater damals gerade erst gestorben war. Nicht zuletzt darum konnte ich nicht zulassen, dass etwas zwischen dich und deinen Vater kommt, dass du zusehen musst, wie er langsam verfällt. Ich hätte die Beschimpfungen, die Ausgrenzung ertragen, aber er … er hatte schon genug zu schleppen und du auch.«

Sie wurde die Wahrheit nicht los. Sein Gesicht war ausdruckslos, eine gläserne Wand, durch die man alles sah, aber nichts berühren konnte. Ihre Stimme verhallte an dieser Wand. Während er ganz steif dasaß, wurde sie von einem Zittern überwältigt und war den Tränen nah. Am Ende kamen keine Tränen, nur noch mehr Worte. »Ich habe dich geliebt, so sehr geliebt, und ich habe nie aufgehört, dich zu lieben.«

Er musste doch spüren, dass die Worte durch und durch ehrlich gemeint waren!

In seiner Miene war allerdings kein Begreifen zu lesen, nur Zorn. Er sprang auf, stürzte davon, fand allerdings den Weg zum Aufzug nicht. Bald kam er wieder zurück, war verdammt, hier oben zu kreisen, kreisen, kreisen.

»Ari!«

Er starrte sie an. Da war keine Verzweiflung, da war kein Schmerz über all die verpassten Jahre, da war nur Wut. Und er, der immer so zurückhaltend gewesen war, so leise, blaffte sie an: »Wie konntest du nur?«

Sie ahnte, dass sie die Blicke etlicher Gäste auf sich zogen, aber dass sie Zeugen hatten, stimmte sie nicht verlegen, stachelte nur ihre Bereitschaft an, noch schonungsloser mit der Wahrheit umzugehen.

»Ich hatte doch keine Wahl!«

»Nein, *ich* hatte keine Wahl! Du hast mich vor vollendete Tatsachen gestellt! Du hast mich zu meinem Glück zwingen wollen, du hast dich geweigert, mit mir gemeinsam um eine Entscheidung zu ringen.«

Wieder machte er ein paar hektische Schritte, wieder kehrte er an den Tisch zurück.

»Es gab nur diesen einen Weg …«, stammelte sie.

»Für dich.«

»Nein für dich und deinen Vater. Ich konnte euch nicht zumuten, in Deutschland zu leben.«

»Ja, weißt du denn nicht, was das Schlimmste hier in Deutschland war? Dass man uns Juden alle Freiheit nahm, alle Würde, alle Selbstbestimmung! Dass wir nichts mehr entscheiden konnten, nicht, wie wir leben, nicht, wie wir sterben. Und du hast mir nicht einmal das Recht gelassen, mich zu unserer Liebe zu bekennen. Verleidet hast du sie mir … vergiftet. Ich war damals so enttäuscht von dir.«

Jetzt war er es wohl erst recht. Sie stand langsam auf, und kurz hatte sie nicht das Gefühl, dass sich das Restaurant drehte, sondern sie sich selbst. Dann fand sie das Gleichgewicht wieder, auch die Orientierung. Mit dem Kinn deutete sie Richtung Aufzug. Er hastete darauf zu, drückte die Taste.

»Dein Vater und du …«, setzte sie wieder an, nachdem sie zu ihm aufgeschlossen hatte.

»Hör endlich mit meinem Vater auf! Es stimmt doch gar

nicht, dass er nur in Israel glücklich werden konnte. Dort ist er nie richtig angekommen, er blieb einer der Jekkes im schwarzen Anzug, die in diesem grellen, heißen Land wie störende, dunkle Flecke wirken. Er wollte immer zurückkehren, ich war es, der ihm gesagt hat, dass das nicht möglich sei. Lange hat er sich mir gefügt, aber dann begann der Prozess, und er hatte einen Vorwand für die Reise nach Deutschland. Und jetzt ist er hier und sagt mir, dass er nicht mehr gehen will, sondern die Zeit, die ihm bleibt, in einem jüdischen Altersheim verbringen. Ich habe keine Ahnung, was ich tun soll! Ich kann nicht ohne ihn gehen, aber bleiben kann ich auch nicht. Ich weiß nicht, wohin mein Leben steuert, ich bin mir nicht sicher, ob ich es je gewusst habe und … und …« Er atmete tief durch, es klang fast wie ein Schluchzen. Etwas gemäßigter, wenn auch tieftraurig, fügte er hinzu: »Wie kannst du mir ausgerechnet jetzt sagen, dass du mich noch liebst!«

Weil ich nicht damit gerechnet habe, dass das eine Zumutung für dich sein könnte, dachte sie. Sie fühlte ebenfalls Trauer, wenngleich nicht nur. Unter den Schuldgefühlen, die seit Jahren auf ihr lasteten, regte sich ein Hauch Empörung.

»Hätte ich es denn machen sollen wie du? Alle Gefühle kappen? Ich weiß, ich habe dir damals das Herz gebrochen. Aber dass du zurück nach Frankfurt gekommen bist, hier viele Monate verbracht hast und es nicht der Mühe wert gefunden hast, mich auch nur ein einziges Mal zu sehen, das kann ich nicht verstehen.«

»*Ein einziges Mal?* Denkst du wirklich, dass ich nicht jeden Tag an dich gedacht habe, sobald ich nach Frankfurt zurückgekehrt bin? Denkst du wirklich, ich hätte dich all die Zeit eisern gemieden? Weißt du, wie oft ich heimlich zum *Bücherreich* gegangen bin? Davor gewartet habe? Dich durchs Schaufenster beobachtet habe und mit mir gerungen, ob ich mich dir zu erkennen geben soll? Aber ich war so glücklich zu sehen, dass du in deinem Beruf immer noch mit ganzem Herzen aufzugehen scheinst. Und ich dachte, dass ich dich nur unglücklich machen würde, wenn ich auftauche und alles durcheinanderbringe.«

Tränen stiegen in ihr auf. Kurz, ganz kurz, dachte sie, dass sein Geständnis, sie heimlich beobachtet zu haben, sie einander näherbringen würde, alles Trennende wegfegen, alle Bitterkeit, alle Vorwürfe wegwaschen. Aber das Gegenteil war der Fall. Daran, wie fest er seine Lippen zusammenpresste, erkannte sie, wie sehr er seine spontanen Worte bereute. Schon senkte er den Blick und hob ihn nicht mehr, während der Aufzug oben ankam, mehrere Menschen ausstiegen und mit strahlenden Gesichtern aus dem Fenster blickten. Ari stürmte in den Aufzug, blieb dort aber steif stehen, anstatt auf den Knopf zu drücken.

»Es … es tut mir alles leid …«, stammelte Ella, »ich kann nur erahnen, wie zerrissen du dich fühlst. Ich würde gerne für dich da sein, als eine Freundin …«

»Du hast damals entschieden, dass jeder von uns sein eigenes Leben zu leben hat«, fiel er ihr hart ins Wort. »Auch darum habe ich mich nie zu erkennen gegeben, wenn ich in der Stadt war. Dieses Treffen war ein Fehler, und den sollten wir nicht noch mal machen. Leb wohl.«

Immer noch drückte er nicht auf den Knopf, die Türen schlossen sich trotzdem, dann verriet jenes leise surrende Geräusch, dass der Aufzug nach unten fuhr.

5. KAPITEL

Luise hatte Angst, zu spät zum Studierendenhaus zu kommen, und beschleunigte ihre Schritte, Eva dagegen ging immer langsamer.

»Ich … ich glaube, ich weiß nicht, was ich da sagen soll«, murmelte sie.

»In dem Diskussionsabend geht es um den Auschwitzprozess!«, rief Luise.

»Ja eben! Was genau soll ich denn dazu beisteuern?«

»Du hast mir doch so viel erzählt.«

In den letzten Tagen hatten sie sich mehrfach getroffen, und Luise hatte Eva sogar eingeweiht, dass sie ein Treffen von Ari und Ella eingefädelt hatte. Eva hatte das gutgeheißen, war auch sehr neugierig darauf, wie es laufen würde, und Luise ging es ähnlich. Trotzdem würde sie heute Abend nicht zu Hause sein, wenn Ella heimkehrte. Noch wichtiger war ihr nämlich, an dieser Veranstaltung teilzunehmen … an der Seite eines Kindes von Auschwitzüberlebenden.

Von ihren leiblichen Eltern hatte Eva ihr zwar nicht viel erzählen können, aber auch die Geschichten von ihren Stiefeltern hatten Luise tief berührt. Welche Tragik, dass sie sich in Israel kein Leben hatten aufbauen können. Dass sie sich auch hier in Deutschland nur als Gast fühlten. Dass sie ständig Geld sparten, um für den Staat der Juden zu spenden und solcherart das schlechte Gewissen und die Selbstverachtung zu betäuben, die mit ihrem Scheitern einhergingen. Und dann gab es da dieses Foto, das an der Wohnzimmerwand hing und zwei kleine Kinder zeigte, einen Jungen und ein Mädchen, um die fünf, sechs Jahre alt.

»Sie haben mir erst letztes Jahr erzählt, wer das auf dem Foto ist«, hatte Eva ihr berichtet, »und das nur, weil ich sie direkt mit meinem Verdacht konfrontiert habe. ›Sind das eure Kinder?‹, habe ich sie gefragt. ›Haben die Nazis sie ermordet?‹ Mein Stiefvater hat nur nicken können, meine Stiefmutter hat auch ihre Namen genannt. Aber als ich sie wiederholen wollte, hat sie gemeint, das dürfe ich nicht.«

»Wie kann man über so etwas Wichtiges schweigen?«, hatte Luise gefragt und an Ella gedacht, die sich über die Kiste mit den Erinnerungsstücken gebeugt hatte wie über einen streng gehüteten Schatz.

Eva hatte mit den Schultern gezuckt. »Ich war noch klein, als ich die Nummer entdeckt habe, die meinem Stiefvater im KZ in den Unterarm tätowiert worden war. Als ich gefragt habe, was es damit auf sich hat, hat er zu zittern begonnen und die Lippen aufeinandergepresst. Später hat er sich etwas beruhigt und behauptet, es wäre die Einkaufsliste. Die Acht stünde für die Eier und die Sieben für die Milch. Als wir das nächste Mal einkaufen gingen, habe ich mir mit Tinte auch Nummern auf die Haut geschrieben. Als meine Stiefmutter das gesehen hat, hat sie mich ins Bad gezerrt und meinen Unterarm so lange geschrubbt, bis er rot war und brannte.«

»Genau so etwas musst du den anderen erzählen!«, hatte Luise gerufen, sich kurz geschämt, weil sie so begeistert klang angesichts der schrecklichen Geschichte.

Eva hatte es ihr nicht übel genommen und war sehr bereitwillig zur Veranstaltung mitgekommen. Nur jetzt, kurz vorm Ziel, zögerte sie.

»Na komm schon, ich will nicht zu spät kommen.«

Erleichtert stellte sie fest, dass sich Eva einen Ruck gab, doch als sie wenig später das Studierendenhaus betraten und zügig den Seminarraum erreichten, fanden sie ihn nicht randvoll mit Studenten, sondern komplett leer vor. »Vielleicht ist es der falsche Raum?«, mutmaßte Eva.

Luise zuckte verlegen die Schulter, sie hatte keine Ahnung, wie sie den richtigen finden sollte. Doch als sie zurück in den Gang traten, sah sie Thilo vor einem Fenster herumlungern und eine rauchen. In den letzten Tagen hatte sie es immer geschafft, sich gleichgültig zu geben, wenn sie ihn erblickte, jetzt konnte sie nicht anders, als auf ihn zuzustürzen. Ihr Gesicht, das vom hastigen Gehen ohnehin schon erhitzt war, wurde sicher noch röter.

»Was machst du denn hier?«, fragte er verwundert. »Die Vorlesungen sind grade zu Ende gegangen. Wobei du ja nicht mal hier studierst.«

»Aber die Veranstaltung heute …«, brachte sie keuchend hervor. »Über den Auschwitzprozess … Da wollte ich doch unbedingt dabei sein … ich habe Eva mitgebracht …«

Thilo hob die Braue. »Die ist doch erst morgen, Kleines. Und dafür bist du nun extra zur Uni gekommen?«

Luise wäre am liebsten im Boden versunken. Nervös leckte sie sich über die Lippen. »Ich …«

Sein Lächeln wurde breiter. »Aber schön, dich zu sehen. Hast dich in letzter Zeit rargemacht. Beim Konzert auf der Waldbühne nächste Woche wirst du doch dabei sein?«

Ihre Verlegenheit wuchs, weil sie keine Ahnung hatte, worauf er anspielte.

»Na, in Berlin«, fügte Thilo hinzu, »wir fahren alle. So ein Rolling-Stones-Konzert kann man sich doch nicht entgehen lassen.«

Luise senkte ihren Blick. Wie hatte sie sich beim Termin vertun können. Wie es versäumen, insgesamt auf dem Laufenden zu bleiben. Wie sollte sie Eva erklären, dass hier keine Diskussion über die Nazivergangenheit stattfand, Thilo stattdessen ziemlich schamlos Bewegungen nachmachte. Sie war nicht sicher, ob er den Sänger der Rolling Stones – Mick Irgendwas – imitierte oder das ekstatische Publikum. Seine Bewegungen waren sehr wendig, sehr energiegeladen, sehr rhythmisch – und peinlich, gemessen an der Geschichte von tätowierten Unterarmen.

Doch während sie selbst verlegen von einem Fuß auf den anderen trat, rief Eva begeistert: »In der *Bravo* habe ich gelesen, dass beim Konzert in der Dortmunder Westfalenhalle Mick Jaggers nackter Bauch kurz zu sehen war.«

Thilo hatte sie bis jetzt ignoriert, doch als er nun einen tiefen Zug an der Zigarette machte, ließ er wohlwollend seinen Blick über Eva schweifen. Statt des langen schwarzen Rocks, den Luise von ihrem ersten Treffen kannte, trug sie heute eine Hose, die zwar auch schwarz, aber relativ eng war, und ihre rotbraunen Haare hatte sie sich zu einem Pferdeschwanz gebunden.

»Und du bist …?«, setzte er an.

Eva öffnete den Mund, um sich vorzustellen, aber Luise kam ihr zuvor.

»Eine Jüdin!«, platzte sie heraus. »Das Kind von Auschwitz-Überlebenden«, fügte sie etwas gemäßigter hinzu. Sie atmete tief durch, um zu dem längeren Vortrag anzusetzen, den sie vorbereitet hatte. »Seit unserem Gespräch am Römerberg habe ich mich sehr gründlich mit dem Thema beschäftigt. Nicht nur mit dem Auschwitzprozess, auch mit dem jüdischen Leben hier in Frankfurt. Das liegt völlig brach, was auch kein Wunder ist, werden die, die den Wiederaufbau von Synagogen fordern, doch häufig gefragt, warum sie nicht nach Israel oder nach Amerika gegangen sind. Ich finde, es reicht nicht, die damaligen Verbrechen zu ahnden oder Antisemitismus zu bekämpfen. Es gilt, Grundlagen zu schaffen, um …«

So selbstbewusst sie begonnen hatte – ihre Stimme wurde immer dünner. Aus Thilos anfänglichem Amüsement wurde Verwirrung, als könnte er sich nicht mehr genau an ihr Gespräch am Römerberg erinnern, ja, dass sie damals überhaupt dabei gewesen war.

»Ich dachte wirklich, die Veranstaltung wäre heute Abend, aber wenn sie erst morgen stattfindet …«

»Kann gut sein, dass der Studentenbund sie ganz abgesagt hat«, fiel er ihr ins Wort.

»Abgesagt? Aber warum das denn? Das, was mit den Juden passiert ist, ist doch das große Thema dieser Tage, und …«

Thilo ließ seine Zigarette fallen, trat sie zwar aus, aber machte keine Anstalten, sie aufzuheben. Er machte auch keine Anstalten, irgendein Stichwort zu liefern, damit sie ihren missratenen Satz zu Ende bringen konnte. Doch dann schaltete sich eine andere Stimme ein.

»Wen interessiert denn die Vergangenheit?«

Als sie herumfuhr, sah sie Ernesto auf sie zukommen. Die untere und obere Körperhälfte schienen nicht richtig zusammenzupassen. Seine Schritte waren energiegeladen, als würde er marschieren, sein Oberkörper aber war so weit nach vorn gebeugt, als hätte er über das viele Herumlungern das aufrechte Gehen verlernt.

»Du hast Claus fast verprügelt, weil du das Urteil im Auschwitzprozess nicht empörend genug fandst und jetzt …«

Ernesto winkte ab. »Der Prozess ist vorbei, aber die Ausrichtung unserer Gesellschaft ist immer noch faschistisch, der Regierungsstil autoritär, der Durchschnittspolitiker ein Nazi. Wehe, wenn du mal bei Rot über die Ampel läufst, wehe, wenn du über den Rasen schlenderst, vor dem das Schild ›Betreten verboten!‹ steht, wehe, die Schulklassen stellen sich nicht in Zweierreihe auf. Dann drehen diese Gestapohengste doch durch.«

»Gerade darum sollten wir doch darüber reden, was in Auschwitz …«

»Hast du denn immer noch nicht kapiert, dass Auschwitz überall ist? Im Moment vor allem in Vietnam. USA – SA – SS. Ist alles das Gleiche. Die Imperialisten stecken hinter sämtlichen Schweinereien auf dieser Welt. Hinter Franco, den Obristen in Griechenland, Salazar in Portugal, den Diktaturen in Lateinamerika.«

Luise warf Thilo einen hilfesuchenden Blick zu, aber der überlegte offenkundig, ob er sich noch eine weitere Zigarette anzünden sollte.

»Du … du hast mich doch auf diesen Diskussionsabend aufmerksam gemacht.«

Er hielt seine Zigarettenpackung schon in der Hand, ließ sie wieder in seiner Jacke verschwinden. »Keine Angst, Kleine. Wenn du wirklich über das Thema reden willst, kannst du das mit Claus tun. Der kann im Schlaf sein neuestes Sprüchlein runterrattern. Womit hat er uns heute in der Mensa die Ohren blutig geschwatzt? Dass es einen strukturellen Zusammenhang zwischen Demokratie und faschistischer Diktatur gibt, weil beides aus dem Kapitalismus hervorgeht?«

»Schön und gut«, hielt Luise dagegen. »Aber ich finde, es sollte uns nicht nur um gesellschaftliche Bedingungen im Allgemeinen gehen, sondern auch um die jüdische Kultur im Besonderen. Die wurde hierzulande nahezu ausgelöscht, weswegen wir sie wiederbeleben müssen und …«

»Und was genau bringt uns das? Unser Anliegen ist doch in erster Linie, das manipulative Establishment durch revolutionär-konsequente Kader sozioökonomisch zu verunsichern – zumindest hat Claus das so ausgedrückt.«

Luise hatte keine Ahnung, was damit gemeint war, er wohl auch nicht. Ernesto verdrehte ungeduldig die Augen, aber da Thilo ihm mit einem knappen Nicken signalisierte, dass sie jetzt aufbrachen, verkniff er sich den Kommentar. Die beiden waren schon ein paar Schritte gegangen, als Thilo stehen blieb und Luise über die Schultern zurief: »Du begleitest uns doch in den Club Voltaire, Kleine, oder? Deine Freundin kannst du gerne mitbringen, wie heißt sie noch mal?«

Luise stand noch wie erstarrt, während Eva den beiden bereits folgte. »Ihr geht ins Voltaire?«, rief sie, und aus ihrer Stimme sprach Begeisterung wie vorhin, als sie Mick Jaggers nackten Bauch erwähnt hatte.

Luise ging wie betäubt hinterher. »Es tut mir leid«, nuschelte sie in Evas Richtung, »mir war wirklich nicht bewusst, dass die Veranstaltung …«

»Oh, ich wollte schon immer mal in den Club Voltaire!«, unterbrach Eva sie schwärmerisch.

Luise starrte sie verwundert an.

»Ganz ehrlich!« Eva legte ihr die Hand auf den Unterarm. »Ich bin froh, wenn ich irgendwo mal nicht die Jüdin bin. Ich kann gar nicht sagen, wie öde es bei der Zionistischen Jugend zugeht. Da raucht man nicht, tanzt man nicht, wird rot, wenn jemand das Wort Sex sagt, und das Aufregendste, was man dort erleben kann, ist eine Partie Monopoly. Da bevorzuge ich einen Ort, wo nur zählt, ob man links ist, nicht ob jüdisch oder deutsch oder was auch immer. Meinen Stiefeltern habe ich gesagt, dass ich bei einem Vortrag bin, so schnell erwarten die mich nicht zurück. Na los, ich will nichts verpassen.«

Rasch schloss sie zu Thilo und Ernesto auf. Obwohl sich Luise ebenfalls bemühte, Schritt zu halten, kam sie sich von allen wie die Langsamste vor – beim Gehen und genauso beim Begreifen.

Draußen war es noch hell, doch als sie den Club Voltaire betraten, waren kurz nur Schemen zu erahnen. Dunkle Vorhänge waren vor die Fenster gezogen worden, die Luft war stickig und rauchgeschwängert. Schnell zog Thilo hinter ihnen die Tür zu, als gälte es zu verhindern, dass zu viel frische Luft hineinströmte. Luise stieß fast gegen eine der Säulen, die den Raum teilten und über und über mit Plakaten und Flugblättern behängt waren. Die nächsten Schritte gerieten etwas vorsichtiger, auch weil sie keinen Ellbogen abkriegen wollte, als sie sich durch die Menge schob. Ein paar der jungen Leute saßen auf Barhockern, die um Stehtische gruppiert waren, andere lehnten an den Säulen. Eva war gleich nach ihr eingetreten, aber als Luise sich nach ihr umdrehte, erkannte sie, dass sie ihr nicht durchs Gewühl gefolgt war. Sie stand bei einer Gruppe junger Leute neben dem Eingang und unterhielt sich so angeregt mit ihnen, als wäre sie nicht eben erst angekommen, sondern schon seit Stunden hier. Wahrscheinlich war sie so hungrig auf Kontakte, dass sie die anderen einfach angesprochen hatte. Wie sehr Luise, die sich im Dickicht von Menschenleibern stets verloren fühlte, sie um dieses Selbstbewusstsein beneidete! Nicht nur Stimmen dröhnten ihr in den Ohren, auch rhythmische Musik mit rauen Bässen. Immerhin hatten sich ihre Augen mittlerweile ans trübe Licht gewöhnt, und sie sah dort hinten nicht nur Thilo und Ernesto, auch Claus und Rosie. Rosie lehnte lässig an einem der Barhocker und wippte im Rhythmus der Musik.

Als Luise sich zu ihnen durchgekämpft hatte, sah sie, dass kein Hocker mehr frei war.

»Setz dich doch!«, rief Thilo trotzdem aufreizend und zündete sich eine Zigarette an.

Ihre Unschlüssigkeit wich Wut. War er denn blind? Doch plötzlich packte er sie am Unterarm und zog sie einfach auf seinen Schoß. Das war zweifach gefährlich, denn der Hocker wackelte unter ihnen, und die glühende Zigarette kam ihrem Gesicht ziemlich nah. Allerdings hatten sie sich seit damals im Studentenwohnheim nicht mehr so intensiv berührt, und sie genoss den festen Griff um ihre Taille, auch wie sein langes Haar ihren Nacken kitzelte. Die Wut erstarb.

»Können wir jetzt endlich weitermachen?«, fragte Rosie. Dass sie sichtlich genervt wirkte und Thilo und sie mit einem finsteren Seitenblick bedachte, erfüllte Luise mit Triumph. Doch der erwies sich als nicht sehr langlebig, hatte sie ja keine Ahnung, um welches Thema die Diskussion kreiste. Es blieb ihr nichts übrig, als schweigend zuzuhören, wie über die geplante Protestwoche gegen den Krieg in Vietnam diskutiert wurde. Vor dem amerikanischen Generalkonsulat sollte eine Unterschriftensammlung durchgeführt werden. »Und der Brief wird Präsident Johnson dann höchstpersönlich zugestellt«, schloss Rosie. »Darin wird er aufgefordert, die völkerrechtswidrige Bombardierung Nordvietnams zu unterlassen.«

»Na, das wird ihn aber sehr beeindrucken, wenn ein paar olle Frankfurter ihre Unterschrift unter so einen Wisch setzen«, lästerte Ernesto.

»Hast du eine bessere Idee? Vielleicht das Generalkonsulat in die Luft zu sprengen?«

In Ernestos Miene ließ sich durchaus Zustimmung erahnen, aber Claus kam seiner Antwort zuvor. »Sollte nicht unser Ziel sein, auf eine substanziellere, wenn auch natürlich legale Weise Widerstand zu leisten?«

Rosie stand inzwischen ganz steif da, klopfte nur mit den Fingern den Rhythmus der Musik. »Willst du eine groß angelegte Kampagne für die Abrüstung als nicht substanziell bezeichnen?«, fragte sie spitz.

»Nein, aber wir wollten uns doch noch überlegen, was wir alles für die *Neue Kritik* tun können. Genau das hat uns doch gefehlt – ein eigenes Sprachorgan. Flugblätter, Transparente, alles schön und gut, aber manche Inhalte lassen sich nicht auf ein paar Wörter runterbrechen.«

»Na ja«, murrte Ernesto, »Wörter will ich auch nicht brechen, lieber …«

Luise hörte Thilo dicht an ihrem Ohr kichern. Es war immer noch angenehm, sich an ihn zu schmiegen, und trotzdem konnte sie sich des Gefühls nicht erwehren, hier fehl am Platz zu sein.

»Was ist denn die *Neue Kritik*?« Sie hatte die Frage ganz leise gestellt, in der Hoffnung, dass er ebenso leise antworten würde.

Doch er stellte ihr Unwissen gnadenlos bloß. »Du hast noch nichts davon gehört, Kleine?«, rief er.

»Wann hätte ich denn davon hören sollen?«, gab sie empört zurück. »Bis jetzt habt ihr nie davon gesprochen. Auschwitz war das große Thema, der Prozess, der Antisemitismus in Deutschland, auch die Verfassung der Überlebenden. Damit habe ich mich in den letzten Wochen gründlich befasst und …«

»Das kommt ein wenig spät«, unterbrach Rosie sie schroff. »Der Prozess ist vorbei, es gibt keine Zeugen mehr, die man betreuen muss.«

Luise wandte sich ihr ganz langsam zu. »Ist das so?« Sie konnte nicht verhindern, triumphierend zu klingen. »Meines Wissens werden weitere Prozesse folgen. Der nächste soll schon im Dezember beginnen. Schließlich sind noch viele Drahtzieher aus dem Vernichtungslager auf freiem Fuß. Wilhelm Burger zum Beispiel. Oder Josef Erber.«

Dass Rosies ungläubiges Kichern vor allem Unsicherheit verriet, war ihr ein Beweis, dass sie diese Namen noch nie gehört hatte. Allzu schnell fand die andere aber die Fassung wieder.

»Um warum bist du dann hier und nicht beim Roten Kreuz, um dich dort für die Betreuung der Zeugen anzumelden?«

Luise hielt Rosies blick stand. »Hm«, machte sie und presste sich noch stärker an Thilo. »Ich sitze gerade sehr gemütlich. Davon abgesehen finde ich es etwas befremdlich, dass ihr Politik wie ein Selbstbedienungsbüfett zu betrachten scheint, von dem man sich an einem Tag den einen Leckerbissen holt und am anderen den nächsten, je nach Gusto.«

Ihr entging nicht, dass Claus durchaus wohlwollend grinste und Thilo sogar auflachte. Ernesto dagegen grummelte etwas, was sich wie »dummes Geschwafel« anhörte.

»Und warum glaubst du, dass ausgerechnet du uns das Thema vorgeben kannst?«, blaffte Rosie ihn an. »Was hast du hier eigentlich verloren?«

Thilos Gelächter riss ab. »Nicht zoffen, Mädels, dafür ist die Zeit zu schade. Wir wollten doch in Sachen *Neue Kritik* weiterkommen.« Mit Nachsicht, als spräche er mit einem kleinen Kind, erklärte er Luise: »Die *Neue Kritik* wird der erste originäre Buchverlag der neuen Linken sein. Beim nächsten SDS-Bundesvorstand soll es ganz groß verkündet werden. Diverse Klassiker werden neu aufgelegt, so was wie Rosa Luxemburg und Karl Marx. Wobei es bei einem solchen Archiv sozialistischer Literatur nicht bleiben wird, es soll auch Schriften zu aktuellen Themen geben, und natürlich wird dann auch das Thema Auschwitz nicht ausgespart werden.«

»Studenten wollen einen Verlag gründen?«, fragte Luise.

Rosies Finger trommelten wieder oder immer noch auf dem Barhocker. »Wir wissen noch nicht mal, ob wir eine Offset-Druckmaschine organisieren können«, sagte sie kurz angebunden, »wenn jedenfalls die Protestwoche im Oktober …«

»Ich … ich könnte helfen!«, fiel Luise ihr ins Wort.

Thilos Griff wurde nun etwas lockerer, weil er die Asche von der Zigarette klopfte. Auf dem Tisch stand kein Aschenbecher, nur eine Kaffeetasse mit riesigem Sprung, die er für diesen Zweck nutzte. Rosies Blick traf sie, zunehmend ungehalten, nahezu verächtlich: »Wie willst *du* uns denn helfen?«

»Ich kenne mich aus im Verlagswesen. Ich kann Material beschaffen. Es fehlt doch sicher nicht nur eine Druckmaschine. Auch alles andere muss irgendwoher …«

»Ich verstehe immer noch nicht, was du hier zu suchen hast. Du bist nicht mal Studentin!«

»Aber Buchhändlerin!«

Zweifellos war das eine Übertreibung, weil sie ihre Lehre noch lange nicht abgeschlossen hatte. Keine Übertreibung war es, Rosie als eifersüchtig zu bezeichnen. Der sonst so blasierte Ausdruck, als stünde sie über allem, war ihr sichtlich abhandengekommen. Doch als Thilo kicherte, fand sie ihre Fassung wieder.

»Schau«, sagte sie gönnerhaft, »ich glaube, da drüben wird ein Platz frei für dich – am Kindertisch.«

Mit dem Kinn wies sie in jene Richtung, wo Eva plaudernd in der Runde fremder junger Leute saß. Rosie musste vorhin gesehen haben, dass sie gemeinsam gekommen waren, sicher hatte sie auch bemerkt, wie jung Eva war.

»Jetzt mach sie doch nicht so runter«, schaltete sich Claus ein. »Wir könnten wirklich ein paar Fachleute gebrauchen, die …«

»Fachleute, ich bitte dich!«, rief Rosie schrill. »Hier geht's doch nicht um ein paar Liebesschmonzetten, die über den Ladentisch geschoben werden. Hier geht's darum, dass wir Studenten Politik machen.«

Luise fühlte, dass das Wir sie nicht mit einschloss. Und noch deutlicher fühlte sie, dass Thilo sie nicht länger an sich gezogen hielt. Vielmehr hatte er ihr einen leichten Schubs versetzt, sodass sie von seinem Schoß rutschte.

Nun war es Rosie, die kicherte, wenn sie auch schnell wieder ernst wurde. Sie fixierte Thilo mit einem Blick, in dem kaum merklich eine Mahnung, wenn nicht gar Drohung stand.

»Ich bin kein Kind!«, begehrte Luise auf und schämte sich, weile ihre Stimme so piepsig klang. »Und ich habe sehr wohl Ahnung vom Buchgeschäft, vom Verlagswesen und …«

»Du könntest uns tatsächlich helfen!«, spöttelte Thilo. »Du könntest uns zum Beispiel … Getränke spendieren. Und eine Packung Zigaretten. Eine Buchhändlerin verdient doch sicher genug, um eine Runde auszugeben, oder? Da würde niemand mehr fragen, was genau du eigentlich bei uns machst.«

Thilo schlug die Beine übereinander, ein offensichtliches Zeichen, dass sie bei ihm keinen Platz mehr finden würde, und Rosie nickte grinsend, ehe sie sich auf ihrem Hocker niederließ, ebenfalls die Beine übereinanderschlug, nur dass es bei ihr deutlich eleganter wirkte.

Luise hatte den Eindruck, dass ihr die eigenen Beine nicht recht gehorchen wollten, als sie davonstolperte.

Sie war nicht sicher, wo man Getränke bestellte, auch nicht, ob sie genug Geld dabeihatte. Es war zu eng, um in der Tasche zu kramen, und während sie sich unschlüssig umsah, fiel ihr Blick erneut auf Eva. Immer noch war diese in die Unterhaltung vertieft, als gehörte sie dazu. Ganz anders als sie selbst.

Sie wählte nicht bewusst diese Richtung, suchte einfach nur nach einem Weg durchs Gedränge, doch als sie beim Ausgang stand, stürzte sie nach draußen. Gierig atmete sie die frische Luft ein, wusste plötzlich, dass es die einzig richtige Entscheidung war zu gehen, um einen Rest von Würde zu bewahren.

»Hey!«

Sie war gerade mal zehn Schritte gekommen, als Thilos

Stimme sie innehalten ließ. Er hatte sich offenbar weitaus schneller als sie durch den Club gekämpft.

»Hier kann man aber nichts zu trinken bestellen«, spöttelte er und deutete mit dem Kinn Richtung Kleine Hochstraße, auf der gerade laut ratternd ein Motorrad vorbeifuhr. So zügig er ihr gefolgt sein musste – anstatt die letzte Distanz zu überwinden, lehnte er sich gegen die Hauswand. Etwas zögerlich trat sie zu ihm zurück, blieb etwa zwei Meter vor ihm stehen.

»Ich will nichts trinken«, beschied sie ihm knapp, »ich will nach Hause.«

»Aber warum das denn? Der Abend hat doch gerade erst begonnen.«

Er lächelte sie jungenhaft und unbekümmert an. Prompt wurden ihr die Knie weich, zugleich konnte sie die Wut auf ihn nicht abschütteln. Während sie stets darauf bedacht war, seine Launen zu ergründen, noch den kleinsten Umschwung vorherzusehen, um darauf zu reagieren, schien er völlig blind für das zu sein, was in ihr vorging. Er hatte sie auf seinen Schoß gezogen wie eine Puppe, mit der man zwischendurch spielt, die man dann aber mit verdrehten Armen liegen lässt.

»Ich will nach Hause«, wiederholte sie gepresst.

Sie machte kehrt, kam nicht weit. Nach ein paar Schritten hörte sie, wie er ihr nacheilte.

»Hey!«

Er nahm ihre Hand, zog sie mit sich zurück zur Hauswand. Und dann stand sie an raues Mauerwerk gepresst und er vor ihr, sein Gesicht rückte immer näher an ihres, bis seine Lippen auf ihren lagen. Seine Berührung blieb zu flüchtig, um sie als echten Kuss zu bezeichnen. Schon zog er den Kopf zurück. Doch sein forschender Blick verriet ehrliches Interesse.

Beschwichtigen ließ sie sich davon allerdings nicht. Rüde machte sie sich von ihm frei. Ebenso rüde packte er sie, hielt sie fest.

»Was willst du überhaupt von mir?« Dass sie geschrien hatte, merkte sie nur, weil ihre Kehle kratzte. Er ließ sie sofort los, doch jetzt konnte sie nicht mehr gehen. Wie lächerlich, so hysterisch herumzuschreien. Wie peinlich, dass ihr jetzt auch Tränen in die Augen schossen.

»Du musst doch nicht gleich gekränkt sein, wenn die anderen ein paar Witze über dich machen. Da stehst du doch drüber.«

Er schob sie wieder zur Hauswand, diesmal viel sanfter. Bevor er sie erneut küsste, legte er seine Hände um ihr Gesicht, um sie ausgiebig zu mustern. Sein Lächeln wirkte etwas gönnerhaft, war aber bar des beißenden, harten Spotts. Schließlich presste er seine Lippen auf ihre, bis sie sich öffneten. Etwas rieselte vom Nacken ausgehend ihren Rücken hinab, sie war nicht sicher, ob es eher ein Kitzeln, ein Flattern, ein Beben war, nur dass es nicht aufhören sollte, nicht der Kuss, nicht seine Berührung. Seine Hände lösten sich von ihrem Gesicht, fuhren ihren Hals entlang, tiefer, bis zu ihrer Brust.

Wenn sie jetzt in seinem Bett im Studentenwohnheim gewesen wären, hätte sie nicht unbeteiligt unter ihm gelegen wie beim letzten Mal, sich wie eine Zuschauerin gefühlt, die von ferne beobachtete, was er mit ihrem Körper machte. Ganz und gar hingegeben hätte sie sich ihm, auch diesen Empfindungen, die gerade darum so lustvoll waren, weil zugleich verstörend in ihrer Intensität. Aber leider waren sie nicht in seinem Bett, und als neben ihnen laut die Tür zufiel, weil jemand den Club verließ, fand sie viel zu schnell zurück in die Wirklichkeit.

Wie rau die Hauswand war.

»Alles wieder gut?«, fragte er jovial und rückte von ihr ab. »Dann können wir ja wieder reingehen. Es wär doch schade, wenn du dir den Spaß verdirbst, nur weil du jedes Wort auf die Goldwaage legst.«

Während er zurücktrat, konnte sie sich nicht von der Hauswand lösen. Es schien, als könnte sie allein nicht aufrecht stehen. Und doch, auf weitaus stabileren Beinen stand der Wille, sich nicht beschwichtigen zu lassen, nicht wieder zum Püppchen degradiert zu werden, dem man ein neues Rüschenkleid angezogen und die Haare gekämmt hatte, um es danach in die Ecke zu stellen.

»Ich will aber gar keinen Spaß haben«, hörte sie sich sagen. »Zumindest bin ich heute nicht deswegen hergekommen. Ich will klüger werden … will mich informieren … will diskutieren … über den Auschwitzprozess, über den Vietnamkrieg, gerne auch darüber, wie man diese Gesellschaft verändert. Und bislang hatte ich den Eindruck, dass ihr das auch wollt. Wenn das für euch alle aber nur ein Witz ist, dann sag es gleich. Ich habe keine Lust, meine Zeit zu verschwenden.«

Jetzt konnte sie sich doch noch von der Mauer lösen, ihm sogar ihre Hand entreißen, als er sie ergriff. Sie blieb auch nicht stehen, als er ihr ein drittes Mal ein »Hey!« nachrief. Sie hielt erst inne, als er sich ihr mit verwundertem Gesichtsausdruck in den Weg stellte. Die Puppe lebte ja, es genügte nicht, ihr den Kopf zu tätscheln.

Es genügte auch nicht, wenn er sie dann und wann auf seinem Schoß sitzen ließ. Dass er sie ernst nahm, wollte sie, dass er sie respektierte.

»Du hast gesagt, du könntest uns helfen«, sagte er gedehnt. »Ich meine, was diesen neuen Verlag angeht. Rosie zickt manchmal rum, aber Claus hat wahrscheinlich recht, wenn er meint, wir könnten jemanden wie dich gut brauchen.«

Meinte er das ernst? Zuckten nicht schon wieder seine Mundwinkel, ein Zeichen, dass er die kleine Buchhändlerin mit ein paar Hilfsdiensten abzuspeisen versuchte?

Sie wollte mehr als das. »Ich kann euch Material beschaffen, vielleicht ein paar Kontakte herstellen. Aber ich werde nicht nur eure Sekretärin sein und alle Inhalte, die euch unter den Nägeln brennen, abtippen. Ich will … mitreden.«

Nun witterte sie keinen Spott mehr an ihm. Aber lehnte sie sich nicht ein wenig zu weit aus dem Fenster? Was genau hatte sie vorzuweisen, außer dem festen Willen, Thilo und seinen Freunden auf Augenhöhe zu begegnen?

Nun, solange er nicht nachbohrte, wollte sie nicht zu gründlich in sich hineinhören, und als er sie zum dritten Mal küsste, ließ sie es zu. Doch nicht alle von Rosies abfälligen Bemerkungen hatten ihren Stachel verloren, besonders eine hörte nicht auf in ihr zu echoen: Du bist ja nicht mal Studentin.

Ella war nach dem Treffen mit Ari in die Buchhandlung geflohen, und obwohl es mittlerweile später Abend war, wollte sie nicht heimgehen. Unruhig ging sie im Verkaufsraum auf und ab. Das *Bücherreich* war immer ein Ort gewesen, wo ihre Seele heilen konnte, und als sie auf die Buchreihen blickte, fühlte sie sich auch heute getröstet. Die Stille, die sie umgab, war für sie heilig, und was immer schiefgelaufen sein mochte – der Stolz, die Befriedigung über ihr Lebenswerk würde sie aufrecht halten. Trotzdem: Aris Vorwürfe hörten nicht auf, in ihrem Kopf widerzuhallen. Hatte er ein Recht, so wütend zu sein? Hatte sie ein Recht, so traurig zu sein?

Wer würde ihr eine Antwort auf diese Frage geben oder ihr zumindest Ablenkung verschaffen?

Das Sachbuch *Unser blauer Planet,* über dessen Rücken sie nun fuhr? Der Autor – der Astronom Dr. Haber – beschäftigte sich darin mit den Ursprüngen des Universums, doch sie hatte das Gefühl, dass nichts davon zu ihr durchdringen würde, solange sich ihr Kopf wie ein schwarzes Loch anfühlte. Sie griff stattdessen nach einem Lyrikband von Erich Fried, schlug ihn am Ende aber doch nicht auf. Überdeutlich erinnerte sie sich an die Verse, die sie irgendwann mal in diesem Buch gelesen hatte.

Wer sehnt sich nach dir
wenn ich mich nach dir sehne?
Wer streichelt dich
wenn meine Hand nach dir sucht?
Bin das ich oder sind das
die Reste meiner Jugend?

Wo waren die Reste ihrer Jugend? Dieses Gedicht würde ja doch nur bewirken, dass sich das Gedankenkarussell, das Aris Worte in Gang gesetzt hatten, schneller drehte, dabei wollte sie einen Weg finden, es anzuhalten.

Den neuesten Eheratgeber ließ sie gleich im Regal stehen. Gewiss, über einen Tipp darin hatte sie kürzlich herzlich lachen müssen – um eine Ehe frisch zu halten, so hieß es, solle man sich nach spätestens zehn Jahren einen neuen Bademantel kaufen –, doch im Moment war die Erkenntnis zu bitter, dass ihr eine zehnjährige Ehe wohl nie vergönnt sein würde, und im Kapitel *Faustregeln des Bügelns* erfuhr sie sicher nicht, wie sich die Wogen zwischen ihr und Ari glätten ließen.

Sie brach die Suche nach einer geeigneten Lektüre ab und stützte sich schwer auf den Verkaufstresen. Sie rang mit sich, ob sie nicht doch endlich heimgehen sollte, als ein Klopfen am Schaufenster sie zusammenzucken ließ.

»Arbeitest du neuerdings auch so spät am Abend?«, fragte Lilo, kaum dass sie sie hereingebeten hatte.

Ella senkte den Kopf, um dem prüfenden Blick der Freundin zu entgehen, rang sich ein Lächeln ab und lenkte rasch mit einer Gegenfrage ab: »Beschränkst du dein Abendessen immer noch auf Dosenananas?«

Davon hatte Lilo ihr erst vor drei Tagen erzählt.

Die Freundin seufzte übertrieben. »Ich fürchte, das tut weder meinem Portemonnaie gut noch meinen Mundwinkeln. Dosenananas sind sündhaft teuer, und die Fruchtsäure reizt die Schleimhaut.«

Lilo zog eine Schnute, damit Ella ihre Mundwinkel inspizieren konnte. Als ihr Blick dabei auf ein bestimmtes Buch fiel, entkam ihr ein nahezu verzweifelter Aufschrei. »Das zu sehen ist ja pure Folter!«

Lilo trat zu jenem Regal hinter Ella, in dem erst vor Kurzem *Dr. Oetkers Schulkochbuch* eingezogen war, nahm das Buch, blätterte es durch und rief schwärmerisch: »Königsberger Klopse, Hühnerfrikassee, Kartoffelpuffer, Kohlrouladen. Oh, oh, oh!«

»Und wenn du heute mal nicht so streng mit dir bist?«

»Vorhin kam ich beim Wienerwald vorbei, welche köstlichen Gerüche mir da in die Nase gestiegen sind! Aber wie viel Kalorien so ein gebratenes Hühnchen hat. Und Makkaroni mit Tomatensoße erst.«

Ella zuckte mit den Schultern. Sie hatte keine Ahnung, welchen Nährwert welche Speisen hatten.

Lilo blätterte weiter. »Und hier: Gebratene Leber mit Zwiebelringen! Mein Vater hat die so gerne gegessen. Kannst du dich noch an ihn erinnern? Ein miesepetriger Mann, aber wenn Mutter ihm ein Stück Leber briet, dann … sag mal, wie schaust du denn drein, was hat denn dir auf die Leber geschlagen?«

Lilo war so begeistert über ihr kreatives Wortspiel, dass sie kicherte. Aber das Lachen erstarb, als sie sah, wie sich Ella wieder schwer auf den Tresen stützte. Ella konnte nicht länger ihre Erschütterung verbergen, nicht länger um ein unbekümmertes Lächeln kämpfen. Die Tränen brannten in den Augen mindestens so unangenehm wie Dosenananas in den Mundwinkeln.

Lilo legte *Dr. Oetkers Schulkochbuch* zur Seite. »Hast du wieder mal mit Luise gestritten! Lass dir von deiner kleinen Schwester doch nicht auf der Nase herumtanzen! Der würde ich was erzählen, wenn sie …«

»Es geht nicht um Luise, es geht um Ari.«

Sie hatte den Namen eigentlich nicht sagen wollen. Er schien ihr einfach aus dem Mund zu fallen, so vorgebeugt, wie sie dastand.

»Wer ist denn Ari?«, fragte Lilo erstaunt.

Es war unmöglich, zugleich die Tränen und die Worte zurückzuhalten. Sie musste reden. Eingestehen, dass sie ihren Erinnerungen nicht länger davonlaufen konnte. Dass sie womöglich ihr ganzes Leben auf einer falschen Entscheidung aufgebaut hatte. Und dass das, was dabei herausgekommen war, sich höchstens so stabil wie ein Bücherturm erwies.

Sie erzählte Lilo alles. Wie sie Ari damals kennengelernt und herausgefunden hatte, wer er war. Wie erschüttert sie gewesen war zu erfahren, dass ihre Mutter ihn im Krieg versteckt hatte und das einer der Gründe gewesen war, warum sie so früh hatte sterben müssen. Dass sie ihn trotzdem geliebt hatte. Dem Hass und dem Unverständnis in jenen Jahren war jedoch nicht so leicht beizukommen gewesen. »Ich … ich dachte wirklich, ich hätte keine andere Wahl. Ich sorgte mich um seinen Vater, und an Luise musste ich ja auch denken, ich …«

Sie versuchte gar nicht erst, die Tränen wegzublinzeln, ließ zu, dass sie über ihre Wangen liefen, sah hinter ihrem Schleier alles verschwommen. Dass Lilo sie erst verwirrt anstarrte, dann zunehmend missbilligend, entging ihr dennoch nicht.

»Denkst du auch, dass es ein Riesenfehler gewesen ist, mich von ihm loszusagen?«, rief sie. »Ihm vorzumachen, dass meine Liebe nicht reichen würde?«

Sie rieb sich über die Augen, sah nun, wie Lilo die Stirn runzelte.

»Ach so«, glaubte sie zu begreifen, »du verstehst nicht, warum ich dir nie etwas von ihm erzählt habe. Nun, ich konnte einfach nicht …«

»Ein Jude?«, fiel Lilo ihr schrill ins Wort. »Ein Jude? Du hast einen Juden geliebt?«

Da war nicht nur Missbilligung, da war tiefe Empörung.

Ganz deutlich sah Ella plötzlich eine Szene vor sich, die sich hier in der Buchhandlung abgespielt hatte. Lilo hatte sie damals noch nicht gekannt, aber ihr Vater Wilhelm war hier gewesen. Dass der gerne Leber mit Zwiebel gegessen hatte, hatte Ella heute zum ersten Mal gehört. Aber schon damals, nach dem Krieg, hatte sie erfahren, dass er Antisemit durch und durch war. Wie erbost er reagiert hatte, als sie bei einem Vortrag in der Buchhandlung über das schreckliche Schicksal der Juden gesprochen hatte.

Sie hätte nie gedacht, dass Lilo seine Meinung teilte, war immer davon ausgegangen, dass sie nach ihrer Mutter kam, der Politik egal war, Hauptsache, sie bekam etwas fürs Herz zu lesen – und saftige Zitronentorte.

»Ja und?«, fragte Ella.

Lilo atmete tief ein, ehe sie mit üblicher Theatralik, aber immer noch ungewöhnlich finsterem Blick verkündete: »Eine deutsche Frau lässt sich nicht mit einem Juden ein.«

»Sag mal, bist du verrückt geworden? Was ist denn das für eine Aussage? Wirst du mich das nächste Mal mit ›Heil Hitler‹ begrüßen?«

»Jetzt übertreib doch nicht so.«

Ellas Tränen waren versiegt, was sich nun in ihr regte, war jener Hader, der sie die ersten Jahre nach dem Krieg ständig begleitet hatte. »Das ist keine Übertreibung! Gerade erst ist der Auschwitzprozess zu Ende gegangen, der unaussprechliche Verbrechen ans Licht befördert hat. Und genau diese Denkweise hat dazu geführt.«

Lilo schnalzte ungeduldig mit der Zunge. »Fang du doch nicht auch damit an! Die Schauergeschichten, die dieser Schmalzkopf an jenem Abend hier zum Besten gegeben hat, haben mir gereicht.«

»Das waren keine Schauergeschichten, sondern die Wahrheit.«

»Ach was! Propagandamärchen sind das, antideutsche Hetze, um den gutgläubigen und unerfahrenen Michel in seinem Schuldwahn noch zu bestärken. Und selbst wenn ein Funke Wahrheit daran ist – man kann doch jetzt nichts mehr ändern. Ich verstehe immer noch nicht, warum die Juden damals nicht rechtzeitig ausgewandert sind. Und ich verstehe auch nicht, warum man alles ans Licht zerren muss. Durch Reue lassen sich keine Toten aufwecken, das ist doch alles längst verjährt.«

»Ist es nicht«, erwiderte Ella scharf. »Es stimmt, die Bundesregierung hat das unbedingt verhindern wollen, aber im März 65 wurde die Verjährungsfrist um vier Jahre verlängert. Und ich finde es gut, dass man auch nach Jahrzehnten noch für Gerechtigkeit sorgen will.«

»Gerechtigkeit? Den meisten Juden geht's doch nur um ihren Besitz! Die kommen anmarschiert und verlangen riesige Entschädigungen, pah! Dabei zahlt Deutschland jährlich Milliarden an Israel. Wen sollen wir denn noch alles durchfüttern?«

»Es ist ja nicht so, dass sie mit ihren Ansprüchen durchkommen. Die Behörden lassen sich jahrelang Zeit, Anträge auf Entschädigung zu prüfen. Und welche erniedrigenden Untersuchungen die Opfer über sich ergehen lassen müssen, um erlittene Schäden zu beweisen!«

»Seit wann genau interessiert dich das?«

Sosehr sie sich eben in Rage geredet hatte, als Ella schwieg, war sie selbst verwundert. Sie konnte nicht sagen, wann sie all diese Dinge gelesen und sich gemerkt hatte. Schließlich hatte sie sich auch Luise gegenüber immer so verhalten, als beträfe sie das nicht.

Lilo deutete ihr Schweigen falsch. »Lass uns das Thema wechseln. Letztlich sind wir Deutschen Hitlers erste und eigentliche Opfer. Aber darüber will ich nicht nachdenken, das schlägt sich mir sonst auf die … Leber.« Nun schmunzelte sie wieder.

Ella konnte nichts Lustiges daran finden, allein der Gedanke an Leber mit Zwiebelringen ließ sie plötzlich würgen. »Leberprobleme sind vielleicht nicht das Schlechteste, wenn du abnehmen willst«, sagte sie scharf. »Und da du auch kein neues Kochbuch brauchst, gehst du besser.«

Lilo presste die Lippen zusammen. Sie stellte das Oetker-Buch wieder zurück ins Regal, wandte sich ab. Aber als sie die Ladentür erreichte, war die Neugierde denn doch zu groß. »Wirst du den Juden wiedersehen?«

Ellas selbstgerechte Empörung war erloschen, zurück blieben Müdigkeit und Trauer, tiefer, aber auch dumpfer als vorhin. »Nein«, sagte sie knapp, und noch ehe Lilo befriedigt nicken konnte, fügte sie rasch hinzu: »Weil er es nicht will.«

Sie senkte den Kopf, wartete eine Weile und blickte erst wieder hoch, als sie sicher sein konnte, dass die Freundin den Laden verlassen hatte.

Zu Hause würde ihr erst recht die Decke auf den Kopf fallen, und Bücher würden ihr heute keinen Trost spenden – weder die im Laden noch die in ihrem Wohnzimmer. Aber das hieß nicht, dass sie nicht doch etwas finden könnte, um sich beschäftigt und quälende Gedanken fernzuhalten – ein paar Einträge im Kassenbuch waren immer zu machen.

Mit Schwung öffnete sie die Tür zu dem kleinen Büro – und fiel fast über einen Stoß Papier. Gleich hinter diesem Stoß hockte Luise. Die Schwester hob den Kopf kaum, zog aus einem grauen Aktenschrank noch mehr Blätter.

Ella fand ihre Balance wieder, indem sie sich am Türrahmen festhielt. »Was genau wird denn das?«, fragte sie.

Luise schien über ihr Erscheinen weder erschrocken noch verwundert zu sein. Dass sie das Treffen mit Ari eingefädelt hatte und es das Naheliegendste wäre, danach zu fragen, spielte für sie gerade keine Rolle.

»Also! Was machst du hier?«

Luise erhob sich und stellte sich auf die Zehenspitzen, um ins oberste Fach des Aktenschranks zu spähen. Sie zog ein paar Zettel hervor, betrachtete sie prüfend, aber es war offenbar nicht das, was sie suchte, denn sie legte sie zur Seite und kramte weiter.

»Der Sozialistische Deutsche Studentenbund will einen Verlag gründen«, berichtete sie, ohne Ella anzuschauen. »*Neue Kritik* soll er heißen, vor allem Klassiker der kommunistischen Theorie sollen gedruckt werden – was nur gelingen wird, wenn Studenten ehrenamtlich mitarbeiten und genug Materialspenden eintrudeln.« Sie blickte doch noch zu Ella.

»Haben wir nicht auch noch eine alte Druckerpresse?«, fragte sie.

»Eine Druckerpresse?«, fragte Ella gedehnt.

»Aus der Zeit, als zu der Buchhandlung dein Verlag gehört hat. Oder hast du damals mit einer externen Druckerei zusammengearbeitet? Egal, das Papier hilft uns fürs Erste auch schon weiter.«

Ella starrte wieder auf den Stoß. Das Papier erschien ihr unverschämt weiß, während sie das Gefühl hatte, ihre Seele wäre tief in Druckerschwärze getaucht worden. Und Luise klang so unverschämt begeistert, als wäre Büchermachen ein lustiges Spiel und ein spannendes Abenteuer, das keinerlei Opfer verlangte.

»Sag mal, bist du verrückt geworden!«, entfuhr es ihr schriller, als sie beabsichtigt hatte. »Das hier ist eine Buchhandlung, kein Wohltätigkeitsverein! Wenn ich das Bedürfnis habe zu spenden, dann dem deutschen Kinderschutzbund, aber nicht für deine Studentenfreunde, die sich hier aufgeführt haben wie die Hottentotten.«

Ganz kurz tanzte ein Lachen in Luises Augen wegen des

antiquierten Worts. Der Funke erlosch bald, zurück blieb kalter Grimm. »Warum bist du nicht dankbar, wenn ich einen Beitrag zu etwas leiste, was du vorschnell aufgegeben hast? Als Verlegerin hattest du doch viel mehr Gestaltungsmöglichkeiten. Du konntest etwas bewegen, die Welt verändern, ich verstehe nicht, warum du irgendwann keine Lust mehr darauf hattest.«

Mit Lust hatte das nichts zu tun, ging es Ella durch den Kopf. Sondern mit Zeit. Zeit, die ich für dich brauchte. Und es hatte mit Schmerz zu tun. Schmerz, der zu groß war, um einfach weiterzumachen.

Nichts davon brachte sie über die Lippen, und Luise wertete ihr Schweigen als Eingeständnis, dass sie recht hatte. Sie tänzelte auf den Zehenspitzen, sah, dass im obersten Fach nichts mehr zu holen war, und bückte sich nach dem Papierstapel. Das oberste Blatt löste sich, flatterte zu Boden, aber sie hob es nicht auf. Weil das zu anstrengend wäre? Weil Papier nichts war, was man sich erkämpfen und ertrotzen musste, sondern im Überfluss vorhanden? Sie hatte Hunger, Kälte und Mangel nie wirklich kennengelernt. Sie konnte sich nicht bewusst erinnern an Zeiten, da alles knapp gewesen war, das Essen, die Bücher … die Möglichkeiten, glücklich zu werden.

Ella waren am Ende nur zwei geblieben – die Buchhandlung und die Schwester, und jetzt bestahl die Schwester die Buchhandlung.

»Du vernachlässigst seit Wochen deine Arbeit! Du gibst mir ständig zu verstehen, dass diese Buchhandlung nicht deinen Vorstellungen entspricht, machst dich lustig über Frauenratgeber und Liebesromane. Lässt deine Freunde hier Chaos verbreiten. Und jetzt kommst du, nimmst dir, was du brauchst, und glaubst, du musst keinen Finger dafür krumm machen?«

Luise verdrehte entnervt Augen. »Das bisschen Papier …«

»Das bisschen Papier wurde von meinem Geld bezahlt! So wie ich für alles andere zahle – was du trägst, was du isst, worin du schläfst, was …«

»Für die Luft zum Atmen etwa auch?«, fragte Luise spitz.

»Leg das Papier zurück.«

Längst hatte sie den Türrahmen losgelassen. Breitbeinig stand sie da, die Arme überkreuzt, während Luise den Papierstapel wie einen Schutzschild hielt.

»Ich habe hier in den letzten Jahren durchaus viel gearbeitet«, sagte Luise. »Mein Lehrgeld steht mir zu.«

»Aber nicht das Papier!«

Kurz war die Versuchung groß, es ihr zu entreißen. Sie verzichtete darauf, weil ihr das unwürdig erschien, aber Luise fühlte wohl, dass kein Kompromiss zu erwarten war. Sie presste die Lippen zusammen, und anstatt den Stapel abzulegen, ließ sie ihn einfach fallen. Die Blätter flatterten durch die Luft, einige blieben geknickt liegen.

»Ich habe die Buchhändlerlehre nur begonnen, weil du das so wolltest.«

»Nein«, gab Ella energisch zurück. »Du hast sie begonnen, weil dir nichts Besseres eingefallen ist. Weil du beim Studium gescheitert bist.«

»Das stimmt doch nicht, ich habe bloß herausgefunden, dass Lehramt nicht meins ist. Das heißt nicht, dass ich nicht hätte studieren können … oder dass ich nie wieder studieren werde. Genau das habe ich nämlich vor. Nur diesmal was Richtiges. Soziologie. Ich habe keine Lust, mich den Rest meines Lebens mit der Lektüre von Kochbüchern, Frauenratgebern und Groschenromanen zu begnügen. Ich will meinen Geist herausfordern, ich will über den Tellerrand schauen, ich will … lernen.«

Ella blieb die Luft weg. »Als ob ich dir jemals vorgeschrieben hätte, was du zu lesen hast! Als ob es im *Bücherreich* nicht die ganze Bandbreite an Büchern gäbe! Als ob unsere Privatbibliothek dir nicht sämtliche Möglichkeiten geboten hätte!«

Ihr entging nicht, dass Luise unsicher auf ihrer Unterlippe zu nagen begann. »Studieren will ich trotzdem«, beharrte sie.

Ella war nicht sicher, seit wann sie diese Pläne hegte. Ein Gefühl sagte ihr, dass es ein spontaner Entschluss war, zu dem ihre neuen Freunde sie bewogen hatten.

»Du glaubst hoffentlich nicht, dass ich so einen Unsinn mittrage«, zischte sie.

»Und du glaubst hoffentlich nicht, dass ich auf deine Zustimmung warte«, gab Luise nicht minder wütend zurück. »Du bist meine Schwester, nicht meine Mutter, und selbst die hätte mir mittlerweile nichts mehr zu sagen. Ich bin erwachsen!«

»Ob man erwachsen ist oder nicht, hat nichts mit dem Alter zu tun, sondern damit, ob man auf den eigenen Beinen steht. Wie willst du denn studieren, wenn ich dir das nicht finanziere?«

Kurz las sie noch mehr Zweifel in der Miene ihrer Schwester. Doch dann machte diese einen energischen Schritt auf sie zu. Ella wusste, dass sie nicht ewig im Türrahmen würde verharren können. Sie würde weichen müssen … sie gehen lassen.

»Andere schaffen es doch auch«, erklärte Luise trotzig. »Irgendwo kann ich mir schon etwas dazuverdienen. Ich brauche dein Geld nicht, ich brauche die Lehrstelle hier nicht, ich brauche auch dein Papier nicht. Was nutzt es, wenn du darauf hockst, aber keinerlei Ideale mehr hast, keine Leidenschaft.«

Luise drängte nicht an ihr vorbei. Sie machte kehrt, um den Hinterausgang zu nehmen. Auf dem Weg dorthin trat sie auf mindestens drei Blätter. Ella erwartete, dass sie wortlos abrauschen würde, aber auf der Schwelle blieb sie noch einmal stehen und warf ihr über die Schulter zu: »Übrigens werde ich so bald wie möglich ausziehen, du musst mir nur ein paar Tage Zeit geben, damit ich mir was suchen kann.«

Das Papier erzitterte im Luftzug, als die Tür hinter ihr zufiel. Nur in Ella erzitterte nichts. Als sie ganz langsam auf die Knie sank, war alles in ihr wie tot. Sie fand nicht einmal die Kraft, die Blätter aufzusammeln.

1966

6. KAPITEL

Luise hatte Mühe, ihre Augen offen zu halten – sich auf die Worte des Vortragenden zu konzentrieren war fast unmöglich. Aber sie wollte nicht scheitern, und deswegen schrieb sie hartnäckig auf, was sie hörte. Darüber, was es genau bedeutete, konnte sie ja später nachdenken.

Wie immer war die Vorlesung von Professor Theodor Adorno heillos überfüllt – viele Studierende zog es nach Frankfurt ans Institut für Sozialforschung. Jahre vor dem Krieg war es von Max Horkheimer gegründet worden, und als der nach dem Krieg aus dem amerikanischen Exil zurückgekehrt war, hatte man die Forschungs- und Lehrstätte wiedereröffnet. Nach Horkheimer war nun Theodor Adorno der neue Leiter, auch er von der Idee beseelt, dass die Soziologie eine Schlüsseldisziplin war und neu formiert und fundiert werden müsse.

Grundsätzlich war Luise sehr an ihrer Fachrichtung interessiert, und erst vor wenigen Wochen, am 18. April, hatte sie aufmerksam zugehört, als Theodor Adorno im Hessischen Rundfunk einen Vortrag über die Erziehung nach Auschwitz gehalten hatte: »Die Forderung, dass Auschwitz nicht noch einmal sei, ist die allererste an Erziehung«, war seine Kernaussage gewesen.

Doch diese Radioansprache war an ein breites Publikum gerichtet gewesen und darum einfach formuliert. Bei seinen

Vorlesungen an der Uni war Adorno aber bekannt dafür, auf ein Übermaß an abstrakter Begrifflichkeit zurückzugreifen – zumindest bezeichnete Claus das so. Luise empfand es eher als Wortwüste, in der sie verdurstete.

Claus, der – obwohl angehender Jurist – zwei Reihen vor ihr saß und die Vorlesung aus purem Interesse besuchte, hatte wohl auch heute kein Problem damit, die Sprache als ein Konstituens des Gedankens zu begreifen, während Luise bedauerte, kein Wörterbuch mitgebracht zu haben, um nachzulesen, was mit Konstituens gemeint war.

Und wenn sie sich doch lieber für Germanistik entschieden hätte? Die Vorlesungen von Walter Höllerer galten nicht nur als wesentlich unterhaltsamer, seine Auseinandersetzung mit zeitgenössischen Autoren brachte jede Menge frischen Wind in das altehrwürdige Gebäude.

Hier dagegen gab es nicht mal frische Luft. Nicht nur, dass sie so dicht zwischen ihren Sitznachbarn hockte, dass sie unmöglich gleichzeitig schreiben und ausatmen konnte, ohne jemandem den Ellbogen in die Seite zu rammen, es wurde auch immer stickiger. Die Buchstaben zerliefen förmlich vor ihren Augen.

Gewiss: Dass sie ständig müde war, lag nicht nur am Sauerstoffmangel und Adornos abstrakter Sprache. Seit Monaten bekam sie zu wenig Schlaf – genauer gesagt seit sie zu Hause ausgezogen war, um in einer Wohngemeinschaft mit zwei Krankenschwestern zu leben. Die Wohnung befand sich im Erdgeschoss eines Mehrfamilienhauses im Nordend und war nicht zuletzt darum so billig, weil rechts und links vom Gebäude zwei unbebaute Grundstücke lagen, wo auf Trümmern Brennnesseln wuchsen. Dass das Haus den Krieg nur knapp überlebt hatte, bewies auch die Tatsache, dass die Versorgung mit Gas und Warmwasser an vielen Tagen zum Glücksspiel wurde. Ihr Zimmer war winzig, was immerhin den Vorteil hatte, dass sie nicht viel Mobiliar hatte beschaffen müssen.

Die Matratze lag auf dem Fußboden, als Regale dienten Apfelsinenkisten, und ihren Schreibtisch hatte sie vom Flohmarkt. Wahrscheinlich hatte er irgendwann im Boudoir einer noblen Frankfurterin gestanden und zum Schminken gedient, während nun Bücher von Horkheimer und Adorno den Platz der Puderquaste einnahmen.

Die Monatsmiete betrug hundert Mark, und obwohl man normalerweise das Dreifache für ein WG-Zimmer zahlte, war das ein Geldbetrag, den sie erst einmal verdienen musste. Regelmäßig übernahm sie die Abendschichten in einem Café in der Hasengasse, allerdings servierte sie nicht Kaffee und Kuchen, wie sie es sich eigentlich gewünscht hatte, sondern wusch Geschirr ab. Das Trinkgeld blieb darum aus, immerhin fiel regelmäßig ein Gratisstück Torte ab, denn vom undefinierbaren Essen in der Uni-Mensa, das für eine Mark zwanzig angeboten wurde, wurde man selten satt. Als auch noch der Preis erhöht wurde, ohne dass sich die Qualität merklich steigerte, kam es zu groß angelegten Protesten bei den Studenten – und auch solche Demonstrationen vorzubereiten, immer informiert zu bleiben und an Podiumsdiskussionen teilzunehmen kostete jede Menge Zeit und Energie.

Im Januar war sie an vorderster Front mitmarschiert, als gegen die Tariferhöhung der Monatsnetzkarten für die Straßenbahn protestiert wurde. Im Februar hatte sie gemeinsam mit zweitausend Gleichgesinnten unter Führung des Sozialdemokratischen Hochschulbundes vor dem Amerika-Haus gegen den Vietnamkrieg demonstriert. In etlichen Taschen hatten sich Eier befunden, mit denen das Gebäude beworfen werden sollte. Luise hatte zwar von vornherein ausgeschlossen, dabei mitzumachen, aber als die Frage aufkam, wer die Eier beschaffen könnte, hatte Rosie in ihre Richtung gezwinkert: »Arbeitest du nicht in einem Café? Wo gebacken wird, muss es eine Menge Eier geben!«

Thilo hatte nicht nur begeistert »Oh ja!« gerufen, sondern auch den Arm um sie gelegt und ihr einen schmatzenden Kuss auf die Wange gegeben. Unmöglich, jetzt noch zu erklären, dass das Café mit bereits fertigen Kuchen beliefert wurde. Also hatte sie Überstunden gemacht, um dreißig Eier zu kaufen, so wie sie gerne mal Extraschichten übernahm, um der Clique eine Runde auszugeben – etwas, was ihren Platz im inneren Kreis weitaus mehr festigte als nur die Tatsache, dass sie nun auch Studentin war.

Als sie die Eier zur Demo mitgebracht hatte, bekam sie wieder einen Kuss von Thilo, nur Rosie zog die Brauen hoch: »Die sehen so frisch aus, eigentlich sollten es doch faule Eier sein.«

Ein paar Tage später schlief sie während einer Podiumsdiskussion mit dem Thema »Welche Freiheit für Vietnam?« ein. Und die Blamage war komplett, als sie die Hauptstadt des Landes falsch aussprach. Rosie lachte hysterisch.

Umso energischer mischte Luise wieder zwei Wochen später bei einer weiteren Demonstration gegen den Vietnamkrieg mit, an der über sechshundert Studenten teilnahmen. Als es zu einem Handgemenge mit der Polizei kam, rutschte ihr die Handtasche von den Schultern, und als sie sich danach bückte, rammte ihr jemand einen Ellbogen ins rechte Auge.

»Wer rennt denn auch mit einer Handtasche zu einer

Demonstration?«, lästerte Rosie, aber Thilo erklärte, sie bräuchte unbedingt einen kalten Waschlappen für ihr Auge, und lud sie ein, in sein Zimmer im Studentenwohnheim mitzukommen. Mit welchem Blick Rosie das bedachte – einem neidischen, gönnerhaften oder gleichgültigen, – konnte sie nicht genau sagen, denn das Auge begann schon zuzuschwellen.

Thilo hatte gar keinen Waschlappen, aber er küsste sie aufs Auge, und sich an ihn zu kuscheln war angenehm. Leider viel zu angenehm, denn einmal mehr schlief sie ein, weil sie völlig übermüdet war. Als sie erwachte, konnte sie das blaue Auge kaum öffnen und lag immer noch auf Thilos Brust. Der Blick auf den Aschenbecher bewies, dass sie mindestens fünf Zigaretten lang geschlafen hatte.

»Mir kann man ja vieles vorwerfen«, spöttelte er, »aber nicht, dass ich eine Schlaftablette bin.«

Sie entschuldigte sich wortreich, geriet dabei immer mehr ins Stammeln, vertraute ihm schließlich an, dass sie Überstunden für die dreißig Eier hatte machen müssen.

»Irgendwie bist du süß, Luischen«, sagte er, ausnahmsweise nicht abfällig, sondern deutlich amüsiert. Er küsste sie wieder aufs Auge, und sie spürte immer noch nichts, doch als seine Lippen hinter ihr Ohrläppchen wanderten, jagten ihr Schauer über ihren Rücken. Danach schliefen sie miteinander, ohne sich richtig auszuziehen, denn auch in seinem Zimmer fiel die Heizung immer wieder aus. Anders als beim ersten Mal, als die Angst übermächtig war, irgendwas falsch zu machen und unfreiwillig zu verraten, dass es ihr erstes Mal war, konnte sie es deutlich mehr genießen. Nur musste sie ständig aufpassen, den Kopf etwas schräg zu halten, weil sie sich nicht vorstellen konnte, dass der Anblick eines blauen Auges seine Lust anstachelte.

Als sie hinterher gemeinsam rauchten, streichelte er darüber und nannte es Kriegsverletzung.

Sie dachte insgeheim, dass es seinen Vorteil hatte, nur Geschirr abzuwaschen, denn so, wie sie aussah, würde man sie nicht kellnern lassen.

Längst waren nur mehr vage gelbe Spuren rund um ihr Auge zu sehen, als sie sich bei einer Ostermarsch-Kundgebung einmal mehr blamierte, weil sie Bob Dylans *The Times They Are a-Changin'* nicht mitsingen konnte. Als sie wenig später mit sechzig iranischen Studenten von der Uni zum Römer marschierten, konnte sie immerhin nicht viel falsch machen, denn das geschah schweigend. Und sie machte alle Fehler damit wett, regelmäßig bei der *Neuen Kritik* auszuhelfen, wenngleich von ihr weder die Expertise einer Buchhändlerin noch inhaltliche Beiträge gefragt waren, nur Hilfsdienste wie Kaffeekochen.

So vollmundig sie damals vor dem Voltaire verkündet hatte, sie wolle mehr als die Sekretärin sein – nachdem man sie nun mindestens dreimal als Erstsemester bezeichnet hatte, als wäre das mit Idiotin gleichzusetzen, war sie ziemlich kleinlaut.

»Nimm's nicht tragisch«, tröstete ausgerechnet Thilo sie. »Die Linken quatschen viel über Hierarchien, die man durchbrechen müsse. Aber wie die einen sich hochdienen lassen, ehe man die vollständigen Weihen erhält, da hat man manchmal den Eindruck, man befände sich im Kirchenstaat. Ich bin ja auch nur der Sklave an der Druckerpresse.«

Er zwinkerte ihr zu, half ihr, den Kaffee auszuschenken, lud sie wieder in sein Studentenzimmer ein – um dann bis zum nächsten Mal einen Monat verstreichen zu lassen. Sie wagte ihrerseits nicht, ihn zu sich zu locken. Die Vermieterin hatte beim Einzug erklärt, dass sie sich laut Kuppeleiparagraf strafbar machen würde, wenn eine Mieterin ihren Partner hier übernachten ließ, dies folglich ein Grund für die sofortige Kündigung wäre.

Luise rieb sich die Augen, versuchte, die Müdigkeit abzuschütteln und sich wieder auf Theodor Adornos Vortrag zu konzentrieren.

Wenn sie es richtig verstand, ging es nicht länger um Sprache, sondern nun um das Fehlen eines Moralsystems. Von einem Automaten war die Rede, der ein Symbol dieser Zeit wäre, des uneingeschränkten Konsums nämlich. Sobald man oben die Münze in den Schlitz gesteckt habe, falle einem vermeintlich das Glück der Welt stanniolverpackt in die geöffnete Hand. Auch diesem Gedanken konnte sie nicht bis ins Letzte folgen, aber damit, ihn als Kapitalismuskritik zusammenzufassen, machte sie wohl nichts falsch, das war schließlich ein Kernanliegen des Instituts, das von den meisten Studenten nur »Café Marx« genannt wurde. Claus nickte denn auch, aber als sie sich leicht zur Seite drehte, sah sie, dass Rosie, die vorhin ein Stück hinter ihr gesessen hatte, gerade aufstand und die Vorlesung verließ, noch bevor sie zu Ende war. Und dort, wo Thilo vorhin gesessen hatte, hockte mittlerweile ein fremder Student.

Eigentlich waren sie verabredet, nach der Vorlesung gemeinsam einen Kaffee zu trinken, und dass Rosie womöglich ganz allein in diesen Genuss kam, konnte sie nicht hinnehmen. Rasch packte auch Luise ihre Sachen, quetschte sich an den anderen vorbei und bekam manchen entnervten Blick ab. Ob auch von Adorno höchstpersönlich wollte sie lieber nicht wissen, weswegen sie mit geducktem Kopf aus dem Hörsaal huschte. Während sie begierig frische Luft einsog, sah sie nicht nur Rosie und Thilo, auch Ernesto angelegentlich beim Treppenaufgang stehen.

»Na, was gelernt?«, rief Thilo ihr schon von Weitem zu.

Luise war nicht sicher, ob sie die Sache mit dem Automaten verständlich wiedergeben konnte. Aber immerhin hatte sie jüngst auf weitere Stunden Schlaf verzichtet, um etliche Hauptwerke der Frankfurter Schule zu studieren. »Die Selbstbestimmung des Menschen ist nur mithilfe von gesellschaftlichem Wandel zu erreichen«, referierte sie prompt. »Die Zukunft der Humanität hängt davon ab, ob die Menschen sich als bewusste Subjekte konstituieren und so die eigene Lebensweise gestalten.«

Rosie legte den Kopf in den Nacken und lachte laut.

»Was soll denn daran falsch sein?«, entfuhr es Luise empört.

Rosie ließ den Kopf wieder sinken und zuckte mit den Schultern. »Keine Ahnung. Ich kann das nicht beurteilen. Wer behauptet schon von sich, Adorno zu verstehen?« Sie klang sehr stolz, als wäre es schick, der abstrakten Sprache des Philosophen nicht folgen zu können. Und als sie wieder lachte und Thilo einstimmte, begann Luise zu ahnen, dass ihr Ehrgeiz, bei den Vorlesungen mitzukommen, in Rosies Augen etwas so Altbackenes wie ein Faltenrock war, der übers Knie reichte.

Müdigkeit brannte in ihren Augen. Wie sie sich abgequält hatte mit den Büchern. Wie sie ständig mit der Angst gekämpft hatte, sie könnte intellektuell nicht mithalten. Wie oft sie mit der Frage gerungen hatte, ob sie wirklich an die Uni gehörte.

»Warum seid ihr dann überhaupt hier, wenn nicht, um zu studieren, um euch zu bilden, um eine immer komplexere Sicht auf die Welt zu erlangen?«, entfuhr es ihr. »Wenn's nur darum geht, flotte Sprüche zu klopfen, seid ihr bei Adorno an der falschen Adresse.«

»Ach Gottchen, niemand will dir deinen Adorno schlechtreden, wir wissen ja, was wir ihm verdanken. Aber dass er immer noch auf Frontalvorlesung setzt, nie auf eine Diskussion im Plenum, das ist doch schrecklich bourgeois. Es gibt mittlerweile viele moderne pädagogische Ansätze, damit solltest du dich vielleicht auch mal beschäftigen.«

»Nun«, sagte Luise trotzig, »ich finde es jedenfalls großartig, wie Horkheimer und Adorno in den Fünfzigerjahren von stigmatisierten, aus ihrem Land vertriebenen marxistischen Wissenschaftlern zu intellektuellen Leit- und Symbolfiguren aufgestiegen sind.«

Rosie zuckte gelangweilt mit den Schultern. »Mag sein, aber ihre Präsenz in Frankfurt ist letztlich auch ein Alibi für die Bereitschaft zu einem Neuanfang, die in Wahrheit gar nicht vorhanden ist. Sie dienen sozusagen als Feigenblatt.«

»Trotzdem …«

»Nicht streiten! Nicht streiten!«, mischte Thilo sich mit aufgesetzt gutmütigem Tonfall ein und legte ihnen beiden beschwichtigend die Hand auf die Schulter. Rosie war zu stolz, um sich nicht sofort loszumachen, während Luise insgeheim die körperliche Nähe genoss. »Wir haben andere Dinge zu bequatschen.«

Luise glaubte zu wissen, worauf er anspielte. »Wenn's um den Antivietnamkongress, den der SDS organisiert, geht, werdet ihr euch ein bisschen mit Philosophie beschäftigen müssen. Weil dort nicht nur Rudi Dutschke auftritt, sondern Herbert Marcuse eine Rede halten wird.«

Das war ein Politologe aus Amerika, der vor zwei Jahren

eine außerordentliche Professur in Berlin angenommen hatte und dessen Stellungnahmen gegen den Vietnamkrieg für viele Studenten eine Inspiration waren.

»Im Übrigen habe ich schon zwei Transparente für die Demo angefertigt, die nach dem Kongress geplant ist«, fuhr sie fort. »›Vietnam – Generalprobe für Lateinamerika?‹ steht auf dem einen, ›Napalmgas = US-Freiheit‹ auf dem anderen.«

Dass Rosie endlich schwieg – nur trotzig oder auch kleinlaut? – befriedigte sie. Doch der Triumph währte nicht lange. Thilo klopfte ihr wieder auf die Schulter, und diesmal war klar, dass es keine ermutigende, liebevolle Geste war, eher so wirkte, als wollte er sie zum Schweigen bringen.

Tatsächlich trat Ernesto vor und mischte sich mürrisch ein: »Transparente vollzukritzeln und durch die Stadt zu tragen reicht doch längst nicht mehr. Und dieses Gelaber auf dem Podium auch nicht. Rudi mag ja eine Rede zugesagt haben – aber was er kürzlich in einem Positionspapier gefordert hat, war die Politisierung der Hochschulen.«

Rosie verdrehte die Augen. »Fängst du wieder mit der Bildung kleiner Guerillaeinheiten an?«

»Guerilla?«, entfuhr es Luise, bevor sie sich auf die Lippe beißen und wissend nicken konnte. Aber zu deutlich standen ihr bewaffnete Truppen vor Augen, die in unwegsamem Gelände wie dem Urwald kämpften.

Ernesto hatte sich kaum je direkt an sie gewandt, generell sah er sein Gegenüber nicht an, wenn er redete. Doch jetzt maß er sie missmutig. »Na, soll der Widerstand damit enden, dass wir uns an die Ratschläge aus dem kleinen roten Schülerbuch halten, uns zum Beispiel die Lehrer nackt vorstellen, damit sie keine Autorität über uns erlangen?«

Diesmal war es Rosie, die sich nicht rechtzeitig auf die Lippe biss, sie prustete los. »Na, die Vorstellung, sich Theodor Adorno nackt vorzustellen, ist nicht sehr reizvoll.«

Ernestos Augen wurden schmal. »Himmel, es geht nicht um Worthülsen, sondern um Taten, um Aktionen. Und das bedeutet zum einen, dass wir die Demonstrationen richtig aufmischen müssen. Und zum anderen müssen wir …«

Sein Blick bohrte sich geradezu in Luise, nun misstrauisch.

»Du kannst das, worüber wir gerade gesprochen haben, ruhig laut sagen«, forderte Thilo ihn auf, »Luischen gehört doch zu uns. Wie oft hat sie nun schon für dein Bierchen bezahlt? Und wie viele Zigaretten hast du von ihr geschnorrt?«

Sein Einsatz für sie hinterließ einen schalen Nachgeschmack. Es klang, als würde sie sich ihre Zugehörigkeit erkaufen. Immerhin verzichtete Ernesto darauf, erneut sein Misstrauen ihr gegenüber zu artikulieren, sondern stierte mit zuckenden Mundwinkeln auf den Boden.

»Worum geht es denn nun?«, fragte Luise.

»Um etwas, was Claus als reinen Wahnsinn bezeichnet«, mischte sich Rosie ein. »Als etwas ganz und gar Illegales.«

»Claus soll sich seine Paragrafen in seinen Allerwertesten stecken!«, fuhr Ernesto auf. »Der sieht einfach nicht ein, dass man die Gesetze eines korrupten, verbrecherischen Staats nicht nur brechen darf, sondern brechen muss.«

»Nun«, kam Thilo Rosies Entgegnung zuvor. »Fest steht, dass jemand wie Claus ohnehin zu auffällig für diese Aufgabe ist. Und Ernesto und ich sind das auch.«

»Dann müssen es eben die Weiber erledigen!«, sagte Ernesto widerwillig.

»Was?«, fragte Luise. »Was denn erledigen?«

Rosie schüttelte den Kopf. »Ihr seid doch komplett verrückt geworden. Auf so einen Mist lasse ich mich nicht ein.«

»Himmel, jetzt stell dich nicht so an!«, fuhr Ernesto sie an. »Zu irgendwas müsst ihr Weiber doch nützlich sein.«

Luise war über seinen giftigen Tonfall verwundert. Bei ihren letzten Treffen hatte sie stets den Eindruck gehabt, dass Ernesto für Rosies Reize nicht unempfänglich war, seine Miene immer eine Spur weicher wurde, wenn er mit ihr sprach. Vielleicht war er nur darum so aggressiv, weil er vergeblich bei ihr zu landen versucht hatte. Rosie wirkte jedenfalls nicht im Mindesten eingeschüchtert, als sie ihren Blick über ihn schweifen ließ.

»Auch wenn du davon träumst, ein großer *comandante* zu sein wie dein Che – ich muss dir weder etwas beweisen noch nach deiner Pfeife tanzen. Dass ich euch die Dumme mache, kannst du vergessen.«

Luise fühlte sich bereits jetzt dumm, als sie den stummen Blickwechsel zwischen Ernesto und Rosie beobachtete, dann den zwischen Thilo und Rosie, zuletzt, wie Rosie kopfschüttelnd davonstolzierte. Ernesto blickte ihr enttäuscht nach, Thilo dagegen wandte sich mit umso flehentlicherer Miene an Luise. Rosie hatte sich selbst aus dem Spiel genommen – was bedeutete, dass Luise sich heute zwar nicht als Adorno-Expertin, aber auf einem anderen Spielfeld beweisen konnte. Obwohl sie dessen Regeln nicht kannte, platzte sie eifrig heraus: »Wenn ich kann, helfe ich euch natürlich gern.«

Thilo begnügte sich nicht damit, ihr die Schultern zu tätscheln. Mit einem Auflachen zog er sie an sich. »Wusste ich's doch, dass man sich auf dich verlassen kann.«

Selbst Ernestos Blick wurde wohlwollend.

»Ja, bist du völlig verrückt geworden?«, herrschte Eva sie einige Tage später fassungslos an.

In der letzten Zeit hatten sie sich nicht sehr oft gesehen, konzentrierte sich Eva doch lieber auf ihr Abitur, anstatt in den Club Voltaire zu gehen. Doch abgerissen war ihr Kontakt nie, vielmehr hatte sich ihre Freundschaft in den letzten Monaten gefestigt, und nun, da sie die schriftlichen Klausuren hinter sich hatte, hatte Eva Luise wieder mal in ihrer Wohngemeinschaft besucht. Wie immer hatte sie sich sehnsüchtig in dem winzigen Zimmer umgesehen, als wäre es ein Palast. Dass das Fenster nicht richtig schloss und ein Vorhang nur halb so lang wie der andere war, weswegen Luise regelmäßig von der Morgensonne geweckt wurde, fand sie nicht weiter schlimm. Immerhin, so meinte sie, gebe es hier Freiheit in Fülle. »Freiheit?«, hatte Luise gelacht. »Du hast den Putzplan in der Küche noch nicht gesehen.«

»Wird, wer sich nicht einträgt, mit dem Kochlöffel erschlagen?«, hatte Eva spöttisch zurückgegeben.

»Das nicht, aber mit Krankenschwestern will ich es mir nicht verscherzen. Eine von ihnen meinte, wer die Toilette nicht ordnungsgemäß hinterlässt, dem legt sie einen Katheter. Und ich mag mir gar nicht ausdenken, was mir blüht, wenn ich hier drin rauche.«

Die Gefahr war nicht sehr groß, denn die einzigen Zigaretten in ihrem Leben hatte sie mit Thilo in dessen Bett geraucht. Vielleicht würde sie das bald wieder tun, sobald sie ausgeführt hatte, was er und Ernesto geplant hatten. Die beiden nannten es einen subversiven Akt, Eva, die sie gerade als Einzige eingeweiht hatte, nannte es Wahnsinn.

»Du kannst doch nicht so ein Risiko eingehen!«

Zugegeben, Luises Hand zitterte, während sie sich zu schminken versuchte – war doch hübsch auszusehen ein Teil des Plans. Der Lidstrich geriet wellenförmig, und mehrmals wischte sie ihn wieder ab, um neu anzusetzen. Auch damit, möglichst hellen, schimmernden Lidschatten aufzutragen, der die Augen größer und offener wirken ließ, verschwendete sie viel Zeit.

Mit dem Lidstrich über dem linken Auge war sie endlich zufrieden, nun nahm sie sich das rechte vor. Ihr entging nicht, dass Eva, die sich auf die Matratze gesetzt hatte, den Kopf schüttelte.

Luise drehte sich zu ihr um. »Schau mich doch an! Wer würde mir etwas Böses zutrauen?«

»Die Amis sind doch keine Idioten.«

»Aber es sind Männer, und die kann man notfalls mit dem richtigen Augenaufschlag … verdammt!« Gerade hatte sie erwähnten Augenaufschlag vorzeigen wollen, als sie prompt die frische Wimperntusche verwischte. Schon hatte sie einen dunklen Schatten unter dem Auge. Allerdings ließ der sie ziemlich verrucht wirken.

»Ich kann nicht fassen, dass Thilo dich so was machen lässt.« Aus Evas Mund klang es wie eine Erniedrigung, während Luise es als Auszeichnung empfand, dass er ihr das zutraute.

»Thilo würde selbst keinen Moment zögern, aber es ist doch klar, dass ich mich viel unauffälliger bewegen kann. Und es dient einer guten Sache.«

Sie nahm sich den zweiten Lidstrich vor, und die grimmige Entschlossenheit, die sie erfüllte, bewirkte, dass ihre Hand nicht mehr ganz so stark zitterte. Als sie fertig war, musterte sie sich zufrieden. Mit Rosies Make-up-Künsten konnte sie nicht mithalten, aber sie hatte nichts mehr mit der naiven, mädchenhaften Buchhändlerin gemein, als die Thilo sie damals kennengelernt hatte.

Eva stand auf und trat hinter Luise, hörte nicht auf, den Kopf zu schütteln.

»Willst du wirklich einer guten Sache dienen? Oder doch nur Thilo?«

»Natürlich bin ich nicht bloß seine Handlangerin, die alles abnickt, was er ihr vorbetet. Seine politischen Überzeugungen sind auch die meinen.«

»Trotzdem hat er dich dazu gedrängt.«

»Er hat mich nicht gedrängt, sondern mich gefragt, und ich habe Ja gesagt.«

Luise widmete sich nun ihrer Frisur. Sie wollte die Haare ein wenig toupieren, damit sie Fülle bekamen, jedoch nicht übertreiben. Einen lässigen Knoten, aus dem ein paar Strähnen hingen, hatte sie noch nie zustande gebracht, weil sie entweder zu viele Haarnadeln verwendete oder zu wenige. Aber am Ende machte sie sich einen hoch sitzenden Pferdeschwanz, den sie nicht mit einem Haarband, sondern einer Haarsträhne umwickelte. Das sah vielleicht nicht cool aus, langweilig aber auch nicht.

Eva starrte missmutig auf den Pferdeschwanz, doch ehe sie einen weiteren Vorwand vorbringen konnte, sagte Luise schnell: »Was würdest du denn tun, wenn du gefragt worden wärst. Nicht gerade von Thilo, aber von … irgendeinem anderen attraktiven Studenten?«

Luise war nicht entgangen, dass Eva nicht nur mühelos neue Kontakte knüpfte, sondern überaus gerne flirtete.

Jetzt hob sie allerdings abwehrend die Hände. »Da ist keiner dabei, der mich sonderlich interessiert.«

»Hast du nicht unlängst einen ganzen Abend mit Claus gequatscht?«

Eva musste lachen. »Weil er ein schlauer Kopf ist, nicht weil seine schrillen Anzüge eine so große Faszination auf mich ausüben. Und selbst wenn ich mich in einen Studenten verlieben würde. Es ... es wäre trotzdem unmöglich. Ich ... ich dürfte ja nicht ...«

»Du dürftest *was* nicht?«

Eva trat rasch zum Fenster und zupfte an dem zu kurzen Vorhang, als gälte es, ihn zu verlängern und sich dahinter zu verstecken.

Als sie endlich zu reden begann, wich sie einer echten Antwort aus.

»Die Cousine meiner Stiefmutter – Ruth – ist nach dem Krieg in Deutschland geblieben. In ihrer Wohnung lebten wir damals eine Weile, als wir aus Israel zurückkehrten. Sie ... sie war eine Zeit lang mit einem deutschen Mann zusammen.«

Luise vermutete, dass mit einem deutschen Mann ein nichtjüdischer Mann gemeint war. Und sie begann zu ahnen, worauf Eva hinauswollte.

»Hast du nicht mehrmals betont, du wolltest nicht, dass man eine Jüdin in dir sieht und ...«

»Die Beziehung lief über Jahre«, fiel Eva ihr ins Wort, »Ruth hat nur nie darüber gesprochen, zumindest nicht mit meinen Stiefeltern. Die wussten zwar, dass sie sich mit ihm traf, aber sie taten so, als kriegten sie es nicht mit. Eines Tages saß Ruth völlig aufgelöst bei uns am Küchentisch und bekannte kleinlaut, dass sie schwanger sei. Ich weiß noch, wie bitterlich sie geweint hat.«

»Hat der Mann sie sitzen lassen, anstatt sie zu heiraten?«

»Nein, er hat ihr sofort einen Antrag gemacht.«

»Und Ruth hat abgelehnt?«

»Was blieb ihr denn für eine Wahl? Ich weiß noch, wie Stiefmutter gesagt hat: ›Gut, dass deine Eltern tot sind.‹ Und wie Ruth antwortete: ›Wenn sie noch leben würden, würde ich sofort abtreiben. Nie und nimmer könnte ich ihnen ein deutsches Enkelkind zumuten.‹«

Noch fester umklammerte sie den Vorhang, sodass Luise Angst hatte, sie würde ihn herunterreißen. Sie trat zu Eva, zögerte aber, ihre Hände zu nehmen.

»Und was hat sie am Ende getan?«

»Sie erlitt eine Fehlgeburt, und sie hat wieder geweint, noch bitterlicher, noch verzweifelter, aber zugleich hat sie immer wieder beteuert, wie erleichtert sie sei. Ich hab's ihr nicht richtig abgenommen. Die Beziehung war jedenfalls vorbei, und sie hat sich nie wieder mit einem Mann getroffen.«

»Ich kann mir nicht vorstellen, dass sie weit und breit die einzige Jüdin war, die einen nichtjüdischen Partner hatte.«

»Das nicht, aber ich kenne nur wenige. Bei den Männern sind es mehr, da sind viele mit Nichtjüdinnen liiert, aber bei den Frauen … bei mir …«

Endlich ließ sie den Vorhang los.

»Ganz ehrlich, wenn man dich im Voltaire beobachtet, hat man nicht den Eindruck, dass du dir solche Gedanken machst.«

Eva zuckte mit den Schultern. »Es ist ja auch nicht so, dass ich mich als orthodoxe Jüdin betrachte, die alle Vorschriften streng einhält. Meine Stiefeltern waren auch nie sehr religiös. Aber seit Kurzem gibt es hier in Frankfurt auch eine liberale Gemeinde, man trifft sich nicht in der Synagoge, sondern in Privaträumen, auch Jugendliche sind dort und …«

»Und du willst dazugehören?«

»Ich weiß nur, dass ich Lehrerin werden will. Ich könnte mir gut vorstellen, an der jüdischen Schule zu unterrichten, die kürzlich eröffnet wurde. Und ich denke nicht, dass das möglich wäre, wenn ich …« Sie brachte Satz nicht zu Ende. »Abgesehen davon würden es meine Stiefeltern nicht verkraften. Ich finde sie oft sehr anstrengend, aber wie sie mich nach dem Tod meiner Eltern so selbstverständlich aufgenommen haben, da bin ich es ihnen doch schuldig …«

Eva klang immer verzagter. So kannte Luise sie gar nicht. Die Freundin war ihr stets so aufgeräumt und selbstbewusst vorgekommen, voller Gier auf ein Leben außerhalb jener Wohnung, aus der Trauer, Schmerz und Elend strömten wie der muffige Geruch eines jahrelang nicht gelüfteten Dachbodens. Insgeheim hatte sie Eva dafür bewundert, dass ihr Streben nach Freiheit immer unangestrengter, auch unaufgeregter wirkte als ihres. Und nicht nur, dass sie Evas Verhalten und Weltsicht nie hinterfragt hatte, sich nie den Kopf darüber zerbrochen, ob die andere einen nichtjüdischen Mann heiraten konnte oder nicht – bei allen Diskussionen über Bedingungen einer faschistischen Gesellschaft, die an der Uni so leidenschaftlich geführt wurden, waren sie nie zu der Überlegung vorgestoßen, wie lange und schwer die Opfer des Faschismus tatsächlich an ihren Traumata zu tragen hatten, wie diese Traumata sich auf die nachkommenden Generationen auswirkten, wie man es ihnen erleichtern könnte, ihren Platz in der Gesellschaft einzunehmen. Das wäre doch mal ein wichtiges Thema, ging es ihr durch den Kopf, mindestens für einen Artikel in einer der Studentenzeitschriften, vielleicht auch für ein Buchprojekt des Verlags *Neue Kritik*. Aber nun gut, wenn sie dort endlich ernst genommen werden wollte, musste sie beweisen, dass man sich auf sie verlassen konnte, sie Opfer zu bringen bereit war – und das gelang am besten mit dem geplanten Vorhaben, auf das sie sich nun ganz und gar konzentrieren sollte.

Sie trat zurück zum Wandspiegel, musterte sich, war zufrieden mit dem Anblick, der sich ihr bot. »Ich sehe ganz sicher nicht aus wie eine … Was bin ich eigentlich? Eine Spionin? Eine Agentin?«

Der Klang der Worte gefiel ihr – und zugleich überkam sie leichter Grusel, wenn sie daran dachte, was ihr bevorstand.

So versonnen sie eben noch auf den Vorhang gestarrt hatte, nun gab Eva sich einen Ruck. Als sie sich Luise zuwandte, war sie ganz die Alte, die niemals zögerte und immer klar ihre Meinung kundtat. »Eine Idiotin bist du!«, rief Eva und verdrehte die Augen. Aber als Luise in ihre Jacke und hohe Stiefel schlüpfte, tat sie es ihr gleich und folgte ihr hinaus. »Und genau deswegen kann ich dich nicht allein lassen.«

Luise wartete am ersten Treffpunkt – dem ältesten Parkhaus Frankfurts am Kornmarkt – auf den Kontaktmann, der eine karierte Baskenmütze tragen würde, wie man ihr erklärt hatte.

»Warum keine gepunktete?«, versuchte Eva zu scherzen.

Luise starrte sie finster an und forderte sie auf, ein Stück entfernt zu warten, damit nicht auffiel, dass sie nicht allein gekommen war. Das Warten wurde dadurch nicht leichter, aber als sie schon drohte, die Nerven zu verlieren, erblickte sie den Kontaktmann.

Obwohl es im Parkhaus kühler war als draußen, brach ihr der Schweiß aus, sobald sie ihm hineinfolgte.

Wenig später verließ sie das Parkhaus wieder, und Eva, die

vor dem Schaufenster eines Brautmodengeschäfts auf und ab gegangen war, hastete auf sie zu.

»Hat's geklappt?«

Luise nickte nur. Es war nicht so, dass sie viel hätte falsch machen können, waren die Anweisungen doch knapp und verständlich gewesen. Sie war nach dem Mann mit der karierten Baskenmütze zum Kassenautomaten getreten und hatte dem Fach fürs Wechselgeld ein braunes Kuvert entnommen, das er dort deponiert hatte. Möglichst unauffällig hatte sie es an sich gepresst, nicht ohne sich mindestens zwei Mal umzudrehen. Eigentlich hatte sie es in ihre Jackentasche stecken wollen, aber die war zu klein, sodass sie es am Ende zwischen Unterhemd und Rockbund schob.

Nun schlug sie den Weg zum Bahnhofsviertel ein.

»Dieser Kerl mit der Baskenmütze – wer war das eigentlich?«, fragte Eva nach anfänglichem Schweigen.

»Das weiß ich doch nicht«, gab Luise ungehalten zurück. »Sinn und Zweck der Sache ist ja, dass man so wenig wie möglich über die anderen weiß und somit auch niemanden verraten kann, wenn man auffliegt. Und deswegen will ich nicht, dass du mich noch weiter begleitest.«

Bei jedem Schritt stachen die Ecken des Kuverts unangenehm in ihren Bauch. Wieder drehte sie sich mehrfach um, obwohl die Einzigen, die sie mit schrägem Kopf beäugten, Tauben waren.

Solange sie die Kaiserstraße entlanggingen, tat Eva so, als hätte sie ihre Aufforderung nicht gehört, aber bald hatten sie den nächsten Treffpunkt erreicht, und Luise bekräftigte energisch: »Wirklich! Du begleitest mich nicht. Schließlich erwartet meine Kontaktperson nur *ein junges Fräulein*.«

Eva verdrehte die Augen, doch Luise ließ sie einfach stehen. Als sie auf das Café zutrat, stellte sie fest, dass Eva ihr nicht gefolgt war.

Das Café befand sich an der Kreuzung von Elbestraße, Moselstraße und Taunusstraße, wirkte unauffällig, etwas heruntergekommen und diente am Abend als Bar. Luise kannte es nicht, sie war nicht oft in diesem Viertel gewesen, vor dem sie von klein auf gewarnt worden war. Im Krieg war höchstens ein Drittel der prächtigen Gründerzeitbauten zerstört worden, weil hier im Unterschied zu anderen Stadtteilen deutlich weniger Bomben gefallen waren, und deswegen waren viele Gebäude nach der Befreiung Frankfurts von den US-Besatzungsstreitkräften zur Unterbringung des Militärpersonals genutzt worden. Nicht zuletzt darum war es bald ein Zentrum der Prostitution geworden, berüchtigt auch für versteckte Hinterzimmer, in denen Poker gespielt wurde. Das letzte Mal war Luise anlässlich eines Auftritts von Josephine Baker im nahen Imperial, wo sonst nur Boxkämpfe ausgetragen wurden, hier gewesen. Und sie konnte sich noch gut erinnern, wie sehr sie sich mit Ella über einen Zeitungsartikel amüsiert hatte, in dem das Maier-Gustl's Oberbayern in der Münchner Straße beschrieben worden war. Dort wurde nicht nur Blasmusik gespielt – auf den insgesamt fünfzig Tischen standen sogenannte Flirt-Telefone, mit denen man Kontakt zum Nachbartisch aufnehmen konnte. Nicht dass sie sich davon jemals mit eigenen Augen überzeugt hatten – Ella war ja kaum je zu bewegen gewesen, auszugehen oder gar ausgelassen zu feiern. Rasch verdrängte sie den Gedanken an die Schwester, der sie wie immer wehmütig stimmte, und betrat entschlossen das Café.

Die runden Tische wirkten abgenutzt, die Samtvorhänge

so räudig, als hätten sie schon den ersten großen Krieg erlebt, die Kuchen in der Vitrine nicht fluffig und saftig, sondern steinhart.

Bis auf einen Tisch, an dem zwei ältere Herren saßen, waren alle anderen unbesetzt. Sollte sie einen im Eingangsbereich auswählen, um notfalls einen Fluchtweg nach draußen zu haben, oder den dort hinten, der etwas von einer Säule verdeckt war? Wegen ihres Zögerns zog sie die Aufmerksamkeit der Kellnerin auf sich.

»Warten Sie noch auf Ihre Begleitung?«, blaffte sie Luise an. Wahrscheinlich fand sie es anrüchig, wenn eine junge Dame allein ein Café besuchte. Luise trotzte ihrem Blick und erklärte knapp, einen Kaffee trinken zu wollen. So fest ihre Stimme auch klang – sie stolperte, als sie den nächstgelegenen Tisch ansteuerte. Sobald sie sich setzte, spürte sie wieder, wie die Ecken des Kuverts in ihren Bauch stachen, und obwohl sie nur aus Papier bestanden, hätte glühendes Eisen nicht viel unangenehmer sein können.

Ich tue das Richtige, sagte sie sich. Und überhaupt – in der ganzen Sache war sie nur ein kleines Rädchen. Bekannte von Thilo und Ernesto hatten die eigentliche Vorarbeit geleistet: Sie hatten die US-Kasernen besucht, wo man amerikanische Soldaten mit Filmen, Zeitungen und Flugschriften über die Kriegsverbrechen in Vietnam informierte. Hatten diese behutsam dazu überredet zu desertieren. Und hatten schließlich angeboten, dabei zu helfen, indem sie ihnen gefälschte ID-Cards beschafften. Am gefährlichsten war die Übergabe. Die Überzeugungsarbeit selbst wäre nicht strafbar, hatte Claus erklärt, der gefälschte Ausweis hingegen ganz klar ein Delikt. Für ihn war das ein Grund, sich aus der Sache herauszuhalten. Für

Thilo ein Grund, laut zu rufen: »Und deswegen brauchen wir für die Übergabe unverdächtige, weil harmlos wirkende Mittelsmänner … äh … -frauen.«

Somit halste er ihr das größte Risiko auf. Nein, berichtigte sie sich in Gedanken, er traute ihr zu, diese wichtige Funktion zu übernehmen.

Sie überlegte, wer die ID-Card wohl abholen würde. Jener Soldat persönlich, der ein neues Leben beginnen wollte? Ein weiterer Mittelsmann?

Während sie wartete, fühlte sie, wie ihr Gesicht immer heißer wurde. Sobald der Kaffee serviert wurde, führte sie die Tasse rasch zum Mund, als hätte sie gierig darauf gewartet, und verbrannte sich prompt die Zunge.

Um ein Haar hätte sie den Kaffee ausgespuckt, doch sie zwang sich, alles zu schlucken, auch wenn sie hinterher Zunge und Gaumen kaum noch spürte.

»Kann ich … kann ich ein Glas Wasser haben?«, sagte sie mit kratziger Stimme.

Wieder erntete sie einen irritierten Blick der Kellnerin. Auch die beiden alten Herren drehten sich nach ihr um.

Luise rührte eifrig in ihrer Kaffeetasse, obwohl sie keinen Zucker aus der Dose genommen hatte. Als die Kellnerin das Wasser brachte, wollte Luise ihre zitternde Hand auf ihrem Schoß verbergen, stieß dabei aber gegen das Glas. Schon kippte es um, und das Wasser ergoss sich nicht nur über den halben Tisch, sondern auch auf ihren Rock.

»Verd…«

Sie schluckte den Fluch hinunter, nahm rasch eine Serviette, um den Tisch trocken zu tupfen. »Ist nicht so schlimm«, stammelte sie in Richtung der Kellnerin, die sich kopfschüttelnd zurückzog. Luise kämpfte noch um ein Lächeln, während ihr glühend heiß aufging, dass womöglich auch das Kuvert einen Spritzer abbekommen hatte. Was, wenn der gefälschte Ausweis ebenfalls durchtränkt worden und darum jetzt unbrauchbar war? Trotz der Gefahr, dass die Kellnerin gleich mit einem Lappen zurückkommen würde, griff sie sich an den Rock und zog es hervor. Erleichtert stellte sie fest, dass nur eine winzige Ecke feucht geworden war, doch als sie es wieder unauffällig verstecken wollte, traf eine Stimme sie.

Sie blickte hoch, umkrampfte unwillkürlich das Kuvert. Das Erste, worauf ihr Blick fiel, waren unzählige militärische Abzeichen am Kragen einer Uniform, die einen hohen Rang auswiesen. Wieder lag ihr ein Verdammt! auf den Lippen. Sie verkniff es sich, kämpfte stattdessen vergebens um ein Lächeln, schaffte es nur, die Hand etwas zu lockern.

Die Worte von eben wurden wiederholt, und verspätet ging ihr auf, dass der Offizier englisch gesprochen hatte. Und auch, dass er sie nicht etwa zur Rede stellte – wofür auch, für ein umgekipptes Wasserglas wurde man nicht von den amerikanischen Besatzungsmächten verhaftet – nein, er grinste sie an.

Und als er es nun auf Deutsch versuchte, verstand sie endlich, was er sagte: »So ganz allein, Frollein, das muss doch nicht sein.«

Er fragte gar nicht erst, ob er sich setzen dürfe, zog schon den Stuhl zurück und nahm Platz.

Die Kellnerin, die mit dem Lappen zurückkehrte, verharrte, und der Blick, den sie Luise jetzt zuwarf, wirkte schadenfroh. Klar, wer in diesem Viertel das Anstandsgebot nicht einhielt, war eben Freiwild. Schon machte die Kellnerin wieder kehrt, und von den zwei älteren Herren war auch keine Hilfe zu erwarten. Längst hatten sie sich wieder abgewandt und beugten sich über ihren Kaffee.

Was sollte sie tun? Lächeln und sich auf den Flirt einlassen? Versuchen zu fliehen?

Aber sie hatte das Kuvert noch nicht abgeliefert. Wenn jedoch ihr Kontaktmann kam, würde er sofort gehen, sobald er den Offizier erblickte. Oder noch schlimmer, er würde ihr unterstellen, dass sie ihn verraten hatte. Wie peinlich, wenn Thilo erfahren würde, dass sie selbst einen so einfachen Auftrag verbockt hatte!

Mittlerweile versuchte sich ihr Gegenüber weiter an gebrochenem Deutsch.

»Die deutschen Frollein sind so viel hübscher als unsere ... und so viel freier.«

Kurz war sie nicht sicher, was er mit frei meinte, wahrscheinlich musste man es mit einem anderen Wort – Durchtrieben? Schamlos? – ersetzen. Jetzt ging er ohnehin zur wortlosen Kommunikation über, denn plötzlich lag seine Hand auf ihrer, um sie zu tätscheln. Und langsam wanderten die Finger höher, bis sie das Handgelenk umfassten. Mit einem spitzen Schrei sprang sie auf. Sie verfluchte sich innerlich, weil sie sich so hysterisch aufführte, denn schon wandelte sich der freundliche Blick in einen irritierten. Und obwohl diesmal das Wasserglas nur leicht erzitterte, nicht noch einmal umkippte – das Kuvert rutschte von ihrem Schoß und fiel auf den Boden. Geistesgegenwärtig stellte sie den Fuß darauf. Doch nicht nur ihre Zunge fühlt sich wie taub an. Sämtliche Glieder waren wie gelähmt. Und dann traf der Blick des Offiziers das Kuvert.

7. KAPITEL

Ella kniete vor Luises Schrank. Nach mehreren Stunden Entrümpeln türmten sich diverse Hinterlassenschaften ihrer Schwester neben ihr – alte Bücher und Stofftiere, dazu Kleidungstücke, aus denen Luise längst herausgewachsen war. Doch sie hatte nicht erwartet, auch das zu finden: eine alte Registrierkasse mit Kurbel, manueller Preisanzeige und klingelnder Geldschublade, in der sich in Ermangelung echter Münzen Kieselsteine befanden. Sie erinnerte sich, dass Luise sie seinerzeit, als ein Milchgeschäft in der Nachbarschaft geschlossen worden war, geschenkt bekommen hatte, und sah deutlich vor sich, wie sie zusammen Kaufmannsladen gespielt hatten.

»Wie viel kostet das Buch über die mittelalterlichen Königinnen«, hatte sie gefragt. Der Bücherstapel hinter Luise war nicht nach Autorennamen sortiert, sondern nach den Farben der Einbände.

»Fünf Millionen Mark.«

»Ich fürchte, das kann ich mir nicht leisten.«

»Sie können mich ja auch mit Vanillepudding bezahlen.«

Ella stiegen Tränen in die Augen, und rasch stellte sie die alte Kasse zurück in den Kleiderschrank.

»Na, na, na«, kam es von Lilo, die auf der Türschwelle zu Luises altem Kinderzimmer stand, »so funktioniert das Entrümpeln aber nicht. Du musst dich von diesen Sachen trennen.«

Ella bereute es prompt, sich auf die Aktion eingelassen zu haben. Zugegeben, es hatte sich vieles angesammelt, was sie nicht mehr brauchte – aber es war ein Fehler gewesen, Luises Zimmer zu betreten. Seit ihrem Auszug hatte sie das so gut wie nie getan, und es fiel ihr unendlich schwer, irgendetwas von den alten Sachen wegzugeben.

Abbrechen wollte sie die Aktion aber auch nicht, und insgeheim war sie Lilo durchaus dankbar, dass sie dabei half und dass sie sich trotz ihres Streits als treue Freundin erwies. Gewiss, es war Ella nicht leichtgefallen, ihr die feindseligen Worte zu verzeihen, und als Lilo zerknirscht eingeräumt hatte, wohl zu weit gegangen zu sein, hatte sie nur gebrummt, anstatt die Entschuldigung anzunehmen. Aber Lilo war nun mal ihre einzige Freundin – in jenen Jahren, da sie Luise großgezogen und das *Bücherreich* durch manche Krise geführt hatte, hatte ihr die Zeit gefehlt, aus Zufallsbekanntschaften tragfähige Beziehungen zu machen –, und dass Lilo sie dazu überredete, ihre Tage mit sinnvollen Beschäftigungen zu füllen, anstatt Trübsal zu blasen, half ihr sehr. Nach und nach war die Freundin zum Rettungsanker geworden inmitten jenes grauen Einerleis an Stunden, die einer endlosen Asphaltstraße glichen. Monoton setzte sie darauf Schritt vor Schritt, aber da lockte kein erstrebenswertes Ziel am Ende, da wuchs nichts Buntes, Duftendes an den Rändern.

»Ich finde die Tiefkühlprodukte von Iglu ja auch praktisch«, kommentierte Lilo regelmäßig ihr Essverhalten, »aber man kann nicht nur davon leben.«

»Natürlich nicht«, gab Ella trocken zurück, »manchmal rühre ich mir eine Suppe von UNOX an.«

Was sie nicht mehr anrührte, war Luises einst so heiß geliebter Vanillepudding.

Wenn sie morgens die Wohnung verließ – das Frühstück blieb meist auf eine Tasse Löskaffee beschränkt – fühlte sie sich wie auf der Flucht. Nur leider war die Buchhandlung kein brauchbares Asyl. Ella tat mechanisch, was zu tun war, trug ins Bestellbuch Einkäufe und Retouren ein und ins Portokassenbuch Bezahlvorgänge, sie erledigte auf ihrer alten Schreibmaschine die Korrespondenz, las das *Börsenblatt* und den *Buchhändler* und öffnete die Verlagspost, darunter jene Pakete, in denen die Neuerscheinungen geliefert wurden. Auch traf sie die Entscheidung, welche davon ins Schaufenster kamen und welche ins Regal.

Für jedes Buch fand sie den richtigen Platz, nur sie selbst wähnte sich überall verloren.

Einmal ertappte sie sich dabei, einen jener Frauenratgeber durchzublättern, die Luise so verachtete, und als sie auf die Passage stieß, wo es um Toilettengeheimnisse ging und dass man diese eisern hüten müsse, fragte sie sich, warum es nicht auch ein Buch über Glücksgeheimnisse gab. Aber das wäre wahrscheinlich so begehrt gewesen, dass man dafür eine Million Deutsche Mark hätte aufbringen müssen.

Oder eine Million Kieselsteine, dachte sie jetzt beim Anblick der alten Registrierkasse, und ihre Kehle wurde eng.

Kein Wunder, dass ihr das Essen neuerdings so schwerfiel, sie immer weiter abnahm und ihr der Rock immer lockerer saß.

Bei Lilo war das Gegenteil der Fall, weswegen sie vor einigen Wochen erklärt hatte, dass sie ihren Pfunden nun anders zu Leibe rücken würde als mit einem freudlosen Speiseplan. Sport war die Devise, der würde auch Ella nicht schaden.

Ella hatte damit gerechnet, dass sie sie für einen Tenniskurs oder dergleichen anmelden würde, stattdessen betraten sie wenig später den *Salon der Figur* am Liebfrauenberg. Dort, so hatte sich herausgestellt, bewegte man sich nicht, sondern man wurde bewegt – nämlich von schüttelnden, rüttelnden, vibrierenden Maschinen, die versprachen, die Polster um Bauch, Hüfte und Oberschenkel ruckzuck schmelzen zu lassen. Ella fühlte sich auf dem Tisch mit der beheizten Massageplatte wie ein Grillhähnchen, als sie die Knetmaschine ausprobierten, wie Plätzchenteig, und der vollautomatische Massagegurt erinnerte sie an das Netz, mit dem ein Rollbraten in Form gehalten wurde. Als sie laut über den automatischen Drehroller und dessen mögliche Funktion in der Küche nachdachte, schimpfte Lilo: »Hör auf, ständig über Essen zu sprechen! Jetzt habe ich Hunger.«

Lilo war am Ende trotzdem zufrieden mit dem Ergebnis. Als sie den *Salon der Figur* verließen, meinte sie, sie sei zwar nicht dünner geworden, aber die Haut sei deutlich frischer, rosiger. »Und wie fühlst du dich?«, fragte sie Ella.

»Als hätte man mich durch den Fleischwolf gedreht.«

»Ella!«, kam es vorwurfsvoll. »Jetzt habe ich Lust auf Hackbraten. Mit ganz viel Senf.«

In den *Salon der Figur* musste Lilo beim nächsten Mal allein gehen, aber immerhin ließ Ella sich breitschlagen, an der Friedberger Anlage ein Partie Minigolf zu spielen. Lilo gewann haushoch, Ella hatte hinterher Rückenschmerzen und dachte insgeheim, dass eine heizbare Massageplatte jetzt doch sehr guttäte.

»Und wenn du mal eine Flugreise machst?«, fragte Lilo bei einem Glas Mineralwasser in der nahe gelegenen Kneipe.

»Einfach so?«

»Na ja, der Flughafen liegt vor der Tür. Weißt du, was ich unlängst in der Zeitung gelesen habe? Dass sich ein heißhungriger Scheich per Flugzeug Frankfurter Würstchen in die Wüste kommen lässt.« Lilo seufzte. »Jetzt habe ich Lust auf ein Würstchen mit Brötchen. Und ganz viel Senf!«, klagte sie. »Aber diesmal bin nicht ich daran schuld.«

Anstelle der Flugreise hatte Lilo zuletzt diese Entrümpelungsaktion vorgeschlagen – man schleppe ja nicht nur überflüssige Kilo durchs Leben, so ihr Argument, auch unnützen Ballast. In ihrem Wohnzimmer gebe es kaum ein Durchkommen, und wenn sie sich von Teilen ihres Besitzes verabschiedete, würde sie sich hinterher befreit fühlen.

»Wenn du denkst, dass ich nur ein einziges meiner Bücher hergebe, täuschst du dich!«, hatte Ella abgewehrt, denn ihre private Bibliothek war ihr heilig.

»Na dann bau halt mit deinen Büchern einen neuen Turm zu Babel«, hatte Lilo gelästert, »aber du könntest zumindest nachschauen, wie viele unnütze Staubfänger sich in Schränken und Schubladen stauen.«

Das konnte Ella nicht leugnen, und in der Tat hatte es sie in einen gewissen Elan versetzt, neuen Stauraum zu schaffen. Nun, da sich der Nachmittag dem Abend zuneigte, fand sie allerdings, dass der Stapel für die Mülltonne hoch genug war. Lilo sah das anders.

»Kannst du mir erklären, wozu du noch eine alte Registrierkasse brauchst?«

Um alle glücklichen Stunden zusammenzurechnen, die die jetzige Leere aufwiegen. Nur dass sich Leere nicht wiegen, messen, abzählen ließ.

Verstohlen wischte sie sich über die Augen, als sie neue Tränen hochsteigen fühlte.

»Na, dass du heulst, war nicht Sinn und Zweck dieser Aktion. Ich lege uns ein bisschen Musik auf, damit du auf andere Gedanken kommst.«

Während Lilo sich an der Schallplattensammlung im Wohnzimmer zu schaffen machte, zog Ella alte Schulhefte aus dem Schrank hervor. Der Anblick von Luises krakeliger Kinderschrift ließ die Tränen nicht versiegen, und die Musik vom Wohnzimmer machte es auch nicht besser.

Sie hatte erwartet, dass Lilo sich für Freddy Quinn, Vico Torriani oder Peter Alexander entscheiden würde, stattdessen erschallte Heidi Brühls Stimme.

»*Wir wollen niemals auseinandergeh'n.*
Wir wollen immer zueinandersteh'n.
Mag auf der großen Welt auch noch so viel gescheh'n,
wir wollen niemals auseinandergeh'n.«

Beim Wort Auseinandergehen musste sie plötzlich nicht mehr nur an Luise denken und wie sehr sie sie vermisste, sondern auch an Ari und dass sie nicht zu ihm gestanden hatte.

Sie erhob sich energisch, um – wenn auch nicht Lilo – so wenigstens Heidi Brühl zum Schweigen zu bringen, doch als sie das Wohnzimmer betrat, war das Lied gerade zu Ende gegangen. Lilo saß auf dem Boden, eine Lade vor sich, die sie aus dem Wandschrank gezogen und zu leeren begonnen hatte.

»Ach, dass du die Karten von all unseren Theaterbesuchen aufbewahrt hast.« Diesmal klang sie nicht vorwurfsvoll, weil Ella so viel gehortet hatte, sondern gerührt.

Richtig, Ende der Fünfzigerjahre hatten sie sich ein Abonnement gegönnt, zumal sie Luise für alt genug befunden hatte, um sie abends mal allein zu Hause zu lassen. Nun, eigentlich hatte das Luise befunden, und sie hatte sich gefügt. So oder so hatte sie diese Abende sehr genossen.

»Kannst du dich erinnern?«, rief Lilo schwärmerisch. »*Was ihr wollt* von Shakespeare – das war so ein schönes Stück. Und als wir in der Operette *Wiener Blut* waren, musste dieser Herr neben uns ständig niesen. Und oh!« Sie zog die nächste Karte aus der Lade. »Wie anrührend dieses Stück erst war! Die Bühnenfassung vom *Tagebuch der Anne Frank*.«

Ella hatte gerade zum Plattenspieler gehen wollen, um eine andere Platte aufzulegen, aber nun stutzte sie.

Richtig, sie erinnerte sich, dass auch dieses Stück zum Abonnement gehört hatte. Sie war gespannt gewesen, wie es umgesetzt werden würde, war die Taschenbuchauflage vom *Tagebuch der Anne Frank* doch ein riesiger Erfolg gewesen und bei ihr in dieser Zeit fast täglich über die Ladentheke gegangen. Das Theaterstück war damals das meistgespielte in Deutschland gewesen.

»Noch Tage später habe ich geweint«, sagte Lilo.

Ellas eigene Tränen waren längst versiegt, als sie sich neben Lilo kniete.

»Ich weiß«, murmelte sie, »du warst sehr erschüttert.«

»Wie auch nicht? Dieses arme Mädchen, das so jung sterben musste.«

Sie ist nicht einfach nur gestorben, ging es Ella durch den Kopf. Sie starb elend an Typhus im KZ Bergen-Belsen, wurde letztlich ermordet.

»Ich frage mich, wie das zusammenpasst – dass du damals so aufgewühlt warst und trotzdem der Meinung zu sein scheinst, dass sich eine deutsche Frau nicht mit einem Juden einlässt.«

Nach ihrer Versöhnung hatten sie nicht mehr über ihren Streit gesprochen, und Ella hatte jede Erwähnung von Ari vermieden, was umso leichter war, da er in ihrem Leben keine

Rolle mehr spielte. Vergessen hatte sie Lilos Worte jedoch nicht, und dass sie den Riss, den sie in ihrer Freundschaft hinterlassen hatten, tunlichst ignorierte, bedeutete nicht, dass er geheilt war.

Lilo blickte fragend von der Theaterkarte hoch, als hätte sie keine Ahnung, worauf Ella hinauswollte.

»Na, warum ist Anne Frank denn gestorben?«, rief Ella.

Lilo wiegte nachdenklich Kopf. »In dem Stück stand dieses arme Mädchen im Mittelpunkt, nicht die Juden.«

»Anne Frank war Jüdin!«

»Aber das wurde einem nicht ständig unter die Nase gerieben! Es ging um den Alltag im Versteck, nicht um KZ und Endlösung und so. Und sie bleibt ja auch immer optimistisch. Wie heißt es in der Schlussszene? ›Trotz allem glaube ich an das Gute im Menschen.‹ Ich finde, sie hat ganz recht, wir dürfen nicht verbittern. Ich meine, wie viele Entbehrungen mussten wir nach dem Krieg erleiden, ich kann mich noch gut an die Jahre erinnern, in denen ich mich genauso wenig satt essen konnte wie Anne Frank. Und zum Anziehen hatten wir auch nie genug. Danach aber ging es aufwärts.«

»Für Anne Frank nicht! Sie wurde ermordet.« Das Wort schien zu verhallen, ohne Lilo zu erreichen.

»Sag ich doch, das arme Mädchen.« Ehe Ella nachhaken konnte, legte Lilo die Theaterkarte beiseite und holte noch etwas aus der Schublade hervor. »Oh schau nur, ein Fernglas. Benutzt du das denn gar nicht? Meine Mutter hatte auch so eins. Es stand immer auf dem Fensterbrett, damit sie in den Taunus schauen konnte.«

Lilo führte es an ihre Augen, richtete erst den Blick aus dem Fenster, dann auf Ella. Sah sie ihr Gesicht nur verschwommen, oder sah sie es scharf? Fand sie darin den Ärger, weil sie so abrupt das Thema gewechselt hatte, oder Nachdenklichkeit, weil die Art und Weise, wie Lilo von Anne Frank gesprochen hatte, Ella eigentümlich berührt hatte? Nun, durch ein Fernglas konnte man nur das sehen, was weit weg war, nicht das, was einem unmittelbar vor den Augen stand.

»Wenn du willst, kannst du es haben, ich brauche es nicht.«

Lilo ließ das Fernglas sinken. »Echt?«

»Und in der Küche vorhin – da haben wir doch dieses orangefarbene Melitta-Getränkeset entdeckt. Ich habe es mal bei einem Preisausschreiben gewonnen, aber nie verwendet. Auch das kannst du haben.«

»Echt?«, fragte Lilo wieder.

Ella erhob sich, fühlte Kribbeln in den Füßen. »Und die alte Registrierkasse gebe ich doch weg.«

»Die drehst du mir aber nicht auch noch an.«

»Natürlich nicht. Die kann niemand mehr gebrauchen, am allerwenigsten Luise. Sie ist ausgezogen, und ich glaube nicht, dass sie je wieder zurückkommt.« Noch nie hatte sie dies so offen ausgesprochen, aber es war nicht nur schmerzhaft, auch erleichternd. »Du hattest vollkommen recht. Man muss sich dann und wann von unnützen Dingen befreien, um wieder guten Mutes in die Zukunft zu schauen.«

Das werde ich nicht mit einem Fernglas tun, dachte sie, besser mit einer Lupe.

Wenn sie auf diese Weise einen winzigen Moment entdeckte, an dem sie sich nicht verloren und einsam fühlte, wäre sie schon zufrieden. Und vielleicht würde dieser Moment am nächsten oder übernächsten Tag schon etwas länger währen.

Während Lilo das Wohnzimmer aufräumte, ging sie zurück

in Luises Zimmer. Obwohl Luise bei ihrem Auszug erklärt hatte, dass sie alles Notwendige mitgenommen hatte und sie mit dem Rest nach Belieben verfahren könne, hatte sie bis jetzt kaum etwas im Zimmer der Schwester angerührt. Nun trat sie entschlossen zum Schrank und öffnete ihn mit einem Ruck, behandelte ihn nicht länger wie einen Schrein, sondern wie ein Möbelstück, und was sich darin befand, nicht wie Reliquien, sondern wie Altlasten. Energisch zog sie die Registrierkasse heraus und stellte sie zu dem Berg der anderen alten Sachen. Die Kieselsteine schepperten, weil sie nicht sehr behutsam vorging.

Erneut wandte sie sich dem Schrank zu, zog auch die Schulhefte hervor, was nützte es noch, sich mit einem alten Diktat und den Fehlern darin zu beschäftigen. Jetzt machten sie ganz andere Fehler – Luise, auch sie selbst, weil sie sie fortgeschickt oder hatte gehen lassen, bis jetzt war sie nicht sicher, was es besser traf. Nur konnte sie nicht ewig damit hadern, musste selbst weitergehen ... notfalls eben auf einer grauen Straße, an deren Rändern keine Blumen wuchsen. Das hieß ja nicht, dass es nicht doch ein Ziel gab.

Ein Heft nach dem anderen landete auf dem Stapel, Deutsch, Heimatkunde; Mathematik, das 12er-Einmaleins war eine Qual gewesen.

Und hier ganz hinten ... da war noch ein Heft ... nein, das hatte nicht mit der Schule zu tun ... Es war ein Büchlein. Sie selbst hatte es einst verlegt – die Lebenserinnerungen von Naphtali Stein, Aris Vater.

Ella sog scharf den Atem ein. Das gehörte doch nicht in Luises Kleiderschrank!

Kurz blieb sie wie betäubt sitzen, erst langsam kam sie zum Schluss, dass Luise heimlich in ihrer Kiste mit den alten Erinnerungsstücken gewühlt haben musste, eine der ersten Veröffentlichungen ihres Verlags nach dem Krieg gefunden … an sich genommen … und später hier versteckt haben musste. Hatte sie sie auch gelesen?

Sie selbst hatte in all den Jahren nie darin geblättert, weil die Angst, alten Schmerz heraufzubeschwören, zu groß gewesen war. Auch an jenem Abend nach der grässlichen Veranstaltung in der Buchhandlung hatte sie nur flüchtig über den Einband gestrichen und die Kiste danach nie wieder geöffnet. Jetzt konnte sie gar nicht anders, als das Büchlein aufzuschlagen, ein paar Zeilen zu überfliegen. Wie stolz sie damals darauf gewesen war. Wie stolz sie jetzt noch war.

Wieder stiegen Tränen auf, dennoch las sie weiter, und sie tauchte ein in Naphtali Steins Geschichte, die damals so tief ihr Herz berührt hatte. Schon bevor er sie ihr anvertraut hatte, hatte sie von der sogenannten Endlösung der Judenfrage erfahren. Doch das war ein kaltes, grauenhaftes, zugleich nüchternes Wort geblieben, das sie nicht recht hatte erfassen können, nicht mit ihrem Verstand, nicht mit ihrem Herzen. Aber die Geschichten einzelner Menschen – ob Naphtali Stein, ob Anne Frank –, sie schockierten, entsetzten, berührten einen.

Als sie damals entschieden hatte, die Geschichte Naphtali Steins zu veröffentlichen, war sie sich dessen bewusst gewesen – und jetzt war es wieder so.

»Ich denke, ich werde langsam mal aufbrechen und … Was treibst du denn da?«

Lilos Stimme riss sie aus den Gedanken. Die Freundin war unbemerkt auf der Schwelle zu Luises Zimmer erschienen, betrachtete misstrauisch das Büchlein in Ellas Händen. Ella zögerte kurz, verbarg es dann rasch wieder im Kleiderschrank.

Obwohl die Freundin sie auf eine Idee gebracht hatte, wollte sie noch nicht mit ihr darüber reden. Noch hatte sie das Ganze schließlich nicht bis zu Ende gedacht, noch wusste sie nicht, wie tragfähig ihre Idee war, ob es ihr glücken würde, sie umzusetzen. Aber als sie sich erhob und sah, dass Lilo noch das Fernglas in der Hand hielt, unschlüssig wirkte, ob sie es wirklich annehmen sollte, bekräftigte sie das Angebot, es ihr zu überlassen.

»Ich brauche es wirklich nicht«, sagte sie und fügte im Stillen hinzu: Ich sehe die Zukunft jetzt auch ohne dieses Fernglas gestochen scharf vor mir.

Immer noch rang Luise vergeblich um Worte. Ihr fielen schon keine auf Deutsch ein, auf Englisch erst recht nicht. Der Offizier dagegen redete immer lauter auf sie ein. War er nur enttäuscht, weil er ahnte, dass er sich eine Abfuhr eingehandelt hatte? Oder misstrauisch? Ach, wenn er bloß weiterhin anzüglich seinen Blick über sie schweifen ließe. Doch er starrte nun auf den Boden, wo das Kuvert lag. Und obwohl ein Kuvert eigentlich harmlos war – dass sie keine Anstalten machte, es freizugeben, machte sie verdächtig, und erst recht taten das die roten Flecken in ihrem Gesicht, ihr verzweifelter Blick.

Sie fühlte nicht nur am Arm einen schmerzhaften Druck, auch um ihre Kehle, als hätte der amerikanische Offizier sie auch dort gepackt, um zuzudrücken.

»Da bist du ja, Luise!«

Die Stimme klang erstaunlich fröhlich. Auch fremd. Sie konnte den Kopf nicht weit genug drehen, um den Mann zu betrachten, der das Café betreten hatte und nun eingriff.

»Ich habe dich schon gesucht, gibt es … Probleme?«

Als der Griff des Offiziers sich löste, wäre sie fast ohnmächtig auf den Stuhl gesackt. Mühsam hielt sie sich aufrecht, rieb sich den schmerzenden Arm, hörte wie von weit her, wie der Fremde nun ins Englische wechselte und auf den anderen einredete, ruhig, aber bestimmt. Verspätet musterte sie ihn, erkannte ihn.

Ihr Retter war Ari.

Er überwand die letzte Distanz, legte halb beschützend, halb besitzergreifend seinen Arm um Luise. Es tat gut, die Wärme zu spüren, die Sicherheit, die er vermittelte, und welche Erleichterung erst, als der Offizier einen Schritt zurückwich, zwar missmutig grummelte, aber sofort aufgab und sich an einen anderen Tisch setzte. Luise konnte sich nicht länger aufrecht halten und sank auf den Stuhl. Ari nahm neben ihr Platz, aber nur, um sich nach dem Kuvert zu bücken, es unter ihrem Schuh wegzuziehen und unauffällig einzustecken.

»Ich zahle für dich, dann gehen wir.«

Sie nickte. Dort, wo das Wasser ihren Rock durchtränkt hatte, klebte der Stoff kalt auf ihrer Haut. Während Ari mit ruhiger Stimme die Rechnung forderte, zahlte und ein großzügiges Trinkgeld gab, rang sie um Beherrschung. Sie schaffte es aufzustehen, den Arm, den er ihr bot, zu nehmen und sich zur Tür führen zu lassen. Und als sie ins Freie traten, konnte sie sogar noch die Frage hervorpressen: »Was hast du zu ihm gesagt?«

Doch erst als er erwiderte, dass er sie als seine Verlobte ausgegeben hätte, brach sich plötzlich ein hysterisches Lachen Bahn, und kaum war es verklungen, folgte ein trockenes Schluchzen. Als auch das verstummt war, klapperten ihre Zähne, obwohl ihr gar nicht mehr kalt war, ihr vielmehr der Schweiß ausbrach. Allein die Vorstellung, dass Thilo sie in diesem Zustand sehen würde! Und das, nachdem sie den Auftrag nicht einmal ausgeführt hatte, sich das Kuvert nun in Aris Jackentasche befand!

Thilo war allerdings nicht hier, nur Ari, und der zog keine Braue hoch, der bedachte sie nicht mit einem spöttischen oder abfälligen Lächeln, er musterte sie nur halb besorgt, halb mitleidig, beschwor Erinnerungen herauf, die sie längst vergessen zu haben glaubte. An den jungen Mann an Ellas Seite, der immer ein wenig traurig gewirkt, aber zugleich so gerne Scherze gemacht hatte, der auch damals oft rettend eingegriffen hatte. Wenn Ella die Geduld verlor, weil es mit dem Lesen nicht voranging, hatte er über die Formen der Buchstaben gewitzelt und die Situation entkrampft.

Tröstend legte er den Arm um ihr Schulter, und ihr ging auf, wie sehr sie ihn all die Jahre vermisst hatte – einen Vater, einen großen Bruder, einen Mann, dem sie nichts beweisen musste, weil er bedingungslos auf ihrer Seite stand.

»Eva … sie ist zu mir gekommen und hat mir alles erzählt. Sie wollte dir nicht in den Rücken fallen, aber diese Sache war ihr einfach zu … heiß.«

Obwohl die Freundin sie verraten hatte, war Luise ihr dankbar. »Und das Kuvert?«

»Das gibst du später deinen feinen Freunden zurück, die dich in diese Gefahr gebracht haben. Sollen sie sich selbst überlegen, wie es an den Empfänger kommt. Was du gemacht … versucht hast … das ist kein harmloser Botengang, das ist eine Straftat. Dass sie dich in so was reinreiten …«

Kurz wollte sie mit der gleichen Vehemenz wie gegenüber Eva beteuern, dass sie sich aus freien Stücken entschieden hatte, an dem Plan mitzuwirken, und sich sämtlicher Gefahren bewusst gewesen war. Aber eigentlich war sie sich dessen nicht mehr so sicher. Thilos Reaktion malte sie sich lieber nicht aus, aber im Moment war sie nur dankbar, dass Ari vorschlug, sie wegzubringen.

Die ersten Schritte, die sie die Kaiserstraße entlanggingen, stützte er sie noch. Doch das wurde ihr rasch peinlich, und sie löste sich von ihm – wenn auch zum Preis, dass ihr augenblicklich kälter wurde.

»Ich bin so eine Idiotin«, brach es aus ihr hervor, »ich bringe gar nichts zustande. Weder kann ich klar sagen, das mach ich nicht, noch kriege ich es hin, den Auftrag auszuführen.«

So frei sein Blick bislang von jeglichem Tadel gewesen war, nun runzelte er die Stirn. »Du bringst nichts zustande? Warum machst du dich denn so klein? Nach allem, was ich von dir weiß ... was Eva mir von dir erzählt hat ... bist du eine willensstarke Frau, die sich für das, was ihr wichtig ist, einsetzt und die sich mit viel Neugierde und einem hungrigen Geist auf ihr Studium gestürzt hat.«

Wie hatte diese Stimme ihr vorhin fremd sein können. So deutlich glaubte sie zu hören, wie er damals mit ihr geredet hatte, sanft, aber entschieden. Wenn man lesen lernen will, so hatte er gesagt, darf man mit den Buchstaben nicht Fangen spielen. Denn wenn man ihnen hinterherläuft, sind sie immer schneller. Besser man spielt Verstecken, dann werden die Buchstaben neugierig und kommen einen suchen.

Als Kind hatte sie darüber lachen müssen, jetzt lächelte sie schmerzlich.

»Manchmal habe ich trotzdem das Gefühl, dass ich rein gar nichts kann.«

»Nun, du kannst auf Bäume klettern. Ella hat mir mal erzählt, dass du dir einst erst den Kirschbaum bei deinen Großeltern vorgenommen hast, dann sämtliche Bäume in den Nachbargärten. Ich glaube nicht, dass man so etwas verlernt.«

Sie zuckte mit den Schultern, war sich dessen nicht so sicher. »Vielleicht habe ich das Klettern nicht verlernt … aber die Furchtlosigkeit. Damals habe ich nie auch nur einen Gedanken daran verschwendet, dass ein Ast unter meinem Gewicht brechen und ich in die Tiefe fallen könnte.«

»Sich davor zu fürchten ist im Grunde sehr klug, nicht das Gegenteil.«

»Es ist ja auch nicht so, dass ich mich für dumm halte. Wenn ich eine Vorlesung an der Uni besuche, höre ich zwar viele Dinge, die ich nicht richtig verstehe, aber ich versuche dann, alles in Büchern nachzulesen. Aber wenn ich mit meinen Freunden zusammen bin, lasse ich mir trotzdem oft das Gefühl vermitteln, dass sie viel mehr von der Welt verstehen als ich. Und wenn ich dann mal versuche, sie zu beeindrucken, endet es so wie heute. Ich fühle mich manchmal einfach … fehl am Platz.«

Ihre Schritte hatten sich immer mehr verlangsamt, jetzt blieb sie endgültig stehen. Er tat das auch, wenn auch nur, um ihre Schultern energisch zu umfassen, sie eindringlich anzusehen. Er schien etwas zu suchen – etwa die mutige, selbstbewusste Luise, die sie einst gewesen war? Oder die kluge, belesene Luise, die sie gerne werden wollte?

Am Ende sagte er nur: »Geht mir genauso.«

Obwohl sein Blick immer noch auf sie gerichtet war, schien er sie kurz nicht wahrzunehmen.

»Ich bin in Israel nie angekommen«, sagte er leise, »nicht ganz zumindest, ein Teil von mir blieb in Deutschland. Nur ist Israel kein Land, das Halbheiten gestattet. Dort muss man für etwas brennen – ob für die Religion oder den Zionismus, den Krieg oder die Landwirtschaft.«

»Eva hat erzählt, du bist Schauspieler.«

»Dass die Bühne zu meinem Exil wurde, macht umso deutlicher, dass ich keine Heimat habe. Wenn ich dort in fremde Rollen schlüpfe, bin ich mehr bei mir als im wahren Leben.«

Wahrscheinlich erzählte er ihr das nur, weil er nachträglich den Boden bereiten wollte, auf dem ihr Geständnis nicht gar so hart aufprallte.

»Du hast zumindest immer gewusst, was du werden willst«, sagte sie. »Ich weiß das nicht. Eine Weile habe ich Ella nachgeeifert, inzwischen eher Rosie und Thilo. Aber eigentlich ist es keine Großtat, auf Bäume zu klettern … die wahre Kunst ist es, selber welche zu pflanzen.«

»Glaub mir, ich weiß längst nicht mehr so genau, was ich will. Ich stecke seit gefühlten Ewigkeiten in Deutschland fest und weiß immer noch nicht, ob ich hier bei meinem Vater bleiben oder ihn hier allein zurücklassen soll. Anfangs dachte ich, die Entscheidung würde mir ohnehin abgenommen – weil es ihm rasch schlechter oder besser gehen würde. Und mit der Zeit habe ich mich daran gewöhnt, sie vor mir herzuschieben. Mein Vater hat zwar gesagt, dass ich auf ihn keine Rücksicht nehmen soll, sondern mein Leben leben. Doch das *eigene* Leben zu leben und nicht bloß das, was andere oder schlichtweg das Schicksal einem vorgeben, erscheint mir fast unmöglich. Und da sind so viele Stimmen, die auf mich einprasseln. Die einen nennen es Verrat, in Deutschland zu bleiben. Für andere ist es zwar kein Verrat, aber ein Abstieg. Wieder andere geben zu, dass Israel nicht das erhoffte Paradies ist, wo Milch und Honig fließen, dass der Kampf um jedes Stückchen Erde zermürbend ist und dass man auch als Jude das Recht hat, müde zu sein. Doch je mehr Stimmen ich vernehme, desto schweigsamer werde ich selbst. Und alles darf ein Schauspieler sein, nur nicht stumm.« Ein glucksendes Lachen stieg in ihm hoch, doch sein Blick blieb leer. »Was für Unsinn ich da rede. Da gebe ich vor, stumm zu sein, und plappere die ganze Zeit. Ich will dich nicht mit meinen Problemen belasten. Besser, du beeilst dich, nach Hause zu kommen. Eva hat mir gesagt, wo du wohnst, du kannst die Straßenbahn nehmen, oder?«

Sie nickte, nannte aber nicht die nächstliegende Station, sondern eine, wohin sie noch ein Stückchen laufen mussten. Es tat zu gut, mit jemandem zusammen zu sein, dem sie nichts vormachen musste – und der ihr selbst nichts vormachte. Zwar schwiegen sie kurz, als sie weitergingen, aber selbst dieses Schweigen war wohltuend.

Irgendwann drängte die Neugierde sie doch dazu, den Mund wieder aufzumachen. »Hast du Deutschland eigentlich vermisst?«, wollte sie wissen und verschloss die Lippen, ehe sie auch hinzufügen konnte: Hast du mich vermisst? Ella?

»Vor allem die deutsche Sprache hat mir gefehlt«, antwortete er leise. »In Israel ist es nicht nur verpönt, deutsch zu sprechen, ob im Alltag oder auf der Bühne, man sieht es auch nicht gerne, wenn jemand deutsche Texte liest. Auf Kioske, die deutsche Zeitungen verkauften, wurden schon Anschläge verübt.«

Erschrocken sah sie ihn an. »So schlimm ist es?«

Er zuckte mit den Schultern. »Ich habe immer auf Deutsch geträumt. Vielleicht ist nicht die Bühne mein Exil, sondern sind es meine Träume.«

Sie hatten die Hauptwache erreicht, und sie würde es nicht ewig aufschieben können, sich wieder von ihm zu trennen, jene kostbare Zeitspanne zu beenden, da schonungslose Ehrlichkeit nicht Scham verhieß, sondern einen gewissen Frieden, auch Freiheit.

»Wie … wie kann ich mich dafür revanchieren, dass du mich gerettet hast?«

»Gerettet? Ist das nicht ein zu großes Wort für das, was passiert ist?«

»Ein schlichtes Danke erscheint mir jedenfalls zu wenig.«

»Nun, mir fiele schon ein, welchen Gefallen du mir tun könntest.«

Sie wäre zu allem bereit gewesen, doch als er den Wunsch nannte, wusste sie, es würde keine Überwindung, sondern eine tiefe Freude sein, ihm diesen zu erfüllen.

»Das heißt, du bleibst nun doch in Deutschland.«

»Es heißt nur, dass ich mich weiterhin nicht entscheide.«

Als die Straßenbahn kam, hätte sie ihn gerne umarmt, aber sie begnügte sich damit, seine Hand zu nehmen und zu drücken. »Vielleicht verhält es sich mit unseren Wünschen und Träumen und Sehnsüchten wie mit den Buchstaben«, hörte sie sich plötzlich sagen.

»Wie meinst du das?«, fragte er erstaunt.

»Wir dürfen sie nicht fangen wollen, denn dann entwischen sie uns. Wir müssen Verstecken spielen, dann werden sie neugierig auf uns und kommen uns suchen.«

Sein versonnenes Lächeln verriet ihr, dass er sich an den Rat, den er ihr damals beim Lesenlernen gegeben hatte, noch gut erinnern konnte.

Der starke Geruch eines Desinfektionsmittels lag in der Luft, darunter nahm Ella eine süßlich-modrige Note wahr. Das

Korklinoleum auf dem Boden war wohl erst vor Kurzem verlegt worden, denn es wies noch keinen Kratzer auf. Die Wände dagegen schienen schon länger nicht mehr ausgemalt worden zu sein. Etliche Bilder hingen an den Wänden, mit abstrakten Motiven und farbenfroh, und einen heimeligen Eindruck wollte man wohl auch mit kleinen runden Tischen, auf denen Blümchen standen, und darum gruppierten Stühlen erwecken.

Ella war nicht sicher, ob es echte oder welche aus Plastik waren, und sie streckte die Hand nach einem Blütenblatt aus. Bevor sie es befühlen konnte, traf eine Stimme sie.

»Kann ich Ihnen helfen?«

Als sie herumfuhr, trat eine junge Frau in weißer Schwesterntracht und einer dunkelblauen Strickjacke auf sie zu.

Ella nannte ihr Anliegen.

»Werden Sie denn erwartet?«

Sie zögerte kurz. »Nein, es … es handelt sich um einen Überraschungsbesuch.«

»Dann muss ich erst nachfragen, ob das in Ordnung ist. Wen darf ich ankündigen?«

»Ella Reichenbach … nein, sagen Sie Elsbeth Reichenbach. Herr Stein kannte mich schon, als ich noch ein kleines Kind war.«

Die Schwester nickte und bedeutete Ella, sich zu setzen. Ella befühlte endlich die Blütenblätter, konnte aber nicht sagen, ob sie echt waren oder nicht.

Sie konnte auch nicht sagen, ob es richtig war hierherzukommen. Sie hatte sich darauf vorbereitet, indem sie alles über das jüdische Altersheim in der Gagernstraße 35 herauszufinden versucht hatte.

Als es 1914 als jüdisches Krankenhaus gegründet worden

war, war es mit modernsten Apparaten ausgestattet worden, so einer Desinfektionsanlage, die die Desinfektion ganzer Betten ermöglichte.

Im Rahmen der sogenannten Arisierung hatte die Stadt Frankfurt im April 1939 das Gelände der jüdischen Gemeinde abgekauft – um es nach dem Krieg als eines der ersten jüdischen Besitztümer wieder zurückzugeben. Doch die Versuche, daraus wieder ein Krankenhaus zu machen, waren gescheitert. Einige Räumlichkeiten nutzte man mittlerweile als Kindergarten, in anderen befand sich das Altersheim.

Auf dem Weg über den Hof hatte sie Kinderstimmen gehört, und an einem der Fenster hatten Scherenschnitte gehangen. Hier herrschte Stille, nachdem die Schritte der Schwester verhallt waren. Nur plötzlich war da ein hoher Ton, zwar kaum hörbar, aber stetig. Sie hielt ihn zunächst für das Surren eines Geräts, doch als sie sich etwas vorbeugte, blickte sie durch die offene Tür in einen Aufenthaltsraum, und dort saß eine alte Dame, den Mund leicht geöffnet, die Augen starr und groß, die fortwährend diesen klagenden Laut ausstieß.

Ella trat möglichst leise in den Raum, um die Frau nicht zu erschrecken. Die Möbel – Stühle, Tische und auch die Regale an den Wänden – waren mit einem Firnis aus Schellack überzogen, damit kein Staub und Schmutz haften bleiben konnten. Ein steriler, fast schon toter Raum schien das zu sein, in dem das Leben keine Spuren hinterlassen konnte.

»Guten Tag«, sage Ella leise und war nicht sicher, ob die alte Dame sie überhaupt wahrnahm. Der Ton riss nun immer wieder ab, klang mehr wie ein Wimmern. Verspätet erkannte Ella, was der Frau so zusetzte. Vor ihr stand ein Teller mit einem Stück Kuchen, und sie schaffte es zwar, mit der Gabel ein Stück davon abzustechen, doch immer wenn sie sie zum Mund hob, rutschte das Kuchenstück von der Gabel und landete auf ihrem Schoß.

»Kann ich Ihnen helfen?«

Weiterhin keine Reaktion, obwohl Ella nun behutsam auf dem Stuhl gegenüber Platz genommen hatte. Auf dem Teller lagen fast nur noch Krümel.

»Ich möchte Ihnen wirklich gerne helfen«, sagte Ella eindringlicher.

Der Blick der alten Dame klarte auf, und sie starrte Ella an. Sie wirkte nicht nur überrascht, auch ein wenig ängstlich. Jedenfalls war sie nicht länger blind für sie. Sie ließ die Gabel abrupt auf den Boden fallen. Ella bückte sich, überlegte kurz, ob sie eine neue beschaffen sollte, allerdings war der Boden sehr sauber. Sie spießte ein winziges Stück vom Kuchen auf, führte es zum Mund der alten Dame. Kurz schlossen sich deren Lippen, fast schon misstrauisch, weil die Köstlichkeit sie nun tatsächlich erreichte, doch dann sperrte sie den Mund ganz weit auf, schnappte gierig nach dem Stückchen und seufzte genießerisch, während sie kaute. Doch gerade als Ella das nächste Stück aufspießen wollte, weiteten sich die Augen der Frau, und nun war unverhohlene Angst darin zu lesen.

»Verhungern!«, keuchte sie. »Sie lassen mich verhungern! Sie rauben mir mein Essen!«

»Aber nicht doch, ich will Ihnen wirklich nur …«

»Alle verhungern sie, bis sie nur noch Haut und Knochen sind, und was wir kriegen, ist vergiftet … diese Magenkrämpfe … der Weg zum Abort … er ist so weit …«

Der klagend hohe Ton war nun viel lauter.

Ella legte die Gabel schnell wieder zurück auf den Teller, und während sie noch hilflos die alte Frau anstarrte, kehrte die Schwester zurück. »Ich wollte sie nicht aufwühlen, ihr nur beim Essen helfen, ich … ich …«

Die Schwester nickte beschwichtigend in ihre Richtung, dann trat sie auf die alte Dame zu, umschlang sie von hinten und hielt sie ganz fest. Mit dem Zittern erstarb auch der Ton.

»Ganz ruhig, Frau Goldmann, Sie machen das gut. Man will Sie vergiften, aber Sie fallen nicht darauf herein. Nein, Sie werden keine Magenkrämpfe bekommen, Sie bleiben gesund, und später gebe ich Ihnen ein Stück Brot, Sie wissen ja, von mir dürfen Sie es nehmen.«

Langsam wiegte sie sie vor und zurück, bis die andere sich endgültig beruhigt hatte. Der Blick war wieder leer und verschlossen, sie griff kein weiteres Mal nach der Gabel.

»Kommen Sie mit«, sagte die Schwester zu Ella.

»Sie denkt, man will sie vergiften?«, fragte Ella auf dem Gang. »Hat sie etwa mit Absicht den Kuchen auf ihren Schoß fallen lassen?«

»Man kann sich nie sicher sein, was im Kopf eines Patienten vorgeht. Aber es ist wichtig, ihnen ihre Vorstellungen zu lassen und nicht zu widersprechen, das würde sie zu sehr verwirren.« So zügig sie zunächst gegangen war, nun verlangsamten sich ihre Schritte, und sie drehte sich nach Ella um. »Sie wissen meist nicht einmal, wo sie sind. Sicher, manchmal ist das eine Gnade. Dass sie dem harten Leben in Israel nicht gewachsen waren und ausgerechnet nach Deutschland zurückkehrten, weil sie hier einen deutlich behüteteren Lebensabend verbringen können, empfinden viele als Schande. Aber es kommt vor, dass sie sich in ihren Erinnerungen verirren, dann wähnen sie sich plötzlich im KZ, aus mir wird eine Wärterin und aus den Sanitärräumen ein Folterkeller.«

Der eigentümliche Singsang verriet, dass Deutsch wohl nicht ihre Muttersprache war.

»Und ich war so gedankenlos, einfach deutsch zu sprechen«, sagte Ella kleinlaut, »ich weiß, dass man Menschen allein damit in Angst und Schrecken versetzen kann.«

»Bei den Frankfurter Juden ist das nicht so schlimm, sie sind mit dieser Sprache aufgewachsen. Es gilt nur zu vermeiden, dass sie jemanden in Uniform sehen oder dass sie das, was ihr Gegenüber trägt, für eine halten. Manch einer bricht fast zusammen, wenn er einem Postboten gegenübersteht.« Sie ließ ihren Blick über Ella schweifen, doch deren rot geblümte Bluse stellte keine Gefahr dar. »Naphtali Stein freut sich sehr, Sie zu sehen. Viele unserer Bewohner haben hierzulande keine Verwandten mehr. Das Einzige, worauf sie sehnsüchtig warten, ist Luftpost aus Israel. Es ist oft sehr traurig mitanzusehen, wie sie immer mehr vereinsamen.«

Sie seufzte, klopfte dann an eine Tür, öffnete nach einer Weile auch ohne ausdrückliche Erlaubnis.

Obwohl ihm Besuch angekündigt worden war, schien Naphtali Stein sie nicht zu erwarten. Er saß an einem Tischchen am Fenster, starrte hinaus und drehte sich nicht um, obwohl die Schwester energisch erklärte. »Hier bringe ich Ihnen nun Elsbeth Reichenbach.«

Als immer noch keine Reaktion kam, hob sie entschuldigend die Schultern. »Nun ja, manchmal ist er da und manchmal nicht.«

Sie verließ den Raum, ließ aber die Tür offen stehen. Das Schweigen gab Ella Zeit, das Zimmer in Augenschein zu nehmen, es war nicht sonderlich groß, die Wände hatten ein freundliches Gelb. Im Innenhof, zu dem das Fenster führte, wogten etliche Bäume im Frühlingswind. So beklommen sich Ella gerade noch gefühlt hatte – Naphtalis Anblick war ihr tief vertraut.

Seine Haare waren schütterer geworden, aber er trug einen schwarzen Mantel wie einst … und einen schwarzen Hut. Wie deutlich ihr jener Tag vor Augen stand, als sie ihn im Lager Zeilsheim getroffen hatte und es ihr gelungen war, sein Schweigen zu brechen. Es war kaum eine Überwindung, zu ihm zu treten, auf dem zweiten Stuhl am Tischchen Platz zu nehmen. Auch hier stand eine Pflanze, und ein süßlicher Geruch verriet, dass sie echt war. Ella zog eine kleine Packung Bethmännchen – eine Frankfurter Spezialität – aus ihrer Tasche und schob sie vor ihn. »Die … die habe ich Ihnen mitgebracht. Ich dachte, so was kriegen Sie hier wahrscheinlich nicht.«

Keine Reaktion.

»Können Sie sich an mich erinnern? Ich bin Klara Reichenbachs Tochter. Als ich ein Kind war, haben Sie immer Späße getrieben und Ihren Hut auf einem Finger kreisen lassen. Und Sie haben mir jiddische Reime beigebracht.«

Weiterhin kam keine Reaktion, doch als sie verstummte, drehte er sich langsam zu ihr um. Seine Augen wirkten starr und blind, doch um seinen Mund tanzte ein Lächeln, das spitzbübisch wirkte, auch ein wenig wehmütig. Er öffnete den Mund, brachte aber nichts hervor. Er schien weniger um die richtigen Worte zu ringen als um die Entscheidung, in welcher Sprache er sprechen sollte. Das erste Wort kam auf Jiddisch, das zweite auf Hebräisch, dann folgte nach längerem Zögern plötzlich ein ganzer deutscher Satz: »Ari hat ständig an Sie gedacht.«

Das Bekenntnis kam so unvermittelt, dass sie zusammenzuckte. Sie war nicht wegen Ari hier und konnte nun doch nicht anders, als atemlos zu fragen: »Er hat von mir gesprochen?«

Das Lächeln wurde breiter. »Eigentlich so gut wie nie. Aber das hat nichts zu bedeuten. Gedanken sind oft lauter als Worte.«

Kurz erschien ihr das widersinnig, aber dann glaubte auch sie, seine Gedanken zu hören ... seine Erinnerungen vor sich zu sehen. Wie er im Reichenbachverlag ein und aus ging, Bücher über die Geschichte des jüdischen Frankfurt veröffentlichte, eines Tages Klara Reichenbach seinen Sohn anvertraute, weil dies die einzige Möglichkeit war, ihn zu retten.

»Ihre Lebenserinnerungen ...«, setzte Ella an. »Erinnern Sie sich, dass ich sie damals nach dem Krieg aufgeschrieben und verlegt habe? Nicht viele Menschen haben sich dafür interessiert. Bei Veranstaltungen in meiner Buchhandlung habe ich daraus vorgelesen und wurde beschimpft, weil ich gewagt hatte, an diesem dunklen Kapitel der Geschichte zu rühren. Aber ich glaube, die Zeiten haben sich geändert, die Menschen sind empfänglicher geworden. Selbst die, die nichts vom Nationalsozialismus oder dem Auschwitzprozess hören wollen, zeigen sich bewegt, wenn es nicht um Politik, sondern das Schicksal einzelner Familien geht. Familien wie Ihre.« Sie war nicht sicher, ob sie ihn erreichte, denn sein Blick war wieder auf die Bäume hinter dem Fenster gerichtet. Aber das Lächeln schwand nicht.

Sie griff nach ihrer Tasche, zog das Büchlein heraus, um es neben die Bethmännchen zu legen. Sie atmete tief durch, ehe sie ihr Anliegen aussprach: »Ich würde das Buch, das ich damals veröffentlicht habe, gerne neu auflegen lassen. Gewiss, ich führe keinen Verlag mehr, aber ich habe gute Kontakte, ich könnte einen anderen finden. Ich denke allerdings, dass es notwendig ist, die bisherige Fassung zu erweitern. Es sollte nicht nur darum gehen, was Ihrer Familie im Krieg zugestoßen ist, auch Ihr Leben vor dem Krieg sollte geschildert und ein Ausblick auf Ihr Leben in Israel gegeben werden. Im Mittelpunkt, so habe ich mir überlegt, soll allerdings Ihre Tochter stehen. In Deutschland kennen viele Menschen mittlerweile Anne Frank und sind von ihrem Schicksal tief bewegt worden. Ich denke, man muss das Bewusstsein dafür schärfen, dass es viele andere junge Mädchen wie sie gab, die ihr ganzes Leben noch vor sich hatten und umgekommen sind. So wie … so wie …«

Plötzlich erschien es ihr vermessen, den Namen von Johanna auszusprechen, auch zu hoffen, dass sie ganz einfach anknüpfen könnte an jenem Tag in Zeilsheim, als sie die Erste war, der er alles berichtet hatte.

Er selbst schien in seinem Gedächtnis nach dem Namen zu suchen, blickte weiter aus dem Fenster, dann hoch zur Decke, ganz flüchtig nur auf das Tischchen, wo neben der Blumenvase und der Süßigkeit nun das Buch lag, schließlich auf den Boden.

»So schmutzig«, sagte er, »der Boden ist schmutzig. Man kann keinen Schritt machen, ohne in den Dreck zu steigen.«

Sie folgte seinem Blick, stellte fest, dass neuer Linoleumboden verlegt war, und wie die Schlieren bewiesen, musste erst kürzlich frisch gewischt worden sein. Sie wollte schon widersprechen, als ihr die Worte der Schwester in den Sinn kamen.

»Ja«, sagte sie, »ja, das stimmt, aber wenn Sie wollen, kann ich einen Besen holen und kehren.«

Nun folgte ein Laut, der fast wie ein Kichern klang. »Kehren nützt doch nichts, man wird den Sand nicht los, ständig knirscht es unter den Füßen.«

Sie begriff, dass er in Gedanken nicht im KZ war, wie sie kurz vermutet hatte, sondern in Tel Aviv. »Ja«, sagte sie, »der Sand knirscht, aber man gewöhnt sich daran.«

»Nicht an die Nussschalen ... alles ist voller Nussschalen. Ich verstehe die Menschen nicht, sie essen die Nüsse und lassen einfach die Schalen fallen, vorzugsweise im Bus. Es macht ihnen nichts aus, wenn sie drauftreten, obwohl sie nicht mal feste Schuhe tragen, nur Sandalen. Sie merken nicht, wie es knackt und knirscht.«

Er hob den Blick, auch seine Hände, fuhr sich an die Ohren, aber was immer er hörte, er konnte die Laute nicht dämpfen. Der Lärm kam nicht von außen, er war in seinem Kopf. Er riss den Mund weit auf, als wollte er etwas loswerden – mit Worten, Weinen, Seufzen. Doch sein Leid fand nicht den Weg aus dem Mund hinaus.

Plötzlich ließ er die Hände sinken, legte sie nicht auf den Tisch, sondern auf das Büchlein. Um es an sich heranzuziehen oder wegzuschieben?

»Diese Neuauflage«, sagte Ella schnell, »würde ich niemals ohne Ihre Zustimmung herausbringen. Ich wäre darauf angewiesen, dass Sie noch mehr erzählen, damit ich die Ereignisse ausführlicher darstellen kann. Ich weiß natürlich nicht, was Sie davon halten, ob Sie überhaupt wollen ...«

Sie brach ab, als sie sah, wie er den Mund wieder zuklappte. Vergeblich suchte sie nach einem Zeichen der Zustimmung oder zumindest, dass er sie verstanden hatte. Ihr fester Wille, nicht länger Trübsal zu blasen, sondern etwas zu tun, was durch und durch sinnvoll war, für das sie brannte, das ihr half, wieder heimisch zu werden in ihrem eigenen Leben, schien sich an dem ausdruckslosen Gesicht aufzureiben.

»Ich will das nicht nur für mich tun …«, murmelte sie, »auch für Sie … für Ihre tote Frau … für Johanna.«

Sie schien den Namen nicht zu sagen, er fiel ihr einfach aus dem Mund. Kurz war sie erschrocken darüber, doch in seinem Gesicht spiegelte sich dieses Erschrecken nicht. Seine Hand löste sich von dem Büchlein, erstmals sah er sich nicht nur das Buch genau an, sondern betrachtete auch sie. In seinem Blick stand ein wenig von jenem Misstrauen der alten Frau vorher, als handelte es sich um ein vergiftetes Kuchenstück.

»Am besten, Sie denken in Ruhe über meinen Vorschlag nach. Wenn Sie nicht wollen, dass ich Johannas Geschichte erzähle, werde ich Sie nicht wieder behelligen.«

Sie erhob sich langsam, zögerte, wollte das Buch wieder ergreifen und in der Tasche verstauen, ließ es dann aber liegen. Sie hatte sich schon abgewandt und war zur Tür gegangen, als plötzlich ein weiterer Name fiel.

»Elsbeth …«, sagte er.

Als sie sich umdrehte, hatte er seinen schwarzen Hut vom Kopf genommen und ließ ihn auf seinem Zeigefinger kreisen. Der Finger zitterte, aber der Hut fiel nicht auf den Boden.

Ein Lachen stieg in ihr hoch. Es zersprang zwar in ihrem Mund, ehe sie es heil über die Lippen brachte, aber lächeln konnte sie – und er konnte auch.

»Elsbeth«, sagte er, und der Hut drehte und drehte sich, »komm morgen wieder … dann erzähle ich dir alles, was du wissen willst.«

»Das freut mich sehr«, erwiderte sie, zögerte wieder. »Aber Ari sagen wir besser nichts davon.«

Ihr Lächeln schwand, doch er sah weiter amüsiert drein, als er ihr verschwörerisch zunickte.

8. KAPITEL

»Und«, fragte Ari, »wie fandest du's?«

Luise zuckte mit den Schultern. »Ganz gut.«

»Du kannst gerne ehrlich sein«, meinte er schmunzelnd.

»Na ja«, gestand sie ein. »Ich bin mir bewusst, dass es noch schlimmer hätte werden können. Ich kann mich noch an ein ganz spezielles Happening in Köln erinnern: Der Koreaner Nam June Paik setzte damals mit einem markerschütternden Schrei eine Sanduhr in Gang, schleuderte weiße Bohnen ins Publikum, schüttete sich eine Tüte Mehl über, tauchte in eine Wanne mit Wasser und spielte klatschnass auf dem Flügel das *Gebet der Jungfrau.*«

»Und du warst dabei?«

»Nein, ich habe nur einen Artikel in der *Frankfurter Allgemeinen Zeitung* darüber gelesen. Ella und ich haben uns kaputtgelacht, auch wenn uns das vielleicht zu Kunstbanausen macht.«

Sie biss sich auf die Lippe, sparte sie doch den Namen ihrer Schwester meist aus. Sie tat es, um Ari zu schonen, doch das war nur die halbe Wahrheit. Für sie war es nicht minder schmerzhaft, an Ella zu denken.

Gerade wirkte Ari aber nicht kummervoll, eher nachdenklich: »Willst du dich nicht doch mit ihr aussöhnen?«

»Du willst es doch auch nicht.«

»Ella und ich haben lange Zeit getrennt voneinander gelebt. Aber ihr seid Schwestern.«

»Ich glaube, ich will lieber über das heutige Stück diskutieren«, sagte sie und beschleunigte den Schritt.

Wie immer brachte er sie nach der Aufführung nach Hause, und wie immer war es sehr bereichernd, mit ihm den Abend Revue passieren zu lassen.

Seit er sie vor mehreren Monaten gerettet hatte, gingen sie regelmäßig miteinander ins Theater, und er bezeichnete diese Treffen als Höhepunkt seiner Woche. Tagsüber arbeitete er in der jüdischen Gemeinde, verriet allerdings nie, was genau er dort machte. Er behauptete, man hätte ihm aus reinem Mitleid einen Gnadenposten verschafft, weil er wegen seines Vaters nicht zurück nach Israel könne und irgendwie Geld verdienen müsse. Die Arbeit dort war Routine – seine wahre Leidenschaft galt immer noch dem Theater. Und wenn er schon keine Gelegenheit hatte, selbst als Schauspieler auf der Bühne zu stehen, wollte er zumindest die hiesige Theaterszene besser kennenlernen. Sie war ihm völlig fremd geworden, denn die Theaterhäuser seiner Jugend gab es nicht mehr: Das Schumanntheater war 1961 einem Bürogebäude gewichen, das einstige Schauspielhaus zu einem nüchtern kargen Glaskasten umgebaut worden. Dafür gab es neue Bühnen, die Frankfurt zum Zentrum des Avantgardetheaters schlechthin machten.

Luise war früher oft mit Ella im Theater gewesen, und ihre Kommilitonen sprachen ständig über die neuesten Inszenierungen, sodass sie gegenüber Ari mit allerlei Wissen auftrumpfen konnte.

Nur auf den hiesigen städtischen Bühnen wurden Stücke von Bertolt Brecht gespielt, sonst nirgendwo in der Bundesrepublik, und man setzte dort ebenso auf Friedrich Dürrenmatt und Max Frisch. Das konservative Publikum, das Schiller und Goethe bevorzugte, war schon davon verstört. Es wäre wohl in Ohnmacht gefallen, hätte es jemals das TAT betreten, das Theater am Turm, das neuerdings unter der Leitung von Intendant Claus Peymann stand. Außerdem gab es die *neue bühne*, über die ein Germanistikprofessor unter lautem Protestgeheule der Studierenden mal gespottet hatte, bei der Namensgebung seien wohl die Großbuchstaben knapp geworden. Jedenfalls war die *neue bühne* mittlerweile weit mehr als das studentische Laientheater, als das sie ursprünglich gegründet worden war. Nicht nur ungewöhnliche Bühnenbilder lockten vorzugsweise ein junges Publikum an – nach den Aufführungen trafen sich die Schauspieler im alten Café, das sich in einer Villa an der Bockenheimer Warte befand. Nicht selten besuchte man hinterher noch die Buchhandlung gleich nebenan, wo sozialistische Klassiker auch spätabends erhältlich waren.

»Das nenne ich eine Buchhandlung«, hatte Thilo einmal gesagt. »Alles andere hier in Frankfurt ist bestenfalls ein Kiosk der bürgerlichen Bequemlichkeit.«

Seine Wortschöpfung hatte ihm so gut gefallen, dass er sie an diesem Abend noch mehrmals gebraucht hatte. Luise hatte sich auf die Lippe beißen müssen, weil das Bedürfnis, das *Bücherreich* ihrer Schwester zu verteidigen, unerwartet groß gewesen war.

Claus hatte schließlich eingeworfen: »Du bist doch auch zu bequem, um Marx' Kapital zu lesen.«

»Was ist deiner Meinung nach wichtiger? Es auswendig lernen oder danach handeln?«

»Nicht streiten, Jungs«, hatte Rosie ihnen Einhalt geboten –

worüber Luise insgeheim erleichtert gewesen war. Dass die Debatten stets um die gleichen Themen kreisten und von jeder Seite immer die gleichen Argumente kamen, fand sie mittlerweile oft ermüdend. Oder zumindest nicht so interessant und belebend wie die Gespräche, die sie mit Ari führte.

Heute hatten sie im TAT eines der bislang erfolgreichsten Stücke, bei dem Claus Peymann Regie geführt hatte, gesehen – Peter Handkes *Publikumsbeschimpfung*.

»Wie fandest du's nun?«

»Etwas … anstrengend. Ich meine, der Text, den die vier Sprecher vortrugen, war weitgehend handlungslos.«

»Immerhin haben sie ihn rhythmisch dargeboten.«

»Trotzdem verstehe ich nicht, warum gerade dieses Stück so erfolgreich ist. In den Feuilletons war immerhin vom größten Theaterereignis des Jahres die Rede, von einer echten Sensation. Liegt das wirklich am Inhalt – nicht vielmehr daran, dass das Publikum bei der Uraufführung so kontrovers reagierte, dass am Ende Pfiffe wie Jubel ertönten und der Autor sich an die Rampe setzte und Kusshände sandte?«

Ari musste lachen. »Ich nehme an, seinen Ruhm verdankt das Stück auch etwas anderem. Wusstest du, dass die Truppe nach der Uraufführung in einer Spelunke im Rotlichtviertel feierte? Und dass sich Peter Handke mit der Bedienung anlegte und deswegen hochkant rausflog? Auf der Straße forderten er und die anderen laut ihr Recht ein, und als die Polizei angerückt kam, beschimpften Handke und die Theatergruppe sie als Nazipolizei und landeten prompt in einer Zelle. Ich würde behaupten, ein Claus Peymann hätte solch einen Skandal nicht besser inszenieren könnte. Kaum eine Zeitung hat nicht darüber berichtet, und das hat natürlich viele Menschen neugierig gemacht. So oft kommt es ja nicht vor, dass ein bekannter Autor verhaftet wird.«

Luise stimmte in sein Lachen ein. »Brecht habe ich jedenfalls lieber – wann sehen wir das nächste Stück?«

Aris Lächeln schwand, seine Schritte verlangsamten sich, und im Schein einer Straßenlaterne blieb er endgültig stehen, um sie sinnend zu betrachten. »Ich bin dir wirklich dankbar, Luise, dass du mich mit der hiesigen Theaterszene vertraut gemacht hast. Ich denke, ich habe jetzt einen guten Überblick gewonnen.«

Obwohl er es nicht aussprach, spürte sie, was in ihm vorging. »Deine Sehnsucht nach der Bühne wurde dadurch aber nicht gestillt. Im Gegenteil.«

Er rang um eine Antwort, schien sie nicht zu finden, konnte das, was ihm auf dem Herzen lastete, zumindest nicht mit eigenen Worten einfangen. Zuletzt tat er es mit fremden, indem er anfing, einen Text zu zitieren.

»Das ist mein Streit:
Sehnsuchtgeweiht
Durch alle Tage schweifen.
Dann, stark und breit,
Mit tausend Wurzelstreifen
Tief in das Leben greifen –
Und durch das Leid
Weit aus dem Leben reifen,
Weit aus der Zeit!«

»Aus welchem Stück ist das?«

»Aus keinem. Es ist ein Gedicht von Rilke. Der Titel lautet *Mir*. Ich weiß nicht, ob dir Ella je davon erzählt hat – aber kurz nach dem Krieg habe ich im *Bücherreich* regelmäßig Gedichte und Balladen vorgetragen.«

Sie hatte nie davon gehört, hatte auch kaum noch Erinnerungen an das *Bücherreich* von damals, als es nur notdürftig eingerichtet war, nicht bloß die Regale fehlten – auch die Bücher darin. Ari dagegen schien alles ganz deutlich vor sich zu sehen.

Er zögerte, dann fuhr er mit samtener Stimme fort:

»Das ist die Sehnsucht: wohnen im Gewoge
und keine Heimat haben in der Zeit.
Und das sind Wünsche: leise Dialoge
täglicher Stunden mit der Ewigkeit.

Und das ist Leben. Bis aus einem Gestern
die einsamste von allen Stunden steigt,
die, anders lächelnd als die andern Schwestern,
dem Ewigen entgegenschweigt.«

Die Worte schienen aus seinem tiefsten Innersten zu kommen.

»Ist das auch von Rilke?«

»Ja«, sagte er knapp. »Der Titel lautet *Motto*.« Er fügte kein weiteres Gedicht hinzu, aber an seinem aufgewühlten Mienenspiel erkannte sie, dass ihm weitere Texte in den Sinn kamen – nicht bloß Gedichte, wohl auch Monologe aus berühmten Dramen. Blitzschnell folgte ein Gesichtsausdruck auf den nächsten, jedes Gefühl – Glück, Verzagtheit, triumphaler Rausch, Verlorenheit – war in sämtlichen Nuancen angedeutet.

»Tu dir keinen Zwang an«, sagte Luise lächelnd. »Ich würde dir gerne weiter zuhören, auch wenn du ein viel größeres Publikum verdient hättest.«

Doch der Strom an Versen war versiegt. Jetzt stand wieder der vertraute Ari vor ihr, der jeglichen Schmerz hinter einem verschmitzten und auch etwas unpersönlichen Lächeln verbarg.

»Du hast schon genug Zeit für mich geopfert. Ich weiß doch, dass du lieber mit deinen Freunden zusammen bist.«

»Ach Unsinn!«, entfuhr es ihr, und sie war selbst überrascht über die Vehemenz. Aber sie hatte die Theaterbesuche mit ihm nun mal nie als Pflichtübung betrachtet, fieberte ihnen inzwischen mehr und mehr entgegen. In welchem Kontrast sie zu den Abenden standen, die sie an Thilos Seite verbrachte! Angespannt war sie dann, kämpfte immer darum, ihm zu gefallen, hatte Angst, das Falsche zu sagen oder zumindest Rosie gegenüber abzufallen. Seit sie damals gescheitert war, die ID-Card an den Mann zu bringen, war es noch schlimmer als zuvor. Thilo war damals zwar nicht so wütend und enttäuscht gewesen wie Ernesto, der über die blöden, unzuverlässigen Weiber gewütet hatte, doch vom Ziel, als Studentin endlich ernst genommen zu werden, war sie immer noch weit entfernt. Drinks ließen sie sich alle gern von ihr spendieren – auf ihre Wortmeldungen legten sie weitaus weniger wert. Und das lag wohl nicht daran, dass sie nichts zu sagen hatte, sondern sich einfach nicht so gekonnt zu inszenieren wusste.

Welche Wohltat waren daran gemessen die Stunden mit Ari. Inmitten von anspruchsvollen Prüfungsvorbereitungen für die Uni und der kräftezehrenden Arbeit im Café fühlten sie sich wie Urlaub an. Sie genoss es nicht nur, freiheraus sagen zu können, was sie dachte, sondern dass dem Denken selbst keinerlei Grenzen gesetzt waren. Wie oft Ernesto aufheulte, wenn sie eine Bemerkung einwarf, die Thilo wahlweise als imperialistisch oder bourgeois abtat. Sich mit Ari zu unterhalten war dagegen ein müheloser Austausch, bei dem sie viel lernte. Längst sprachen sie nicht nur über die Stücke, er erzählte auch von sich. Anfangs ging es vor allem um seine Jugend und die Kriegsjahre, und er hatte manche Lücke in ihrer Familiengeschichte schließen können, indem er nicht nur von Ellas Vergangenheit berichtete, sondern auch von der ihrer Eltern. Später beschrieb er ihr sein Leben in Israel und erzählte viel über dieses einzigartige Land, das uralt und blutjung zugleich schien, von glühenden Zionisten und streng orthodoxen Juden bewohnt wurde, in das es ihn zurückzog und das ihn zugleich abstieß. Nach jedem Treffen mit Ari fühlte sie sich klüger, ganz anders als in der Gesellschaft ihrer Freunde, die stets die gleichen Phrasen ausspuckten, ähnlich wie ein Stollwerckautomat die Schokolade, nur dass nichts Süßes rauskam, lediglich Bitterkeit.

»So spannend finde ich meine Freunde gar nicht mehr«, sagte sie soeben. »Manchmal finde ich das ewige Kreisen um die gleichen Themen so … langweilig.«

Ari neigte den Kopf, wie es ihm eigen war. In solchen Momenten schien er ihr kein erwachsener Mann zu sein, eher ein kleiner Junge, dessen Blick auf die Welt erfrischend war und nicht abgestumpft und routiniert.

»Sprecht ihr nicht ständig über den Vietnamkrieg, den Faschismus, den Auschwitzprozess? Sind das nicht alles wichtige Themen?«

»Reden ist ja schön und gut, aber ich bin der Meinung, dass vor dem Reden das Lesen kommt, und von Claus abgesehen sind sich alle irgendwie zu schade dafür.«

»Man merkt, welcher Familie du entstammst.«

Er ging wieder weiter, und Luise folgte ihm nachdenklich. Wann immer sie in den letzten Monaten ihre Schwester schmerzlich vermisst hatte, hatte rasch der Trotz überwogen, und sie hatte sich gesagt, wie gut es war, auf eigenen Beinen zu stehen. Etwas schwerer fiel es ihr, damit umzugehen, dass sie auch die Buchhandlung vermisste oder vielmehr das, was das *Bücherreich* lange Zeit für sie gewesen war – ein behaglicher Ort, wo man vor allen Nöten des Lebens sicher war, Ablenkung finden, aber auch den Geist nähren und seinen Wissensdurst stillen konnte. Wann genau hatte sich das verändert, hatte sie die Buchhandlung nur mehr als verstaubtes Museum betrachtet, wo sie nicht frei atmen konnte? Schon als sie die Lehre begonnen hatte?

Irgendwann hatte sich ihr Augenmerk jedenfalls auf sämtliche Ärgernisse dort gerichtet – den antiquierten Verkaufstresen, die prall gefüllten Ratgeberregale, den Mangel an linker Literatur. Doch wenn sie jetzt an die Vergangenheit dachte, stiegen andere Bilder in ihr hoch, zum Beispiel wie sie als Kind nach der Schule in die Buchhandlung gegangen war, um ganz hinten in der Ecke auf einem hohen Bücherstapel ihre Hausaufgaben zu machen. Im Hintergrund war Ellas Stimme zu hören gewesen, die ihrer Kundschaft die neuesten Werke empfahl. Wie begeistert sie geklungen hatte, wie leidenschaftlich.

Hatte Ella irgendwann diese Begeisterung verloren – oder hatte sie sie nicht mehr herausgehört?

»Ich bin nicht sicher, ob ich das alles genug geschätzt habe«, hörte sie sich plötzlich sagen, »wie ich aufgewachsen bin. Nur kann ich mich manchmal des Gefühls nicht erwehren, dass Ella unsere Mutter irgendwie verraten hat. Ich meine, nicht nur, dass Klara Reichenbach dich versteckt und dir dadurch das Leben gerettet hat, wie ich erst jetzt erfahren habe … Die ganze Nazizeit über hat sie damals verbotene Bücher vor allem von jüdischen Autoren verkauft. Damit hat sie ihr Leben riskiert, ihren Beruf, das Familienunternehmen.«

Den Namen der Mutter auszusprechen erzeugte für gewöhnlich keinen so großen Knoten im Hals. Denn da Luise keinerlei bewusste Erinnerungen an ihre Mutter hatte, hatte sie sie nie wirklich vermisst. Und doch wuchs die vage Ahnung, dass es in ihrem Leben eine Lücke gab und Klara Reichenbach ihr fehlte.

Ari schien zu fühlen, was in ihr vorging.

»Ella war in den Jahren nach dem Krieg genauso mutig wie deine Mutter. Sie hat aus dem Nichts die Buchhandlung und den Verlag wieder aufgebaut, hat sich nicht gescheut, auf schwierige Themen zu setzen. Vielleicht konnte sie diesem Anliegen nicht treu bleiben, ich finde es schade, dass sie einen so dicken Schlussstrich unter die Vergangenheit gezogen und dir so vieles verschwiegen hat. Aber weißt du, wenn man älter wird, gleichen Träume nicht mehr so sehr schillernden Seifenblasen. Sie werden kleiner und handlicher, damit man sie in die Tasche packen und damit um die Welt reisen kann. Manchmal findet man auch einen Ort, wo man sie auspacken kann. Doch manchmal vergisst man sie wie ein zerknülltes, benutztes Taschentuch. Es ist ein Vorrecht der Jugend, ihre Träume leben zu wollen. Und die Aufgabe von uns Älteren ist es, sich von manchem Traum zu verabschieden.«

Wieder hielt er den Kopf leicht geneigt, wieder dachte sie: Er ist doch nicht alt.

Doch diesmal rutschten ihr keine voreiligen Worte heraus. Zwar fragte sie sich insgeheim, warum Ella ihre Träume aufgegeben und sogar vergessen hatte, aber das hatte wohl zu viel mit ihm zu tun. Und außerdem war da eine noch dringlichere Frage: Was gab es in ihrem Leben, was sie nie und nimmer aufgeben würde?

Zuerst kam ihr Thilo in den Sinn, doch die Beziehung mit ihm kam einem Tanz auf dem Drahtseil gleich. Wie würde demgegenüber ein Weg aussehen, an dessen Ende kein Mann stand, der ihr spöttisch grinsend zuwinkte, sondern die Frau, die sie einmal sein wollte, die mit sich und ihrem Leben im Reinen war, erfüllt von dem, was sie tat?

War das Soziologiestudium dieser Weg? Oder war es bloß das Sicherheitsnetz unter dem Drahtseil?

»Ich möchte nicht mehr folgen, ich möchte vorangehen«, hörte sie sich plötzlich sagen.

Behutsam legte er seine Hand auf ihre Schulter.

»Nun, heute solltest du nicht mehr lange gehen – ob voran oder hinterher. Du schaust ziemlich müde aus. Hast du denn gestern eine lange Schicht gehabt?«

So ungehalten sie früher oft reagiert hatte, wenn Ella ihr vorhielt, zu wenig zu Schlaf zu bekommen, so gut fühlte es sich jetzt an, dass sich jemand um sie sorgte.

»Das nicht, aber ich habe dir doch von diesem Verlag der Studenten erzählt, *Neue Kritik*. Ich kann gar nicht mehr sagen, wie viele Stunden ich schon an der Vervielfältigungsmaschine gestanden habe, ständig das Brummen im Ohr, wenn Blätter hineingezogen und über die Walze geschoben werden und auf der anderen Seite wieder herauskommen.«

»Nun ja«, meinte er, »ich finde, dass Druckwerke gleich welcher Art den Verzicht auf Schlaf lohnen.«

»Mag sein, aber als ich das erste Mal von diesem Verlag hörte, dachte ich, ich könnte inhaltlich mitarbeiten, natürlich nicht sofort, doch sobald ich ein paar Studienerfolge vorzuweisen hätte. Aber mir scheint, dass es nicht mal genügen würde, Adornos wichtigste Werke im Schlaf zu beherrschen. Es geben die den Ton an, die am lautesten sind und am radikalsten, nicht die informiertesten, klügsten Köpfe.«

»Du hast also das Bedürfnis, eigene Texte zu schreiben?«

»Nicht schreiben, aber …« Sie wusste selbst nicht genau, wie dieser Satz endete. Nur plötzlich sah sie keinen Weg vor sich, auf den sie als Erste Schritte setzen sollte, sondern eine leere Seite, bei der sie allein bestimmen konnte, was darauf stehen würde.

»Was geht dir durch den Kopf?«, fragte er.

Sie fühlte einen Druck auf ihren Lidern, schüttelte sacht den Kopf. »Etwas, über das ich gründlich nachdenken muss, wenn ich mich ausgeruht habe. Vielleicht habe ich es bis morgen auch wieder vergessen. Ich weiß noch nicht, ob es eher einer schillernden Seifenblase oder einem zerknüllten Taschentuch gleicht.«

Ari wartete wie immer auf der Straße, bis sie den Innenhof, in den das Licht der Straßenlaternen nicht fiel, überquert, dort aufgesperrt und die Tür ins Schloss hatte fallen lassen, und sie war ihm dankbar dafür, weil die Finsternis ihr Angst machte. Die Finsternis lauerte leider auch im Hausflur auf sie. Seit Wochen versprach der Hausmeister, die flackernden Glühbirnen auszutauschen, doch als sie nun den Schalter betätigte, tat sich nichts. Nahezu blind tastete sie sich die Stufen hoch, war erleichtert, den ersten Stock zu erreichen. Mittlerweile hatten sich ihre Augen an die Dunkelheit gewöhnt, sodass sie Konturen wahrnahm – nicht nur von den vier Wohnungstüren, auch von einer Gestalt, die an der Wand herumlungerte. Nein, nicht mehr herumlungerte, sich auf sie stürzte. Ein Schrei entfuhr ihr, schon hob sie den Schlüsselbund – ihre einzige Waffe –, um ihn dem Angreifer ins Gesicht zu schleudern, doch plötzlich ging das Licht an, und sie erkannte Thilo.

Verblüfft starrte sie ihn an. Dass er überhaupt wusste, wo sie wohnte! Anders als Ari hatte er ihr nie angetragen, sie heimzubegleiten, damit sie nicht allein durchs nächtliche Frankfurt streifen musste.

Während sie noch um Worte rang, blaffte er sie an: »Wer ist dieser Mann?«

Verspätet ging ihr auf, dass er beobachtet haben musste, wie sie sich mit Ari dem Haus genähert hatte. Dass aus seiner Stimme eine gewisse Eifersucht sprach, überraschte sie. Ihr war nie aufgefallen, dass er die freie Liebe ausschließlich für sich einforderte, sie nicht mit gleicher Selbstverständlichkeit auch ihr zugestand. Vielleicht kratzte auch an seinem Ego, dass sie, die sie nie offensiv mit anderen geflirtet hatte wie Rosie, um eine andere Sonne als ihn kreisen könnte. Dass seine Eifersucht ausgerechnet Ari galt, der für sie wie ein älterer Bruder war, war jedenfalls lächerlich. Am liebsten hätte sie losgeprustet, und sie verkniff es sich nur mit Mühe, um stattdessen angelegentlich zu fragen: »Und was geht dich das an?«

Als er sie bei den Schultern packte, dachte sie schon, er würde sie schütteln, doch ihm ging wohl selbst auf, wie unpassend dieses Verhalten war. Verlegen ließ er sie los, trat zurück zur Wand.

»Und überhaupt?«, fügte sie hinzu, als keine Antwort kam. »Was machst du hier? Du weißt doch, dass du meine WG nicht betreten darfst.«

Sie erwartete, dass er schrill auflachen und sich über den Kuppeleiparagrafen lustig machen würde, stattdessen begann er in der Tasche seines Parkas nach Zigaretten zu kramen. »Hier im Flur können wir reden, das wird doch nicht verboten sein.«

Er machte allerdings keine Anstalten zu reden, zündete sehr langsam die Zigarette an. Seine Hände zitterten, und er sah wohl nicht nur im fahlen Licht der flackernden Lampe schlecht aus. Er wirkte gehetzt, auch bedrückt. Zugleich ging ihr auf, dass mindestens eine Woche vergangen war, seit sie ihn das letzte Mal genau betrachtet hatte. Bis vor Kurzem hatte sie jede kleinste Geste belauert, jedes Zucken der Mundwinkel zu deuten versucht, aus jedem Gesichtsausdruck Wertschätzung abzulesen gehofft, das Versprechen auf ein neues Treffen in seinem Studentenzimmer. Doch seit sie so viel Zeit mit Ari verbrachte, hatte sie alldem viel weniger Beachtung geschenkt. Selbst jetzt war sie zwar neugierig, auch beglückt, dass er gekommen war, aber es fiel ihr leicht, eine gleichmütige Miene aufzusetzen, lässig an ihm vorbei zur Wohnungstür zu gehen, so zu tun, als würde sie gleich aufsperren, und zu verkünden: »Wenn du nicht bald sagst, was du von mir willst, gehe ich rein. Ich bin müde.«

Ehe der Schlüssel das Schloss fand, fiel er ihr in den Arm und zog sie an sich.

»Ich brauche deine Hilfe.« Eindringlich starrte er sie an, dann zog er gierig an der Zigarette. Luise hätte die vermeintliche Gleichgültigkeit gerne auf die Spitze getrieben, indem sie ihm die Zigarette abnahm und einen Rauchkringel zur Decke schickte. Doch dann fügte er hinzu. »Du bist dafür besser geeignet als Rosie.«

Ihr selbstzufriedenes Lächeln schwand. Natürlich. Sie war

mal wieder die Dumme, die einen gefährlichen Auftrag ausführen sollte.

Unwirsch machte sie sich los. »Weißt du, ich schäme mich kein bisschen, dass ich damals mit den IDs gescheitert bin. Glaub nicht, ich lasse mich jemals wieder für so eine riskante Aktion einspannen. Da kannst du dir eine andere Idiotin suchen.«

Diesmal fand sie mühelos das Schloss, doch ehe sie den Schlüssel umdrehen konnte, ließ er die Zigarette fallen, trat sie aus und ergriff ihre Hand.

»Um so etwas geht es diesmal nicht, es geht …«

Trotz seines flehentlichen Blicks erwachte Überdruss in ihr. Ihr fiel wieder ein, worüber sie mit Ari gesprochen hatte – ihren Wunsch, eigene Wege zu beschreiten. Die Idee, die ihr gekommen war, hatte noch nicht Gestalt angenommen, aber eines wusste sie genau: Sie wollte niemandes Hilfskraft mehr sein.

Ehe sie etwas sagen konnte, erlosch das Licht im Hausflur wieder. Ihr entging nicht, dass Thilos Griff plötzlich fester wurde, seine Atemzüge schneller und dass er sich im nächsten Augenblick an sie presste.

Sie wollte schon spotten, ob er etwa Angst im Dunklen habe, aber insgeheim musste sie sich eingestehen, dass sie es genoss, wie er ihre Nähe suchte, auch ganz dicht an ihrem Ohr seinen Atem zu spüren.

Nicht dass sie das komplett gefügig machte.

»Ganz ehrlich«, murmelte sie, »ich weiß nicht, ob ich Zeit habe, dir bei was auch immer zu helfen.«

»Weil du lieber mit diesem Kerl zusammen bist?«

Sie machte sich von ihm los, und obwohl es zu dunkel war,

in seiner Miene zu lesen, war seine Eifersucht offensichtlich, und wieder spürte sie diesen heißen Triumph. Anstatt auf seine Frage einzugehen, sagte sie knapp: »Ich muss für die Prüfungen im Herbst lernen. Da kann ich nicht auf jeder Demo mitlaufen.«

Sie wappnete sich dagegen, dass seine Eifersucht in Spott umschlug. Doch nahezu kleinlaut sagte er: »Es hätte ja nichts mit der Uni zu tun. Und nichts mit Politik. Es geht um etwas Persönliches.«

Er kramte nach der nächsten Zigarette, und als wieder das Ganglicht aufflackerte, nahm sie in seinem Gesicht nicht die übliche Überheblichkeit wahr, stattdessen Sorge und ein gewisses Maß an Verletzlichkeit. Sie wusste: Die Bitte eines sarkastischen Thilo könnte sie abschlagen, nicht jedoch die eines hilfsbedürftigen. Einer Mutprobe hätte sie eine Abfuhr erteilt, einem Herzenswunsch nicht. Sie stimmte zu, noch bevor sie auch nur eine Ahnung hatte, worum es ging, und als er es ihr endlich sagte, wuchs das Bedürfnis, ihm zu helfen. Ihr Erstaunen allerdings auch.

Als Ella am Morgen die Buchhandlung aufsperrte, war es wie immer Punkt neun Uhr, dennoch hatte sie das Gefühl, dass schon ein ganzer Tag hinter ihr lag.

Seit Monaten besuchte sie Naphtali Stein nun regelmäßig, und das ließ sich mit ihren Arbeitszeiten vor allem darum gut vereinbaren, weil er ganze Tage verschlief, in den Nächten jedoch oft wach lag. Wenn sie gleich um sechs Uhr morgens in die Gagernstraße aufbrach, hatte sie gute Chancen, ihn nicht im Bett anzutreffen, sondern bei einer Tasse Tee am kleinen Tisch.

Gewiss, an manchen Tag starrte er in den Tee wie in einen

tiefen, dunklen See. Dann wieder trieb er Späße, erzählte jiddische Witze oder zeigte ihr, wie er als Kind ein Stück Zucker ohne Zuhilfenahme der Hände in den Tee befördert hatte, indem er sich den Löffelstiel zwischen die Lippen klemmte. Fast immer war hinterher der ganz Tisch mit weißen Kristallen bedeckt, ein Anblick, der ihn zu faszinieren schien. Wenn er darauf starrte, machte er eine ergriffene Miene, als blickte er hoch zum Sternenhimmel. Winzig wie Zuckerkristalle waren die völlig lichten Momente, in denen der gelehrte Mann zum Vorschein kam, der er einst gewesen war. Dann begann er ungefragt über die Vergangenheit von Frankfurts Juden zu sprechen, die er erforscht hatte, beschrieb das Judenghetto, das 1462 entstanden und für vier Jahrhunderte der einzige Wohnort geblieben war, an dem Juden geduldet waren.

»Als die französischen Revolutionstruppen die Stadt besetzten, wurde der Nordteil der Judengasse zerstört. Damals begann ein großer Emanzipationsprozess.« Lange starrte er wieder in den Tee, doch als sie schon dachte, er hätte den Faden verloren, fügte er plötzlich sinnend hinzu: »Man mag meinen, dass unser Volk immer erst durch Katastrophen gehen muss, damit etwas Gutes folgt. Dass es in den tiefsten Abgrund zu steigen gilt, bevor man den Kopf zur Sonne heben darf.«

Er fuhr über die Zuckerkristalle, führte die Hand zum Mund, leckte daran. Seine überraschte Miene verriet, dass er vergessen hatte, wie süß Zucker war. Im nächsten Augenblick jedoch erlosch die Freude in seiner Miene wieder.

In Momenten wie diesen setzte sich Ella oft zu ihm, ergriff unwillkürlich seine Hand, so wie sie es einst im Lager von Zeilsheim getan hatte, als sie ihn gebeten hatte, seine Lebenserinnerungen aufzuschreiben.

Manchmal drückte er die Hand nur.

Manchmal begann er von seiner eigenen Vergangenheit zu erzählen, als wäre es in Gedanken nur ein winziger Schritt von diesem Zimmer nach Auschwitz, wo er auf die Rauchsäule der Krematorien starrte und zu fassen versuchte, dass Frau und Tochter tot waren.

Wenn er davon sprach, hörte sie nicht nur die Verzweiflung und Hoffnungslosigkeit, das Entsetzen und die Trauer, sie spürte sie, roch sie, sah sie.

Er war erschöpft, wenn er schwieg, sie dagegen fühlte sich immer nur kurz wie erschlagen, danach wurde sie in fiebrige Unruhe versetzt, und auch für sie war es dann leicht, Jahre, Jahrzehnte einfach wegzuwischen, wieder anzuknüpfen an die Zeit nach dem Krieg, als sie als junge Verlegerin nichts Geringeres im Sinn gehabt hatte, als den Büchern ihre Seele zurückzugeben.

Selbst jetzt war ihre Aufregung größer als die Müdigkeit, erst recht, als sie feststellte, dass die erste Person, die an diesem Morgen die Buchhandlung betrat, kein Kunde, sondern ein alter Bekannter war. Herr Kaffenberger war einst für den Vertrieb ihrer Bücher zuständig gewesen, als sie noch den Verlag geführt hatte. Später hatte er der Buchhandlung regelmäßig Besuche abgestattet, um Neuigkeiten der Branche zu überbringen – meist mit sorgenumwölkter Stirn, weil er durch und durch Pessimist war und stets Unheil dräuen sah. Seit vielen Jahren war er nun schon in Rente, und seitdem waren seine Besuche seltener geworden, aber auf drei Dinge war Verlass: Weil er sie schon als Kind gekannt hatte, duzte er sie aus alter Gewohnheit. Wenn sie um Hilfe bat, gewährte er diese sofort. Und es war ihm eine gewisse Lust anzusehen, wenn er Hiobsbotschaften überbrachte – wohl weniger, weil er gerne die Hoffnungen seines Gegenübers in Grund und Boden stampfte, sondern weil es ihn mit Befriedigung erfüllte, mit seinen Zweifeln richtiggelegen zu haben.

Ella musste heute nur einen kurzen Blick auf ihn werfen, um zu erahnen, welche Nachricht er bringen würde. Und ehe er die letzte Distanz überwunden hatte, sagte sie: »Sie haben bei diversen Verlagen nachgefragt, denken aber nicht, dass man den Stoff unterbringen kann.«

Das Hüftleiden, das ihm seit geraumer Zeit zusetzte, führte bei jedem Schritt zu einem Ächzen. Endlich hatte er den Tresen erreicht, stützte sich darauf, nickte.

Sie hatte ein schlechtes Gewissen, dass sie ihm diese Anstrengung zumutete, allerdings kannte sie niemanden, der in der Buchbranche so gut vernetzt war wie er und Kontakte zu mehreren Verlegern hatte. Es war naheliegend gewesen, sich an ihn zu wenden, sobald sie beschlossen hatte, dass Naphtalis Lebenserinnerungen unbedingt wieder erscheinen mussten – ausführlicher als damals und vor allem auf seine Tochter Johanna ausgerichtet, weswegen sie *Die letzten Tage von Johanna* heißen sollten.

»Ich fürchte, die Menschen haben einfach genug von diesem Thema«, murmelte Herr Kaffenberger.

Ella gab sich keine Mühe, ihre Enttäuschung zu verbergen. »Aber wie kann das denn sein?«, entfuhr es ihr. »Ich verstehe, dass die Menschen direkt nach dem Krieg nach vorn blicken wollten. Sie darbten, hatten mit dem eigenen Leid genug zu schaffen, nicht wenige suhlten sich in Selbstmitleid. Aber jetzt? Die Zeiten haben sich doch geändert! Während des Auschwitzprozesses waren die Zeitungen voll mit Geschichten.«

»Eben! Irgendwann will man nichts mehr von diesen unsagbaren Verbrechen hören.«

»Es geht doch nicht nur um die Verbrechen … Es geht um das Gedenken an die Opfer. Anne Franks Tagebuch verkauft sich immer noch sehr gut.«

»Das ist die große Ausnahme. Kannst du dich an den Artikel in der *Frankfurter Rundschau* erinnern? Über Oskar Schindler?«

Sie glaubte nicht, den Namen je gehört zu haben. »Wer ist das?«

»Ein Unternehmer, der im Krieg viele Juden gerettet hat. Er wird von ihnen als Engel von Zablocie bezeichnet, aber lebt jetzt völlig verarmt in der Arndtstraße. Soweit ich weiß, wollte der Journalist ein Buch über ihn schreiben. Aber ich habe nie gehört, dass es erschienen wäre.«

Ella auch nicht, sonst hätte ihr der Name etwas gesagt.

Herr Kaffenberger stützte sich noch schwerer auf den Tresen. »Wollen Sie sich nicht setzen?«

Er zuckte mit den Schultern, lachte dann. »In meinem Alter lohnen die paar Minuten, die man seine Füße ausruht, den Kampf ums Aufstehen kaum. Aber wenn du eine Tasse Kaffee für mich hättest …«

»Aber natürlich!«

Obwohl sie eben noch wie elektrisiert gewesen war, merkte sie nun, wie sich die Müdigkeit in ihr ausbreitete. Nachdem sie Kaffee aufgesetzt hatte, zog sie das Heft, das sie zu jedem Besuch bei Naphtali mitnahm, um sich Notizen von ihren Gesprächen zu machen, aus ihrer Tasche und trat damit zu Herrn Kaffenberger.

»Ich werde nicht zulassen, dass diese Geschichte wieder in einer Schublade verschwindet.«

»Hm«, machte Herr Kaffenberger unsicher. »Ich weiß, dass die jüdische Gemeinde regelmäßig Treffen der Überlebenden initiiert. Vielleicht kannst du mit ihnen eine Veranstaltung planen.«

Sie hob das Heft wie eine Mahnung. »Diese Geschichte ist nicht bloß für die Überlebenden bestimmt, sondern genau für jene, die am liebsten einen Schlussstrich ziehen wollen, die nichts gelernt zu haben scheinen, die immer noch Ressentiments gegen Juden pflegen. Und die dennoch, wie ich hoffe, nicht zu verhärtet, zu gleichgültig sind, um sich von zutiefst persönlichen Geschichten berühren zu lassen.«

Herr Kaffenberger ächzte wieder, sie hörte den Kaffee brodeln. Wenig später schenkte sie zwei Tassen voll, überlegte dann, ob sie Zucker hatte. Selbst trank sie Kaffee am liebsten schwarz und ungesüßt, aber das wollte sie Herrn Kaffenberger nicht zumuten, und deswegen durchforstete sie mehrere Regale. Sie stieß nicht auf Zucker – nur auf jene geknickten Papierbogen, die Luise damals hatte mitgehen lassen wollen und die sie später hier verstaut hatte, weil sie sich nicht überwinden konnte, selbst unbrauchbares Papier wegzuwerfen. Wann immer sie sie sah, regten sich für gewöhnlich schmerzhafte Erinnerungen. Heute nicht, heute dachte sie nur daran, dass Luise damals nicht nur Papier gefordert hatte, sondern auch eine alte Druckerpresse.

Als sie mit den Tassen zurück in den Verkaufsraum ging, wusste sie zwar, dass sie Herrn Kaffenberger keinen Zucker würde anbieten können. Doch mit der Idee, die ihr plötzlich gekommen war, ließ sich die Bitterkeit leichter vertreiben als mit weißen Kristallen, die auf der Zunge schmolzen.

9. KAPITEL

»Hübsch siehst du aus.«

Es war das erste Kompliment, das sie jemals von Thilo bekommen hatte – und das, obwohl sie ihm noch nie so altmodisch gekleidet wie heute gegenübergetreten war. Im Grunde entsprach sie dem Idealbild eines antiquierten Frauenratgebers, der zu dezentem Make-up und adretter Kleidung riet, auch dazu, lieber auf den Hut zu verzichten, als einen aufzusetzen, dessen Farbe nicht zum Mantel passte. Nun gut, sie besaß überhaupt keinen Hut, nicht mal einen farblich unpassenden, und ihr Gang entsprach den Empfehlungen des Ratgebers schon gar nicht.

Man latsche, trippele, stakse nicht, hatte sie irgendwo gelesen, sondern solle kleine, nicht zu hastige Schritte machen. Sie dagegen musste fast rennen, um mit Thilo mitzuhalten, als sie zur Straßenbahn gingen.

Auch er sah heute fremd aus. Er hatte seine Haare akkurat hinter die Ohren gekämmt, trug eine dunkelbraune Hose aus Schnürlsamt und Lederschuhe. Auf seinen Parka hatte er verzichtet, unter einer dunklen Jacke lugten ein weißes Hemd und ein karierter Pullunder hervor. So sah ein Student aus, der die letzten Tage in der Universitätsbibliothek verbracht hatte, nicht im Festsaal des Studierendenhauses, wo anlässlich der Frankfurter Buchmesse ein Antivietnam-Happening stattgefunden hatte.

Luise war auch dabei gewesen und hatte sich des Eindrucks nicht erwehren können, dass sie in eine moderne Theaterinszenierung, wie sie sie mit Ari besuchte, geraten war: Beim Eintreffen hatten alle ein Transparent in die Hand gedrückt bekommen und waren damit durch den dunklen Saal gestolpert, in dem immer wieder ultraviolettes Licht aufflackerte. Hinzu waren Kriegslärm und Slogans wie »Aus den Augen, aus dem Sinn« gekommen. Einfach nur grotesk hatte sie gefunden, dass das Licht plötzlich auf ein Planschbecken fiel, in dem nackte, mit den Armen rudernde Menschen saßen und aus Gartenschläuchen begossen wurden. Dass die weiße Flüssigkeit Milch war, in Anspielung darauf, dass im Kapitalismus Milch und Honig für die Reichen flossen, hatte Luise erst hinterher erfahren. Auch die blutroten Sicheln waren ihr entgangen, von jenen geschwungen, die auf Stühlen saßen und laut aus Büchern vorlasen.

Sie war erleichtert gewesen, den Raum verlassen zu können. Jetzt war sie erleichtert, dass Thilo nicht von ihr erwartete, von dem Happening zu schwärmen. Sein Schweigen war ihr allerdings auch nicht recht. Seine Miene war eigentümlich verschlossen, und die Unsicherheit, die sie dahinter vermutete, war ihr ebenso fremd wie die Tatsache, dass er die Schultern hängen ließ.

»Wo genau leben deine Eltern denn?«, fragte sie, als sie schon in die Straßenbahn eingestiegen waren. Rasch setzte er sich auf einen freien Platz, stützte die Ellbogen auf seine Knie und den Kopf auf seine Hände.

»In Frankfurt-Nied«, presste er hervor. »Im Eisenbahnerviertel.«

Er hob erst wieder den Kopf, als sie ausstiegen.

Sie mussten noch ein ordentliches Stück gehen, doch anders als in der Stadt gerieten seine Schritte immer langsamer, und als sie eine Reihenhaussiedlung erreichten – die Häuschen hatten grüne Fassaden, spitze Giebeldächer und winzige Vorgärten –, blieb er stehen.

»Noch einmal tief Luft holen!«, sagte er, atmete aber sehr flach.

»So schlimm wird's schon nicht werden«, versuchte Luise, ihn aufzumuntern. »Es ist doch nur ein Besuch bei deinen Eltern.«

»Du kennst meine Eltern nicht.«

Sie fragte sich, worauf sie sich gefasst machen sollte, als er schon läutete und sich die Tür öffnete. Das Ehepaar, das darin stand, wirkte auf den ersten Blick ganz und gar harmlos und erinnerte Luise an ihre verstorbenen Großeltern Gertrud und Gustav Hagedorn, die in einem ähnlichen Haus in Höchst gewohnt hatten. Sie waren einfache Menschen gewesen, die ihr Leben lang hart gearbeitet, wenig Sinn für das Schöne, auch nicht für Bücher und Bildung gehabt und immer ein wenig verhärmt gewirkt hatten. Doch ihr gegenüber hatten sie sich stets von ihrer besten Seite gezeigt. Der Großvater hatte stundenlang geschnitzt, um jene kleinen Holzfiguren anzufertigen, die sie so liebte. Und obwohl ihre Großmutter eine genaue Vorstellung davon hatte, was ein braves Mädchen zu tun hatte und was nicht, hatte sie immer beide Augen zugedrückt, wenn Luise wieder mal auf den Kirschbaum kletterte. Dass Ella sie ganz zu sich geholt hatte, als sie in die Schule kam, war sicher die richtige Entscheidung gewesen, aber das änderte nichts daran, dass sie sich bei den Großeltern immer geborgen gefühlt hatte.

Thilo hingegen schien sich sehr unbehaglich zu fühlen. Er erwiderte zwar das förmliche »Guten Abend« seines Vaters Günther Fenner, blieb danach aber steif stehen. Seine Mutter

Helga umarmte ihn so flüchtig, als machte ihr die Berührung ein wenig Angst. Ihr Lächeln wurde erst breiter, als sie sich Luise zuwandte. Als ihr Blick über sie schweifte, glaubte Luise nicht nur Wohlwollen wahrzunehmen, sondern auch eine gewisse Erleichterung. Ob sie jemanden wie Rosie erwartet hatte?

»Darf ich vorstellen«, sagte Thilo, »das ist Luise Reichenbach. Meine … Freundin.«

So zögerlich er das Wort auch ausgesprochen hatte – es war klar und deutlich zu vernehmen gewesen. Luise sah ihn überrascht und zugleich beglückt von der Seite an, seine Mutter wirkte ebenfalls erstaunt, wenn auch nicht restlos begeistert.

Sie verdrehte die Augen. »Freundin, wie das klingt! Das kann alles und nichts bedeuten. Das junge Fräulein will sicher viel lieber eine Verlobte als eine Freundin sein.«

Luise dachte kurz, das sei ein Scherz, doch Thilo klang nicht spöttisch wie sonst, als er sagte: »Was nicht ist, kann ja noch werden, Mutti.« Hastig legte er seinen Arm um Luises Schulter.

»Wie auch immer«, erklärte die Mutter nun betont heiter, »ich finde es schön, dass du so ein liebes Fräulein mitgebracht hast. Du doch auch, Günther, oder?«

Der Vater machte keine Anstalten, etwas zu sagen. Erst als Helga Fenner ihm energisch zunickte, erklärte er widerwillig: »Aber natürlich!« Grummelnd fügte er hinzu: »Man macht sich ja insgeheim darauf gefasst, dass dieses Gammlerzeugs vor der Tür steht, mit bunten Fetzen am Leib, nicht gewaschen und die Haare bis zu den Schultern.«

Sein Blick richtete sich auf Thilos Frisur, und obwohl diese heute gesittet wie nie war, entsprach sie wohl nicht seinen Vorstellungen. Thilo kämpfte um ein Lächeln, das allerdings von schneidender Kälte war. Die Spannung, die in der Luft lag, konnte wohl auch Helga Fenner deutlich spüren, denn sie winkte Luise rasch mit sich.

»Ich habe uns kalte Platten vorbereitet. Wollen Sie mir helfen, die Sachen hineinzutragen, Fräulein Luise?«

Die Küche wirkte nicht nur düster, weil die Fenster allzu winzig waren, sondern auch, weil die Wände dunkel-grün gefliest waren. Der Raum schien überdies zu klein für die wuchtige Anrichte. Obwohl sie Luise gebeten hatte, beim Auftragen zu helfen, machte Helga keine Anstalten, eine der Platten zu nehmen, begann vielmehr das, was sie darauf angerichtet hatte, zu verzieren.

Auf die russischen Eier kam noch ein wenig Dill, auf die Schinkenröllchen mit Dosenspargel Schnittlauch, und auf den kleinen Tomaten verteilte sie Mayonnaisetupfer, sodass sie wie Fliegenpilze aussahen.

»Ich bin mir nicht sicher, ob der rote Heringssalat ausreichend gewürzt ist, würden Sie mal kosten?«, fragte sie und streckte Luise einen Löffel hin.

Luise nahm einen Bissen, schmeckte nur Mayonnaise, vielleicht, weil ihr Blick sich nicht von der Tube löste, mit der Helga Pünktchen um Pünktchen auftrug.

»Ich … ich finde ihn köstlich«, log sie.

Die Tube wanderte wieder in den Kühlschrank, und Helga wandte sich dem nächsten Tablett zu – Käsehäppchen mit Dosenmandarinen, die sie auf Salatblätter zu betten begann.

»Mein Mann ist davon ja nicht so begeistert, der weigert sich auch, Toast Hawaii zu essen. Aber ich dachte, die jungen Leute mögen das.« Sie gab Luise keine Gelegenheit, etwas dazu zu sagen, denn sie schob nahtlos die Frage nach: »Studieren Sie auch dieses seltsame Fach?«

Welchen thematischen Zusammenhang sie wohl zwischen Dosenananas und Soziologie sah?

Luise nickte verlegen.

»Günther war total dagegen. Man stellt sich was anderes vor für sein Kind. Jura oder Medizin. Ich meine, was genau kann man damit werden?«

Luise war sich hinsichtlich ihres Berufswunsches noch nicht sicher und hatte auch mit Thilo nie über die Zukunft gesprochen. Aber eine Antwort erschien ohnehin nicht erforderlich, denn Helga legte plötzlich den Kopf schräg, um zu lauschen. Tatsächlich war aus dem Wohnzimmer ein heftiger Wortwechsel zu hören.

Kaum merklich zitterten ihre Hände, als sie eines der Silbertabletts nahm und rasch hinübertrug. Luise folgte mit den Fliegenpilzen. Wären es echte Pilze, sie hätten nicht giftiger als die Atmosphäre sein können, die sie im Wohnzimmer erwartete. Als Helga mit der Fußspitze die angelehnte Tür aufstieß, gingen die Stimmen noch wild durcheinander. Doch das Streitgespräch riss augenblicklich ab, und düsteres Schweigen senkte sich über die beiden. Thilo und sein Vater hatten jeweils an der Stirnseite eines langen Esstisches Platz genommen, als gälte es, möglichst viel Distanz zwischen sich zu bringen.

Es bedurfte zweier Gänge in die Küche, bis alle Platten auf dem Tisch standen. Selbst dann wollte Helga sich noch nicht setzen: »Ach Gottchen, ich habe die Servietten vergessen.«

Luise blieb unsicher vor dem Esstisch stehen. Thilo starrte auf die weiße Tischdecke, sein Vater auf die tief hängende Lampe, keiner machte Anstalten, ihr einen Platz zuzuweisen. Unauffällig blickte sie sich um, stellte fest, dass auch das Wohnzimmer keine Chance hatte, es in ein Magazin wie *Schöner*

Wohnen oder *Das Haus* zu schaffen, bekannt für Fotoserien, die helle, freundliche und variierbare Möbel zeigten. Hier bestand nahezu jedes Stück aus dunklem Holz und wirkte so schwer, als könnte man es nicht mal um einen Millimeter verschieben. Die eine Wand wurde von einem Ungetüm aus Vitrine verstellt. Gegenüber befand sich ein Sofa mit hellbraunem Bezug und so mächtiger Holzeinfassung, dass sie sich nicht vorstellen konnte, bequem den Kopf zurücklehnen.

»Na los, na los!«, rief Helga, als sie aus der Küche kam, »worauf wartet ihr. Langt zu!«

Da immer noch niemand Luise einen Platz zuwies, zog sie einen der Stühle zurück und setzte sich. Während Vater und Sohn weiterhin eisig schwiegen, belud Helga ihre beiden Teller mit den Häppchen. Danach tat sie auch Luise auf, und als die einwandte, dass nur eins von jedem reichte, überhörte sie das geflissentlich und gab von allem drei auf den Teller.

Die russischen Eier schmeckten wie der Heringssalat vor allem nach Mayonnaise. Trotzdem war Luise froh, sich aufs Essen konzentrieren zu können und kein Thema suchen zu müssen, um das Schweigen zu brechen. Helga begann indes noch stehend, Servietten zu falten und zu verteilen, und setzte sich auch danach nicht.

»Jetzt erzähl doch mal, Junge.«

Thilo schob den ganzen Fliegenpilz auf einmal in den Mund, etwas vom roten Tomatenfleisch quoll hervor, während er angestrengt kaute. Hatte er das absichtlich gemacht, um nicht reden zu müssen?

Der Vater, der gerade in ein Schinkenröllchen stach, als gälte es, das Schwein noch einmal zu töten, fand die Sprache vor ihm wieder. »Nicht zu fassen, dass gleich dreißigtausend Menschen auf dem Römerberg demonstriert haben. Ohne Notstandsgesetze bleibt der Staat nicht handlungsfähig.«

Thilo kaute grimmig weiter, schluckte. Die Worte schluckte er nicht, auch wenn er sie nicht selbstbewusst aussprach und sie eher Richtung Wasserglas nuschelte, statt Richtung Vater.

»Wir sind eben nicht bereit, den Faschisten zu applaudieren so wie einst ihr.«

Der nächste Fliegenpilz wanderte Richtung Mund. Helga strich hektisch über die Serviette neben ihrem Teller, sprang dann auf, sodass Luise schon dachte, sie wolle fliehen. Am Ende lud sie sich aber nur Käsewürfel mit Mandarinen auf den Teller, bei deren Anblick Luise an jene Häppchen denken musste, die Ella bei der Veranstaltung im *Bücherreich* serviert hatte. Nur dass diese Käsewürfel hier viel winziger waren. Thilo schien heute auch viel winziger. Dass er so gar nichts mit dem rotzfrechen jungen Mann gemein hatte, den sie kannte, verstörte und faszinierte sie gleichermaßen.

»Ihr habt ja keine Ahnung von der Vergangenheit«, presste Günther Fenner am Schinkenröllchen vorbei. Er machte merkwürdige Bewegungen mit dem Mund, die wie Zähnefletschen wirkten, vielleicht weil er eine Faser loswerden wollte, die ihm zwischen den Zähnen steckte.

Diesmal antwortete Thilo mit vollem Mund. »Die Studenten haben jedenfalls Ahnung von Politik.«

»Ha! Das ist doch keine Politik, was ihr Krawallmacher da treibt. Ungemachte Betten zur Mittagszeit sind das Einzige, was ihr vorweisen könnt. Am liebsten würdet ihr den Rest von unserem schönen Land auch noch den Kommunisten ausliefern und dann klagen, dass ihr keine Freiheit habt.«

Seine Stimme schwoll an, zugleich sprach er immer undeutlicher, weil seine Zunge fortwährend über die Zähne fuhr. Helga starrte auf ihren Teller, stocherte in den Dosenmandarinen, ohne sie zum Mund zu führen.

Warum hatte sie überhaupt welche gekauft?, fragte sich Luise. Und warum folgte von Thilo keine wütende, spöttische Entgegnung, warum nahm er die Serviette, wischte sich nicht einfach den Mund ab, nein, presste sie auf seine Lippen, als müsste er sich knebeln.

Luise wusste kaum, wo sie hinschauen sollte, starrte am Ende auf die mächtige Standuhr hinter dem Esstisch, auf deren Rahmen sich geschnitzte Efeublätter rankten. »Der Heringssalat ist wirklich gut«, hörte sie sich sagen, obwohl Helga ihr davon gar nichts aufgetan hatte.

Niemand störte sich an solchen Feinheiten. Grummelnd spießte Günther das nächste Schinkenhäppchen auf. Thilo zerknüllte seine Serviette.

»Und Ihre Eltern?«, fragte Helga sie betont freundlich.

Luise war nicht sicher, was mit der Frage gemeint war. Wo sie lebten, was sie beruflich machten, was sie von dem »Gammlerzeugs« hielten?

»Sie sind leider schon sehr früh verstorben, bald nach dem Krieg«, sagte sie. »Meine ältere Schwester hat mich großgezogen.«

»Oh, das tut mir aber leid«, sagte Helga bedauernd und stocherte mit dem Zahnstocher in den Käsewürfeln herum.

»Es waren harte Zeiten damals«, grummelte Günther, »da sind viele Leute jung gestorben, nicht nur die, die im Krieg gefallen sind oder von Bomben getroffen wurden. Der Hunger, die Kälte … Das können sich die jungen Leute heute gar nicht mehr vorstellen.«

Luise sah, wie ein Ruck durch Thilo ging. Er umklammerte die Serviette nun so fest, dass sich die Fingerknöchel weiß färbten. Und doch, er sagte nichts, widersprach nicht. Bis jetzt hatte sie vor allem Verlegenheit gefühlt, Erstaunen, nun kam etwas anderes dazu, das sie in seiner Vehemenz überraschte: Enttäuschung.

Sie war nicht sicher, ob es nur damit zu tun hatte, dass Thilo so kleinlaut war. Oder damit, dass sie, die ihn so lange zu durchschauen versucht hatte, nun feststellen musste, wie wenig sie ihn kannte. Weder hatte sie dieses Verhalten kommen sehen, noch konnte sie es sich erklären, es provozierte jedenfalls etwas in ihr – Widerstandsgeist oder Trotz oder einfach nur den Willen, nicht zu schweigen wie er.

»Schmeckt es denn?«, fragte Helga.

Sie wusste, aus reiner Höflichkeit müsste sie mindestens noch ein weiteres russisches Ei verspeisen. Aber wenn sie höflich hätte sein wollen, würde sie jetzt irgendetwas Belangloses sagen.

»Meine Mutter starb nicht an Hunger oder Kälte«, sagte sie. »Sie hat in der Buchhandlung meiner Eltern verbotene Literatur verkauft, auch von jüdischen Autoren. Als sie aufflog, wurde sie von der Gestapo verhaftet und ein paar Tage festgehalten. Für einen Prozess hat es am Ende nicht gereicht, aber sie wurde so schwer gefoltert, dass sie sich davon nicht erholt hat und letztlich daran gestorben ist.«

Unwillkürlich hatte auch sie die Serviette ergriffen, als müsste sie sich an etwas festhalten. Wieder ging ein Ruck durch Thilo. Erstaunt sah er sie an.

»Das … das ist ja …«, setzte Helga hilflos an, legte den Zahnstocher, mit dem sie fortwährend auf die Käsewürfel eingestochen hatte, beiseite.

Günther sagte nichts.

»Tja«, kam es lakonisch von Thilo, »hoffentlich war Vati nicht unter den Folterknechten.«

»Thilo!«, rief Helga entsetzt.

»Ach so«, sagte Thilo nun, lehnte sich zurück. »Das kann er ja gar nicht gewesen sein. Er war ja beschäftigt, an der Ostfront Juden zu erschießen.«

Günthers Gesicht nahm die Farbe eines Schinkenröllchens an.

»Hör auf, solche Sachen zu sagen!«, rief Helga, und es war rein gar nichts mehr von der aufgesetzten Freundlichkeit zu spüren.

»Ich will ja auch gar nicht reden«, sagte Thilo. »Man kann mit der Generation, die Auschwitz gemacht hat, nicht reden.«

Er legte den Kopf in den Nacken – eine Geste, die sie oft beobachtet hatte, wenn er lachte. Aber er lachte nicht, niemand gab einen Ton von sich. Und schon beugte sich Thilo wieder tief über den Teller und machte sich über den dritten Fliegenpilz her. Das Schweigen, das sich über sie alle senkte, war schwer und dunkel wie das Mobiliar.

»Nehmen Sie doch noch«, sagte Helga schnell und machte Anstalten, Luise ein viertes russisches Ei auf den Teller zu schieben.

»Das … das ist zu viel.«

Helga tat, als hätte sie sie nicht gehört. Günther tat, als hätte er Thilo nicht gehört.

»Es ist schon erstaunlich. Die jungen Leute wollen alles kaputt schlagen, was wir nach dem Krieg aufgebaut haben. Aber das Geld nehmen sie gerne. Das von uns, das vom Staat.«

Luise entging nicht, dass rote Flecken in Thilos Gesicht

brannten. Er verbarg seine Hände unter der Tischplatte, aber sie musste sie nicht sehen, um zu wissen, dass er sie ineinander verkrampfte. Die Daumennägel bohrten sich gewiss tief in sein Fleisch. Zugleich machte er Kaubewegungen, obwohl er die Tomate längst geschluckt hatte – ganz so, als müsste er sich auf die Zunge beißen, um nichts zu sagen.

»Ich meine, als ich so alt war wie du, da habe ich sechzig Stunden auf dem Bau geschuftet«, fuhr der Vater fort. »Und was genau leistet ihr, außer eure Professoren auszupfeifen und euch die Haare wachsen zu lassen?«

Wie aufs Stichwort fiel Thilo eine Strähne ins Gesicht. Er machte keine Anstalten, sie zurückzustreichen, beugte sich vielmehr noch weiter vor, als gälte es, sie als Vorhang zu nutzen, hinter dem er sich verstecken konnte. Nicht dass er sich auch in Schweigen flüchtete.

»Die, die heute langhaarige Jugendliche des Cafés verweisen, sind die Gleichen, die früher Juden nicht bedient haben«, presste er grimmig hervor.

Helga sog scharf den Atem ein. »Jetzt fang doch nicht wieder damit an.«

»Vater hat doch angefangen«, rief Thilo. »Und er ist ja nicht der Einzige, der so denkt. Weißt du, was man auf Demonstrationen so hört? Dass man uns Radaubrüder am besten an die Wand stellen soll.«

»Was nicht ganz verkehrt wäre!«, warf Günther ein.

»Einer hat sogar mal gesagt, man solle uns vergasen. Klar doch, das ist die eleganteste Lösung. Wie man unliebsame Menschen loswird, darin seid ihr Experten. Wie schön wäre es für euch, wenn es niemanden mehr gäbe, der euch an eure erbärmliche Vergangenheit erinnert.«

Günther sprang so unvermittelt auf, dass sein Stuhl erzitterte. Kurz rechnete Luise damit, dass er umkippen würde, aber auf das schwere Mobiliar war Verlass. Sie rechnete auch damit, dass Günther zu schreien beginnen würde, doch er sagte verstörend leise: »Noch ein Wort, und du gehst. Und danach brauchst du gar nicht wiederzukommen. Und erst recht brauchst du nicht zu glauben, dass ich dann noch die Börse öffnen werde.«

Luise starrte auf die russischen Eier, Helga auf die Käsewürfel. Sie sah, wie Thilo einen Kampf mit sich ausfocht, glaubte ein unterdrücktes Keuchen zu hören. Doch es kamen keine heftigen Worte mehr. Er hob den Kopf, strich sein Haar zurück, setzte eine höfliche Miene auf. »Schon gut, schon gut«, presste er über die Lippen.

Der Vater nickte grimmig, ehe er sich wieder hinsetzte. Eine Weile war nur das Scharren der Stuhlbeine zu hören, als er den Stuhl umständlich zurechtrückte. Danach wandte er sich an Luise.

»Ich bitte um Entschuldigung, dass Sie Zeugin dieser Auseinandersetzung wurden. Aber ich nehme an, Ihre große Schwester sieht das ähnlich. Die lässt sich sicher nicht von Ihnen auf der Nase herumtanzen und finanziert gleichzeitig Ihr Studium.«

Luise rang vergeblich um besänftigende Worte. Ihr fielen keine ein. Stattdessen regte sich das gleiche Bedürfnis in ihr wie vorhin – Thilos Kleinbeigeben, seinen Verzicht auf Provokation irgendwie wettzumachen.

»Ich bin auf meine Schwester nicht angewiesen«, hörte sie sich sagen. »Ich verdiene selbst mein Geld in einem Café. Ich wasche dort Teller ab.«

Günther blickte sie misstrauisch an, weil sie seine Vorurteile gegenüber den faulen Jungen nicht bestätigte. Helga wirkte befremdet, dass eine Frau in einem Café schmutziges Geschirr abwusch – nicht in der heimischen Küche, wo es vorgesehen war. Thilos Hand krampfte sich jäh um seine Serviette, schien sich von ihr noch mehr bloßgestellt zu fühlen als von seinem Vater.

Sie rang sich ein beschwichtigendes Lächeln ab. »Aber ich kann mir das natürlich erlauben«, erklärte sie hastig. »Ich verfolge mein Studium schließlich nicht ganz so ernsthaft wie Thilo. Er besucht weitaus mehr Vorlesungen und legt mit weitaus größerem Erfolg seine Examen ab.«

Das war dreist gelogen, und sie konnte sich nicht vorstellen, dass ihr das irgendjemand im Raum abnahm. Doch erstaunlicherweise wich das Misstrauen Erleichterung.

»Wie schön!«, rief Helga übertrieben begeistert.

»Vielleicht wird ja doch etwas aus dem Jungen«, erklärte Günther.

»Kein Wunder, wenn er sich mit einem so fleißigen Fräulein umgibt, das einen guten Einfluss auf ihn hat«, fügte Helga rasch hinzu.

Thilo ließ die Serviette fallen, griff nach der Gabel. Kurz wich er Luises Blick aus, dann schenkte er ihr doch noch ein breites Lächeln – und seiner Mutter auch. »Der Heringssalat ist wirklich ausgezeichnet, Mutti.«

Später zeigte Thilo ihr sein ehemaliges Kinderzimmer. Es befand sich unter dem Dach, und als Luise über die Schwelle trat, rief er: »Pass auf, dass du dir nicht den Kopf anstößt.«

Trotz der Dachschrägen hatte auf der einen Seite ein geräumiger Schrank Platz gefunden, und gegenüber stand ein breites Bett. Es schien frisch bezogen zu sein, denn der durchdringende Geruch von Waschmittel lag in der Luft. Luise blickte sich unbehaglich um. Nichts in diesem Raum – so steril und irgendwie alt – entsprach jenem Thilo, den sie kannte. Vielmehr schien es, als würde der Raum auf ihn abfärben. Seine Miene wirkte leer und resigniert. Wo waren der Spott, die Streitlust, der Lebenshunger? Wo die Dreistigkeit, die Unverfrorenheit? Kurz scheute sie sich, ihm nahe zu kommen, als müsste man sich von ihm ebenso fernhalten wie den Kopf von den Dachschrägen. Zugleich wuchs das Bedürfnis, ihm nicht einfach nur Leben einzuhauchen, sondern schöne Kindheitserinnerungen noch dazu.

Eine Weile war Thilo starr in der Mitte des Raums stehen geblieben, nun ließ er sich aufs Bett sacken und schlug mit der Faust aufs Kopfkissen, so glatt und prall, als hätte seit Ewigkeiten keiner mehr seinen Kopf darauf gebettet.

»Na komm schon.«

Sie trat nur zögernd ans Bett, doch er nahm ihre Hand und zog daran, bis sie mit dem Gesicht voran aufs Kissen fiel. Der Geruch des Waschmittels stieg ihr noch stärker in die Nase. Er lachte, doch es klang nicht fröhlich.

»Ich hoffe, du bist dir der besonderen Ehre bewusst«, sagte er. »Bevor ich achtzehn war, durfte ich nie ein Mädchen auf mein Zimmer mitnehmen.«

Sie drehte sich auf die Seite, lag nun neben ihm. Eigentlich hätte sie gerne ihren Kopf auf seine Brust gebettet, aber am Ende begnügte sie sich damit, seine Hand zu nehmen. Sie lagen nebeneinander, starrten auf das Dachfenster. Es war halb bedeckt von einem Vorhang mit gehäkelter Spitzenborte, der Abendhimmel dahinter war dunkelviolett und sternenlos.

»Und das hast du dir bieten lassen?«, fragte sie. Wieder ertönte dieses holprige Lachen.

»Glaub's oder glaub's nicht, aber ich war einmal ein braves Kind. Du doch auch.«

Provokant legte er seine freie Hand auf ihre linke Brust, drückte sie leicht.

»Ja«, sagte sie gepresst, obwohl sie unwillkürlich dachte, dass man ihre Kindheit nicht mit seiner vergleichen konnte.

Er knetete eine Weile ihre Brust, versuchte dann mit einer Hand, einen Blusenknopf zu öffnen. Es gelang ihm auch nach längerem Nesteln nicht, sodass er bald wieder aufgab. Aber seine Hand schloss sich noch fester um die ihre.

»Wenn wir ein wenig länger hier liegen bleiben, muss ich im Falle einer Trennung wohl Kranzgeld zahlen.«

»Kranzgeld?«

»Weißt du das nicht? Wenn der Mann eine Verlobung auflöst, kommt er in unserem Familienrecht nicht so billig davon. Eine Entschädigungssumme wird fällig, denn es ist ja nicht ganz unwahrscheinlich, dass die Braut schon in ein Hochzeitskleid investiert hat.«

»Dann hast du Glück, dass wir nicht verlobt sind – auch wenn deine Mutter glaubt, das steht unmittelbar bevor.«

»Die kann sich eben nicht vorstellen, dass man einfach bloß gerne mit jemandem zusammen ist. Der ging es selber immer nur um eine abgesicherte Zukunft … nicht um Glück … nicht um Liebe.«

Als er die Braue hochzog, wurde er wieder zum Thilo, den sie kannte. Was die Berührung nicht ausgelöst hatte – ein leises Ziehen im Bauch –, schafften seine Worte. Zum ersten Mal hatte er ihr gegenüber das Wort Liebe in den Mund genommen.

Bald schweiften seine Gedanken wieder ab.

»Natürlich hat nicht nur der künftige Bräutigam seine

Pflichten«, fuhr er fort. »Die Frau muss ihre Aussteuer zusammenkriegen. Zu allen Geburtstagen und Weihnachten macht man ihr ein entsprechendes Geschenk, Geschirr, Hausrat, Bettwäsche.« Plötzlich boxte er in das Kissen. »Meine Mutter hat brav ihre Initialen gestickt, während sie auf meinen Vater gewartet hat, als der noch im Krieg war.«

Luise rückte ein wenig ab, nicht sicher, ob sie Distanz zwischen sich und ihn bringen wollte oder zwischen sich und das Kissen, das diese giftige Wut in ihm heraufbeschwor.

»Ich hasse meinen Alten so sehr«, presste er hervor.

Der Druck seiner Hand war fast schmerzhaft, und zugleich hatte sie das Gefühl, dass er noch nie so nach ihrer Nähe und ihrem Zuspruch gegiert hatte. Die Nähe wollte sie ihm geben, sie rutschte an ihn heran und legte nun doch ihren Kopf auf seine Brust, aber der Zuspruch fiel ihr schwer. »So schlimm ist er nun auch wieder nicht.«

Sein Kinn lag auf ihrem Kopf. Mit jedem Wort, das er sagte, drückte er es in ihre Schläfe.

»Er war kein Soldat, er war ein Schlächter. Und er war in keinem Krieg, er war auf einem Mordkommando. Meine Mutter hat ihre Aussteuer genäht, und mein Vater hat Juden getötet. Nadelstich um Nadelstich, dann war ein Laken fertig. Spatenstich um Spatenstich, dann war ein Grab ausgehoben. An einem Tag haben sie tausendsechshundert Menschen umgebracht. Männer, Frauen und Kinder, Junge und Alte. In Gruppen zu sechzig haben sie sie eingeteilt, mit Knüppeln zu einer Sandgrube getrieben. Bevor die SS die Waffen zückte, ging einer mit Säcken herum, um Wertsachen einzusammeln. Schmuck, Pelzkrägen, und wer noch ein feines Kleid anhatte, musste es ausziehen und nackt vor ihnen stehen.«

»Thilo …«

»Willst du das etwa nicht hören?«, rief er schrill. »Dann press dir doch das Kissen an die Ohren, vielleicht ist es dick genug.«

Sie presste ihr Ohr an seine Brust, hörte seinen Herzschlag, hart, schnell, wie eine Gewehrsalve.

»Mit Maschinenpistolen haben sie jedem eine Kugel in den Kopf geschossen. Die nächsten Opfer mussten sich auf die Toten legen, ehe auch sie starben. Warum sie sich nicht gewehrt haben, wollte ich wissen, als ich die Geschichte zum ersten Mal hörte. Ob sie feige waren. Eigentlich war ich immer der Feigling, weil ich so ein braves Kind war. Die Menschen konnten nicht fliehen, weil man einen Kreis um sie gezogen, sie mit Knüppeln geprügelt hat. Ich denke, wenn man die Wahl zwischen den Knüppeln hat und hundert Schlägen oder dem Gewehr und einem Schuss, nimmt man das Gewehr, damit es schneller vorbei ist.«

Es fühlte sich auch wie Knüppelschläge an, als sein Kinn im Reden wieder und wieder gegen ihre Schläfe stieß.

»Am Morgen um neun haben sie mit dem Schlachten begonnen. Am Nachmittag gegen drei Uhr war das Tagwerk verrichtet und die gesamte jüdische Einwohnerschaft von Lubny *in den Himmel umgesiedelt worden*. So nannte er es. Sonderlich hart galt es also nicht zu schuften. Ich meine, in welcher Fabrik gibt es einen Sechsstundentag? Dort muss man sich mindestens zehn Stunden abrackern. Aber in einer Todesfabrik gab's Privilegien, den ganzen Nachmittag und Abend hatten sie frei, um zu saufen. Gesungen haben sie auch. ›Die Juden zieh'n dahin, daher, sie zieh'n durchs rote Meer, die Wellen schlagen zu, die Welt hat Ruh.‹«

Er legte den Kopf nun weit zurück, sodass sie sein Kinn nicht länger spüren konnte, nicht seinen heißen Atem, nur den kratzenden Pulli. Sie wollte sich am liebsten die Augen zuhalten, damit sie nicht sehen musste, was seine Worte heraufbeschworen.

Wobei keine konkreten Bilder auftauchten. Sie sah zwar Körper in SS-Uniformen, die nackten, ausgemergelten Opfer, aber die Gesichter fehlten, an ihrer Stelle befanden sich nur graue Flecken. Thilos Gesicht schien auch ein grauer Fleck zu sein.

»Woher weißt du das alles überhaupt? Hat er dir das so erzählt?«

Er zuckte mit den Schultern. »Das Lied habe ich ihn oft singen hören. Und das mit dem Töten hat er mir mal erzählt. Wir hatten eine Katze, und als die Junge bekam, hat er sie ertränkt. Ich sollte ihm helfen, aber wollte es nicht. ›Die Katze ist der Jude unter den Tieren‹, hat er mir erklärt. Dann hat er einen leeren Kissenbezug genommen, die Tiere hineingesteckt und Steine. ›So macht man das.‹ Ich bin nicht sicher, ob in dem Bezug die Initialen meiner Mutter eingestickt waren, vermutlich hätte sie keinen Kissenbezug geopfert. Sich selbst hat sie aber sehr wohl geopfert, hat diesen Schlächter geheiratet, sich ein Kind machen lassen, residiert mit ihm in dieser Gruft, macht ihm russische Eier und …«

»Bist du sicher, dass sie von seiner Vergangenheit weiß?«

So steif er eben noch gelegen hatte, so ruckartig sprang er hoch. Sein Kopf prallte gegen die Schräge, das musste wehtun. »Jeder konnte es wissen! Deine Mutter hat es sicher auch gewusst! Aber sie hat nicht alles mitgemacht. Du kannst so froh darüber sein. Wer kann schon von seiner Mutter sagen, dass sie auf der richtigen Seite stand?«

Wieder machte er eine so abrupte Bewegung, dass er sich den Kopf anschlug.

Er rieb sich den Hinterkopf, als er auf sie herabsah. Aus seinen Worten mochte Anerkennung für ihre Mutter sprechen, aber aus seinem Blick sprach Neid.

Sie erhob sich nun auch, achtete darauf, nicht an den Dachschrägen anzustoßen.

»Wenn du deinen Vater so sehr hasst, warum besuchst du ihn dann überhaupt und schleppst mich hierher mit?«

»Warum wohl? Ich wollte mit dir Eindruck schinden. Und du hast meine Alten doch gehört. So ein nettes Fräulein hat sicher einen guten Einfluss auf den Sohnemann. Und wenn der brav ist, dreht man ihm den Geldhahn nicht zu.«

»Warum machst du dich denn abhängig von ihm? Steh auf deinen eigenen Beinen – ich tue das doch auch.«

Sein Mund verzerrte sich. War das noch ein Lächeln?

»Ich glaube, ich kann das nicht«, presste er hervor. »Gleichzeitig studieren, mich politisch engagieren, irgendwo arbeiten. Du … du bist stärker als ich.«

Es war das größte Kompliment, das er ihr jemals gemacht hatte. Aber es tönte dieser Neid heraus, der es vergiftete.

»Ist ja auch kein Wunder«, fügte er hinzu, »du bist ganz anders aufgewachsen.«

Sprach er immer noch von ihrer Mutter? Oder von der Atmosphäre voller Wohlwollen und Liebe, die Ella geschaffen hatte?

Nun, davon konnte er nichts wissen, sie hatte nie viel über ihre Schwester erzählt. Aber ihr standen plötzlich so viele Erinnerungen vor Augen. Sie sah nicht bloß die jetzige Wohnung vor sich, wo sie so viele Jahre ihres Lebens verbracht hatte, auch ein Bild aus jenen Jahren, da zur Buchhandlung noch der Verlag gehört hatte und Ella in einem von dessen Räumen gewohnt hatte. An den Wochenenden hatte sie Luise zu sich geholt, ihr vorgelesen, ihr Buchstaben beigebracht – auch die Liebe zu Büchern, vielleicht die Liebe an sich.

Thilos Umarmung wurde inniger, er wankte nicht mehr so stark, schien sie nicht mehr zu Fall bringen zu wollen, er schien vielmehr zu tanzen.

»Woran denkst du?«, fragte er.

Sie öffnete den Mund, schloss ihn wieder. Es fühlte sich falsch an, jetzt über Ella zu sprechen. Aber plötzlich wusste sie, es würde sich richtig anfühlen, *mit* ihr zu sprechen, sich nicht länger hinter Schweigen zu verschanzen, hinter Unversöhnlichkeit. Was genau hatte sie ihr denn schon vorzuwerfen? Nicht ansatzweise das, was Thilo seinem Vater vorwarf.

Ihm gegenüber schweigen wollte sie auch nicht. Sie dachte an ihr Gespräch mit Ari, dachte an die vage Idee, die seit damals Gestalt angenommen hatte.

»Es muss sich etwas ändern.«

Thilo hob den Kopf, blickte spöttisch lächelnd auf sie hinab. »Du wartest also wie meine Mutter darauf, dass ich dir einen Heiratsantrag mache?«

Sie erwiderte sein Lächeln nicht, nur lange und intensiv seinen Blick. »Ich will mich nie wieder wie eine … Mitläuferin fühlen, die tut, was man ihr sagt.«

»Willst du sagen, dass du nicht an unsere Ziele glaubst?« Sein Spott schlug in Aggression um. »Ich kann mich nicht erinnern, dass ich dich jemals auf eine Demonstration zwingen musste.«

»Das wirst du auch künftig nicht tun müssen. Aber besagte Ziele kann man auch mit anderen Mitteln erreichen.«

»Und welche wären das?« Abrupt ließ er sie los und wandte sich ab, als wäre ihm ihre Antwort nicht so wichtig.

Luise blickte sich in dem Zimmer um, und plötzlich ging ihr auf, dass hier mehr fehlte als Geborgenheit. »Bücher«, sagte sie unwillkürlich.

»Pah!«, rief Thilo. »Wir lesen doch genug! Und warum wohl wurde der Verlag *Neue Kritik* gegründet? Warum erscheinen die ganzen sozialistischen Klassiker dort?«

»Mir genügt das aber nicht, nur zu vervielfältigen, was mir andere in die Hand drücken.«

»Was willst du denn sonst?«

Sie war nicht sicher, ob ihre Idee schon reif genug war, um ausgesprochen zu werden … ob sie seinem beißenden Spott standhalten würde, auch dem Neid, der immer noch oder schon wieder in seiner Miene aufblitzte.

Ehe sie etwas sagen konnte, klopfte es an der Tür. »Mögt ihr nicht runterkommen?«, fragte Thilos Mutter. »Es gibt noch Kalten Hund.«

Sein Lachen klang fast wie ein Kreischen. Er rief zwar nach draußen, dass sie gleich kommen würden, aber sobald sich die Schritte entfernt hatten, lästerte er: »Ob mein Vater wohl den Hund eigenhändig geschlachtet hat? Ertränkt, dann in Stücke geschnitten und im Gefrierschrank frisch gehalten?«

»Du weißt schon, dass mit Kalter Hund Kekse gemeint sind, die mit Schokolade übergossen wurden.«

»Ja, klar«, sagte er, und sein Gesicht verzog sich, als würde er Schokolade ebenso ekelhaft finden wie Kekse. Und dann plötzlich änderte sich die Stimmung einmal mehr, er zog sie an sich und küsste sie ungestüm und gierig, als wäre sie das Süßeste, was sich von dieser Welt erhoffen ließ.

»Du wärst das Kranzgeld wert«, nuschelte er so undeutlich, dass sie nicht sicher war, ob sie ihn richtig verstanden hatte. Etwas verständlicher fügte er hinzu: »Später erzählst du mir mehr von deinen Plänen.«

Luise nickte, aber plötzlich wusste sie, dass er nicht der Erste sein durfte, mit dem sie darüber reden würde.

Es war sehr spät, als Ella die Tür zu ihrer Wohnung aufsperrte. Sie hatte die Rückkehr nach Hause in den letzten Monaten immer weiter nach hinten verschoben. Zunächst waren es Unternehmungen mit Lilo gewesen, die sie davon abhielten, später Bürokram, den sie vorschob, weil selbst die vielen Bücher in ihrem Wohnzimmer nicht darüber hinwegtäuschen konnten, wie leer die Wohnung war und wie schmerzlich Luise fehlte. In den letzten Wochen schließlich hatte sie sich nicht mehr Abrechnungen und Geschäftsbriefen gewidmet, sondern der Umsetzung ihrer Pläne. Denn was ganz sicher nicht mehr leer war, war ihr Leben.

Die Müdigkeit, die auf ihr lastete, hatte nichts von jener düsteren Schwere aus der Zeit, als jeder Tag ein Kampf gegen Sinnlosigkeit und Langeweile gewesen war. Obwohl sie ihre Lider kaum offen halten konnte und der Rücken schmerzte, fühlte sie sich belebt. Wahrscheinlich würde das einer dieser Tage sein, an dem sie bis spät in die Nacht hinein lesen musste, um irgendwann Schlaf zu finden. Gut, dass sie kürzlich gleich zwei spannende Romane für sich entdeckt hatte, die erst kürzlich erschienen waren und die sie abwechselnd las: Den unterhaltsamen Agentenroman von Ian Flemming *Der Spion, der mich liebte* und Marlen Haushofers deutlich anspruchsvolleres Werk *Himmel, der nirgendwo endet.*

Bevor sie allerdings ihr Schlafzimmer erreichte, nahm sie den Lichtschein wahr, der durch den Türspalt von Luises einstigem Zimmer floss. Ein eisiger Schreck überkam sie. Sie hatte das Zimmer seit Langem nicht betreten, geschweige denn dort das Licht angemacht.

Obwohl die Panik ihr Herz schnell schlagen ließ, sagte ihr eine innere Stimme, dass von dort keine Gefahr drohte. Und als sie sich endlich ein Herz fasste und die Tür öffnete, war sie nicht weiter überrascht, Luise dort an ihrem Schreibtisch sitzen zu sehen. Vor ihr lag etwas, was ebenfalls ihrer Kiste mit Lebenserinnerungen entstammen musste – eine alte Verlagsvorschau aus dem Jahr 1948, als der Verlag noch Hagedornverlag geheißen hatte, weil sie den Mädchennamen ihrer Mutter benutzt hatte. Sie war die erste halbwegs umfangreiche nach dem Krieg gewesen, weil das Papier nicht länger knapp war. Zugleich war es ihre letzte gewesen, denn die Währungsreform hatte der Buchbranche stark geschadet, und bald danach hatte sie sich nur noch auf die Buchhandlung konzentriert.

»Luise, was …«

Nein, sie wollte nicht fragen, was die Schwester hier machte, ihr nicht das Gefühl geben, dass sie hier nichts verloren hätte. Besser, sie nahm ihre Gegenwart selbstverständlich hin, dann wäre die Hürde für Erklärungen nicht so hoch. Luise schien ohnehin nicht im Sinn zu haben, sich zu erklären.

»Stimmt es, dass im Sortiment früher mal ein Reingewinn von drei Prozent normal war?«, fragte sie. »Und dass Verleger sogar mit noch mehr rechnen konnten? Dass die Gewinnspanne aber deutlich geschmälert wurde, als es 1951 bei der Bundespost zur Erhöhung der Frachtspesen und Gebührensätze kam?«

Obwohl Bücher ihr Leben waren, hätte sich Ella kein unpassenderes Thema vorstellen können. Sie war an der Schwelle stehen geblieben, jetzt trat sie näher und sah, dass nicht nur eine alte Verlagsvorschau vor Luise lag, auch ein Notizbuch, in dem sie geschrieben hatte. Sie konnte sich keinen Reim darauf machen. Auch darauf nicht, warum Luise heute so sittsam gekleidet war, mit weit übers Knie reichendem Faltenrock, Strickweste und heller Bluse.

»Warum …«, setzte sie an, aber auch diese Frage brachte sie nicht zu Ende. Wenn Luise unbedingt mit ihr über die Preisentwicklung auf dem Buchmarkt sprechen wollte, dann wollte sie das gerne tun, solange sie überhaupt hier war und mit ihr sprach. Als Ella allerdings erklären wollte, dass Anfang der Fünfzigerjahre tatsächlich viele Verlage, kaum dass sie sich von der Währungsreform erholt hatten, eine neue Krise durchlebten, sagte Luise nachdenklich: »Das ist doch nicht der alleinige Grund, dass du damals den Verlag zugemacht hast, oder?«

Ella lehnte sich an den Schreibtisch. »Dass ich nach dem Krieg sowohl unseren Verlag als auch die angeschlossene Sortimentsbuchhandlung wieder aufbauen konnte, war auch Hildegard Schadewald zu verdanken, Reinholds Mutter. Ohne sie hätte ich beides nicht geschafft. Doch dann ist ihr Sohn aus der Kriegsgefangenschaft zurückgekehrt, und sie wollte sich um ihn kümmern. Ich wiederum wollte mich um dich kümmern, dich ganz bei mir haben, du weißt doch, bis dahin warst du die Woche über bei unseren Großeltern und …« Sie biss sich auf die Lippe. »Das soll nicht so klingen, als wärst du daran schuld, keineswegs. Es war meine Entscheidung, mir wurde einfach alles zu viel, erst recht, nachdem Ari …«

Wieder biss sie sich auf die Lippe, nicht sicher, welches Terrain gefährlicher war – das der Vergangenheit mit ihrem Liebsten oder das der Vergangenheit mit ihrer Schwester.

Als Luise von den Notizen hochblickte, lag jedoch ein unerwartet friedlicher Ausdruck auf ihrem Gesicht.

»Du hast so viele Opfer für mich gebracht.«

»Das waren keine Opfer!«, sagte Ella schnell. »Das war … Liebe. Du warst der wichtigste Mensch für mich. Bist es immer noch. Und natürlich wäre es möglich gewesen, zugleich Verlegerin zu sein und dich aufzuziehen. Ich war damals allerdings ziemlich desillusioniert. Es gab immer neue Probleme, und die Bücher, die ich veröffentlichen wollte, waren auf dem Markt nicht gefragt …«

Bücher wie die Lebenserinnerungen von Naphtali Stein.

Sie rang noch damit, ob sie Luise von ihren Plänen erzählen sollte, die sie kürzlich gefasst hatte, doch die starrte wieder auf ihre Notizen, wenngleich sie blind für das zu sein schien, was sie aufgeschrieben hatte.

»Ich habe dir nie gedankt«, murmelte sie, »dafür, dass du die Mutterrolle übernommen hast, immer für mich da gewesen bist.«

»Da gibt es auch nichts zu danken. In gewisser Weise hast du mich gerettet. Ich weiß nicht, ob ich damals ohne dich hätte weitermachen können. Ich habe auch nie um die Entscheidung gerungen, ob ich dich bei mir aufnehmen soll. Es war eine Selbstverständlichkeit.«

»Aber es war nicht selbstverständlich, dass du mir immer sehr viel Freiheit gelassen hast, zum Leben, zum Denken, zum Lesen. Du hast mich nie gedrängt, mich nie gegängelt.«

»Und doch habe ich nicht zugelassen, dass du das Papier nimmst, und das war ziemlich kleinlich. Und ich wollte nicht, dass du studierst, sondern deine Buchhandelslehre abschließt, aber das ist deine Entscheidung, nicht meine.«

Ella verlagerte ihr Körpergewicht, schob auf dem Tisch ihre Hand ganz nahe an Luises heran. Sie wagte noch nicht, sie zu nehmen, wagte auch nicht, den Blick der Schwester einzufordern. Sie fühlte, eine Versöhnung war zum Greifen nah, aber ein falsches Wort könnte alles zunichtemachen, und alles konnte falsch sein, solange sie nicht wusste, warum Luise gerade heute zurückgekommen war.

Plötzlich begann Luise zu reden. Sie sprach vom studentischen Verlag, der *Neuen Kritik,* sprach auch von der Frankfurter Studentenzeitung *Diskurs*, dem zentralen Diskussionsorgan. »Dass der Verlag läuft und die Zeitung erscheinen kann, ist dem Fleiß der Studenten zu verdanken, die den Druck bewerkstelligen. Im letzten Jahr habe ich oft geholfen. Auch wenn es darum ging, neue Flyer zu entwerfen und zu vervielfältigen.«

»Wenn du auf der Suche nach Unterstützung bist … Natürlich kannst du Papier haben, auch andere Druckmaterialien, nur eine alte Druckerpresse habe ich nicht zu bieten.«

Luise erhob sich abrupt. Sie standen sich gegenüber, nur die Ecke des Schreibtisches trennte sie.

»Deswegen bin ich nicht hier. Ich habe mich in den letzten Wochen ständig gefragt, welche Themen mir wichtig sind, was ich drucken lassen würde, wenn ich frei entscheiden könnte. Und ich habe auch darüber nachgedacht, wie viel Macht darin liegt, auf diese Weise die Welt zu verändern. Du hältst mich vielleicht für verrückt … denkst, dass das eine neue unausgegorene Idee von mir ist … und trotzdem … Ich möchte unseren Verlag wieder zum Leben erwecken. Ich glaube nicht, dass ich zur Buchhändlerin tauge, aber ich glaube, ich wäre eine gute Verlegerin. Natürlich muss ich noch sehr viel lernen, ich könnte es unmöglich allein schaffen … und … und … Ich würde die Vergangenheit zum zentralen Thema machen. Unmittelbar nach dem Auschwitzprozess redete jeder davon, aber mittlerweile ist das irgendwie untergegangen. Und ich habe das Gefühl, dass man sich vielleicht noch ein klein wenig für die Opfer der sogenannten Endlösung interessiert – aber nicht im Geringsten dafür, wie es den Juden geht, die heute in Deutschland leben und immer noch unter den Schrecken der Vergangenheit leiden. Sie hätten so viele Geschichten zu erzählen! Natürlich muss man das richtig anstellen, und wie gesagt, ich habe nicht viel Ahnung. Ich denke, dass man mit einer niedrigen Auflage starten müsste, mit einer externen Druckerei zusammenarbeiten. Aber wenn es halbwegs läuft, könnte man das Gebäude im Hinterhof, das einst zum *Bücherreich* gehörte, wieder nutzen und …«

Hinter der Miene einer ernsthaften, entschlossenen Frau glaubte Ella das kleine Mädchen von einst zu sehen, zwar ebenfalls willensstark und oft ein Wildfang, manchmal aber verzagt und etwas unsicher.

Ella überwand die letzte Distanz. Um die Worte, die ihr jetzt auf den Lippen lagen, musste sie nicht mühsam ringen, die Angst, etwas Falsches zu sagen, fiel von ihr ab. Nun gut, kurz konnte sie gar nichts sagen, weil sie erst lachen und dann weinen musste, Luise an sich ziehen und sie umarmen. Aber schließlich erklärte sie: »Unseren Verlag wieder zum Leben erwecken – genau daran arbeite ich seit Wochen. Lass es uns gemeinsam tun.«

10. KAPITEL

Angespannt blickten sie auf das große Paket, das in die Buchhandlung geliefert worden war und nun in der Mitte des kleinen Büros stand. Anstatt es zu öffnen, strich Ella darüber, als wäre es ein verfrühtes Weihnachtsgeschenk, obwohl erst der 1. Dezember war.

»Ich kann mich noch gut erinnern, wie ich damals nach dem Krieg die erste Broschüre unseres Verlags habe drucken lassen«, murmelte sie. »*Kochen ohne Zutaten* hieß sie.«

Luise prustete los. »Was ist denn das für ein Titel?«

»Damals hatte er einen Sinn. Es galt, aus ganz wenigen Dingen halbwegs schmackhafte Gerichte zu zaubern. Zum Beispiel aus Trockenkartoffelpulver einen Kuchen. Die Konkurrenz gab damals ein Heftchen mit dem Titel *Wie füttere ich mein Kaninchen* heraus.«

»Fütterte man das Kaninchen etwa auch mit Trockenkartoffelpulver? Das arme Tier!«

»Ich habe dir damals unsere Broschüre gezeigt. Natürlich konntest du nichts damit anfangen, du warst ja erst zwei, aber ich habe die Buchstaben mit Ameisen und Läusen verglichen, bin auf allen vieren durchs Zimmer gekrabbelt und …«

Ella war ebenso belustigt wie wehmütig. Diese Erinnerungen bewiesen, wie groß ihre Liebe zu Luise gewesen war – damals und auch heute. Ihr Streit … die langen Monate des

Schweigens … Es war so leicht gewesen, beides zu überwinden. So leicht auch, sich in den letzten Wochen intensiv ihrem gemeinsamen Projekt zu widmen.

»Komm, lass uns das Paket aufmachen«, sagte Luise energisch.

Behutsam löste Ella den Bindfaden, riss das braune Packpapier auf, und darunter kamen die ersten fünfzig Exemplare von *Die letzten Tag von Johanna* zum Vorschein, in denen Naphtali Stein vom Schicksal seiner Familie berichtete und auch Klara Reichenbachs Heldentat gebührende Würdigung fand.

Anstatt es aufzuschlagen, fuhr Ella ehrfürchtig über eines der Bücher, zeichnete die Buchstaben des Titels und des Autorennamens nach, zuletzt das geschwungene R und V des Verlagssignets, das ihre Eltern früher für die Druckwerke des Reichenbachverlags verwendet und das sie – leicht überarbeitet – wieder aufgegriffen hatten.

Luise fand, dass sich die vielen Stunden des Diskutierens über die Aufmachung des Buchs gelohnt hatten. Ein Foto von Johanna gab es leider nicht mehr, als Alternative hatten sie kurz überlegt, das Lager Auschwitz-Birkenau zu zeigen. Allerdings war ihr Anliegen, nicht nur von Johannas frühem Tod zu berichten, sondern auch von ihrem Leben. Am Ende arbeiteten sie mit einer Fotografie, die Frankfurt zu Beginn der Dreißigerjahre zeigte, als Naphtali ein angesehener Autor gewesen war und seine Familie glücklich. Die Rückenansicht eines Mädchens in einem weißen Kleid war hineingesetzt worden, hatte Ari doch einmal erzählt, dass Johanna gern Weiß getragen hatte.

Andere Entscheidungen waren sie eher pragmatisch angegangen, so, mit welchem Papier sie arbeiten würden. Bücher wurden seit Jahren nicht nur immer teurer, auch immer dicker, um die hohen Preise zu rechtfertigen. Viele Verlage waren dazu übergegangen, Luft in das Papier zu pumpen, damit es ein größeres Volumen bekam – allerdings mit der Konsequenz, dass es deutlich schlechter zu bedrucken und zu falzen war. Als Ella nun das Buch aufschlug, sah Luise auf einen Blick, dass sie die richtige Wahl getroffen hatten. Das Register wurde gehalten, das hieß, die Seiten waren absolut deckungsgleich bedruckt. Und es gab keinerlei Farbschwankungen zwischen mager gedrucktem Text und fetteren Überschriften.

»Du musst Naphtali Stein so schnell wie möglich besuchen und ihm ein Exemplar bringen.«

Ella nickte gedankenverloren. Sie war regelmäßig im Altersheim in der Gagernstraße, brachte immer eine Kleinigkeit mit. Hatte er die Bethmännchen beim ersten Besuch noch ignoriert, freute er sich nun immer über Naschereien. An einem der letzten warmen Herbsttage hatte sie sogar einen kleinen Spaziergang im Garten mit ihm gemacht. Schon damals hatte er sich schwer auf sie gestützt, und jeder Schritt hatte viel Kraft gekostet – danach hatte sie ihn nur mehr im Bett angetroffen. »Schade bloß, dass sich sein Zustand ständig verschlechtert«, sagte sie leise. »Ich fürchte, ich kann ihm nicht zumuten, selbst sein Buch vorzustellen. Dabei … dabei wäre das so wichtig.«

Luise legte tröstend den Arm auf ihre Schulter. In den letzten Monaten war alles glattgelaufen, auch die Anmeldung des Verlags beim Gewerbeamt hatte kein Problem dargestellt, weil es diesen schließlich schon gegeben hatte und er nicht neu gegründet wurde. Außerdem hatten sie nicht nur voller Eifer an diesem ersten Buch gearbeitet, sondern bereits Pläne für ein weiteres Programm entwickelt, für das das Motto »klein, aber fein« zutreffen sollte. Nur ihre Vorstellungen, wie die Buchpremiere Mitte Dezember aussehen würde – ein Journalist, der in der Vergangenheit ausführlich über den Auschwitzprozess berichtet hatte, hatte sein Kommen bereits zugesagt –, ließen sich nicht erfüllen, nachdem Naphtali kürzlich einen Schwächeanfall erlitten hatte. Seitdem fürchtete sie, dass ihre Veranstaltung jene Lebendigkeit und Authentizität würde vermissen lassen, die notwendig waren, um das Publikum tief zu berühren.

»Du denkst an Menschen wie Lilo, oder?«, fragte Luise.

Luise hatte mitbekommen, wie Ella auch ihrer Freundin von der Wiederauferstehung des Familienverlags erzählt hatte und welche Publikation als Erste geplant war. Lilo war bereits schmallippig geworden, als sie Luise in der Buchhandlung angetroffen hatte – so schnell verzieh sie ihr nicht, dass sie sich so entschieden von der Schwester losgesagt hatte. Nun war ihre Begeisterung nicht gerade gewachsen, im Gegenteil.

»Tut mir leid, aber so was kann ich nicht lesen. Gerade erst kürzlich habe ich mich furchtbar über einen Artikel aufgeregt, in dem es um die Vergangenheit ging.« Sie hatte irgendetwas von Landesverrätern gefaselt, was alle Widerstandskämpfer wohl insgeheim wären. Zumindest war Franz-Josef Strauß dieser Meinung, sonst hätte er im Bundestag Willy Brandt nicht die Frage gestellt, wo er den Zweiten Weltkrieg verbracht hätte. In Lilos Augen war das eine durchaus berechtigte Frage. Wie könne man jemandem zutrauen, das Land zu führen, wenn der sich wie so viele andere Emigranten in Krisenzeiten aus dem Staub gemacht hätte.

Ella war ihr relativ schroff über den Mund gefahren: »Es geht hier nicht darum, wie sich SPD-Politiker während des Kriegs verhalten haben – nicht wenige sind übrigens für ihre

Überzeugungen ins KZ gekommen. Es geht hier um ein kleines Mädchen, das zusammen mit seinen Eltern nach Auschwitz deportiert, dort vom Vater getrennt und …«

»Nicht weitersprechen! Sonst muss ich weinen.« Der tragische Gesichtsausdruck hatte in so deutlichem Kontrast zu dem grade noch verächtlichen gestanden, dass Luise fast ein Lachen entkommen wäre.

Ella dagegen hatte die Freundin verwirrt betrachtet. »Es berührt dich also doch.«

»Natürlich nimmt es mich mit, davon zu hören. Natürlich werde ich dir ein Buch abkaufen, aber lesen werde ich es nicht. Und wenn du eine Veranstaltung planst, werde ich natürlich kommen, auch wenn es mir dann tagelang schlecht gehen wird.«

Ella hatte resigniert geseufzt.

Jetzt meinte sie, dass sie auf eine Besucherin wie Lilo notfalls verzichten könnten. »Allerdings nicht auf jemanden, der an Naphtalis Stelle aus dem Buch vorträgt.«

Als Luise ebenfalls ein Buch an sich nahm, ehrfürchtig über den Einband strich, dann durch die druckfrischen Seiten blätterte, kam ihr die rettende Idee. Sie erschien ihr genial, aber ebenso delikat, würde sie doch Ella eines der wenigen Geheimnisse anvertrauen müssen, die sie trotz ihrer Wiederannäherung vor ihr hatte.

Ehe sie sich dazu durchringen konnte, ging die Ladenglocke. Sie hatten das Paket in den Büroräumen ausgepackt und zuvor nicht abgesperrt, aber es war schon nach neunzehn Uhr, und die Kundschaft wusste, dass geschlossen war.

»Ich schaue nach«, sagte Luise schnell. Sie hielt noch das Buch in den Händen, als sie die Buchhandlung betrat und überrascht feststellte, dass es Thilo war. Über ihrem Engagement für den Reichenbachverlag hatte sie in den letzten Wochen nicht nur ihr Studium etwas schleifen lassen, zumal sie sich ihre Unabhängigkeit bewahren wollte und weiterhin im Café arbeitete. Auch Thilo hatte sie mehrfach kurzfristig abgesagt, weil sie zu beschäftigt oder zu müde gewesen war. Beim ersten Mal hatte er die leise Irritation noch unter Spott versteckt, beim letzten Mal hatte er sie gereizt angeblafft: »Dann eben nicht.«

Nun ließ er seinen Blick unruhig schweifen, schien die vielen Bücherregale gar nicht richtig wahrzunehmen. Als er seine Mütze vom Kopf zog, stand sein Haar wie elektrisiert nach allen Seiten ab. Von der Mütze abgesehen, war er für diese Jahreszeit viel zu leicht bekleidet, und entsprechend rot waren seine Hände, auf die er nun pustete.

Wann immer sie ihn traf, konnte sie nicht sicher sein, welcher Thilo ihr gegenüberstand. Der verletzliche, der überhebliche, der zynische, der gehetzte. Und nun kam eine neue Facette hinzu – der etwas weggetretene, als wäre er hierhergekommen, ohne recht zu wissen, warum.

Luise warf einen Blick über ihre Schulter und stellte erleichtert fest, dass die Schwester ihr nicht gefolgt war. Dass Ella von ihrer Beziehung oder dem, was sie selbst so bezeichnete, Thilo aber wohl nicht, keine hohe Meinung hatte, ahnte sie, doch Ella hatte nie Fragen gestellt, und Luise hatte so gut wie nichts erzählt.

»Schau«, überbrückte sie die Stille und hob das druckfrische Buch hoch, »*Die letzten Tage von Johanna*, wir haben gerade erst …«

Thilos Blick blieb kaum auf dem Buch hängen. »Diese alten

Geschichten helfen uns jetzt auch nicht weiter. Die Sozialisten verraten alles, was ihnen heilig war.«

Luise blickte ihn verwundert an.

»Du hast es doch mitbekommen?«, schnauzte er sie an, als wäre es ein Verbrechen, mal keine Nachrichten geschaut zu haben.

»Natürlich«, sagte sie schnell. »Bundeskanzler Erhard ist gestern zurückgetreten und …«

»Was gestern passiert ist, interessiert mich doch nicht. Was heute passiert ist, darauf kommt es an! Dieser Nazi Kurt Kiesinger wird neuer Kanzler! Und Willy Brandt Außenminister!«

»Also wird es wirklich eine Große Koalition geben«, murmelte Luise. Nun gut, die Debatte darüber war nicht gänzlich an ihr vorbeigegangen. Sie hatte gelesen, dass eine solche Koalition durchaus von manchen begrüßt wurde, weil man sie als reformfreudiges Modernisierungsbündnis betrachtete.

Thilo war anderer Meinung. »Damit ist eine parlamentarische Opposition nicht mehr vorhanden. Spätestens jetzt haben wir eine komplett manipulierte Gesellschaft, die totale politische Konformität. Anstatt den Reiter vom Pferd zu stürzen, halten die Roten ihm jetzt noch den Steigbügel. Wenn sie ihm wenigstens den Zügel aus der Hand nähmen! Aber wahrscheinlich genügt es ihnen, ein rotes Seidenband in den Schwanz zu flechten und auf diese Weise zu verschleiern, dass das Pferd durch und durch braun ist.«

Obwohl ihm der Ärger deutlich anzuhören war, konnte Luise nicht anders, als loszuprusten. Das Bild von Willy Brandt, der einen Pferdeschweif flocht, war gar zu komisch.

»Findest du das etwa lustig?«, fauchte er und bedachte sie mit einem Blick, als wäre sie Kurt Kiesinger persönlich.

Luise ahnte, wie enttäuscht die Studenten waren, die seit Tagen gegen die Bildung einer Großen Koalition demonstrierten. Auch an der Buchhandlung waren kürzlich welche mit dem Transparent: »Willy, wehe dir!«, vorbeigezogen.

»Kann es nicht eigentlich nur besser werden? Ich meine, Ludwig Erhard hat zwar versprochen, dass die Nachkriegszeit zu Ende wäre, aber dann kam die erste Rezession, da ist es doch verständlich, wenn …«

»Du denkst, es wird besser?« Thilo schrie nun, und Luise lugte wieder unauffällig über die Schulter, um sich zu vergewissern, dass das Geschrei Ella nicht herbeilockte. Sie konnte sich nicht vorstellen, dass sie es nicht gehört hatte, aber wahrscheinlich ging sie Thilo mit Absicht aus dem Weg. »Hast du nicht mitbekommen, wie viele Stimmen die NPD bei der letzten Wahl bekommen hat? Bald werden wir wieder von Nazis regiert.«

»Ich dachte, das werden wir deiner Meinung nach bereits.«

»Ich meinte: *nur noch* von Nazis.«

»Dann ist es ja doch nicht so schlecht, wenn Willy Brandt, der kein Nazi ist, Teil der Regierung ist.«

Seine Augen wurden schmal. »Komm mir nicht mit Winkeladvokatensprüchen wie Claus. Wir müssen etwas tun!«

»Ja«, sagte Luise, hob wieder das Buch, ein wenig wie einen Schutzschild nun, »wir müssen daran gemahnen, wie es das letzte Mal endete, als die Nazis an die Macht kamen.«

»Ach Gottchen, mit diesen alten Geschichten lockst du doch niemanden hinter dem Ofen hervor. Wir müssen den Mächtigen da oben klarmachen, dass die Jugend des Landes ihnen auf die Finger schaut, dass sie sofort auf die Straße geht, wenn etwas schiefläuft, dass der Protest immer radikaler wird, je skrupelloser man die Demokratie mit Füßen tritt. Diese Flugblätter werden wir noch heute verteilen.«

Er zog einen Packen Papier unter der dünnen Jacke hervor, hielt sie ebenfalls hoch, sodass sie wie Kontrahenten wirken mussten mit ihren Schilden aus Papier. Sie konnte nicht viel mehr erkennen als Willy Brandts Porträt und eine an ihn gerichtete Drohung.

»Machst du mit oder nicht?«, fragte er gereizt.

Unwillkürlich ließ sie das Buch sinken. Die Frage kam in ihren Ohren anders an: Willst du mich oder nicht?

Nun, wenn sie ihn wollte, konnte sie sich keinen bestimmten Thilo herauspicken. Den verzweifelten gab es nicht ohne den zornigen, den nahbaren nicht ohne den feindseligen, den verletzlichen nicht ohne den kämpferischen. Und am allerwenigsten wurde man wohl den zerrissenen los, dessen Selbsthass umso größer war, je mehr Geld ihm der Vater zusteckte.

Plötzlich war da einfach nur der Wunsch, die immer noch roten Hände zu nehmen, zu drücken, zu wärmen. Aber er hielt ja die Flugblätter; bevor sie ihn liebkosen könnte, müsste sie ihm diese abnehmen.

Noch hatte sie sich nicht endgültig entschieden, ob sie mit ihm gehen und ihm helfen sollte, als sie ein Räuspern hörte. Ella stand auf der Schwelle zum Laden. Ihr Blick schweifte über Thilo, und so deutlich Luise Missfallen darin sehen konnte, da war auch eine gewisse Nachsicht. »Wenn du noch was zu erledigen hast, geh ruhig. Du hast mir in den letzten Wochen wirklich genug geholfen.«

Luise blickte sie verstört an. Sie wollte nicht bloß helfen, sondern gleichberechtigte Verlegerin sein. Und sie hatten immer noch nicht geklärt, wie genau nun die Buchpräsentation gestaltet werden sollte. Doch Thilo ließ ihr keine Zeit, mit Ella über ihre Idee zu reden. Schon wandte er sich ab, stürmte zur Tür, als wäre er auf der Flucht, setzte nicht mal seine Mütze auf. Luise konnte gerade noch das Buch auf den Tresen legen, in ihre Jacke schlüpfen und Ella zurufen: »Ich bin bald zurück, dann reden wir weiter. Uns fällt schon was ein.«

Sie eilte hinaus in die kalte Nacht. Der Himmel war so klar, dass die Sterne funkelten. Thilo hatte schon etliche Meter Vorsprung. Ein paar der Flugblätter, die er sich unter den Arm geklemmt hatte, waren auf den Boden gesegelt und hoben sich so hell vom dunklen Asphalt ab, als wären die Sterne auf die Erde gefallen und dort zerbrochen. Luise bückte sich und sammelte sie rasch ein. Endlich verlangsamte er seine Schritte, sodass sie ihn einholte. Anstatt seine Mütze aufzusetzen, zerknüllte er sie in den Händen. Und als sie meinte, er würde doch schrecklich frieren, erklärte er stur: »Die brauche ich nicht.«

Sein Zittern strafte seine Worte Lügen, und in dem Blick, den er ihr zuwarf, stand zumindest eine andere Wahrheit. Dich ... dich brauche ich.

Es war am nächsten Morgen, als Ella die erste Publikation ihres Verlags seit seiner Wiederauferstehung ins Schaufenster der Buchhandlung stellte. Sie hatte lange überlegt, wie sie das Schaufenster gestalten sollte, war am Ende aber zum Schluss gekommen, dass kein Dekorationsmaterial notwendig war. Das Buch sollte für sich stehen, es genügte, einen großen Stapel zu errichten und davor weitere Exemplare auszulegen. Außerdem hatte sie ein eigenes Fach im Sachbuchbereich freigeräumt, und ein Stapel lag auf dem Tresen.

Sie ging sehr langsam dabei vor, als würde jegliche Hektik

das feierliche Gefühl zerstören, genoss die Ahnung, dass sich in ihrem Leben ein Kreis schloss und ein Riss versiegelt wurde. Die Buchhandlung war für sie immer mehr als ein Geschäft gewesen, mit dem sie Geld verdiente, und die Bücher waren mehr als gebundene Druckwerke, die sie verkaufte, sie waren Freunde, Gefährten, Tröster, Mahner. Und doch: Der Sinn, den sie aus ihrer Arbeit gezogen hatte, fühlte sich rückblickend zwar echt an, aber nicht tief genug.

Erst jetzt war da nicht nur Befriedigung in ihr, sondern ein Friede, den sie nicht nur mit ihrem Beruf, auch mit ihrem Leben machte. Wie ein gutes Buch erschien es ihr, dem es in manchem Kapitel vielleicht an Spannung fehlte und dessen roter Faden zwischendurch gekappt worden war. Mit einem kitschigen Happy End konnte sie zwar nicht aufwarten, doch es gab etwas, was weniger glänzte, aber mehr wog als Glück – Zufriedenheit.

Nun gut, die letzte Seite war noch nicht erreicht, nicht jedes Kapitel zu Ende geschrieben. Luise stand überhaupt noch am Anfang ihrer Lebensgeschichte, sie war erst dabei herauszufinden, wer der verzauberte Prinz war und mit welchem magischen Spruch man ihn erlöste. Wenn es um Thilo ging, war sie wohl bereit, sich notfalls durch Dornenhecken zu schlagen und sich das Gesicht zerkratzen zu lassen, und auch wenn es wehtat, dabei zuzuschauen, und Ella Thilo am liebsten an die Wand geklatscht hätte – die leeren Seiten ihres Lebens würde Luise ganz allein beschreiben müssen. Wenn Ella etwas aus ihrem Streit gelernt hatte, so, dass sie der jüngeren Schwester nicht einmal die Kapitelüberschriften vorgeben sollte.

Sie stand noch immer vor dem Regal mit den Sachbüchern, als die Ladenglocke ertönte.

»Warten Sie ein paar Minuten, wir haben noch nicht geöffnet, erst um …«

Sie brach ab. Der Kunde, der die Buchhandlung betreten hatte, war beim Eingang stehen geblieben. Ganz langsam fiel die Tür hinter ihm ins Schloss, viel schneller schien jenes Tor zu den Erinnerungen aufgerissen zu werden – Erinnerungen an jenen Tag, da er zum ersten Mal diese Buchhandlung betreten hatte.

»Ari!«, stieß sie aus.

Er ließ seinen Blick schweifen, ganz langsam, ganz vorsichtig, als ertrüge er nicht, zu viel gleichzeitig aufzunehmen. »Die Buchhandlung ist ja kaum wiederzuerkennen.«

Sie dagegen erkannte in dem vielleicht vierzigjährigen Mann, in dessen Gesicht das Leben, die heiße Sonne, aber auch die Dunkelheit seines Verstecks Spuren hinterlassen hatten, mühelos den jungen Ari wieder, der hier einst in der viel zu kurzen Hose gestanden und eine *Don-Carlos*-Ausgabe erbeten hatte. Auch den Ari, der später – dann mit passender Kleidung – aus den Werken Goethes und Schillers vorgetragen und den Besuchern in einer Zeit des Darbens das Gefühl geschenkt hatte, es ginge bergauf, und auf das bloße Überleben könnte wieder ein Leben in Fülle folgen.

In gewisser Weise war das eine Illusion gewesen, zumindest ihrer beider Weg hatte zu einem Abgrund geführt. Doch als sie unwillkürlich zu ihm trat, hatte sie keine Angst vor der schwarzen Tiefe, die keinen Sog entwickelte, solange Ella nur beharrlich in sein Gesicht blickte, darin keinen Vorwurf las, nur Wohlwollen.

»Das *Bücherreich* ist ziemlich geschrumpft, seit ich das ehemalige Verlagsgebäude vor vielen Jahren vermietet habe.«

Ob er wie sie daran dachte, dass sich im Krieg sein Versteck dort befunden hatte? Dass sie sich später zum ersten Mal dort geliebt hatten?

»Dort hinten stand ich beim ersten Balladenabend, oder?« Er deutete Richtung Schaukelstuhl, ohne dass sein Blick seiner Hand folgte. Dann machte er eine kurze Pause, als müsste er erst mühsam um die richtigen Worte ringen, doch als er aus Schillers *Das verschleierte Bild zu Sais* zu rezitieren begann, schlossen sie sich nahtlos aneinander.

»Gibt's etwa hier ein Weniger und Mehr?
Ist deine Wahrheit wie der Sinne Glück,
Nur eine Summe, die man größer, kleiner
Besitzen kann und immer doch besitzt?
Ist sie nicht eine einz'ge, ungetheilte?
Nimm einen Ton aus einer Harmonie,
Nimm eine Farbe aus dem Regenbogen,
Und alles, was dir bleibt, ist nichts, so lang
Das schöne All der Töne fehlt und Farben.«

Ella lauschte tief bewegt. »Wir konnten die Veranstaltungen im Winter nur in Mondnächten anbieten«, sagte sie leise. »Es gab zu wenige Straßenlaternen, und der Heimweg vorbei an Bombenkratern und Trümmerbergen wäre zu gefährlich gewesen.«

Das Licht, das auf die Erinnerungen fiel, war nicht silbrig kalt wie das des Mondes, warm war es, heimelig. Noch einen Schritt trat er näher, nichts war mehr zwischen ihnen, nur das Buch, *Die letzten Tage von Johanna*, das sie unwillkürlich ergriffen hatte, als sie ihn erkannte.

Sein Blick ging von ihrem Gesicht zu dem Einband.

»Luise hat mich vorhin besucht«, sagte er leise. »Sie hat mir berichtet, dass es dir am liebsten wäre, wenn Vater selbst aus seinen Lebenserinnerungen vorträgt. Dazu ist er leider nicht in der Lage, aber wenn du willst, dann … dann kann ich für ihn einspringen.«

Ihre Augen weiteten sich. »Luise war bei dir? Woher weiß sie denn … woher weißt du denn …«

Er legte den Kopf schief, wirkte zerknirscht. »Sei ihr bitte nicht böse, dass sie es vor dir geheim gehalten hat, aber ich habe sie darum gebeten. Wir hatten in den letzten Monaten regelmäßig Kontakt.«

Noch mehr Erinnerungen stiegen in ihr hoch – wie Ari und die kleine Schwester über der Fibel saßen. Vage konnte sie sich an einen Reim erinnern. Dieb und Sieb, Fibel und Bibel und übersensibel kamen darin vor, aber sie brachte ihn nicht mehr zustande.

»Sei du mir auch nicht böse«, sagte sie leise. »Ich wollte nicht, dass du von meinen regelmäßigen Besuchen bei deinem Vater weißt. Ich dachte, es wäre besser so, aber vielleicht war es falsch, wieder über deinen Kopf hinweg zu entscheiden.«

Das harsche Urteil, das er damals über sie gefällt hatte, blieb aus. Sie war nicht sicher, ob das, was ihn die Stirn runzeln ließ, Bedauern über ihren Streit war, oder die Tatsache, dass er so lange vermieden hatte, sich mit ihr auszusprechen.

Er blickte auf das Buch – und so wie sie eben an ihre Schwester gedacht hatte, wurde wohl auch er von Erinnerungen eingeholt. Er sagte lange nichts, hob nur langsam die Hände, strich vorsichtig über das Buch, ergriff es dann.

»Ich habe mir so oft gewünscht, dass es wenigstens ein Foto von Mutter oder Johanna gäbe. Manchmal konnte ich mir gar nicht mehr in Erinnerung rufen, wie sie aussahen, aber dann träumte ich von ihnen und sah sie wieder ganz deutlich vor mir.«

»Ich auch«, entfuhr es ihr plötzlich, »ich hätte mir auch so sehr gewünscht, ein Foto von dir zu haben. Manchmal konnte ich mir nicht mehr in Erinnerung rufen, wie du aussahst, aber dann habe ich von dir geträumt.« Sie leckte sich nervös über die Lippen. »Natürlich ist das nicht das Gleiche, ich bin ja selbst schuld, dass ich dich verloren habe … dass ich dich nahezu vertrieben habe damals … dass ich dich so schrecklich vermissen musste.«

Sein Blick war immer noch auf das Buch gerichtet, und nicht zuletzt darum fiel es ihr leicht fortzufahren. »Meine Arbeit als Verlegerin habe ich auch vermisst, die Chance, selbst zu entscheiden, welche Bücher auf den Markt kommen, die Hoffnung, damit die Welt zu verändern, nur war ich mir dessen nicht bewusst. Vielleicht ist es anmaßend zu glauben, man könne die Welt verändern, aber es reicht schon, einige wenige Menschen zum Nachdenken zu bringen und jenen eine Stimme zu geben, die …« Sie brach ab.

»Genau darum bin ich hier«, sagte er leise. »Ich würde gerne meinem Vater eine Stimme geben, auf Veranstaltungen an seiner statt aus dem Buch lesen, vorausgesetzt, du bist damit einverstanden.«

Sie hatte nie auch nur zu hoffen gewagt, Ari dafür zu gewinnen, aber insgeheim hatte sie es sich gewünscht. Sie nickte, wollte sich bedanken, auch wenn sie ahnte, dass er das nicht für sie tat, sondern für Naphtali, für Johanna, für seine Mutter. »Es tut mir leid«, presste sie am Ende hervor. »Es tut mir leid … wie alles gekommen ist … was ich getan habe … oder vielmehr was ich nicht getan habe …«

Nun machte er doch einen Schritt zurück, aber nur, um das Buch behutsam in das Regal zu stellen, und dann war er wieder bei ihr, und sie fühlte nicht nur seinen Atem, auch seine Hände, die sich um ihre Schultern legten, sanft über ihre Oberarme strichen. Im nächsten Augenblick lag ihr Kopf an seiner Brust, und seine Arme lagen um ihren Rücken. Vielleicht klaffte noch immer ein Abgrund, aber sie standen nicht mehr auf zwei verschiedenen Seiten davon.

»Es war falsch, dass du damals allein über unsere Zukunft entschieden hast. Aber meine Wut darüber galt nicht nur dir. Auf mich selbst war ich wütend, weil ich es nie geschafft habe, etwas anderes als ein Getriebener zu sein. Weil ich mir kein Leben aufbauen konnte, von dem ich sagen kann, es ist mein eigenes. Und das ist nicht deine Schuld. Das liegt eher an den Jahren, die ich im Versteck ausharren musste. Das Einzige, was ich seit damals richtig gut kann, ist, mich unsichtbar machen.«

Jetzt war er nicht nur sichtbar, auch hörbar, fühlbar, wie er sie immer fester an sich zog, sein Mund ihrem Ohr so nahe kam. Sie dachte, wie schön es wäre, ihn zu küssen. Auch damit würde sich ein Kreis schließen, würden sie jenen Tag heraufbeschwören, als sie einander gestanden hatten, dass sie sich liebten, wenngleich sie nicht gewusst hatten, wie sie diese Liebe leben sollten. Nach jedem Kuss war die Frage, was der nächste Schritt wäre, lauter geworden.

Nun, wenn sie ihn nicht küsste, wenn sie keine Liebenden, sondern Freunde waren, dann war es vielleicht leichter, diesen nächsten Schritt zu planen.

Sie löste sich von ihm, und er machte keine Anstalten, das zu verhindern. »Hast du etwas Zeit mitgebracht? Dann könnten wir darüber reden, wie die Veranstaltung genau ablaufen soll.«

»Du hast sicher schon konkrete Ideen.«

»Ich weiß nur, dass ich diesmal kein zähes Toastbrot anbieten werde.«

»Toastbrot?« Aus seinem etwas schmerzlichen Lächeln wurde ein jungenhaftes.

»Oh, das ist nur eine Sache von vielen, die du noch nicht weißt. Ich werde jede Menge erzählen müssen. Du natürlich auch.«

Sie hatte sich schon abgewandt, spürte nun, wie er ihre Hand ergriff, sacht darüber streichelte.

»Ich kann es kaum erwarten«, sagte er leise, und obwohl er ihre Hand sofort wieder losließ, war sie sich plötzlich sicher, dass sie sich fortan als die beiden begegnen würden, die sie damals gewesen waren: Menschen, für die Worte das kostbarste Werkzeug waren und die es zu benutzen verstanden, um filigranste Schmuckstücke herzustellen.

1967

11. KAPITEL

»Wirklich«, sagte Luise nachdrücklich, »ich finde das nicht richtig.«

Als Thilo sich ihr zuwandte, huschte kurz ein Ausdruck des Zweifels über sein Gesicht, doch als Luise insistieren wollte, drehte er sich wortlos um und beschleunigte seine Schritte, damit keine Lücke zwischen ihnen und den anderen Studenten, die sich dem Protestzug angeschlossen hatten, entstand. So widerwillig sich Luise daran beteiligte – einfach stehen bleiben wollte sie trotzdem nicht, und deswegen folgte sie ihm rasch.

Einige der anderen hatten mittlerweile Kerzen entzündet, bezeichneten sie ihre Zusammenkunft doch als Mahnwache für Freiheit und Anstand. Als ob es nicht eine Nummer kleiner ginge, dachte Luise, obwohl sie in den letzten Tagen geholfen hatte, Tauchkerzen herzustellen. Sie waren noch ein gutes Stück vom Römer entfernt, und schon jetzt waren etliche Parolen zu hören: »Nazi! Nazi!« oder »Ami, go home!«

»Es stimmt«, sagte Thilo, als sie ihn eingeholt hatte, »die Proteste sind rauer geworden, aber auch wirksamer.« Er schlang seinen Arm um sie, so fest, nahezu schmerzhaft, dass es sich nicht wie eine Umarmung anfühlte, eher wie der Versuch, sie zu bezähmen. Zugleich entging ihr das leise Beben seines Körpers nicht.

Sie fand auch, dass die Proteste rauer geworden waren. Nur

an eine größere Wirksamkeit glaubte sie nicht. Was genau hatten sie denn schon erreicht?

Es war jetzt Anfang Mai, trotzdem saß der Schock immer noch tief, wenn sie an jenen Tag im Februar dachte, als die Proteste so schlimm wie noch nie eskaliert waren. Etwa fünfhundert Studenten hatten sich auf dem Opernplatz vor der Ruine des Opernhauses versammelt, um einmal mehr gegen den amerikanischen Krieg in Vietnam zu protestieren. Dass Rudi Dutschke den Einpeitscher gab, war nicht ungewöhnlich. Dass er erklärte, es genüge nicht länger zu demonstrieren, schon eher. Luise war unbehaglich zumute, als eine Karikatur von US-Präsident Lyndon B. Johnson verbrannt wurde, aber als Thilo und seine Freunde anschließend mit hundertfünfzig weiteren Studenten durch das Westend zum US-Generalkonsulat in die Siesmayerstraße zogen, folgte sie ihnen dennoch. Und dass sie die Parolen – »Ledernacken – Koffer packen«, »Johnson-Mörder« und »Ho, ho, Ho Chi Minh« nicht mit der Inbrunst der Überzeugung mitbrüllte, weil die hasserfüllten Gesichter sie abstießen, fiel nicht auf. Erst als beim Generalkonsulat eine hitzige Diskussion ausbrach, konnte sie nicht schweigen. Plötzlich wurde davon geredet, das Konsulat zu stürmen – was Ernesto großartig fand und Claus als schwere Form des Hausfriedensbruchs bezeichnete, während Thilo noch zu schwanken schien.

»Das könnt ihr doch nicht machen!«, rief sie.

»Du hast einst sicher zu den kleinen Mädchen gehört, die im Park keine Gänseblümchen pflückten, weil es verboten war, den Rasen zu betreten«, blaffte Ernesto sie an. Thilo verteidigte sie nicht, machte ihr aber auch keinen Vorwurf. Bald richtete sich ihre Aufmerksamkeit ohnehin auf die Polizeikette, die sich rund um das Konsulat gebildet hatte und es unmöglich machte, an das Gebäude ranzukommen. Die Studenten änderten ihre Taktik und begannen einen Sitzstreik, und der hätte friedlich enden können, wenn man ihn nicht hätte gewaltsam auflösen wollen. Berittene Polizisten wurden eingesetzt, und eine junge Frau geriet unter die Hufe eines Pferds und wurde schwer verletzt.

Nicht dass Luise das noch mitbekommen hätte. Zu ihrer Erleichterung wurde Thilo der Sitzstreik rasch zu langweilig, und er schlug vor, sich jener Gruppe anzuschließen, die ins Stadtzentrum zog, um den Verkehr in der Biebergasse zu blockieren. »Wir spielen Fangen«, nannte man es, wenn man sich wahlweise auf Straßenbahnschienen oder einen Zebrastreifen setzte – und loslief, sobald die Polizei anrückte.

»Und wenn sie euch erwischen?«

»Na, dann kriegen sie eben was auf die Mütze.«

Er machte eine brutal anmutende Geste, und Luise war abgestoßen von seiner Lust an der Gewalt. Zu ihrem Erstaunen weigerte sich nicht nur sie mitzumachen, sondern auch Rosie, die erst hier zu ihnen gestoßen war. In ungewöhnlicher Eintracht sammelten sie in einer Büchse Geld für den Vietcong. Es kam eine Menge zusammen, was vielleicht an ihrem freundlichen Lächeln lag oder Rosies aufreizendem. Als sie allerdings später mit den anderen zusammentrafen – ein beliebter Treffpunkt war mittlerweile die Backstube in der Seilerstraße, war niemand von ihrer Ausbeute beeindruckt, weil nur von Ernestos Glanztat die Rede war.

Der war verhaftet worden, nachdem er sich bei einem Polizisten, der auf einen Demonstranten einprügelte, übertrieben höflich nach dessen Namen erkundigt hatte. Beim anschließenden Verhör war ihm erklärt worden, er solle sich zur Untersuchung seines Geisteszustandes in eine Irrenanstalt einweisen lassen, und als er in ein schrilles Gelächter ausbrach, hatte Luise insgeheim gedacht, dass das gar keine so schlechte Idee sei. Jedenfalls war er bald wieder freigelassen worden und rief nun: »Jetzt besaufen wir uns.«

Luise trank nur wenig, war dennoch beschwipst und regelrecht aufgepeitscht, als Thilo sie mit der vielsagenden Bemerkung: »Ich werde heute keine Ruhe finden!«, zu sich einlud. Seit damals im Dezember schliefen sie regelmäßig miteinander, und auch wenn sie sich nicht einbildete, die Einzige zu sein – in der Öffentlichkeit schäkerte er kaum noch mit Rosie und erst recht mit keiner anderen. Obwohl er in jener Nacht kaum Zärtlichkeit bewies, sein Ungestüm nicht nur fordernd, fast ein wenig brutal wirkte, empfand sie es immer noch als eine Art Auszeichnung, bei ihm im Bett zu sein, und war bereit, dafür manches Opfer zu bringen.

Wenn auch nicht jedes. Als sie sich heute dem Demonstrationszug angeschlossen hatte, war nicht nur ein gewisses Unbehagen in ihr hochgestiegen, auch Überdruss, und darum löste sie sich jetzt entschieden aus Thilos Griff.

»Max Horkheimer ist immerhin Universitätsprofessor.«

»Na und? Wie hieß es so schön auf einem Transparent von Hamburger Studenten: Unter den Talaren – der Muff von 1000 Jahren.«

Luise hatte den Slogan schon oft gehört.

»Ich meinte, Max Horkheimer ist einer *unserer* Professoren! Keiner von diesen alten Nazis und Kriegsverbrechern. Wie kann man denn ausgerechnet ihn …«

»Jetzt hör auf mit dem Genöle, das tut ja richtig in den Ohren weh!«

Sie hatte nicht den Eindruck, dass sie besonders laut, gar

schrill gesprochen hätte, und doch griff er sich an den Kopf. Besorgt musterte sie ihn, nahm wahr, wie blass er war und dass er zitterte.

»Geht's dir denn nicht gut?«

Er schlug die Hand, mit der sie über seine Stirn streichen wollte, so unvermittelt weg, dass aus ihrer Sorge rasch wieder Überdruss wurde.

»Jedenfalls ist Max Horkheimer nicht nur Jude, sondern zudem Kapitalismuskritiker. Ich finde es sehr unangemessen, dass ...«

Wieder wurde sie unterbrochen, diesmal von einem lauten Knall. Eben hatten sie die Neue Kräme erreicht und von hier aus freien Blick auf die Paulskirche und den Römer dahinter, und es waren nicht länger nur Sprechchöre und Pfuirufe zu hören, sondern immer wieder kleine Explosionen, und an vielen Orten stiegen dünne Rauchfäden hoch.

»Wird ... wird hier etwa geschossen?«

»Jetzt übertreib mal nicht, Kleine, das sind doch nur Knallkörper.«

Ungefährlich waren in diesen dicht gedrängten Reihen auch die nicht, aber bevor sie etwas einwenden konnte, hatte Thilo sie wieder gepackt und weitergezogen. »Mit Horkheimer habe ich kein Mitleid. Er ist doch selbst schuld, wenn er sich auf die Seite der Amerikaner stellt.«

»Du klingst, als wäre er nun auch Kriegstreiber. Dabei hat er bloß eingewilligt, auf der deutsch-amerikanischen Freundschaftswoche einen Vortrag zu halten.«

»Ja, eben! Das ist eine Provokation!«

»Das ist Ausdruck seiner ganz persönlichen Dankbarkeit. Die Amerikaner haben ihm in der Nazizeit Exil gewährt.«

»Das ist noch lange kein Grund, das ganze Heeresmusikkorps aufziehen zu lassen. Scheißsoldaten!«

»Wo stünden wir denn heute, wenn diese Soldaten Deutschland und Europa nicht vom Terror der Nazis befreit hätten?«

»Himmel, jetzt hör mit diesem Propagandageschwätz auf.«

Luise zuckte zusammen. Bissige Zurechtweisungen hatte er ihr auch schon früher entgegengeschleudert, aber sie stets mit spöttischem Lächeln wieder eingefangen. Und launisch war er ebenfalls gewesen, doch jetzt war er oft so mürrisch, als würde er die ganze Welt verachten, eine blindwütige Besessenheit trieb ihn an, die Luise bis jetzt nur an Ernesto wahrgenommen hatte. Gewiss, es gab auch diese kostbaren anderen Momente, wenn sie mit ihm im Bett lag, sie zusammen rauchten und er sich an sie klammerte wie ein Ertrinkender. Dann und wann nuschelte er Bekenntnisse, von denen sie wusste, dass er sie nur ihr anvertraute – und der Dunkelheit. Dass er oft das Gefühl habe, auf der Stelle zu treten. Dass er sich oft gefangen fühle und die Freiheit ihm unerreichbar scheine. Dass er sich oft wie tot fühle, was kein Wunder war, weil seine Eltern dem Tod gedient hätten.

Sie selbst fühlte sich in diesen Augenblicken lebendig wie nie, und ihren Gefühlen für ihn haftete dann nichts von jener ohnmächtigen Verzweiflung an, sie waren getragen von tiefer Zärtlichkeit.

Doch diese Gewissheit, ihn trösten, ihm helfen zu können, verflog stets in der ersten Dämmerung. Er sprang morgens mit einer Gier aus dem Bett, als wären ihm die Zigaretten ausgegangen. Manchmal erschien er ihr dann auch wie ein Raucher auf Entzug, nur dass er eben inzwischen nach Zusammenstößen mit der Polizei süchtig war.

Auch jetzt hatte sie den Eindruck, dass er regelrecht begierig auf Lärm und Krawall war. Und darauf mussten sie nicht lange warten. Als sie den Römer erreichten, erblickten sie Ernesto, und sie hatten ihn kaum erreicht, als er einen Knallkörper zündete. Ob zufällig oder weil er sie auf diese Weise begrüßen wollte, konnte Luise nicht sagen. Ein scharfer Schmerz zerhackte kurz alle Gedanken, zurück blieb ein leiser, hoher Ton, der sich zwischen ihren Ohren verfing wie eine blindwütige Wespe. Rauch stieg ihr in die Nasse, kitzelte dort und brannte, als er die Kehle erreichte.

»Sag mal, spinnst du!«, fuhr sie ihn an. »Soll uns allen das Trommelfell platzen?«

Ernesto lachte hämisch. »Wäre doch gut. Dann müssen wir die ganzen Lügen nicht mehr anhören.«

Kurz tränten ihr die Augen, sodass sie nur verschwommen sah, dann erkannte sie, dass nicht nur Ernesto hier war, auch Rosie. Thilo ließ sie unvermittelt los, um nun diese an sich zu ziehen und sie zu küssen.

Es war zu offensichtlich, dass er sie für ihren Einwand bestrafen wollte, sodass die übliche Eifersucht ausblieb, sich nur Verachtung über dieses kindische Verhalten in ihr breitmachte.

»Na wunderbar!«, sagte sie in einem kalten, höhnischen Tonfall. »Dann wird in den Medien bloß wieder über Krawalle berichtet. Nur nicht über inhaltliche Forderungen. Gab's nicht mal das Ziel, dass nicht nur die *Frankfurter Rundschau* positiv über die Studentenbewegung berichtet, auch andere Blätter?«

Thilo gab genau lange genug Rosies Mund frei, um in ihre Richtung zu nuscheln: »Sollen die Schmierfinken doch schreiben, was sie wollen.«

Wieder wollte er Rosie küssen, doch Luise entging nicht,

dass die ihren Kopf etwas zur Seite drehte – ein Zeichen, dass sie gar nicht so begierig auf seine Liebkosung war.

»Ach ja?«, rief Luise. »Und was genau bringt es uns, wenn von uns als chaotischem Haufen berichtet wird? Habt ihr nicht erst kürzlich gefordert, dass wir die Arbeiterschaft für unsere Sache gewinnen müssen? Aber wie wollt ihr euch überhaupt in diese reinversetzen, wenn ihr lieber Knallkörper zündet, als am Hochofen zu stehen.«

Ernesto lachte nur, doch Thilo ließ unvermittelt Rosie los und stürzte auf Luise zu, mit einem verzerrten Gesicht, wie sie es nur an ihm kannte, wenn Polizisten in der Nähe waren.

»Sag mal, spinnst du jetzt komplett?«

Der hohe Ton in ihren Ohren war abgerissen, dennoch hatte sie das Gefühl, dass irgendwo in ihrem Kopf eine spitze Nadel kreiste, sie weiter aufstachelte. Warum sollte nur er ihre Schwächen bloßstellen dürfen. Warum nur er provozieren.

»Es ist doch eine berechtigte Frage, wer von uns wie sein Geld verdient.«

Sie fühlte sofort, dass sie zu weit gegangen war – denn wie zerrissen er sich fühlte, weil er finanziell von seinem Vater abhängig war, obwohl er ihn so verachtete, hatte er ihr in größter Vertraulichkeit eingestanden.

Anstatt ihr bloß über den Mund zu fahren, wie sie es erwartete, oder sie an sich zu ziehen, um seine körperliche Dominanz zu beweisen, hob er die Fäuste, baute sich drohend vor ihr auf. Unwillkürlich duckte sie sich, doch nicht einmal das führte dazu, dass er vor sich selbst erschrak. Im Gegenteil, sein Blick war wie tot. Und vor dem Blick fürchtete sie sich noch mehr als vor der Faust. Sie wich zurück, stieß gegen Ernesto. Was immer der gerade gezündet hatte, es knallte nicht, aber ein

Zischen war zu hören, und alles um sie war voller Rauch, der in ihre Kehle drang. Sie hustete heftig, bis ihr die Augen tränten, doch auch das bewog Thilo nicht, die Faust sinken zu lassen.

»Lass sie gefälligst in Ruhe.«

Es war Rosie, die das in seine Richtung fauchte, und als er nicht reagierte, stieß sie ihm mit aller Macht gegen die Brust.

Doch noch ließ Thilo die Faust nicht sinken, er schwang sie vielmehr vor Rosies Gesicht.

»Und warum mischst ausgerechnet du dich ein? Hast du Luise nicht immer für ein dummes Gör gehalten?«

Luise traute ihr eine solch abfällige Bemerkung durchaus zu. Umso mehr erstaunte es sie, dass Rosie Thilo wütend anblitzte, weder Anstalten machte, sich vor seiner Faust zu ducken, noch mit besänftigenden Worten und Gekicher die Situation zu entspannen.

»Luise hat immerhin was Eigenes auf die Beine gestellt. Ein Verlag – das ist mal eine Ansage! Da könnt ihr mit eurem Gegröle nicht mithalten.«

Kurz stieg heiße Freude in ihr auf, weil etwas gewürdigt wurde, was Thilo und seine Freunde stillschweigend übergingen. Aber dass ausgerechnet Rosie sich für sie starkmachte, war ihr irgendwie unheimlich.

Thilo schien nicht minder befremdet, und das brach endlich den Bann. Er ließ die Hand nicht langsam sinken, sie fiel herunter, als hätte er keine Kraft mehr in seinem Arm. Nun, in den Beinen hatte er schon noch welche. Ohne ihr und Rosie einen letzten Blick zuzuwerfen, wenigstens eine halbwegs brauchbare Entschuldigung für seine Entgleisung zu nuscheln, erklärte er finster: »Komm, Ernesto, dort vorn geht's zur Sache.«

Dann stürzte er sich in die Menge und bahnte sich mit Stößen und Knuffen seinen Weg. Dass er dafür beschimpft wurde, ließ ihn nur noch blindwütiger vorgehen.

Rosie blieb mit Luise zurück und sah sie mitleidig, fast ein wenig sorgenvoll an. »Geht's denn?«

Verspätet spürte Luise, wie Tränen in ihren Augen brannten. Sollte Rosie bloß nicht glauben, dass sie heulte. Nachdem sie sich eben noch geduckt hatte, streckte sie nun den Rücken selbstbewusst durch. »Na klar«, schnaubte sie.

Rosies Blick schweifte ab, als könnte sie sie nicht gleichzeitig ansehen und aussprechen, was ihr durch den Kopf ging. »Ich fand's gut, dass du den Mumm hattest, ihnen die Meinung zu sagen. Da konnte ich mich nicht wegducken.«

Luise war so verblüfft, dass sie kurz hätte schwören können, die andere falsch verstanden zu haben. Es wäre auch kein Wunder gewesen bei diesem Lärm. Aber als Rosie sie wieder fixierte, glaubte sie wirklich Anerkennung in ihrem Blick zu sehen.

»Ich meine, wir Frauen sind doch die Dummen für die. Das, was wir leisten, wird gar nicht richtig gewürdigt. Und all das Geschwätz über die existenzielle Verweigerung gegenüber dem kapitalistischen System. Oft ist das nur ein Vorwand, so viele wie möglich zu bumsen. Oder was glaubst du, was Sinn und Zweck der Kommune 1 ist?«

Luise wusste, dass diese im Januar in Westberlin gegründet worden war, als Hort der freien Liebe, wobei die Freiheit wohl mehr zählte als die Liebe. Was sie nicht wusste, war, warum Rosie, die sich damals auf dem Gang im Studentenwohnheim nicht gerade als Befürworterin der Monogamie erwiesen hatte, nicht die Erste war, die applaudierte.

Doch nahezu finster fügte Rosie hinzu: »Sie nennen uns Mädchen, dabei sind wir Frauen. Und wenn wir uns in Diskussionen zu Wort melden, lachen sie meist. Klar doch, was sind wir denn, außer Tippsen für ihre Flugblätter. Banner dürfen wir natürlich auch nähen. Und die Revolutionäre mit warmen Mahlzeiten versorgen.« Sie lachte ungewohnt bitter, und so tief in Luise die Empörung über Thilos Verhalten saß, sie konnte das nicht auf ihm sitzen lassen. »Du hast noch nie für Ernesto oder Thilo gekocht.«

»Meine Eltern haben immer gesagt, einen Gockel darf man laufen lassen, aber das Huhn muss man hüten. Doch für Thilo sind wir auch nichts weiter als Hühner.«

»Das … das glaube ich nicht«, sagte Luise trotzig.

»Gib's zu. Du bist doch auch stolz, wenn er dir übers Köpfchen streicht, sobald du ein Ei gelegt hast.«

Der Ton, den sie ausstieß, klang wie ein missglücktes Kikeriki. »Wobei wir eigentlich kein Ei legen dürfen – und es allein unsere Sache ist, das zu verhindern.«

Luise blickte sie verwirrt an, wurde immer weniger schlau aus ihr.

Nun entkam Rosie ein Keuchen. »Hast du denn keine Angst davor?«

»Vor einem Ei?«

»Jetzt stell dich doch nicht blöder, als du bist! Vor einer Schwangerschaft! Ich pass schon auf, sagen die Kerle, aber wenn's schiefgeht, dann sind's doch wir allein, die den Mist ausbaden müssen. Wenn einer dir die Kohle für die Abtreibung gibt, fühlt er sich als Held. Aber dass wir damit den Knast riskieren, kommt ihm nicht in den Sinn.«

Luise fühlte sich immer unbehaglicher. Es war nicht so, dass sie nicht schon Studentinnen hinter vorgehaltener Hand über das Thema hatte tuscheln hören, aber sie war vor diesen Gesprächen immer geflohen. In diesem Gedränge gab es aber keinen Fluchtweg.

»Hast du denn schon mal …«, setzte sie unsicher an.

Wieder dieses Keuchen. »An mir ist der Kelch bis jetzt vorüber gegangen. Aber ich habe eine Freundin … Brigitte … die ist vor drei Monaten zu so einem Stümper gegangen, um es sich wegmachen zu lassen … die ist fast verreckt, das sage ich dir … Das viele Blut … Und sie konnte noch nicht mal zu einem richtigen Arzt gehen, dann wäre sie aufgeflogen. Ich und ein paar andere haben ihr, so gut es ging, geholfen, alles nur Frauen natürlich, keine Kerle. Die schlagen ja lieber den Bullen die Schädel ein.«

Luise konnte sich Rosies Auftreten nun etwas besser erklären – nur war sie nicht sicher, was sie mit dem Bekenntnis anfangen sollte.

Am Ende wurde das Gedränge so dicht, dass sie von ihr abgedrängt wurde. Und anstatt sich gegen die Massen zu wehren, war es ihr gar nicht so unrecht, möglichst viel Abstand zwischen sich und Rosies Worte zu bringen. Auch zwischen sich und Thilo, den sie in diesem wogenden Meer aus Leibern nirgendwo mehr erblickte.

Irgendwann gebrauchte sie die Ellbogen, um endlich aus dem Gewühle herauszukommen, und schaffte es bis zur Alten Nikolaikirche, wo sie endlich durchatmen konnte. Sie blickte an sich herab, nahm die vielen Schmauchspuren auf ihrem Kleid wahr. Ernesto hatte sie wirklich nicht mehr alle. Als sie darüberstrich, wurden sie nur noch breiter, und als sie wieder hochblickte, stand plötzlich Eva vor ihr.

Mit allen hatte sie hier gerechnet, nur nicht mit ihrer Freundin. Mittlerweile studierte diese zwar auch, aber gewaltsame Proteste hatte sie schon immer gemieden, und ob sie noch regelmäßig im Club Voltaire anzutreffen war, wusste Luise nicht, weil sie selbst kaum mehr dort war. Die Treffen in diesem Jahr konnte sie an einer Hand abzählen.

»Was machst du denn hier? Findest du es denn richtig …«

Eva schüttelte den Kopf, und verspätet ging Luise auf, wie schlecht sie aussah. Ihre langen Haare hingen ihr glanzlos über die Schultern, und sie senkte den Kopf so tief, als gälte es, das Gesicht hinter den Strähnen zu verstecken.

»Ich musste etwas für meine Stiefeltern erledigen und schaffte es dann nicht mehr durch die Menge zurück zur Straßenbahn … Es geht ihnen schlecht … die Sache setzt ihnen ziemlich zu. Sie nehmen mehr Psychopharmaka als sonst, aber ich habe nicht den Eindruck, dass es was nützt. Sie sind aufgewühlt wie seit Langem nicht mehr, was auch kein Wunder ist, nachdem …«

Sie brach ab, schien wohl überzeugt, dass Luise ohnehin wüsste, worauf sie anspielte.

Die war nur sicher, dass es nichts mit Max Horkheimers Rede zu tun hatte. Was aber sonst in den letzten Tagen auf der Welt geschehen war, war weitgehend an ihr vorbeigegangen. Nun ja, nicht alles. Von Ella wusste sie, dass Naphtali Stein vor einigen Tagen gestorben war. Aber nachdem sich seit Anfang des Jahres sein Zustand verschlechtert hatte – bei ihrem ersten und einzigen Besuch im Altersheim hatte er apathisch im Bett gelegen –, war das absehbar gewesen. Sie konnte sich nicht vorstellen, dass der Todesfall für das Ehepaar Selig ein schwerer Schlag gewesen war.

»Er ist doch friedlich eingeschlafen und …«, setzte sie an.

Eva schien sie gar nicht hören. »Ich kann die beiden verstehen«, fuhr sie fort, »mich nimmt das auch sehr mit. Viel mehr, als ich erwartet habe. Ich meine, ich war im letzten Jahr immer froh, wenn im Voltaire meine Herkunft keine Rolle spielte. Aber jetzt kann ich doch nicht so tun, als ginge mich das nichts an. Jetzt muss ich doch irgendwie meine Solidarität zeigen. Ich weiß bloß nicht, wie.«

»Wovon um Himmels willen sprichst du denn?«

Kurz war Eva irritiert. Aber dann begann sie mit monotoner Stimme zu berichten, was sie und ihre Stiefeltern so alarmierte.

Luise lauschte hilflos. Am Ende hatte sie zu wenige Informationen, um die Angelegenheit einzuordnen. Wenn sie es richtig verstanden hatte, war auch noch nichts wirklich Dramatisches passiert. »Eine Eskalation im Nahen Osten ist doch eher unwahrscheinlich, oder?«, fragte sie. »In Israel wird es doch nicht wirklich Krieg geben. Wer hätte denn daran ein Interesse?«

Doch Evas Blick blieb kummervoll, und sie hörte nicht auf, den Kopf zu schütteln.

Naphtali Stein hatte nicht viel hinterlassen. In dem kleinen Schrank in seinem Zimmer waren nicht mal zwei Fächer zu leeren. Als Ari ihn nach kurzem Zögern öffnete, sog er trotzdem scharf den Atem ein. Ella ahnte, was ihn am meisten bewegte – der Anblick des schwarzen Huts, den Naphtali fast immer getragen hatte, manchmal sogar im Bett.

Es erschien ihr aufdringlich, dabei zuzusehen, wie Ari ihn an sich nahm, und deswegen trat sie ans Fenster und ließ sich von der Maisonne bescheinen, die den Raum in warmes Licht tauchte. Der Hut war das einzig Schwarze im Zimmer – selbst Aris Trauer war kein dunkler Schatten, der an ihm klebte. Sie wurzelte zwar tief, ging jedoch einher mit einem tiefen Frieden, auch Dankbarkeit für die letzten Wochen.

Ganz langsam war es mit Naphtali zu Ende gegangen, wie es zu einem Mann, dessen Bewegungen immer etwas zögerlich gewesen waren, passte. Er hatte keine Schmerzen erdulden müssen, sein Herz hatte nur zunehmend schwächer geschlagen, und irgendwann hatte er jegliche Nahrung verweigert. So leise er von der Welt gegangen war, er war dabei nicht stumm gewesen, sondern hatte mit Ari intensive letzte Gespräche geführt. Und er hatte seine Geschichte hinterlassen.

Immer wieder hatte Ari in den letzten Monaten in der Buchhandlung daraus vorgetragen, hatte den Text nicht einfach nur wiedergegeben, sondern ihn zum Leben erweckt, hatte seiner Familie nicht nur eine Stimme gegeben, sondern all ihre Mitglieder repräsentiert, hatte mit nuancierten Gesten und Mimik die Ereignisse der Vergangenheit nicht nur heraufbeschworen, sondern sie so bildhaft vermittelt, dass man dabei zu sein glaubte.

Naphtali war leider zu schwach gewesen, um eine dieser Veranstaltungen zu besuchen, aber eine Ausgabe des Buchs lag auf dem Nachtkästchen, und Ella, die damals sehr stolz gewesen war, ihm eines der ersten Exemplare zu bringen und ihm einzelne Passagen daraus vorzulesen, wusste, dass er immer wieder darin geblättert hatte.

Nun würden sie auch dieses Buch einpacken, genau wie jene Kerze, die Ari in den letzten Stunden vor seinem Tod entzündet hatte. Sie sei ein Symbol für die unsterbliche Seele, hatte er erklärt und sich auch an andere Rituale gehalten: Er hatte mit dem Sterbenden das *Schm'a Jisrael* gesprochen, das Glaubensbekenntnis an den einzigen Gott, und nach Naphtalis letztem Atemzug hatte er eine Feder vor dessen Nase gehalten. Dass sie sich nicht bewegt hatte, war das Zeichen, dass er verstorben war. Danach hatte Ari Naphtalis Augen geschlossen, das Fenster geöffnet und ein kleines Stück von seinem Hemd eingerissen, um seine Trauer zu bekunden. Bis Naphtali am nächsten Tag zur rituellen Waschung und Beerdigung abgeholt worden war, hatte Ari Totenwache gehalten.

Ella hatte nie zuvor erlebt, dass seine Religion für Ari von Bedeutung war. »Hast du nicht immer gesagt, deine Familie wäre nicht besonders religiös gewesen? Und dass dein Vater nach allem, was passiert ist, seinen Glauben an Gott verloren hat?«

»Man muss nicht an Gott glauben, um sich zum Gott der Juden zu bekennen – auch wenn das für Nichtjuden schwer zu begreifen ist. Jedenfalls denke ich, es wäre ihm wichtig, dass alles wie vorgeschrieben abläuft.«

Ella spürte, dass es vor allem für Ari wichtig war, und deswegen hatte sie bewusst Abstand gehalten. Umso glücklicher war sie, als er am Morgen gefragt hatte, ob sie mitkommen und ihm helfen wolle, das Zimmer auszuräumen.

Er stand immer noch steif vor dem Schrank, den schwarzen Hut in der Hand, als es an der Tür klopfte.

Eine der Pflegerinnen, Schwester Regine, steckte den Kopf durch den Spalt: »Soll ich vielleicht eine Kiste bringen, damit Sie alles verstauen können?«

Ari schüttelte den Kopf. »Ich habe einen Koffer dabei.«

Sie legten alles hinein, auch das Buch und den Hut. Es war kein großer Koffer, und doch war danach noch Platz. »Ein

Sinnbild dafür, dass er nirgendwo richtig zu Hause war«, murmelte Ari. »Es schien immer ein wenig so, als hätte er sich hier auf Erden verirrt.«

Galt das nur für den Vater oder auch für ihn selbst?

Ella schlang ihre Arme um seine Schultern. »In den letzten Monaten wirkte er glücklich … und durchaus zu Hause.«

»Das ist nicht zuletzt dir zu verdanken, weil du ihn einmal mehr dazu bewogen hast, sich die Erinnerungen von der Seele zu reden.«

Ella seufzte. »Von den paar Hundert Exemplaren, die ich habe drucken lassen, wurde in den letzten Monaten nicht mal ein Bruchteil verkauft. Ich verstehe das einfach nicht. Es gab wohlwollende Presseberichte, wir haben mehrere Lesungen gemacht, und doch scheint es ein Ladenhüter zu sein.«

»Jedes einzelne, das über Verkaufstresen gewandert ist, hat Gewicht, daran glaube ich fest.«

Nun legte auch er seine Hände auf ihre Schultern, sah sie durchdringend aus seinen grauen Augen an.

Obwohl sie deutlich den Zuspruch in seiner Miene las, wusste sie, dass auch ihm der Hader nicht fremd war. In den letzten Wochen hatten sie nicht nur Ausflüge in den Taunus unternommen und waren ein paarmal im Theater gewesen – einmal hatten sie auch eine wichtige Stätte ihrer Vergangenheit aufgesucht, das ehemalige Displaced Persons Camp in Zeilsheim, wo viele jüdische Überlebende die ersten Jahre nach dem Krieg verbracht hatten, ehe sie entweder nach Israel oder Amerika ausgewandert waren oder sich in der Stadt angesiedelt hatten. Sie beide hatten die Siedlung kaum wiedererkannt. Dort, wo einst eine Gedenkstätte an Opfer des Nationalsozialismus erinnert hatte, hatten sie nur spielende Kinder angetroffen.

»Rein gar nichts erinnert an uns«, hatte Ari verstört festgestellt.

»Du könntest dich dafür einsetzen, dass man den Gedenkstein wieder aufstellt. Hast du mir nicht erzählt, dass du dich der Initiative zur Errichtung eines Gedenksteins am Börneplatz angeschlossen hast?«

Dort befand sich nicht nur der völlig verwahrloste jüdische Friedhof – einst hatte dort auch eine Synagoge gestanden. Doch von dieser waren nach der Reichskristallnacht nur ein paar Grundmauern geblieben, und der Börneplatz war nur mehr ein Abstellplatz für alte Autos und Gerümpel, kein Zentrum jüdischen Lebens mehr.

»Der Oberbürgermeister hält uns mit leeren Versprechungen hin«, hatte Ari düster erwidert, aber als er den Eifer in ihrer Miene wahrgenommen hatte, hatte er zögerlich gelächelt. »Immerhin wird der jüdische Friedhof nun gärtnerisch in Ordnung gebracht. Und ich werde mit der jüdischen Gemeindeleitung darüber reden, was sich hier in Zeilsheim machen lässt.«

Dass er dort weiterhin gelegentlich arbeitete – meist fertigte er Übersetzungen an –, war ihr an hoffnungsvollen Tagen ein Zeichen, dass er in Deutschland bleiben wollte. An anderen überwog die Furcht, dass er letztlich doch auf gepackten Koffern saß. Und Naphtalis Tod war zweifellos eine Zäsur, nach der er die Entscheidung über seine Zukunft nicht weiter aufschieben konnte … und sie nicht den Moment, da sie endlich offen nach seinen Plänen fragen würde und ob sie darin vorkam.

Noch schaffte sie das nicht. Es war nur selbstverständlich geworden, ihn zu umarmen – und das tat sie auch jetzt.

Sie bedauerte sehr, dass er sie irgendwann losließ, aber nahm wahr, dass sein sanftes Lächeln nicht länger nur Wehmut,

Trauer spiegelte, auch etwas anderes. »Ich war auch glücklich in den letzten Monaten.«

Sie hatte oft darüber nachgedacht, ob sie es in einem dieser vertraulichen Momente wagen sollte, ihn zu küssen. Ihre Freundschaft war zwar gewachsen, aber ein sensibles Pflänzchen geblieben, das keine tiefen Wurzeln zu haben schien und nicht sehr witterungsbeständig war. Jetzt dachte sie gar nicht nach, jetzt folgte sie einfach dem Instinkt, der ihre Lippen zu seinen trieb. Er wich nicht zurück, erwiderte den Kuss aber auch nicht, und das nährte ihre Zweifel, ob dies nicht völlig falsch war. Und doch, sie konnte nicht zurückweichen, nicht so tun, als hätte dieser Versuch eines Kusses nichts zu bedeuten. An dem Ort, wo Naphtalis Leben geendet hatte, könnte doch auch etwas beginnen. Und tatsächlich schmiegte er sich ein wenig an sie, seine Lippen öffneten sich nun doch, ihre Zungen trafen sich, nahmen ein Spiel auf, das so neckisch wie vertraut war und eine Verheißung barg.

Vielleicht musste sie die Frage nach der Zukunft gar nicht mehr stellen, vielleicht war dies die Antwort.

Wohlige Schauer rieselten über ihren Rücken, erzeugten ein Gefühl in ihr, von dem sie nicht sicher war, ob es dem Fallen oder Fliegen näherkam. In diesem Augenblick schien kein Unterschied dazwischen zu bestehen, auch zwischen Tod und Neubeginn stand keine harte Grenze. Doch ein neuerliches Klopfen riss sie aus dem Kuss.

Sie fuhren auseinander wie ertappte Schulkinder, kicherten gleichzeitig los. Das Kichern erstarb, als Schwester Regine ihren Kopf durch den Türspalt steckte.

»Es tut uns leid, dass wir so lange brauchen«, sagte Ari hastig. »Wir sind gleich fertig.«

Die Tür schloss sich nicht wieder, ging etwas weiter auf. »Das ist es nicht«, murmelte die Schwester. Noch ehe sie weitersprach, las Ella in ihrer aufgewühlten, tief besorgten Miene etwas, was jene prickelnde Wärme verjagte. »Ich habe gerade die Nachrichten im Radio gehört. Sie wollen sicher auch wissen, was passiert ist.«

Sie hingen nicht nur an diesem Tag am Radio. Auch in den nächsten Tagen und Wochen schauten sie jede Nachrichtensendung im Fernsehen, obwohl dort zuerst nur wenig berichtet wurde, durchforsteten die Frankfurter Zeitungen nach entsprechenden Berichten. Deutlich mehr erfuhr Ari in der jüdischen Gemeinde, aber sie konnten nie ganz sicher sein, ob die Geschichten, die dort ihre Runde machten, auf Tatsachen oder Gerüchten gründeten. Insgesamt waren es zu viele Neuigkeiten, um unbekümmert weiterzuleben, zugleich zu wenige, um zu erfassen, was die Ereignisse tatsächlich für Israel bedeuteten. Und für Ari.

Begonnen hatte alles schon im April: Nachdem syrische Soldaten von den Golanhöhen Granaten auf jüdische Bauern abgefeuert hatten, waren israelische Kampfflugzeuge in den syrischen und jordanischen Luftraum eingedrungen. Konsequenzen schien das keine zu haben, die Nachbarländer waren zu schwach, sich zu wehren, ein weiterer möglicher Widersacher, Ägyptens Staatspräsident Gamal Abdel Nasser nichts weiter als ein verbitterter Militärdiktator, dessen Plan, alle Araber in einem Staat unter seiner Herrschaft zu vereinen, gescheitert war, und der ums politische Überleben kämpfte. So zumindest hatte man zunächst mögliche Ängste beschwichtigt.

Doch Nassers vermeintliche Passivität erwies sich als Ruhe

vor dem Sturm. So geschwächt konnte er gar nicht sein, um nicht zumindest an einem Ziel festzuhalten: jenen Stachel aus dem Fleisch zu ziehen, der Ägypten seit Langem quälte – die UN-Friedenstruppen, die seit dem Suezkrieg 1956 nicht nur auf dem Gazastreifen, auch auf der Sinaihalbinsel stationiert waren.

Sobald die Friedenstruppen abzogen, besetzten drei ägyptische Divisionen den Sinai.

Es wäre kein Angriff, nur Selbstverteidigung, behauptete er, keine Rückeroberung verlorenen Gebiets, nur eine Schutzmaßnahme. Hieß es nicht von Moskauer Seite, der Judenstaat bereite die Invasion Syriens vor, und blieb darum nicht als einzige mögliche Antwort, die Streitkräfte zu mobilisieren, wie es auch Syrien und Jordanien, Kuwait und der Irak taten?

»Alle Welt weiß, dass die Gerüchte, die Moskau streut, eine Lüge sind«, hatte Ari bitter erklärt. »Dass Russland nur seinen schwindenden Einfluss in der Region wettmachen will, indem es den Konflikt anheizt.«

Das, was man für einen Frieden gehalten hatte oder zumindest für einen Waffenstillstand, erwies sich als Kartenhaus.

Israels Ministerpräsident Eschkol forderte den Abzug der ägyptischen Truppen. Nasser verkündete am 25. Mai im ägyptischen Parlament, dass man Israel für alle Zeiten vernichten müsse, und beorderte noch mehr Truppen auf den Sinai.

Das Holz war nun aufgeschichtet, es fehlte nur noch der Funke, der es entzündete.

Ihre Gespräche begannen sich im Kreis zu drehen. Wann der Konflikt angefangen hatte, ließ sich noch benennen – nicht aber, wie und wann er ein Ende finden könnte.

So verständnisvoll Ella Ari immer zuhörte, so besorgt sie

die Ereignisse verfolgte und so begierig sie auf Neuigkeiten war – oft war ihr dieses ohnmächtige Hocken vor dem Radio unerträglich. Der Mai neigte sich dem Ende zu, als sie Ari einmal von dort wegzulotsen versuchte, indem sie vorschlug, einen Spaziergang im Palmengarten zu machen. Sein Blick ging zum Fenster, wirkte verwundert, als hätte er gar nicht bemerkt, dass es ein sonniger Tag war, ja, als wüsste er nicht einmal genau, dass Frühling war. Die Sonne erschien ihm wie eine Attrappe, von der er sich nicht täuschen ließ.

Seine vermeintliche Ruhe und Gefasstheit waren auch Attrappen, von denen sie sich nicht täuschen ließ. Darunter ahnte sie Verzweiflung, die Furcht vor einem Krieg. Sie wusste nur nicht, ob es auch *sein* Krieg war.

Leise wiederholte sie ihren Vorschlag, aber weiterhin starrte er auf das Radio. Kurz sah sie dabei zu, dann drehte sie das Gerät entschlossen ab, und obwohl seine Hand abrupt hochfuhr – anstatt wieder auf den Knopf zu drücken, ließ er sie am Ende zurück auf seinen Schoß sinken. Aufstehen wollte er trotzdem nicht; es hatte für ihn offenbar keinen Sinn, sich abzulenken. Und für sie ergab es keinen Sinn mehr, das Thema zu wechseln.

»Hast du nicht immer gesagt, dass für Israel so schnell niemand eine Bedrohung darstellt? Dass die israelische Armee mindestens so schlagkräftig wie die ägyptische ist, nicht zuletzt dank Waffenlieferungen aus den USA?«

»Gerade darum zögern die Amerikaner, sich auf eine Seite zu schlagen. Sie finden, sie haben ihre Schuldigkeit getan und wollen keinen Konflikt mit Moskau riskieren.«

»Aber für eine diplomatische Lösung setzen sie sich doch weiterhin ein!«

»Hinter welchem Wort verbirgt sich die größere Illusion – hinter Diplomatie oder Lösung?«

»Die Russen haben beabsichtigt, Unfrieden zu stiften. Aber ob sie wirklich auf Krieg aus sind?«

»Nun, die meisten Araber sehnen sich nach Krieg.« Kurz hatte er steif dagesessen, nun stand er auf, begann Kreise zu ziehen. »Den Juden werde nun endlich die Kehle durchgeschnitten … endlich würde Israel von der Landkarte verschwinden … egal, ob man nach Algerien, nach Kuwait, in den Irak oder in den Jemen schaut – überall die gleichen Parolen.«

Ella erhob sich, weil sie unmöglich still sitzen konnte, während er so unruhig herumging. Aber sich ihm in den Weg stellen, ihn umarmen, konnte sie auch nicht.

»Denkst du, Israel wird mit einem Überraschungsangriff den Ägyptern zuvorkommen?«

»Ich denke, was in guten Tagen als Vernunft und Vorsicht gilt, wird in diesen zur Entscheidungsschwäche. Wenn Eschkol wirklich sein Amt des Verteidigungsministers an Mosche Dajan übergibt, wie gemunkelt wird … wenn die USA überdies erklärt, keinen Weg gefunden zu haben, die Krise beizulegen … wenn sich in Israel das Gefühl durchsetzt, dass es, umzingelt von feindlichen Staaten, von der Weltgemeinschaft allein gelassen wird … und wenn in den Zeitungen weiterhin zu lesen steht, dass es so scheint, als wäre Hitler wieder auferstanden …«

Endlich blieb er stehen, blickte aus dem Fenster, doch wie vorhin schien er blind für die Sonne.

»In Israel macht sich Angst breit«, murmelte er. »Tausende fliehen aus Eilat, weil sie fürchten, die Stadt könnte vom restlichen Land abgetrennt werden. Es gibt Panikkäufe. Das Café

Roval in Tel Aviv hat auf seinem Balkon eine Station zum Blutspenden eingerichtet, und Busse fahren nur noch eingeschränkt. In den Schulen fallen Unterrichtsstunden aus, weil sich Schulkinder melden, um Gräben auszuheben und Sandsäcke zu füllen. Und der Zivilschutz weist die Anwohner an, zur Verdunkelung ihrer Fenster schwarzes Papier und Klebeband zu kaufen. Autos fahren längst mit blau überstrichenen Scheinwerfern.«

Jetzt konnte sie gar nicht anders, als zu ihm zu treten, ihm die Hand auf die Schulter zu legen. Sie spürte, wie ein Zittern aus der Tiefe seines Körpers hochstieg, wo nicht nur Ängste vor dem Morgen saßen, auch schwärzeste Erinnerungen ans Gestern. Beides schien sich zu einem unausweichlichen Urteil zu verknüpfen: Ich bin nirgendwo sicher. Ich bin nirgendwo frei.

»Was für ein Glück, dass du hier in Deutschland bist.«

Sie biss sich auf die Lippe, aber es war zu spät, die Worte zurückzunehmen. In den letzten Tagen waren sie ihr oft durch den Sinn gegangen, obwohl sie insgeheim wusste, dass es die falschen waren. Das Wort »Glück« hatte die gleiche Sprengkraft wie das Wort Krieg, wenn auch auf gegenteilige Weise: Wenn man lange genug vom Krieg sprach, redete man ihn herbei. Wenn man lange genug vom Glück sprach, redete man es fort.

»Glück?«, fragte er prompt bitter. Immerhin stieß er ihren Arm nicht weg, ließ zu, dass sie sich noch inniger an ihn schmiegte, spürte wohl: Ihre Bemerkung mochte zwar unpassend sein, verriet jedoch, wie stark ihre Gefühle für ihn waren. All die Sorge, all die Liebe. Und als er sie an den Schultern nahm, sie lange ansah, verband sie die Einsicht, dass gerade eine hasserfüllte Welt die Liebe zu etwas noch Wahrhaftigerem und Wertvollerem machte.

Gewiss, Liebe war ebenfalls ein Wort, das man besser nicht

zerredete, nicht zur Beute machte, die man gerecht aufteilen konnte. Liebe war etwas, was Ella geben musste, jedoch nicht verlangen durfte – so wie sie seine Entscheidung abwarten musste, nicht jedoch erzwingen durfte.

Er löste sich von ihr, zog wieder seine Kreise.

»Israels Geheimwaffe sind die Israelis«, murmelte er nachdenklich.

»Welcher Politiker hat das gesagt?«

Er zuckte mit den Schultern. »Viktor. Mein Vetter würde vor Kampfeslust regelrecht platzen, wenn er noch lebte. Wenn wir Juden alle stark sind, würde er sagen, wird niemand mehr mit leeren Augen hinter Elektrozäunen hervorstarren. Oh, wie er mich verachten würde, weil ich hier herumsitze.«

Dass er alles andere tat, als zu sitzen, immer hektischer ging, nahm den Worten nicht die Bitterkeit.

»Verachtest du dich denn?«

»In Israel läuft die Mobilmachung.«

Sie war nicht sicher, ob das eine Antwort war. Und wenn, ob die einzig mögliche.

»Spielst du mit dem Gedanken, für dein Land zu kämpfen?« Die Angst nahm ihrer Stimme die Kraft. »Du bist Schauspieler, kein Soldat!«

»In Israel sind alle Männer Soldaten und Friedenszeiten nichts weiter als Urlaub. Das Alltagsleben, die Karriere, die Freizeitvergnügen – das ist nur Tünche.«

Wahrscheinlich hatte auch diese Worte einst Viktor gesagt.

Man hatte den beiden nie angesehen, dass sie Vettern waren. Aber als sie Ari jetzt betrachtete, mit dem verzerrten Gesicht, da glaubte sie etwas von Viktors Härte, von seiner Entschlossenheit, auch Kampfbereitschaft in ihm zu erahnen.

»Ich weiß«, sagte er leise. »Wenn du mich siehst, siehst du den feinfühligen Schauspieler. Der bin ich ja auch … hier. Und manchmal war ich ein solcher sogar in Israel. Aber dieses Land, es erlaubt alles, nur keine Gleichgültigkeit. Es fordert eine Entscheidung.«

Einmal mehr trat sie ihm in den Weg. »Diese Entscheidung schiebst du seit Jahren vor dich her. Und obwohl Krieg droht, triffst du sie ausgerechnet jetzt?«

»Nicht *obwohl* Krieg droht, sondern *weil* Krieg droht. Israel war nie meine Heimat, trotzdem ist es mein Land. Es hat mir damals nach dem Krieg Zuflucht geboten, einen Neubeginn. Ich muss es nicht aus ganzem Herzen lieben, um es nicht um jeden Preis verteidigen zu wollen.«

War das ein Argument von vielen oder bereits das endgültige Urteil, das unmittelbare Vollstreckung erforderte? War es nur eine Parole, um sich Mut zu machen, oder bereits eine Entscheidung?

Sie wusste es nicht. Sie konnte auch nicht widersprechen. Aber nichts sagen konnte sie auch nicht.

»Wir … wir haben doch gerade erst wieder zusammengefunden.«

Da war kaum eine feste Fläche, auf der diese Worte stehen konnten, viele gemeinsame Stunden zwar, aber kein eindeutiges Bekenntnis, viel Wärme und Sympathie, aber nichts, was sie zum Liebespaar machte. Nur der Kuss, den sie sich damals im Altersheim gegeben hatten, aber der hatte sich nicht wiederholt, und sie konnte nicht sagen, ob er nur unterbrochen oder beendet worden war. Aufhören, von einem Neuanfang zu träumen, hatte sie dennoch nie gekonnt. Und an seiner Reaktion sah sie, dass es kein unmöglicher Traum war.

Ungeachtet seiner Worte formte er die Hand nicht zur Faust, er erhob sie nicht zum Schwur, er legte sie um ihren Nacken, ganz zärtlich. In diesem Augenblick war Ari kein Soldat auf Urlaub, er war ein Mensch, der diese Sekunde auskosten wollte, die zwischen Vergangenheit und Zukunft hing.

Während sie bisher gezögert hatte, zog sie ihn an sich und küsste ihn. Seine Lippen waren nicht die eines Soldaten. Auch seine Stimme war das nicht, als er atemlos flüsterte. »Ich will, dass wir uns lieben – so wie damals nach dem Krieg, in meinem einstigen Versteck. Auch wenn es bei einem einzigen Mal bleiben wird.«

Sie schmiegte sich noch fester an ihn, wusste: Er sprach nicht von einem einzigen Mal. Er sprach von einem letzten Mal.

12. KAPITEL

Es war der 2. Juni, als Luise am Fenster ihres WG-Zimmers stand. Sie hatte den Vorhang ein wenig zurückgezogen, um nach draußen zu sehen. Obwohl sich die Wohnung ein gutes Stück entfernt vom Stadtzentrum befand, kamen auch hier ein paar Demonstranten vorbei, die auf dem Weg zum Römerberg waren. Das Tor zum Grundstück war so hoch, dass sie nur die Köpfe sehen konnte, aber das genügte, um ein paar Blumenkränze auf den Haaren wahrzunehmen. Sie passten zu der heiteren Atmosphäre, auch den Liedern, die gesungen wurden – *We shall overcome*, – wenn auch nicht zu den Transparenten. Auf einem wurde Autonomie für die Teheraner Universität gefordert, auf dem anderen ein sofortiger Folterstopp.

Sie lehnte ihre Stirn an die Fensterscheibe, wurde das Gefühl nicht los, dass zwischen ihr und den Demonstranten da draußen nicht bloß eine Grenze aus Glas gezogen war. Immer noch hallte der letzte Streit mit Thilo in ihr wider.

Seit sie damals den Protest gegen die deutsch-amerikanische Freundschaftswoche und gegen den Festredner Max Horkheimer nicht hatte mittragen wollen, hatten die Spannungen zwischen ihn zugenommen. Gewiss, schon am Tag darauf hatte er sich zerknirscht gegeben, es nicht fassen können, dass er die Faust gegen sie erhoben hatte, doch auch in den nächsten Wochen hatte er sie häufig angeblafft. Und sie kannte zwar den Wechsel von hektischer Betriebsamkeit und grenzenloser Erschöpfung an ihm – mittlerweile aber folgte beides viel schneller und unberechenbarer aufeinander, schien ihn zu verzehren.

Seit Tagen hatte sie ihm in den Ohren gelegen, dass eine ihrer Aktionen die Solidarität der Studenten mit Israel bekunden sollte – von Eva, Ella und Ari wusste sie schließlich um die dramatische Lage dort und dass nicht nur ein Krieg bevorstand, vielleicht sogar die endgültige Vernichtung des Landes. Thilo hatte das immer abgetan, und heute Morgen hatte sie das erstmals nicht hingenommen.

Er war unerwartet bei ihr aufgetaucht, und weil ihre Mitbewohnerinnen, die Krankenschwestern, nicht zu Hause waren, hatte sie ihn ausnahmsweise hereingelassen.

»Was sitzt du hier noch rum? Heute … heute steht was Großes bevor!«

Sie wusste, was er meinte – es war allerdings nicht das, was sie seit Tagen beschäftigte.

»Wir müssen ein Zeichen für unsere Solidarität mit Israel setzen und …«

»Was juckt es eigentlich uns, was in einem fernen Land passiert?«, fiel er ihr heftig ins Wort.

Seine Gesten waren fahrig, die Augenringe dick und dunkel wie nie. Viel Schlaf fand auch sie nicht, aber so ruhelos wie er war keiner von ihnen, mit Ausnahme vielleicht von Ernesto. Nur für den schien die Wut ein unerschöpfliches Kraftreservoir zu sein, während sie Thilo aufzureiben drohte.

»Ein fernes Land?«, gab Luise zurück. »Das ist Vietnam auch. Und aus welchem Land kommt der Schah, der heute Berlin besucht? Ihr wollt gegen das Unrecht protestieren, das in Persien passiert, aber im Grunde könnte man doch auch sagen, dass das nichts mit uns zu tun hat.«

»Alles hängt zusammen«, brüllte er.

Im Mai war sie noch erschrocken gewesen, als er sie angeschrien hatte. Jetzt erwachte Trotz in ihr. »Genau das sage ich ja auch. Tu nicht so, als würde ich mich nicht auskennen. Ich weiß alles über das Unrechtsregime in Persien, dass die Bauern hungern und Folter und Verhaftungen zum Alltag gehören. Und ja, ich finde es gut, dass heute nicht nur in Berlin die Studenten auf die Straße gehen, sondern in allen deutschen Städten, besonders viele hier in Frankfurt. Aber ebenso wichtig ist mir der Schweigemarsch morgen, den der Jüdische Studentenverein organisiert, um sich für den Frieden in Israel starkzumachen. Dafür werde ich ein paar Transparente vorbereiten.«

Thilo verdrehte genervt die Augen.

»Für so 'nen Kleinkram habe ich keine Zeit«, tat er ihr Anliegen grimmig ab.

»Kleinkram? Es geht hier um einen möglichen Krieg!«

»An dem Israel nicht komplett unschuldig wäre.«

»Was soll das heißen? Willst du zusehen, wie …«

»Hör endlich zu quatschen auf, kommst du nun mit oder nicht?«

»Bin ich für dich nur dazu da, dir die Transparente zu schleppen?«

Nie hatte sie offen den Wunsch geäußert, die *eine* Frau an seiner Seite zu sein. Zu groß war die Furcht, dass er das als monogames Geschwafel abtun würde. Aber als er jetzt nicht sofort widersprach, wurde der Wunsch zu provozieren größer, als schon wieder die Zumutungen zu schlucken, die er ihr aufbürdete.

»Na klar!«, stichelte sie. »Wer eine Mutter hat, die dem Mördervater brav die Mettwurstbrötchen schmiert, kann sich eine Partnerin auf Augenhöhe schwer vorstellen.«

Kurz sah er wütend aus, und sie bereute die Worte sofort. Als er jedoch den Blick senkte und zurücktrat, fragte sie sich, ob die fehlende Augenhöhe weniger daran lag, dass er sie kleinhielt, als vielmehr daran, dass sie ihm zu viel voraushatte.

»Nun gut«, fügte sie friedfertiger hinzu. »Das ist jetzt nicht das Thema.«

»Wirklich nicht«, murrte er grimmig. »Kommst du nun mit?«

Sie wusste nicht, was sie bewog, energisch den Kopf zu schütteln – nur Trotz, nur Stolz oder auch der Wunsch, zwischen sich und ihm, sich und seiner Verlorenheit größtmögliche Distanz zu bringen.

Sie schüttelte den Kopf. »Ich treffe mich heute noch mit Eva und …«

»Auch gut«, fiel er ihr hart ins Wort, »ich bin ohnehin mit Ernesto verabredet. Und mit Stefan, Thomas und Carsten.«

Sie konnte sich nicht erinnern, diese Namen je gehört zu haben. Wo immer sie sich trafen – in einer der Studentenkneipen oder im Keller des Walter-Kolb-Heim –, war ständig ein Kommen und Gehen und wurden ihr immer mal wieder neue Leute vorgestellt. Dass einige von ihnen in Thilos Leben eine größere Rolle spielten, war ihr aber entgangen, augenscheinlich war nur, dass sich Claus und Ernesto, die schon in der Vergangenheit oft genug aneinandergeraten waren, mittlerweile spinnefeind waren und sich gegenseitig als Halbkriminellen oder Systemerhalter beschimpften.

»Ihr … ihr plant aber nichts Gefährliches?«

»Und wenn schon«, murmelte er und wandte sich ab.

»Was genau habt ihr vor?«

»Ach Luischen … du musst nicht alles wissen.«

»Und wenn ich es schon weiß?«, zischte sie. »Dass euch friedliche Demos mittlerweile zu langweilig sind? Dass ihr euch ständig Aktionen überlegt, um die Polizei zu provozieren? Was werdet ihr heute fliegen lassen? Knall- und Rauchkörper? Farbbeutel … Steine?«

Sein Blick wurde rätselhaft, sein Lächeln schmal. »Wie sonst sollen wir den faschistischen Staat dazu bringen, sich selbst zu entlarven?«

»Ich habe von einem Studenten gehört, der wegen Körperverletzung angeklagt wurde, nachdem er einen Polizisten tätlich angegriffen hat. Er ist von der Uni geflogen, willst du das etwa auch?«

»Es ist sowieso nur eine Frage der Zeit, bis es dazu kommt.«

»Was soll das heißen?«

»Ich brauche niemanden, der Fragen stellt. Ich brauche jemanden, der versteht, was ich tue und es gutheißt. Bist du das?«

Ihr Wunsch, ihn zu beschwichtigen, ihm ihre ungebrochene Treue zu versichern, wuchs. Aber am Ende versteifte sie sich. »Bist du das denn für mich? Warum soll ich deine Pläne unterstützen, wenn dir meine Anliegen egal zu sein scheinen?«

Der zerknirschte Ausdruck huschte viel zu schnell über sein Gesicht, um ihn fassen zu können. Schon winkte er entnervt ab. »Ich hab jetzt keine Zeit für Weibergeschwätz. Wie gesagt: Hier geht's um was Großes.«

Als sie ihm durchs Fenster nachsah, stellte sie fest, dass er regelrecht rannte, als wäre er auf der Flucht. Sie dagegen stand reglos da, sah den Protestzug an sich vorbeiziehen.

Und wenn es doch ein Fehler war, sich ihm nicht anzuschließen? Warum hatte sie sich überhaupt so gewehrt, auf diese Demonstration zu gehen? Dass man gegen das grausame Schahregime die Stimme erhob, war doch eine gute Sache und schloss nicht aus, sich morgen am Schweigemarsch für Israel zu beteiligen. Warum tat sie so, als gälte es, ein Exempel zu statuieren, wer von ihnen beiden das Sagen hatte?

Unruhig kreisten ihre Gedanken, sie selbst aber rührte sich weiterhin nicht, konnte sich nicht einmal dazu aufraffen, zu ihrem Treffen mit Eva aufzubrechen, wenigstens Ella zu besuchen und Neuigkeiten zu erfragen. Irgendwann ließ sie sich auf ihre Matratze fallen und begann zu lesen.

Als es plötzlich klopfte, erwachte kurz die Hoffnung, Thilo hätte es sich anders überlegt. Doch schon als sie auf die Tür zuging, fühlte sie, dass er nicht zurückgekommen war, und tatsächlich stand nicht er, sondern Rosie vor ihrer Wohnung.

Sie trug ein Transparent. Was darauf stand, hatte allerdings nichts mit dem Schahbesuch zu tun. »Weg mit der Damenbindenwerbung!«, las Luise und musste sich auf die Lippe beißen, um nicht aufzulachen.

Rosie dagegen blieb todernst. »Hast du die Reklame mit dem Slogan: ›Bedauern Sie zwölfmal im Jahr, eine Frau zu sein?‹ noch nicht gesehen? Als würde die Tatsache, dass wir regelmäßig bluten, aus uns Menschen zweiter Klasse machen.«

Luise versuchte sich an einem gleichmütigen Ausdruck, aber Rosie hatte sich in Rage geredet.

»Auch an unseren sozialistischen Eminenzen hängen ziemlich kleinbürgerliche Schwänze. Und all ihr Gefasel von freier Liebe ist in Wahrheit nur ein Bumszwang. Davon, willig die Beine breitzumachen und hinterher Butterbrote zu schmieren, hat noch keine Frau Gleichberechtigung erlangt.«

Es war nicht nur ungewohnt, dass sie so lange dozierte, auch dass sie weitgehend ungeschminkt war, mal vom dunklen Lidstrich abgesehen.

»Aber du bist doch nicht hierhergekommen, um mir das zu sagen«, warf Luise ein, die nicht einmal gewusst hatte, dass Rosie ihren Wohnort kannte. »Was willst du denn hier?«

»Vielleicht wissen, ob du genug Verbandszeug parat hältst?«

Den verächtlichen Tonfall kannte Luise nur allzu gut. Doch dahinter nahm sie echte Sorge wahr. Und die sprach auch aus Rosies Stimme, als sie fortfuhr: »Ich habe mich vorhin gerade bei der Demo eingereiht, als ich Thilo sah. Mir scheint, dass er und seine Kumpels jetzt endgültig durchdrehen.«

»Hat … hat er dir denn anvertraut, was sie vorhaben?«, hörte sich Luise plötzlich stammeln, »Thilo, Ernesto … ihre neuen Freunde?«

»Freunde, du bist gut, Querulanten sind das, die nichts mehr zu verlieren haben.«

»Wieso gibt Thilo sich denn mit denen ab?«

»Na ja, er hat ja auch nicht mehr viel zu verlieren. Ich meine, jetzt da sein Vater ihm den Geldhahn zugedreht hat und er dich offensichtlich nicht mehr in der kompletten Verfügungsgewalt hat.« Ihr Blick entbehrte nicht einer gewissen Hochachtung.

»Sein Vater hat ihm die finanzielle Unterstützung entzogen?«, fragte Luise fassungslos.

»Nach ihrem letzten Krach. Hat er dir nichts davon erzählt?«

Ein wenig von der alten Rosie kam zum Vorschein, die gerne auftrumpfte und sie zum naiven Mädchen abstempelte. Auch ein wenig von der alten Luise, die dann beschämt und eifersüchtig reagierte. Doch ihr stärkstes Gefühl war Angst.

»Wovon will er denn leben?«

»Ernesto macht sich darüber jedenfalls keine Gedanken. Im kapitalistischen Staat sieht er eine Art Selbstbedienungsladen. Er hat schon Pläne geschmiedet, eine Bank zu überfallen.«

»Das kann doch nicht sein Ernst sein.«

»Ich glaube auch nicht, dass sie es wirklich tun würden. Aber das, was sie heute auf der Zeil vorhaben, ist ihnen ganz sicher ernst. «

Mit jedem weiteren Satz schien es Luise trotz der warmen Junisonne etwas kälter zu werden. Und mit jedem weiteren Bild, das die Worte heraufbeschworen, wankte ihre Entschlossenheit, Thilo nicht länger nachzulaufen.

»Warum hast du nicht versucht, ihn davon abzuhalten?«, rief sie, als Rosie geendet hatte.

»Warum sollte ich?«, gab die andere barsch zurück. Etwas gemäßigter fügte sie hinzu: »Auf mich hätte er ja ohnehin nicht gehört, aber ... vielleicht hört er ja auf dich.« Sie starrte auf ihre Schuhspitzen, das Eingeständnis, dass sie keine Rolle mehr in seinem Leben spielte, schien ihr unangenehm zu sein. Aber schon im nächsten Augenblick setzte sie eine gleichgültige Miene auf. »Ich dachte halt, du solltest es wissen. Aber was du nun machst ... und ob du überhaupt eine Chance hast, ihn davon abzubringen ...« Sie zuckte mit den Schultern, ehe sie sich ohne ein weiteres Wort abwandte.

»Und das Ganze ist auf der Zeil geplant?«

»Genau, die Demonstranten auf dem Römer sind ihnen zu friedlich.«

Ganz deutlich stand Luise vor Augen, wie sie ihn auf der größten Einkaufsstraße Frankfurts das erste Mal gesehen hatte, wie seine Dreistigkeit ihr imponiert hatte. Auch wie sie ihm mit ihren Seidenstrümpfen die blutende Stirn verbunden hatte und sie sich küssten, damit die Polizisten ihn nicht als einen der Unruhestifter erkannten und verhafteten.

Sie stürmte an Rosie vorbei die Treppe nach unten.

»Gut möglich, dass du zu spät kommst«, rief Rosie ihr nach.

Warum hat sie dann erst jetzt Bescheid gesagt, ging es Luise durch den Kopf, aber sie schwieg, den Atem brauchte sie, als sie zu Fuß Richtung Innenstadt lief, den ganzen Oederweg entlang, bis zur Eschenheimer Anlage, um von dort die Große Eschenheimer Straße zu nehmen.

Eine Weile hörte sie nichts anderes als den eigenen hektischen Atem. Als das Kaufhaus Schneider an der Ecke zur Zeil in Sichtweite kam, drang ihr allerdings eine Kakofonie an Geschrei, Trillerpfeifen, dumpfen Schlägen und Hufgetrappel entgegen. Die Puste ging ihr endgültig aus. Auch ein wenig der Mut. Sie konnte nur erahnen, was genau sie erwartete. Sicher war sie, dass sie nichts tun könnte. Wie sollte sie in einem Tumult Thilo finden? Wie durch all diese Ohnmacht, den Zorn und Trotz und Wahn zu ihm durchdringen?

Sie blieb dennoch nicht stehen, folgte dem Lärm, der immer ohrenbetäubender wurde. Auf den ersten Blick waren relativ wenige Demonstranten zu sehen, dagegen viele Männer in Uniformen, aber das hatte nichts zu bedeuten. Rosie hatte ihr von Thilos Plänen erzählt, die man nur mit viel Wohlwollen unvernünftig nennen konnte – in Wahrheit waren sie der reinste Irrsinn.

»Was hast du denn hier verloren?«

Sie blieb keuchend stehen, obwohl ihr Herz so schnell pochte, schien es kein Blut in den Körper zu pumpen, denn der war wie taub. Nun gut, sie fühlte ein wenig Erleichterung, Claus zu sehen – in einem seiner üblichen schrillen Anzüge.

»Das Gleiche könnte ich dich fragen. Du wirst doch nicht bei diesem Wahnsinn mitmachen?«

»Natürlich nicht, ich habe versucht, ihn davon abzubringen. Nicht Ernesto, bei dem ist es sinnlos, aber ich dachte, wenigstens Thilo ließe mit sich reden …«

Seine Stimme wurde immer leiser, vielleicht wurde der Lärm auch lauter. Sie fühlte kaum, wie er sie packte und von der Zeil wegzog, weil sich ihnen Scharen von Uniformierten näherten. Auch Claus wusste also, dass das nicht nur Polizisten waren.

In irgendeinem Theaterfundus hatten Thilos neue Freunde Uniformen erbeutet, ebenso ein paar Schlagstöcke. Nicht dass sie damit auf vermeintliche Kollegen einprügeln wollten. Sie hatten es auf die Polizeipferde abgesehen, unter deren Sättel sie Stacheligel – ein Konstrukt aus Holz und Nägeln – schieben wollten. Ehe die echten Polizisten entdecken würden, dass in den Uniformen keine Beamten, sondern Demonstranten steckten, würden ihnen schon die Tiere durchgehen.

Wollen wir mal sehen, wie viele der Bullenschweine mit ihren fetten Ärschen auf dem Boden landen, weil die Pferde steigen.

Nein, diese Worte hatte Rosie nicht gewählt, als sie Luise davon berichtet hatte, aber Luise konnte sich denken, dass jemand sie gesagt hatte, ganz sicher Ernesto, vielleicht auch Thilo. Sie hörte jedenfalls wieder inmitten von Geschrei und Trillerpfeifen Hufgetrappel. Und ein lautes Wiehern.

Luise konnte etwas tiefer atmen, sich aber nicht aus Claus' Griff befreien.

»Es ist zu spät!«, rief er ihr eindringlich ins Ohr. »Komm mit.«

»Aber ich kann doch nicht …«

»Ich habe versucht, mit ihnen zu reden, es hat nichts genützt, und jetzt … jetzt … Ich habe alles gesehen …«

Endlich ließ er sie los, und wieder hastete sie um die Ecke, wieder fiel ihr Blick auf die Zeil, auf den Tumult. Da lagen keine Bullenärsche im Dreck, da waren keine Pferde, die stiegen, da waren nur viele Menschen ohne Uniform, die von Beamten eingekesselt wurden.

Verspätet merkte sie, dass Claus ihr gefolgt war.

»Was hast du gesehen?«, fragte sie tonlos.

»Es ist schiefgegangen«, raunte er ihr ins Ohr. »Ernesto ist mit seinem Bart aufgefallen, dieser Trottel. Sie haben ihn abgefangen, bevor er überhaupt in die Nähe der Pferde kam. Ich bin sicher, diesmal wird er nicht so schnell freikommen. Gut möglich, dass es eine Anklage gibt.«

Der Anblick, der sich ihr bot, erfüllte sie mit Grauen, zugleich konnte sie sich nicht abwenden. »Und Thilo? Weißt du auch, was mit Thilo ist?«

Sie hoffte regelrecht, dass auch er verhaftet worden war, denn auf einem Polizeirevier wäre er zumindest in Sicherheit.

Aber Claus' düstere Miene verriet, dass es für Thilo nicht glimpflich geendet hatte. »Er wollte die Sache ganz allein durchziehen, was bedeutet, dass er der noch größere Trottel ist. Er hat schließlich keine Ahnung von Pferden.«

Obwohl das Getrampel und das Wiehern leiser wurden, glaubte sie plötzlich ganz deutlich zu sehen, wie Thilo unter die Hufe eines Tiers geriet. Sie schloss die Augen, als könnte sie der Vorstellung damit die Macht nehmen. Doch da war kein schützender schwarzer Schleier, nur alles rot. Rot wie das Blut, das aus der Wunde an Thilos Kopf strömte.

»Was genau ist passiert? Und wo … wo ist er jetzt?«

Noch bevor Claus antwortete, ahnte sie: Heute würden zwei Seidenstrümpfe nicht reichen.

Ella hatte lange vor dem Fernseher gesessen. Sie hatte die Nachrichtensendungen in der Hoffnung geschaut, dass es Neuigkeiten aus dem Nahen Osten gab, doch sämtliche Beiträge drehten sich um den Schahbesuch. Um 11.05 Uhr war eine Sondermaschine am Flughafen Berlin-Tempelhof gelandet, und die Blicke hatten sich neugierig auf Farah Diba gerichtet, die – wie mehrmals betont wurde – ein fuchsienrotes Kostüm und einen schwarz-weiß gestreiften Hut trug.

Klangen die ersten Beiträge noch nach einem Artikel aus einem Modejournal, wurden die Nachrichten im Laufe des Tages beunruhigender. Von großen Demonstrationen in Berlin war die Rede, von aufgebrachten jungen Menschen. Ein paar von ihnen hatten sich Papiertüten mit grausamen Karikaturen des iranischen Kaiserpaars über die Köpfe gezogen und harrten so der Wagenkolonne.

Als die endlich eintraf, ertönte aber nicht etwa Protestgeheul, es waren vielmehr Jubelschreie. Denn kaisertreue Iraner, wie der Kommentator sie bezeichnete, hatten sich ebenfalls versammelt und begrüßten ihren Schah. Allerdings sah es nicht nach Begrüßen aus, als diese Iraner vor dem Schöneberger Rathaus mit Latten auf die deutschen Demonstranten einschlugen. Die Bilder wurden unruhiger, verwackelt, der Ton des Kommentators klang dagegen gleichgültig, als er erklärte, die Polizei sorge für Ordnung.

Indem sie die Demonstranten beschützte? Oder die kaisertreuen Iraner?

Die Frage wurde nicht beantwortet, denn schon war die Sendung zu Ende, und im nächsten Beitrag wurde Farah Dibas Frisur analysiert, die so viele Frauen in Deutschland nachzumachen versuchten. Ein Friseur wurde interviewt, der exakte

Anweisungen gab, wie man seine Haare entsprechend auftoupierte.

Das passt doch alles nicht zusammen, ging es Ella durch den Kopf, doch es passte ja schon seit einer Woche nichts zusammen – vor allem nicht die beiden Hälften, in die ihr Leben zerbrochen war. Da gab es Ella, die Buchhändlerin, die jeden Tag zur Arbeit ging, dort erledigte, was erledigt werden musste, die Kunden lächelnd beriet, als wäre sie mit den Gedanken bei ihnen, nicht unendlich weit fort. Und da gab es Ella, die Liebende, die sich in ihre Wohnung zurückzog wie ein waidwundes Tier, ihre Bücherregale verschmähte, stattdessen auf dem Sofa vor dem Fernseher saß, nicht nur Nachrichten schaute, sondern sich vor Nachrichten fürchtete. Nun gut, heute gab es keine Neuigkeiten aus Israel, und irgendwann machte sie den Ton aus. Der Anblick der Gesichter, die nicht mehr hinter bemalten Papiertüten versteckt waren und deren Münder weit geöffnet waren, ohne dass man sie schreien hörte, wurden zum Sinnbild für die eigene Not. Sie schrie ja auch fortwährend, aber der Ton war ausgeschaltet.

Was inmitten der Stille doch zu hören war, war die Türglocke. Erst als sie vom Sofa hochschreckte, ging ihr auf, dass sie kurz eingenickt war.

Ihr wurde schwindelig, als sie zur Tür hastete, denn sie aß nicht nur zu wenig, sondern vergaß oft über Stunden das Trinken.

Als sie die Tür öffnete, nahm sie vage mehrere Menschen wahr, zwei davon stützten einen jungen Mann. Noch bevor sie erfasst hatte, dass das Thilo war, sah sie das Blut, das von ihm tropfte. Dass die Haare im Nacken verklebt waren, verriet, dass er einen Schlag abbekommen haben musste, und über die

Augenbrauen verlief nicht nur eine Narbe, die von früheren Scharmützeln kündete, sondern ein frischer Schnitt. Das eine Auge sah geschwollen aus und war rot unterlaufen, das andere glasig. Kurz hielt er sich dank der Hilfe der anderen noch aufrecht, dann fiel er Ella förmlich entgegen. Geistesgegenwärtig streckte sie die Hände aus, konnte ihn aber gerade mal drei Sekunden stützen, ehe er auf die Knie sackte.

»Um Himmels willen, warum bringt ihr ihn denn nicht ins Krankenhaus?«

»Weil man ihn dort womöglich sofort verhaftet. Ich … ich wollte ihn zunächst in die Buchhandlung bringen, weil die näher ist. Aber die Polizisten … sie haben uns verfolgt. Wir konnten sie erst bei der Bockenheimer Warte abschütteln.«

Erst jetzt sah sie Luise. Sie bebte am ganzen Körper, als sie die Wohnung betrat, neben Thilo auf die Knie sank. Obwohl das Taschentuch in ihrer Hand bereits blutdurchtränkt war, presste sie es auf die Wunde an seinem Hinterkopf. Sie sagte noch mehr, wie Ella dem sich schnell bewegenden Mund entnahm, doch Ton und Bild klafften auseinander, sie brachte das, was hier in Frankfurt geschehen war, nicht mit den Ereignissen in Berlin zusammen.

»Hier werden doch nicht auch kaisertreue Iraner zugeschlagen haben?«

»Aber die Bullen … Sie gingen so brutal wie selten vor.«

Es war Thilo, der ihr antwortete. In seinen Augen stand ein eigentümliches Glitzern, als wäre er insgeheim begeistert, doch zugleich war er leichenblass, und er beugte sich leicht vor, als müsste er erbrechen.

»Bitte, er kann doch hierbleiben!«, rief Luise flehentlich. »Hier ist er erst mal sicher.«

Ella konnte sich nicht vorstellen, dass irgendjemand einen Mann in diesem Zustand verhaften wollte. Sie nickte trotzdem, und die beiden Fremden zogen Thilo wieder hoch und folgten Luise mit ihm in ihr Zimmer. Ella entging nicht, dass auch sie voller Blessuren, Kratzer, blauer Flecken waren, die Augen schmal und wütend. Sie war erleichtert, dass sie bald wieder wortlos verschwanden und die Tür hinter ihnen ins Schloss fiel.

Auch Luises Zimmertür war geschlossen.

»Brauchst du was?«, rief Ella.

Keine Antwort. Sie füllte eine Schüssel mit Wasser, suchte saubere Waschlappen heraus, auch Desinfektionsmittel und Mullbinden.

Als sie in Luises Zimmer trat, lag Thilo mitsamt seinen Stiefeln in ihrem Bett, nuschelte Unverständliches, wahrscheinlich, dass er aufstehen wollte. Luise widersprach heftig.

»Soll ich nicht doch einen Arzt anrufen?«, fragte Ella.

»Nein!« Es klang nicht wütend, eher panisch. Etwas gemäßigter fügte Luise hinzu: »Bitte, ich mach das schon.«

Ella ging zurück ins Wohnzimmer, starrte wieder auf den Fernseher, der immer noch lautlos lief. Zum wiederholten Mal schwebte Farah Diba die Gangway hinunter, es schmeckte säuerlich in Ellas Mund, und sie dachte, künftig würde sie beim Wort fuchsienrot an das Blut denken müssen, das aus Thilos Wunden strömte. Immer noch begriff sie nicht recht, warum es auch hier in Frankfurt zu Tumulten gekommen war. Aber sie wusste, dass sich die Polizei in Berlin nicht auf die Seite der Demonstranten gestellt hatte, um sie gegen die rabiaten kaisertreuen Iraner zu schützen, sondern gemeinsam mit denen auf die Demonstranten eingeprügelt hatte.

»Er schläft.«

Luise hatte das Wohnzimmer betreten, machte die Tür hinter sich zu. Ihr Gesicht war fast so weiß wie ihre Bluse.

»Mit einer Gehirnerschütterung ist nicht zu spaßen«, murmelte Ella. »Ich finde ja, er müsste geröntgt werden. Und seine Wunden genäht.«

»Sie sind nicht so tief. Und er muss nur liegen bleiben, ein paar Stunden … Tage … er kann doch hierbleiben, oder? Und ich auch?«

Ella nickte wie betäubt. Als sie aufs Sofa sank, merkte sie, dass nicht nur Luise bebte, auch ihre Hände zitterten unkontrolliert. Um das vor der Schwester zu verbergen, schob sie sie rasch unter die Oberschenkel, doch etwas anderes konnte sie nicht verheimlichen.

Zum ersten Mal an diesem Abend musterte Luise sie genauer. »Hast du etwa geweint?«

Nun zog sie doch wieder eine Hand hervor, um ihre Augen zu betasten. Die Lider fühlten sich leicht geschwollen an, waren sicher gerötet, aber nicht wegen der Tränen, die waren schon lange versiegt. Sie schüttelte den Kopf, doch Luise ließ sich nicht abwimmeln und setzte sich zu ihr aufs Sofa.

»Was ist denn passiert? Hast du mit Ari gestritten?«

Ella starrte auf ihre Knie. Ein wenig wünschte sie, sie hätte es getan. Dass es eine letzte heftige Auseinandersetzung gegeben hätte. Dass sie deutlicher mit seiner Entscheidung gehadert, dass sie nicht an Vorwürfen und Tränen und Beschimpfungen gespart hätte, weil er einfach ging … nein … sie verließ … nein … in den Krieg zog. Aber das hatte sie nicht getan, und nun erstickte sie an ihrem »Geh nicht!«.

»Er ist in Israel … hat sich dort freiwillig gemeldet …«,

setzte sie an, konnte aber nicht fortfahren, wie denn auch, es gab im Grunde nicht viel mehr zu erzählen.

»Er ist einfach gegangen?«, rief Luise bestürzt.

»Ich denke, einfach war daran gar nichts, aber …«

»Warum hat er sich nicht mal von mir verabschiedet?«

Die Betroffenheit in Luises Miene spiegelte so deutlich das eigene Unverständnis, auch das Gefühl von Verlassenheit wider, dass Ella den Anblick kaum ertrug. Natürlich, für Luise war Ari ein Vertrauter geworden, ein großer Bruder, ein Beschützer.

»Es tut mir leid«, presste Ella hervor.

Luise starrte in Richtung Fernseher, wo immer noch lautlos die Nachrichten liefen. »Ich kann mir Ari in jeder Rolle vorstellen, nur nicht in der des Soldaten.«

»Ich doch auch nicht. Aber ich hatte den Eindruck, er würde sich sein Leben lang verachten, wenn er jetzt nicht Verantwortung für sein Land übernimmt. Damals im Krieg … da musste er in seinem Versteck sitzen und warten, ohne Nachricht von seiner Familie, zur Untätigkeit verdammt. Ich denke, dass er lieber kämpft, als das jemals wieder zu ertragen.«

Zumindest hatte sie versucht, sich seine Entscheidung so zu erklären. In Luises Ohren klang sie wohl plausibel, denn sie nickte nachdenklich, um umso entschlossener hinzuzufügen: »Ich bin sicher, er kehrt bald zurück.«

Ella zuckte mit den Schultern. Das Problem war nicht, ob er zu ihr zurückkommen wollte. Sondern ob es nicht auch danach wieder einen Grund geben würde, warum er gehen musste. Der Abschied von vor knapp einer Woche verknüpfte sich in ihrem Kopf mit dem Abschied von einst, wie Bilder, die nicht auf fester Ölwand, sondern durchsichtiger Folie gemalt worden waren und sich übereinanderlegten. Gewiss, damals war er von ihr belogen worden und unversöhnlich gegangen, diesmal war er mit einem letzten Kuss und dem Bekenntnis aufgebrochen, dass er sie liebte. Doch diese Wahrheit hatte nicht das notwendige Gewicht, um einem Krieg standzuhalten.

Ihre Augen begannen zu brennen. Sie fuhr sich darüber.

Doch Luise hätte ihre Tränen ohnehin nicht bemerkt. Als Ella wieder klar sah, nahm sie wahr, wie sich der Blick der Schwester wieder oder immer noch starr auf den Fernseher richtete.

»Mach mal lauter«, rief sie gehetzt.

Ella hatte plötzlich Angst, ihrem Blick zu folgen.

»Wird vom drohenden Krieg im Nahen Osten berichtet?«

Luise machte nun selbst den Ton an. Nicht länger war nur von Schlagstöcken die Rede, mit denen die Polizisten auf Demonstranten einschlugen, anstatt sie zu schützen. Sondern von einem Schuss und einem schwer verwundeten Studenten.

Luise schüttelte ebenso ungläubig wie verzweifelt den Kopf. »Ich … ich glaube, hier herrscht nun auch Krieg«, stammelte sie.

Als Luise das Zimmer betrat, versuchte sich Thilo gerade hochzukämpfen. Eine knappe Woche kurierte er nun schon seine Verletzungen aus, und in den letzten Tagen hatte sie ihm stets aufs Neue erklären müssen, dass es noch viel zu früh war, ohne fremde Hilfe aufzustehen, und dass die weiteste Strecke, die er zurücklegen dürfe, die zur Toilette war. Am Ende hatte er nicht so sehr ihren Worten nachgegeben als den steten Kopfschmerzen und dem Schwindel. Heute aber schien er entschlossen, sich von beidem nicht länger sein Leben diktieren zu lassen.

»Ich kann nicht ewig hier rumliegen.«

Um seine Worte zu bekräftigen, nickte er – eine zu schnelle Bewegung, denn schon wurde er wieder blass und wankte. Luise stürzte auf ihn zu. »Bist du wahnsinnig geworden? Es ist immer noch zu früh!«

»Nein, es ist zu spät! Was soll ich denn noch alles verpassen?«

Sie wusste, dass er damit nicht Seminare und Vorlesungen meinte, die er auch früher schon oft geschwänzt hatte, vielmehr das, was sich in den letzten Tagen zugetragen hatte. Da sie nicht von seiner Seite gewichen war, hatte sie nur davon erfahren, weil sie regelmäßig Besuch von Claus, Ernesto, auch von Rosie bekommen hatten.

Jeder der Freunde hatte die gleiche Formulierung benutzt: »Benno Ohnesorgs Tod hat alles verändert.«

So hieß jener Student, der am 2. Juni erschossen worden war, als Polizisten in Zivilkleidung fliehende Demonstranten verfolgt hatten, um sie weiter zu verprügeln und vermeintliche Rädelsführer festzunehmen. Dass einer von ihnen am Ende sogar eine Schusswaffe gezogen, auf einen der Studenten gerichtet und abgedrückt hatte, war von der Polizei später als tragischer Unfall abgetan worden. Die Studenten sprachen von Mord, wohl auch, weil die anwesenden Polizisten sich zunächst geweigert hatten, einen Krankenwagen zu rufen.

Nicht nur ihre Freunde berichteten ausführlich von diesem Ereignis, auch die Medien – nur dass jene Blätter, die den Demonstrationen der Studenten immer schon kritisch gegenübergestanden hatten, auch jetzt nicht etwa den kaisertreuen Iranern oder der deutschen Polizei die Schuld an der Eskalation gaben, sondern in den »Krawall-Radikalen« die wahren Übeltäter sahen. So sah es auch die *Bild*, unter deren Titelbild stand: »Gestern haben in Berlin Krawallmacher zugeschlagen, die sich für Demonstranten halten. Ihnen genügt der Krawall nicht mehr. Sie müssen Blut sehen.«

»Wie können sie die Tatsachen nur so verdrehen?«, ereiferte sich Thilo.

Luise teilte seine Empörung, aber sie zwang ihn, sich wieder hinzulegen, und bewachte später seinen Schlaf.

Schon drei Tage nach Benno Ohnesorgs Tod versammelten sich an der Frankfurter Uni dreitausend Studenten zu einer Trauerkundgebung. Weitere drei Tage später waren es schon fünftausend – manche sprachen sogar von zehntausend –, die sich an einem Schweigemarsch von der Universität zum Römer beteiligten.

Und bei keinem der beiden Ereignisse konnte Thilo dabei sein …

Sie verstand, dass das an ihm nagte, hielt es dennoch für Wahnsinn, dass er jetzt aufstand.

»Du kannst doch nicht …«

Stehen konnte er tatsächlich nicht, aber reden. Die Worte quollen hervor, als hätte sich zu viel Unrat angesammelt.

»Geahnt haben wir es immer schon, jetzt wissen wir es. Wir haben es mit einem tendenziell faschistischen Staat zu tun, dessen Steigbügelhalter die Springerpresse ist. Was ist von der Generation Auschwitz auch anderes zu erwarten? Die ist gedrillt worden, systematisch zu morden, und jetzt sind es eben die Studenten, auf die sie es abgesehen haben.«

Luise hatte ihn an den Schultern gepackt, aber er starrte an ihr vorbei.

»Ist das nicht ein wenig übertrieben? Der Staat hat es doch nicht auf alle Studenten abgesehen …«

»So wie einst Julius Streicher im *Stürmer* zum Judenmord aufhetzte, so hetzt nun Springer in der *Bild* zum Studentenmord auf«, fiel Thilo ihr schrill ins Wort.

Er war noch bleicher geworden, und obwohl ihre Sorgen wuchsen, schüttelte sie vehement den Kopf. »Wer solche Vergleiche zieht, hat das Ausmaß des Massenmordes an den Juden nicht begriffen.«

»Ich habe jedenfalls begriffen, dass ich nicht länger rumliegen und die Sache kleinreden kann. Von allein wird sich die Welt nicht verändern.«

Luise glaubte auch nicht, dass sich die Welt veränderte, wenn man schwarze Armbinden trug, schwarze Fahnen schwenkte und Flugblätter verteilte. Das zumindest war für heute Mittag überall in Deutschland geplant, während in Berlin Benno Ohnesorgs Beerdigung stattfinden würde.

Sie ließ ihn los, wählte aber umso schärfere Worte: »Vielleicht kannst du mittlerweile aufstehen, vielleicht auch demonstrieren. Aber wenn du noch mal in eine Prügelei gerätst, kannst du sterben, und die Studentenbewegung hat jetzt einen Märtyrer, sie braucht keinen zweiten. Himmel, Thilo! Du musst doch auch mal an dich denken, dein eigenes Leben kann dir doch nicht völlig egal sein! Und an mich … an mich könntest du auch denken. Hast du überhaupt eine Ahnung, welche Ängste ich um dich ausgestanden habe?«

Sie war überzeugt, dass ihre Worte, so eindringlich, so verzweifelt sie auch waren, keine Macht über ihn hatten. Schon hatte er die Tür erreicht, schon diese geöffnet, aber auf der Schwelle hielt er inne.

Als er sich umdrehte, wurde aus ihm jener andere Thilo, dem sie in der letzten Woche immer wieder begegnet war. Wenn Entsetzen und Wut nachgelassen hatten, war er ihr verletzlich wie nie erschienen. Tagsüber hatte sie sich mehr wie eine Krankenschwester als wie eine Freundin gefühlt, und er hatte sie auch so behandelt – durchaus dankbar, aber höflich und distanziert. Aber am Abend hatte er sie immer gebeten, sich zu ihm ins Bett zu legen, hatte sie umschlungen, sich ganz fest an sie gepresst. Oft waren sie erst in den Morgenstunden eingeschlafen, hatten mal geschwiegen, mal geredet, beides in einem Einvernehmen, das sie nie zuvor mit ihm erlebt hatte.

Endlich hatte er ihr anvertraut, dass seine Eltern ihn nicht länger unterstützen würden – so wie sie zugegeben hatte, dass sie das bereits wusste. Und er ging noch einen Schritt weiter in seiner radikalen Ehrlichkeit, erklärte, wie überfordert er sich fühlte.

»Von der Aussicht, Geld zu verdienen?«

»Vom Leben.« Es rase auf ihn zu wie eine schwarze Welle, so hoch, so schnell, dass man nur untergehen, nicht darauf reiten könne.

»Vielleicht ist es nicht das Leben, sondern du selbst, der viel zu hohe Ansprüche an dich stellt.«

Er hatte nicht zugestimmt, aber widersprochen auch nicht, hatte nur ihre Hände genommen und sie geküsst, und die Wellen, die sie mitrissen, waren sanft und warm gewesen.

So gerne hätte sie jetzt an diese Vertrautheit angeknüpft – doch als sie auf ihn zutrat und seine Hand nahm, blieb diese schlaff in ihrer liegen.

»Auf diesen Kampf mit den Polizisten hast du dich doch

eingelassen, weil du dachtest, du hättest nichts mehr zu verlieren.«

Widerspruch blitzte in seinen Augen auf, ein wenig Wut, weil sie ihn durchschaute. Beides brach sich nicht in Worten Bahn. Die klangen fast ein wenig kleinlaut: »Ich kann nicht noch mal bei meinem Alten angekrochen kommen. Ich weiß nicht, ob ich zum Studium tauge oder zur geregelten Arbeit. Aber was Gerechtigkeit ist, das weiß ich, und dass es sich dafür zu kämpfen lohnt, auch.«

Nicht nur verletzlicher erschien er ihr, auch schmächtiger als sonst, vielleicht, weil er sich hinter großen Worten wie Gerechtigkeit und Kampf verstecken wollte und sich deswegen kleinmachen musste. Sie wäre ihm gerne selbst ein Zufluchtsort, ja ein Schutzschild gewesen, zeigte ihm das, indem sie die Hand losließ, sich an ihn schmiegte. Kurz bleib sein Körper schlaff, dann erwiderte er die Umarmung.

»Bitte geh nicht«, presste sie hervor.

»Du hast doch recht. Ich habe nichts zu verlieren.«

»Das stimmt nicht. Mich hast du. Ich … ich liebe dich doch.«

Sie spürte seinen warmen Atem an ihrem Hals. Dann hob er die Hände, strich ihr übers Haar. Sie war nicht sicher, woher sein Zittern kam, das Flackern in seinem Blick, ob von Schwindel oder Gefühl. Auch wenn ihr das Geständnis herausgerutscht war, es war tief und echt.

»Du denkst, ich habe mich auf diese waghalsige Aktion eingelassen, weil ich nach dem Streit mit meinem Alten außer mir war?«, fragte er rau. »Nun, du kannst dich sicher erinnern, dass wir uns ebenfalls gestritten haben? Du wolltest nicht mitmachen – nicht bei der Demo, nicht bei unserer Aktion. Und das … das ist mir deutlich mehr an die Nieren gegangen.«

Sein Blick ging unruhig durch den Raum, als fände er in diesem Zimmer, wo er die ganze letzte Woche verbracht hatte, nichts Vertrautes, woran er sich festhalten konnte. Sie dagegen wusste nicht, was sie von seinen Worten halten sollte. Sie kamen der Erwiderung ihres Liebesgeständnisses sehr nahe, und trotzdem standen die Worte auf brüchigem Boden. Ihr war nicht entgangen, dass er sie mit leisem Unwillen ausgesprochen hatte, als wäre ein Eingeständnis von Gefühlen ebenso ein Zeichen von Schwäche, wie mit einer Gehirnerschütterung im Bett liegen zu bleiben.

Schon löste er sich abrupt von ihr.

»Ich gehe jetzt.«

Zu gern hätte sie ihn begleitet, doch sie wusste: Sie konnte ihm nicht länger nachlaufen, nicht in seinem Windschatten leben, nur darauf warten, bis er wieder so schwer verletzt wurde, dass er auf sie angewiesen war.

Obwohl es ihr unendlich schwerfiel, sagte sie entschlossen: »Dann geh jetzt. Und wenn du wiederkommen willst, dann komm. Aber nur als mein Freund. Nur als der Mann, der sich zu mir bekennt. Nicht als der Patient, der auf eine Krankenschwester angewiesen ist. Nicht als der Revolutionär, der sich zwischendurch von der gehorsamen Dienerin den Schweiß von der Stirn wischen lässt.«

Er hatte sich abgewandt, verharrte aber auf der Schwelle. Sie witterte den Drang, sich umzudrehen, ihren Blick zu suchen, zu prüfen, ob sie es wirklich so meinte oder ob es ihm mühelos gelänge, den Worten mit Zwinkern, Grinsen und leisem Spott den Ernst zu nehmen.

Aber am Ende ging er, ohne sich umzudrehen, und sie ließ ihn gehen, ohne ihm nachzuschauen. Die Tür fiel hinter ihm zu, und sie lehnte sich daran, nein, presste die Stirn dagegen, bis es schmerzte. Nur so konnte sie das Verlangen im Zaum halten, ihm nachzueilen, ihre Worte zurückzunehmen.

Sie überlegte kurz, ob sie das Bett neu überziehen sollte, aber sie wollte Thilos Spuren nicht tilgen. Am liebsten hätte sie sich ins Bett gelegt, sich eingerollt, aber die Angst war zu groß, dann von der Lethargie überwältigt zu werden.

Sie war erleichtert, als sie einen Schlüssel im Schloss hörte und wie Ella ihren Namen rief. In den letzten Tagen hatte sich Ella ebenso unaufdringlich wie fürsorglich verhalten. Sie hatte schweigend Essen und Medikamente hingestellt, ansonsten aber nie ihre Hilfe aufgezwungen, auch nie kommentiert – weder mit Worten noch mit Blicken –, dass sie Thilo betreute und selbst wieder in ihrem einstigen Zimmer lebte.

Als Luise jetzt zu Ella ins Wohnzimmer trat, kam sie ihr allerdings abwesend vor. Und noch befremdlicher war der Zeitpunkt, zu dem sie von der Buchhandlung heimkehrte. Es war viel zu früh für die Mittagspause.

»Ist etwas passiert?«, fragte sie.

»Das wollte ich gerade dich fragen. Ich habe gesehen, wie Thilo das Haus verließ.«

Luise fühlte, wie ein sachter Schmerz vom Rücken ausgehend über ihre Oberarme wanderte. In den letzten Tagen hatte sie gerne Ellas Hilfe angenommen, aber nie ihren Trost. Jetzt wurde die Sehnsucht übermächtig, sich in ihre Arme zu werfen, einzugestehen, dass sie nicht wusste, was sie machen, denken ... noch schlimmer: was sie hoffen sollte. Sie war stolz, dass sie Thilo mit so viel Klarheit ein Bekenntnis zu ihr abverlangt hatte, und verging zugleich vor Furcht. Thilo war kein Mensch, der sich Druck beugte.

Aber dann fiel ihr auf, dass nicht nur Ellas Blick abwesend und leer wirkte, sondern sie mindestens ebenso blass wie Thilo war und regelrecht verstört wirkte. Wenn jemand eine Umarmung und Aufmunterung brauchte, dann Ella. Luise trat auf die Schwester zu, zog sie an sich, fühlte kurz, dass wohltuender als jeder Trost, den ihr die Schwester hätte spenden können, das Gefühl war, einem anderen etwas geben zu können, das dieser nicht zurückwies.

»Ich habe es in der Buchhandlung nicht mehr ausgehalten.«

»Weißt du etwas Neues von Ari?«

»Nur das, was alle bereits wissen.«

Eng umschlungen standen sie da und schwiegen. Luise hatte in den letzten Tagen keinen Sinn dafür gehabt, doch Ella saß dauernd vor dem Fernseher oder dem Radio, und dort wurde mittlerweile nahezu rund um die Uhr über den 3. Nahostkrieg berichtet. Er hatte am fünften Juni begonnen, als israelische Truppenverbände um 4.00 Uhr morgens auf ägyptisches, jordanisches und syrisches Gebiet vorgestoßen waren und mit der Zerstörung der ägyptischen Luftflotte begonnen hatten.

»Nach allem, was man hört, hat Israel einen riesigen Erfolg eingefahren«, murmelte Luise.

»Das sagt mir nicht, ob Ari am Leben ist.«

So wohltuend es war, Ella zu umarmen, Luise wusste zugleich, dass sie damit nur einem »Ich bin für dich da« Ausdruck verleihen konnte, keinem »Alles wird gut«. »Soll ich für dich die Buchhandlung übernehmen?«, fragte sie.

»Wir werden nicht bankrottgehen, wenn sie für ein paar Stunden geschlossen ist. Was ist denn nun mit Thilo?«

Luise zuckte mit den Schultern. Sie wusste, dass Ella nicht viel von ihm hielt, insgeheim wohl der Meinung war, dass er ihr nicht guttat, und das konnte sie ihr nicht einmal verdenken. Sicher gefiel es ihr zu erfahren, dass sie ihm etwas gestellt hatte, was sie Ultimatum genannt hätte, wenn dieses Wort nicht in den Wochen vor dem Krieg verschlissen worden wäre.

Als sie ihr alles erzählte, breitete sich allerdings nicht Zustimmung in Ellas Gesicht aus, sondern Zweifel.

»Hätte ich mich denn weiter zur Närrin machen sollen?«

Ella schüttelte rasch den Kopf. »Du musst tun, was du für richtig hältst. Und dennoch …«

»Und dennoch?«

»Eine Närrin zu sein wäre meine geringste Sorge, wenn ich Ari noch bei mir hätte. Vielleicht wäre es besser gewesen, ihm nachzulaufen, wohin auch immer, anstatt seinen Abschied hinzunehmen. Ihm wieder und wieder zu sagen, wie verrückt es ist, für ein Land, in dem man nicht mal unbedingt leben will, notfalls zu sterben. Gewiss, ich hätte wohl nichts an seinem Entschluss ändern können. Aber ich wünschte trotzdem, ich hätte ihn ein wenig länger festgehalten, als ich es getan habe.«

Sie lösten sich voneinander, und Ella machte den Fernseher an in der Hoffnung, dass Nachrichten liefen.

Als sie sich beide dicht nebeneinander aufs Sofa setzten, fühlte sich Luise der Schwester so verbunden wie selten.

Und so hilflos, ja verzweifelt ihr Ella erschien, plötzlich huschte ein Lächeln über ihr Gesicht.

»Irgendwie war es leichter, als wir bloß die Liebe zu Büchern teilten«, sagte sie, ehe sie verstummte, weil eine Nachrichtensendung tatsächlich Neuigkeiten aus dem Nahen Osten brachte.

13. KAPITEL

»Wie Rommel! Ich sag's dir, er ist der neue Rommel.«

Ella sah ihre Freundin verwundert an. Es war in der zweiten Junihälfte, als sie sich mit Lilo in Sachsenhausen auf ein Glas Äppelwoi und Frankfurter Spezialitäten traf: Lilo hatte sich für Rippchen mit Kraut entschieden, Ella für Kartoffeln mit Grüner Soße und harten Eiern. Insgeheim hatte sie sich gefragt, wie die Freundin das mit ihrer Diät vereinbaren wollte, aber noch bevor sie etwas sagen konnte, hatte Lilo erklärt, man dürfe nicht immer nur asketisch sein, sondern müsse dann und wann das Leben genießen.

Das Glitzern in ihren Augen hatte nun aber nichts mit den Rippchen zu tun.

»Rommel?«, fragte Ella verwirrt.

»Na, Erwin Rommel! Der Wüstenfuchs! Der Generalfeldmarschall, der unter den Nazis mit seiner Panzerarmee fast ganz Nordafrika besetzt hat.«

»Wie kommst du denn ausgerechnet auf den?«

»Alle Welt spricht doch von ihm. Na ja, eigentlich von Moshe Dajan. Sie sagen, er ist ein strategisches Genie wie Erwin Rommel.«

»Sie?«

»Liest du denn keine Zeitung mehr? Die *Bild*, den *Spiegel*? Überall steht das Gleiche. Mosche Dajan gilt als der neue Wüstenfuchs, die israelischen Truppen rollen wie einst die Panzer von Rommel, und Israels siegreicher Krieg ist mit einem unserer Blitzkriege zu vergleichen.«

Ella konnte kaum verbergen, dass die Worte ihr einen Stich versetzten. Zum einen hatte sie gehofft, dass das Treffen mit Lilo sie ablenken würde. Zum anderen war es absurd, dass die Freundin ausgerechnet ihr mangelndes Interesse unterstellte. Allerdings: Obwohl sie in den letzten Wochen keinen Radiobeitrag versäumt hatte, alles über den Krieg im Nahen Osten und seine Folgen hatte wissen wollen, war ihr der Rommelvergleich tatsächlich entgangen.

Lilo sah sie auf gönnerhafte Weise an, als müsste sie einem kleinen Kind die Welt erklären. »Ich meine, was die Israelis da geschafft haben! Dieser Überraschungsangriff auf die ägyptische Flugzeugflotte! Jeder hat damit gerechnet, dass die Ägypter einen Teil ihrer Maschinen rechtzeitig starten und die israelischen Jets in der Luft bekämpfen würden, doch von wegen! Binnen wenigen Stunden existierte die ägyptische Air Force nicht mehr. Was für ein Triumph! Und dann noch die Bodenoffensive. In wie vielen Tagen haben die Israelis nicht nur den Sinai besetzt und den Zugang zum Roten Meer erlangt, auch den Gazastreifen, sondern auch Ostjerusalem und die jordanische Westbank in Besitz genommen? Oder spricht man besser von Stunden? Verrückt, wenn man sich vorstellt, dass sie ihr Staatsgebiet in einer knappen Woche nahezu vervierfacht haben. Na ja, die Israelis wussten natürlich, dass ihre Heimat vernichtet würde, wenn sie den Krieg nicht gewinnen.«

Ella war nicht sicher, was sie mehr verblüffte – dass Lilo sämtliche Details über die *Operation Focus*, wie der Schlag gegen die ägyptische Luftflotte hieß, bekannt waren oder dass sie, die sich so abfällig über die Juden geäußert hatte, die Israelis so begeistert rühmte.

»Wer bist du, und was hast du mit meiner Freundin gemacht?«, entfuhr es ihr.

Lilo ging nicht darauf ein. Schon fuhr sie fort, und die Rippchen, die mittlerweile serviert worden waren, blieben unberührt. »Wenn sich die Ägypter in der Zwischenzeit auf eine Feuerpause eingelassen hätten, die US-Präsident Johnson so vehement gefordert hat, hätten weitere Kampfhandlungen Israels gegen den UN-Beschluss verstoßen. Aber zu Dajans Glück haben die Ägypter eine entsprechende Resolution abgelehnt, nur deswegen blieb genug Zeit, die Altstadt von Jerusalem einzunehmen. Im Grunde hat sich Nasser wie ein Verbündeter verhalten, nicht wie ein Feind. Und Israel hat nur geringe Verluste zu beklagen. Sie trauern gerade mal um achthundert Soldaten, auf arabischer Seite sind mehr als elftausend Männer gefallen.«

Ella versteckte ihr Gesicht hinter dem Bembel, als sie ihren Apfelwein daraus trank. Sie nahm kaum den säuerlich-süßen Geschmack wahr, fühlte kein Prickeln. Für Lilo mochten achthundert Tote gar nichts sein, für sie war es eine monströs hohe Zahl. Auch achtzig hätte sie erschreckend gefunden, sogar noch acht … denn einer von ihnen könnte Ari sein.

»Ich verstehe nicht, warum dich das völlig kaltzulassen scheint«, sagte Lilo vorwurfsvoll, ehe sie an den Rippchen zu nagen begann.

Es ließ Ella nicht kalt, es ließ sie verzweifeln. Seit Ende der Kampfhandlungen, die gerade mal sechs Tage gewährt hatten, weswegen viele vom Sechstagekrieg sprachen, hatte sie sich inständig ein Lebenszeichen von Ari erhofft. Doch mittlerweile waren über zwei Wochen vergangen, ohne dass sie etwas von ihm gehört hatte. Mehrmals hatte sie Eva gefragt, ob ihre Stiefeltern mehr wüssten, aber leider hatte die diese Frage stets verneinen müssen. Warum meldete er sich nicht? Wenn es ihm gut ging, gab es keinen Grund, mit einem Lebenszeichen zu warten. Falls er aber verwundet war oder schlimmer noch …

Sie spießte ein Viertel Ei auf die Gabel, führte dieses an den Mund. Der Dotter plumpste in die Grüne Soße, das Eiweiß lag in ihrem Mund wie Kaugummi.

Sie ahnte, es würde ihr etwas besser gehen, wenn sie genug aß, aber ihre Kehle war wie zugeschnürt. Sie ahnte auch, es würde ihr etwas besser gehen, wenn sie ihre Ängste offen aussprach, aber sie hatte Lilo nie anvertraut, dass Ari und sie wieder zusammengefunden hatten, erst recht konnte sie nicht erzählen, dass sie kurze Zeit später eine so bittere Trennung hatte erleben müssen.

»Ich verstehe trotzdem nicht, warum ein israelischer General ausgerechnet mit Erwin Rommel verglichen wird«, murmelte sie nur, tauchte die Gabelspitze in die Grüne Soße, leckte sie ab.

»Warum denn nicht?«, meinte Lilo leichtfertig. »Zumindest die Welle der Solidarität mit den Israelis wird dir doch nicht entgangen sein.«

Ella nickte. Davon hatte sie im Radio gehört oder es im Fernseher gesehen: Dass in zahlreichen Städten Hunderttausende auf die Straße gegangen waren, um ihre Unterstützung für Israel zu bekunden. Dass Außenminister Willy Brandt eine Rede in Frankfurt gehalten hatte. Dass viele Deutsche Geld spendeten, manche sogar Blut. Und dass vor der israelischen

Botschaft in Bonn junge Deutsche Schlange standen, um der israelischen Armee ihre Dienste anzubieten.

All das hatte Ella verblüfft – aber Lilos Enthusiasmus war ihr der endgültige Beweis, dass dieser Krieg etwas Grundsätzliches verändert hatte. Das langjährige Schweigen über die Vergangenheit, die Schuldgefühle, der Trotz, das Selbstmitleid und der Antisemitismus schienen verpufft zu sein.

»Du hast mir noch vor Kurzem erklärt, dass sich eine deutsche Frau nicht mit einem Juden einlässt, und jetzt …«

Nun war es Lilo, die sie verwundert ansah. Offensichtlich verstand sie nicht, wie man darin einen Widerspruch sehen konnte. »Ich würde auch weiterhin keinen Juden heiraten. Aber solange sie in Israel sind, sind die Juden prima. Die Preußen des Nahen Ostens werden sie genannt, und das nicht grundlos. Und schau doch, hier hängt sie auch …«

Sie deutete hinter sich auf die Wand, und als Ella sich umdrehte, erblickte sie eine Landkarte von Palästina. Sie musste aus dem Jahr 1947 stammen, denn die Gebiete entsprachen dem damaligen UN-Teilungsplan. Der neue Staat der Juden, so war damals entschieden worden, sollte den Nordosten Galiläas um den See Genezareth umfassen, einen schmalen Streifen entlang der Küste zwischen Haifa und Tel Aviv und im Süden einen Teil der Negev-Wüste bis ans Rote Meer. Mit Stecknadeln, an denen grüne Papierfähnchen festgemacht waren, war eingezeichnet worden, wie sich dieses Gebiet während des Unabhängigkeitskriegs vergrößert hatte, als Israel weitere Teile von Galiläa und die Westbank, den Westteil von Jerusalem, außerdem Grenzgebiete zu Ägypten und einen Teil des Gazastreifens erobert hatte.

Die roten Pfeile stellten offenbar den Gebietsgewinn während des jetzigen Krieges dar, wozu die Golanhöhen, der komplette Gazastreifen und die Sinai-Halbinsel zählten.

»Prost!«, Lilo erhob ihr Glas. »So hat man es schon im letzten Krieg gemacht – dass man auf jede Siegesmeldung das Glas erhebt.«

Auch das war Ella neu. Wieder nahm sie einen Schluck Apfelwein, wieder nahm sie kaum den süß-herben Geschmack wahr, aber das Prickeln kitzelte in der Nase.

»Man könnte meinen, der Krieg wäre an zwei Orten gewonnen worden«, murmelte sie. »In Israel selbst und in den Kneipen der Bundesrepublik Deutschland.«

Lilo nickte eifrig dazu. »Jedenfalls scheinen die Israelis einiges von uns Deutschen gelernt zu haben.«

Ella stellte das Glas zurück, starrte darauf. Der Apfelwein war nicht golden, sondern dunkel. Im Verhältnis zwischen Deutschland und Israel schien es dagegen nichts Dunkles mehr zu geben. Es war, als hätte man in einem lange verschlossenen Raum den Lichtschalter angemacht, vielleicht, weil man nicht länger Angst haben musste, auf Leichenberge zu stoßen …

»Mein Buch …«, hörte sie sich plötzlich sagen, »mein Buch wolltest du nicht lesen.«

»Welches Buch?«

Elle presste die Lippen zusammen. Jedes Mal, wenn sie Lilo ein Exemplar von *Die letzten Tagen von Johanna* geben wollte, hatte die Freundin mit dem Verweis abgewunken, sie könne keine traurigen Geschichten ertragen. Achthundert tote israelische Soldaten und elftausend tote arabische Soldaten waren in ihren Augen wohl keine traurige Geschichte.

»Du scheinst dich nur für Juden zu interessieren, wenn sie Sieger sind«, sagte sie leise.

»Das sind sie jetzt nun mal. Und es zeigt doch, wie verbohrt Hitler war.«

»Es war nicht nur Hitler! Du kannst die Vergangenheit nicht mit einem Federstrich wegwischen.«

»Das tue ich doch gar nicht. Aber im *Spiegel* stand auch zu lesen, dass die schreckliche Wunde, die Hitlers Leute dem Selbstbewusstsein aller überlebenden Juden beigebracht hätten, nun unaufhaltsam heilen würde. Nicht nur in diesem Krieg haben sie bewiesen, was sie können, schon zuvor, als sie aus Wüstensand blühende Gärten und florierende Städte erstehen ließen. Wer den jüdischen Staat und seine Bewohner sieht, weiß, dass die Juden nicht so sind, wie der Antisemit sie sehen wollte. Sogar ehemalige SS-Männer haben das erkannt und spenden jetzt wie verrückt Geld für Israel. Auch sie lieben Sieger.«

»Und ein kleines Mädchen, das in Auschwitz ermordet wurde, verachtet man? Weil es sich zu wenig dem Vorbild der heldenhaften deutschen Soldaten angepasst und sich nicht gewehrt hat?«

Lilos Miene wurde trotzig, während sie an einem Rippchen kaute. »Das habe ich so nicht gesagt. Ich verstehe nicht, warum ausgerechnet du daran Anstoß nimmst, dass man hier in Deutschland im Juden keinen Feigling mehr sieht, der krumm und ängstlich vorbeihuscht und nebenbei seine dunklen Geschäfte treibt, sondern stolze junge Männer und Frauen. Gerade du solltest dich doch freuen, wie augenscheinlich den Nazis unter die Nase gerieben wird, welche Idioten sie waren.«

»Fast ein ganzes Volk stand hinter Hitler und seinem Judenhass!«

»Na, jetzt nicht mehr. Hast du nicht die Umfrage gelesen?

Fünfundfünfzig Prozent der Deutschen haben sich klar für die Israelis ausgesprochen, nur sechs Prozent für die Araber. Übrigens wird Nasser als der neue Hitler bezeichnet.«

So wie Mosche Dajan als der neue Rommel. War das ein erstrebenswerter Umgang mit Geschichte? Namen aus Geschichtsbüchern zu picken und irgendjemandem zuzuweisen wie Rollen in einem Schülertheater, die nicht mal nach Talent vergeben wurden, sondern nach Körpergröße?

»Willst du nicht endlich etwas essen?«, fragte Lilo. »Und auch ein wenig feiern?«

Ella blickte auf ihren Teller. Von dem einen Ei hatte sie gerade mal ein Viertel gegessen, das andere war noch ganz. Sie spießte ein Stück Kartoffel auf die Gabel und führte es zum Mund. Es war so weich gekocht, dass es leichter als gedacht durch die Kehle rutschte. Vielleicht wäre es auch viel leichter als gedacht auszusprechen, dass die Ungewissheit sie wahnsinnig machte. Und dass sie nicht nur Angst hatte, dass Ari sich nicht bei ihr melden konnte. Sondern dass er sich vielleicht nicht melden *wollte*.

Wenn hier schon alle aus dem Häuschen waren, wie ausgelassen würde dann erst die Stimmung in Israel sein? Gut möglich, dass in einer Zeit, da die Welt kopfstand und viele Deutsche vergaßen, dass sie Juden hassten, Ari vergaß, dass er sie liebte.

Sie öffnete den Mund, wollte endlich darüber sprechen. Doch Lilo kam ihr zuvor.

»Schau doch mal, dort hinten – ist das nicht dein alter Verehrer Reinhold Schadewald? Er wirkt so einsam. Wollen wir ihn bitten, sich zu uns zu setzen?«

Obwohl sie knapp zwei Jahre her war, stand Ella deutlich

ihre letzte Begegnung vor Augen – anlässlich jener schrecklichen Veranstaltung im Bücherreich, die mit Beschimpfungen, Anklagen und Büchern auf dem Boden geendet hatte. Kurz darauf hatte sie Reinhold angerufen, um sich bei ihm zu entschuldigen, und er hatte behauptet, dass es nicht weiter schlimm sei und erst recht nicht ihre Schuld. Doch danach hatte er sich nie wieder blicken lassen.

Sie hatte keine große Lust, sich dem stets etwas leidenden, zugleich resignierten Blick auszusetzen, aber als sie ihn betrachtete, fand auch sie, dass er verloren wirkte. Und vielleicht ließ sich das Gespräch mit seiner Hilfe auf andere Themen lenken als den Sechstagekrieg.

Luise schleppte einen weiteren Stuhl herbei. Schweiß perlte über ihre Stirn, es war stickig und heiß.

»Das reicht doch, oder?«

Eva blickte sich um und zählte lautlos die Stühle, ehe sie nickte. »Notfalls kann man ja auch auf dem Boden sitzen. Oh, es wird sicher großartig!«

Sie standen in einem der größten Seminarräume des Campus Bockenheim, und Luise war sicher, dass sie ihn vollbekamen. Seit Tagen half sie Eva mit den Vorbereitungen für die heutige Veranstaltung. Erst vor drei Tagen hatte die deutsch-israelische Gesellschaft an der Uni eine Kundgebung durchgeführt, die unter dem Motto stand: *Für das Lebensrecht Israels und einen dauerhaften Frieden im Nahen Osten*. Dem folgte nun Anfang Juli ein Wochenendseminar des Frankfurter SDS zum Thema Israel, in dessen Rahmen sie gemeinsam mit dem jüdischen Studentenbund eine Diskussionsrunde initiiert hatten.

Einer der Diskutanten würde ein junger Student sein, der

gerade erst aus Israel zurückgekehrt war und dort den Krieg erlebt hatte. Eva war sehr stolz, dass er bei ihnen wohnte.

»Sogar die Gesichter meiner Eltern haben gestrahlt, als er erzählte, wie sie alle zur Klagemauer strömten, sobald der Zugang freigegeben wurde.«

Evas Begeisterung erstaunte Luise. Sie konnte sich nicht erinnern, dass Eva je den Traum gehegt hatte, einmal an der Klagemauer zu beten. Allerdings war ihr ja auch neu, dass sich so viele Deutsche für den Nahen Osten interessierten.

»Mein Stiefvater nimmt schon seit Tagen keine Psychopharmaka mehr und kommt trotzdem mühelos aus dem Bett. Ich hoffe nur, dass meine Eltern nicht zu viel spenden.«

Luise wusste, dass sich die jüdischen Gemeinden in Deutschland regelrecht Wettkämpfe lieferten, wer sich mehr fürs Heilige Land engagierte. Es hieß, dass hierzulande mehr Spenden zusammengekommen waren als in den USA. »Die jüdische Gemeinde von Frankfurt kann sich vor Mitgliedsanträgen kaum retten«, fuhr Eva fort, »bis jetzt schien sie nur dazu da zu sein, Leid zu verwalten. Sie sagte zwar stets ihre Unterstützung zu, wenn eine Forderung für Wiedergutmachungszahlung gestellt wurde, aber nicht mal die Gräberfürsorge hat sie richtig hinbekommen, die jüdischen Friedhöfe sind allesamt vernachlässigt. Und jetzt merkt man plötzlich: Es geht gar nicht darum, sich einen Platz in der Gruft zu erstreiten – in der Mitte der Gesellschaft, dort wollen wir stehen. Ich habe endlich das Gefühl zu wissen, wohin ich gehöre.«

Wieder konnte Luise sie nur erstaunt mustern. In den letzten zwei Jahren schien Eva sich viel besser in den Kreis der Studenten eingefügt zu haben als sie. Während sie oft nicht den Mund aufbekommen hatte aus Angst, das Falsche zu sagen, hatte sich Eva bereits als Abiturientin lebhaft an Diskussionen beteiligt. Einzig eine Zukunft mit einem nichtjüdischen Mann hatte sie sich nicht vorstellen können. Doch jenen Gesprächsfaden hatten sie seitdem nicht wieder aufgenommen.

»Und meine Stiefeltern ... sie hatten immer das Gefühl, Deutschland wäre bloß ein Asyl, keine Heimat. Aber jetzt ist das anders.«

Als hätten sie keinerlei Gewicht, nahm Eva zwei Stühle gleichzeitig, um eine weitere Reihe zu den schon vorhandenen hinzuzufügen. Luise tat es ihr gleich, aber nicht nur, dass ihr erneut der Schweiß ausbrach, ein Schmerz zog über ihre Oberarme, und sie kam nicht umhin, sich einzugestehen, wie erschöpft sie war.

Bis jetzt hatte sie Evas Eifer keinen Dämpfer versetzen wollen, aber als alle Stühle aufgestellt waren, ließ sie sich schwer auf einen sinken. Und trotz ihres Enthusiasmus war Eva nicht blind für die Nöte der Freundin.

»Was ist denn mit dir los? Machst du dir Sorgen um Thilo? Es geht ihm doch besser, oder? Ihm ist gar nicht mehr anzusehen, was passiert ist.«

Luise nickte, aber zugleich konnte sie nicht verhindern, dass ihre Lippen bebten. Die Kopfverletzung war ihm tatsächlich nicht mehr anzusehen. Aber auch nicht die vertrauten Tage, in denen sie ihn gepflegt hatte. Und ebenso wenig, ob er mit der Entscheidung rang, die sie ihm abgefordert hatte. Wenn sie sich trafen, tat er so, als stünde nichts zwischen ihnen und wäre es sein natürliches Anrecht, sie an sich zu ziehen und zu küssen, um sie genauso selbstverständlich wieder wegzustoßen, wenn er genug hatte. Ihre Empörung darüber stieß auf Lethargie oder bissigen Zorn, auch sonst war er launenhaft wie eh und je. Mal schien ein kaltes Feuer in ihm zu brennen und ihn aufzuzehren, dann wieder machte er den Eindruck, als hätte er Asche geschluckt. Mühelos konnte er drei Tage durchmachen, ohne zu schlafen, um dann wieder frühestens am späten Nachmittag aufzustehen, mit den steifen Bewegungen eines Greises.

»Es ist schon alles gut«, sagte sie schnell.

»Aber stimmt das denn? Claus hat mir erzählt, dass Thilo sich von ihm Geld geliehen hat.«

»Von mir nicht«, platzte Luise heraus, und sie war nicht sicher, ob ihn Scham oder Gleichgültigkeit davon abgehalten hatten. Warum stand sie eigentlich immer nur vor der Wahl zwischen zwei Extremen, gab es denn keinerlei Mittelmaß, das zwar lau, aber erholsam war?

»Er weiß doch, dass du diese Podiumsdiskussion mitorganisiert hast, oder?«, fragte Eva, während sie das Podium vorbereitete.

Luise nickte zögerlich. »Ich habe ihn gestern dazu eingeladen.«

»Und hat er zugesagt?«

Sie zuckte mit den Schultern. Sie hatte Thilo ebenso erzählt, dass sie sich für eine Unterschriftensammlung für Israel starkmachte – nach Vorbild von jener, die der ASta, der Allgemeine Studentenausschuss in Tübingen, organisiert hatte. Aber er hatte nie seine Meinung dazu gesagt, ihr nie Anerkennung gezollt, immer den Eindruck erweckt, seine Anliegen wären wichtiger – so ein Protestmarsch auf der Berliner Straße vor vier Tagen, wo es gegen die geplanten Notstandsgesetze ging. Luise verstand das Unbehagen gegen die Gesetze, verstand den Willen zum Widerstand. Aber sie verstand nicht den Hass. Und was noch schlimmer war: Manchmal hatte sie auch das

Gefühl, die Liebe nicht mehr zu verstehen. Die sollte eine Frau doch nicht verkümmern, sondern aufblühen lassen, ihr Stärke verleihen, nicht Angst machen, sie immer wieder ein Bekenntnis einfordern lassen, nicht den Moment der Wahrheit scheuen.

»Nun«, sagte Eva lächelnd, »ich habe ihn vorhin gesehen … und ihm gesagt, dass du bei der Veranstaltung zwar keine aktive Rolle spielst, aber mir sehr bei den Vorbereitungen geholfen hast, Flyer verteilt und dergleichen. Und mir hat er sehr wohl versprochen, dass er kommen wird.«

Der Ton, der über Luises Lippen sprang, war halb stoischer Seufzer, halb ungläubiges Lachen. Eva trat zu ihr und legte ihr flüchtig den Arm um die Schultern. »Wenn er wirklich kommt, ist es ein Zeichen, dass er dein Engagement würdigt und ihm etwas an dir liegt.«

»Ja«, sagte sie leise, »aber wenn er nicht kommt, ist das auch ein Zeichen. Dann muss er mir gar nicht erst sagen, dass er mein Liebesbekenntnis nie erwidern wird. Dann muss ich nur endlich die Konsequenzen ziehen.« Sie schluckte schwer. »Wenn er nicht kommt, dann ist es aus mit uns.«

Kurz starrte Eva sie sinnend an, um am Ende zu murmeln: »Ich weiß auf jeden Fall zu würdigen, was du getan hast. Und sage dafür danke.«

Das klang auch irgendwie theatralisch, trotzdem lächelte Luise breit, ehe sie sich zwang aufzustehen.

»Und jetzt hole ich mir erst mal frischen Kaffee, denn auch wenn der nicht gegen Liebeskummer hilft, so wenigstens gegen die Müdigkeit.«

Schon nach wenigen Schritten, die sie sich vom Seminarraum entfernt hatte, brach ihr der Schweiß aus. Trotzdem drehte sie sich nicht um, sondern ging zur kleinen Kaffeeküche des SDS. Der Kaffee in der Plastikkanne roch, als wäre er vorgestern aufgebrüht worden, aber vielleicht hatte es sein Gutes, dass er nicht heiß war. Während sie die Brühe schwarz und ungezuckert hinunterschüttete, warf sie einen kurzen Blick auf jene Pinnwand, an die diverse Infos und Aufrufe geheftet waren. Die Buchstaben verschwammen ihr vor den Augen, und auch die Wörter, die sie las, wollten keinen rechten Sinn ergeben. Erst als sie die Tasse abgestellt hatte – auf einen Berg ungewaschenen Geschirrs – und wieder in den Gang getreten war, erfasste sie die Botschaft von einem der Flugblätter. Ist Zionismus der neue Faschismus?

Verspätet machte sich Irritation breit, aber dann sagte sie sich, dass sie wahrscheinlich falsch gelesen hatte und es auch nicht der Mühe wert war, noch einmal kehrtzumachen.

Als sie den Seminarraum betrat, war der schon zur Hälfte gefüllt, und sie sah auf einen Blick, dass Thilo nicht unter den Anwesenden war.

Sie versuchte sich einzureden, dass das nichts zu bedeuten hatte, weil Pünktlichkeit nicht zu seinen Stärken gehörte, und nahm in der hintersten Reihe Platz. Eigentlich wollte sie nicht sehnsuchtsvoll zur Tür starren, konnte aber nicht anders, als jeden zu mustern, der über die Schwelle trat und bei jedem den Stich der Enttäuschung zu verspüren, weil es nicht Thilo war.

Um vierzehn Uhr waren alle Stühle besetzt, fünf Minuten später kamen noch weitere Teilnehmer und hockten sich wie erwartet auf den Boden. Wie immer wollte man noch die akademische Viertelstunde abwarten. Als auch die vorbei war, war Thilo immer noch nicht da.

Klobig schlug ihr Herz und schien doch den Takt für ihre

Gedanken vorzugeben. Ich bleibe dabei: Wenn er nicht kommt, ist es aus mit uns.

Sie verschränkte ihre Arme über der Brust, saß verkrampft da. Die Türe schloss sich endgültig, Eva übernahm die Begrüßung. Luise wusste, wie akribisch sie sich vorbereitet hatte und auch, dass sie bei solchen Anlässen schreckliches Lampenfieber hatte. Doch das war ihr nicht anzuhören, ihre Stimme klang fest und klar. Warum konnte sie sich bloß nicht auf Evas Worte konzentrieren, ihren Blick nicht von der Tür lösen, kaum atmen?

Nein, dachte sie plötzlich, das muss aufhören. Wie erbärmlich, ständig in dieser Warteschleife festzuhängen.

Entschlossen lenkte sie ihren Blick zu Eva, konzentrierte sich auf das Gesagte. Recht erfassen konnte sie es immer noch nicht, und plötzlich wurde die Stimme der Freundin von Schritten übertönt.

»Ist hier noch frei?«

Ihr Stuhl befand sich am Ende der Reihe, nur auf dem blanken Boden daneben war noch Platz.

Sie blickte hoch, und die hitzige Freude übermannte sie so sehr, dass sie nicht einmal nicken konnte. Doch als sich Thilo grinsend auf dem Boden niederließ und ihr ein breites Lächeln schenkte, schaffte sie es, es zu erwidern.

Die Diskussion nahm ihren Lauf, aber Luise hörte weiterhin kaum etwas von dem, was besprochen wurde. Immer wieder ging ihr Blick zu Thilo, und nicht nur, dass er besser aussah als bei ihrer letzten Begegnung – die Knochen standen nicht so spitz aus dem bleichen Gesicht –, auch sein Lächeln war irgendwie … gesund. Gewiss, in jener Woche, als sie ihn gepflegt hatte, hatte er oft gelächelt, aber es hatte immer grimassenhaft gewirkt, und dahinter hatte sie Verzweiflung gespürt. Jetzt wirkte er entspannt, geradezu friedlich. Es schien, als hätte er herausgefunden, dass es noch etwas zwischen erzwungenem Stillstand und verrücktem Rasen gab – nämlich hier zu sitzen, neben ihr, nein, *mit* ihr. Obwohl sie ihn überragte, weil er auf dem Boden, sie auf dem Stuhl saß, hatte sie nicht bloß das Gefühl, sie wären ein Paar, sondern zudem eins auf Augenhöhe. Sonst wäre er schließlich nicht gekommen. Sonst würde sich sein Blick jetzt nicht nach vorn richten.

Sie versuchte das ebenso, nicht zuletzt Eva zuliebe, die mit einem Wust Zetteln in der Hand Gespräch moderierte. Irgendwie hatte sie es geschafft, von der Aufnahme der diplomatischen Beziehungen zwischen Israel und der BRD im Mai 1965 zur Frage überzuleiten, von welcher gesellschaftlichen Relevanz der Massenmord an den Juden sei. Ein deutscher Redner referierte lange über den Auschwitzprozess und dessen Konsequenzen, der junge Mann aus Israel erzählte von einer Gedenkstätte in seinem Land. Es war nicht so, dass man hierfür von Anfang an offen gewesen wäre. »David Ben-Gurion, der erste Ministerpräsident des modernen Israel, hat zunächst erklärt, es brauche kein Denkmal, der Staat Israel selbst sei Denkmal genug für den Überlebenswillen des jüdischen Volkes.«

Aber 1949 war dann doch entschieden worden, auf dem Berg Zion ein kleines Museum einzurichten. Fünf Jahre nach Grundsteinlegung hatte es den Namen Yad Vashem erhalten, und seitdem war die Gedenkstätte gewachsen. Mittlerweile gehörte eine Allee der »Gerechten unter den Völkern« dazu, wo jedem Einzelnen, der während des Kriegs unter Einsatz seines Lebens einen Juden gerettet hatte, ein Baum gepflanzt worden war.

Luise fand den Gedanken schön und beschloss, Ella davon zu erzählen, denn eine solche Gerechte war letztlich auch ihre Mutter Klara Reichenbach, die für Aris Rettung ihr Leben hingegeben hatte. Doch schon auf den nächsten Diskussionsbeitrag konnte sie sich kaum konzentrieren, da Thilo etwas näher an ihren Stuhl heranrückte, sacht mit den Fingerkuppen über ihre Hand strich, sie im nächsten Augenblick umschlang. Sie konnte sich nicht erinnern, dass er das jemals in der Öffentlichkeit getan hatte.

Gewiss, niemand hatte einen Blick für sie übrig. Aber sie konnte nicht anders, als sich vom Podium abzuwenden, ihn zu betrachten.

»Ich bin so froh, dass du gekommen bist«, flüsterte sie.

»Das musste ich doch.«

Eine etwas merkwürdige Formulierung, als folgte er einem Zwang, nicht seiner freien Entscheidung. Da er sie von unten her anblickte, wirkte er ein wenig unterwürfig, zugleich lauernd. Und der Druck seiner Hand wurde plötzlich fast schmerzhaft, verriet Anspannung. Machte es ihn nervös, dass er nun endlich seine Liebe zu ihr bekennen wollte?

Noch bevor sie den Gedanken zu Ende gesponnen hatte, hörte sie plötzlich Schritte und Türenknallen. Und als sie sich verspätet umdrehte, sah sie, wie gleich mehrere junge Männer in den Raum gestürmt kamen – nicht etwa leise, verlegen wie zu spät kommende Teilnehmer, die unauffällig einen freien Platz suchten. Nein, selbstbewusst stapften sie aufs Podium zu, als hätten sie das größere Recht, dort zu sitzen. Eva, die gerade einen weiteren Zettel hervorgezogen und zu einer Frage angesetzt hatte, starrte sie erst nur irritiert an, schüttelte dann den Kopf, wohl um anzudeuten, dass die Veranstaltung längst begonnen hatte. Doch sie konnte nicht verhindern, dass die Truppe hinter den Gesprächsteilnehmern Aufstellung nahm. Nicht alle waren Luise fremd, sie erkannte ein paar von jenen Kerlen, die Thilo neuerdings als seine Freunde bezeichnete. Und wer eben ganz dicht hinter einen der Podiumsteilnehmer trat, sodass der sich verstört umdrehte, war ein schrill kichernder Ernesto.

»Was … was wollen die hier?«

Thilo ließ ihre Hand nicht los. Sein Lächeln war geschwunden, sein Blick starr nach vorn gerichtet, als wüsste er schon, was käme.

Eva wusste es nicht. Sie sah nur ein, dass sie mit Kopfschütteln nichts bewirkte, und entschied darum, die Eindringlinge einfach zu ignorieren. Gepresst setzte sie zu reden an: »In den letzten Wochen haben hierzulande viele als Folge des Krieges starke Gefühle für Israel entwickelt. Wichtig ist jedoch, es nicht dabei zu belassen, es bedarf vielmehr einer rationalen Analyse, um …«

Wieder kam dieses schreckliche Kichern aus Ernestos Mund, ein Abglanz von einem fröhlichen Lachen. »Was ist denn daran rational, dass Nazis plötzlich zu Judenfreunden werden?«

Eva fuhr herum.

»Was genau meinst du damit?«

Ernesto erwiderte ihren Blick schweigend. Die anderen aber begannen plötzlich zu grölen: »Siege machen dumm, Siege machen dumm, Siege machen dumm.«

Luise entging nicht, dass Eva ihre Papiere umkrampfte und unwillentlich zerknitterte. Kurz warf sie einen Blick darauf, als würde dort etwas Nützliches stehen, am Ende wirkte sie hilflos wie die anderen Podiumsteilnehmer, auch Teile des Publikums, die sich verwirrt anstießen. Doch als die Parolen immer lauter gebrüllt wurden, erwachte Evas Zorn. »Was meint ihr damit?«, rief sie wieder.

Das Geschrei riss ab, aber wohl nur, damit Ernesto gut zu verstehen war, als der sich zwischen zwei Diskutanten schob.

»Die Frage ist doch, was wir hier feiern? Dass Israel zum Militärstaat geworden ist?«

»Wir feiern gar nichts«, hielt Eva dagegen. »Wir sprechen lediglich darüber …«

Sie brach ab, als die anderen Transparente zu entrollen begannen. So heftig, wie sie sie schwenkten, konnte Luise die Schlagworte nicht sofort lesen. »Solidarität mit Palästina!« – »Israel – Imperialismus – Mörder.«

Evas Hände begannen zu zittern, und eines ihrer Blätter fiel zu Boden. Während sie sich bückte, fand der Teilnehmer, der vorher über die diplomatischen Beziehungen referiert hatte, seine Fassung wieder. Ernesto hatte ihn halb verdeckt, nun sah Luise, dass er sich hochkämpfte.

»Wir müssen uns bewusst sein, dass eine Stellungnahme für Israel nicht automatisch eine Stellungnahme gegen die Araber ist und …«

Kurz machte Ernesto den Eindruck, als würde er zurücktreten. Doch das tat er nur, um Schwung zu holen und im nächsten Augenblick auf den Tisch des Podiums zu springen, hinter dem die Diskutierenden saßen. Ein Wasserglas fiel herunter, und eine Frau raffte hastig ihre Blätter zusammen, damit sie nicht unter Ernestos Stiefel gerieten. Das Raunen, das durch den Raum ging, schien ihn nur weiter aufzupeitschen.

»Wir sollten endlich eingestehen, dass dieser vermeintlich

sympathische kleine Pionierstaat der Nazi-Überlebenden in Wahrheit nichts anderes als ein Brückenkopf des amerikanischen Imperialismus im Nahen Osten ist, der seine Existenz ausschließlich jüdischen Kapitalisten und Amerikanern verdankt. Und der Krieg hat uns den letzten Zweifel am reaktionären Charakter dieses Staats genommen. In Palästina führen israelische Faschisten einen neuen Vernichtungskrieg wie die Amerikaner in Vietnam.«

Nicht nur das Raunen schwoll an, auch das Trommeln von Füßen war zu hören. Etwa ein Zeichen des Protests? In den meisten Gesichtern las Luise Zustimmung, und sie begriff, dass nicht nur die wenigen jungen Männer, die hereingestürmt waren, die Diskussionsrunde sprengen wollten, sondern einige Besucher Ernestos Auftritt schon erwartet hatten und ihn bestärkten.

Luise wäre am liebsten aufgesprungen, um sich an Evas Seite zu stellen. Doch sie konnte nicht, hielt Thilo ihre Hand doch auch jetzt noch fest gepackt, als sie daran zerrte. Als sie ihn ansah, schenkte er ihr immer noch oder schon wieder sein schiefes Lächeln, aber was sie weiterhin nicht fand, war ein Ausdruck von Überraschung oder von Empörung.

Die Erkenntnis, dass auch er von Ernestos Plänen gewusst haben musste, sickerte nur langsam in ihr Denken ein. Viel schneller war Evas Kampfgeist zurückgekehrt. Nicht nur, dass sie sich nicht länger nach dem einen Zettel bückte, sie ließ auch alle anderen einfach fallen.

»Willst du den Juden in Palästina das Existenzrecht absprechen? Nach allem, was die Deutschen ihnen angetan haben? Dürfen sie sich einmal mehr nicht wehren, wenn ihnen die Vernichtung angedroht wird?«

»Dieses zionistische Staatsgebilde war von Beginn an eine Perversion. Und die Juden sind nicht bloß von Deutschen, sondern von Faschisten ermordet und vertrieben worden. Sollen wir sie jetzt beklatschen, weil sie selbst welche werden?«

»Sie waren in diesem Krieg doch nicht der Aggressor! Sie haben um ihr Überleben gekämpft!«

»Nein, gerade kämpfen die Araber um ihr Überleben. Wer im Nahen Osten zählt denn zu den Armen, den Ausgebeuteten, den Vertriebenen, den Entrechteten? Wer im Nahen Osten kämpft denn gegen den Kapitalismus und den amerikanischen Imperialismus?«

Zwei Podiumsteilnehmer waren aufgesprungen. Der junge Israeli wollte einem der Männer das Transparent aus der Hand reißen. Dass es ihm nicht gelang, quittierten viele im Publikum mit lautem Grölen. Nun gut, nicht alle schienen gutzuheißen, was geschah. Als Luise ihren Blick kreisen ließ, wirkten immer noch viele verwirrt. Von einer Ecke ertönte gar ein entnervter Zwischenruf, dass Ernesto die Klappe halten sollte.

Ernesto stellte sich nur noch breitbeiniger auf den Tisch. »Schämt ihr euch nicht? Im Siegestaumel der letzten Wochen wären selbst die, die sich für Friedensfreunde hielten, bereit gewesen, einen neuen Völkermord in Kauf zu nehmen.«

»Völkermord?«, rief Eva. »Wann haben die Israelis die Araber mit Völkermord bedroht? Es war doch vielmehr so, dass …«

»Sie haben die ägyptische Armee pulverisiert.«

»Und wer den Krieg verliert, ist automatisch das Opfer?«

»Die abscheulichen Kriegsverbrechen der Israelis kannst du nicht leugnen.«

»Ihr Linken tretet doch für das Selbstbestimmungsrecht jedes Volks ein, seien es die Basken, die Kurden oder die Saharaui-Nomaden, und gerade den Juden soll das nicht zustehen?«

Nicht Ernesto antwortete ihr, sondern laute Buhrufe aus dem Publikum. Eva wusste nichts zu sagen, ein anderer warf ein: »Man sollte die Begriffe jüdisch, zionistisch, israelisch nicht durcheinanderbringen.« Auch er bekam nur wüste Buhrufe ab, doch er ließ sich nicht so leicht unterkriegen. »Es ist auch nicht zu rechtfertigen, dass die moralischen Forderungen an Israel weit über das hinausgehen, was andernorts postuliert wird. Es gibt Länder, die sich nicht seit fast drei Jahrzehnten in einer Situation akuter Bedrohung befinden, die keine funktionierende Demokratie haben und trotzdem Verständnis erfahren. Ist Armut denn ein Freifahrtschein für soziale Ungerechtigkeit und Korruption?«

Das Gebrüll schwoll an, befeuerte Ernestos Gesten. Breitbeinig stand er auf dem Tisch und schwang seine Fäuste, bis auch der letzte Podiumsteilnehmer, der ihn mit vorwurfsvollen Blicken bedacht hatte, eingeschüchtert floh oder zumindest mit dem Stuhl zurückrutschte. Ernestos Lippen formten Worte, die vom Publikum nachgesprochen wurden.

»Schlagt die Zionisten tot, färbt den Nahen Osten rot.«

Ein weiteres Transparent wurde entrollt und ihm gereicht, nein, kein Transparent, sondern eine Flagge in den Farben Schwarz, Weiß, Grün und Rot. Luise konnte sich vage erinnern, die Flagge von Palästina schon mal in den Nachrichten gesehen zu haben.

Eine Weile hatte sie Thilos eisernen Griff um ihre Hand wie erstarrt erduldet. Jetzt begann sie wieder zu zerren, wollte sich befreien, und noch deutlicher als vorhin fühlte sie, wie schmerzhaft sein Griff war. Ein ungeheuerlicher Verdacht kam ihr. Hatte er sich neben sie gesetzt, um sie unter Kontrolle zu halten? Hatte er ihre Hand genommen, damit sie sich nicht auf Evas Seite stellte?

Ihre Wut war plötzlich so groß, dass sie ihn notfalls mit dem Fuß getreten hätte, aber nun gab er endlich die Hand frei – ob es daran lag, dass er so schwach oder sie so stark war, konnte sie nicht sagen, im nächsten Augenblick stand sie vorn an Evas Seite. Als ihr Blick über das Publikum schweifte, nahm sie deutlicher als zuvor wahr, dass nicht nur Studenten anwesend waren, sondern ihrem Alter nach zu schließen auch Schüler, und dass insbesondere diese Ernesto applaudierten. Bei den Schweigemärschen für Benno Ohnesorg hatte sie schon festgestellt, dass sich immer mehr Jugendliche den Protesten angeschlossen hatten, und hatte ihr Interesse und Engagement gutgeheißen. Jetzt konnte sie sich eines Gedankens nicht erwehren: Dafür, dass ihr noch fast keine Ahnung von der Welt habt, schreit ihr ziemlich laut.

Obwohl ihre Lippen bebten – schreien konnte auch sie. »Seid ihr alle verrückt geworden? Ihr könnt doch nicht so tun, als herrschte in Israel ein Unrechtsregime wie im Iran. Habt ihr nicht gelesen, was Ulrike Meinhof kürzlich im *Konkret* geschrieben hat? Dass die europäische Linke vorbehaltlos Sympathie für Israel zeigen müsse, nicht zuletzt als Zeichen, dass sie nicht zu vergessen bereit ist, was jüdischen Mitbürgern in Deutschland angetan wurde!«

Ernesto fuhr herum. Er sprang vom Tisch und kam mit solcher Wucht auf, dass er kurz wankte. Aus nächster Nähe sah sie viele kleine Blessuren in seinem Gesicht, ein Zeichen, in wie viele Raufereien er jüngst geraten sein musste.

»Das hat sie vor diesem verdammten Krieg geschrieben. Damals konnten die Zionisten ja noch verschleiern, dass sie mit amerikanischen Waffen nichts anderes als Unterdrückung im Sinn haben.«

Mit jedem Wort war er näher auf sie zugetreten, hob nun wieder die Faust. Sie hatte ihn nie gemocht, manchmal verachtet, hin und wieder sogar gefürchtet. Jetzt wappnete sie sich gegen einen Schlag, und dass sie sich nicht duckte, ihm aufrecht trotzte, verlangte so viel Kraft, dass ihr keine mehr zum Sprechen blieb.

Aber dann stand plötzlich Thilo vor Ernesto. Oder stand vielmehr vor ihr, beschützend, kampfbereit.

»Lass meine Freundin in Ruhe.«

Luise konnte kaum fassen, was sie da hörte. Auch nicht, dass er wieder ihre Hand nahm. Diesmal nicht, um sie daran zu hindern, sich einzumischen. Das Bekenntnis war es, auf das sie so lange gewartet hatte. Alle konnten es sehen, alle konnten es hören: Ernesto und seine Kumpane und das Publikum und die Diskussionsteilnehmer und Eva …

Während heiße Freude in ihr hochstieg, fuhr Thilo fort, nicht aggressiv, nicht gönnerhaft, sondern nahezu friedfertig: »Und keine Angst. Sie wird auch noch kapieren, dass die Palästinenser die Opfer jüdisch-imperialistischer Aggression sind, dass die Juden diesmal auf der Seite der faschistischen Täter stehen und dass wir Palästina-Komitees gründen müssen, um das deutlich zu machen.«

Er ließ ihre Hand wieder los, wenn auch nur, um seinen Arm um ihre Schultern legen, sie an sich zu ziehen. Die Berührung war nicht so besitzergreifend, dass sie sich nicht dagegen hätte wehren können. Und der Lärm nicht so ohrenbetäubend, dass sie seinen Worten nicht hätte widersprechen können. Aber diese waren so eng verwoben mit seinem Bekenntnis zu ihr, dass sie ahnte: Wenn sie ihm widersprach, dann wies sie auch dieses zurück. Aus diesem Knoten ließ sich nicht einfach ein Faden ziehen, man könnte ihn höchstens zerschlagen.

Ernesto sprang wieder auf den Tisch. »Braucht ihr einen besseren Beweis dafür, dass Israel ein faschistischer Staat ist als das hier?« Was er nun schwenkte, war keine Flagge, sondern eine aktuelle Ausgabe der *Bild*. »Wer bemüht sich denn um eine Aussöhnung mit Israel, wer berichtet denn positiv über den jüdischen Staat, wer feiert ihn als Sieger, wer verschweigt alle Gräueltaten?«

»Nieder mit Springer, nieder mit Springer, nieder mit Springer«, wurde geantwortet, und weitere Sprechchöre mischten sich hinein. »Zionisten raus aus Deutschland.«

Erst hörte Luise sie nur wie von weit her, dann ganz nah an ihrem Ohr. Dass auch Thilo mitbrüllte, hörte sie nicht nur, sie spürte es an seinem vibrierenden Brustkorb, weil sie immer noch so fest an ihn gepresst dastand.

Er rückte auch dann nicht von ihr ab, als die anderen die Diskutanten einkreisten, auf sie einschrien, sie aus dem Raum trieben, alsbald auch mit jenen so verfuhren, die sich nicht am Gebrüll beteiligten. Nicht alle folgten willig, manch einer blieb auf seinem Stuhl hocken – was ein umso brutaleres Vorgehen nach sich zog. Luise schrie mehrmals erschrocken auf, als Einzelne gepackt und durch den Raum gezerrt wurden, aber sie brachte es einfach nicht über sich, sich schützend vor Eva zu stellen, so wie Thilo sich vorher vor sie.

»Ihr dummen Brüllaffen!«, rief Eva.

»Hier ist kein Platz für Faschisten.«

»Ha!« Eva lachte trocken auf. »Maoisten wollt ihr sein, Sozialisten, Kommunisten, Anarchisten, Trotzkisten. Aber unter der saloppen Kleidung und den langen Haaren seid ihr doch alle Antisemiten.«

»Hau einfach ab, du dämliche Göre.«

Bis jetzt war Eva von körperlichen Übergriffen verschont geblieben. Als sie nun als letzte Beteiligte der Podiumsdiskussion übrig blieb, machte Ernesto einen Satz auf sie zu, packte sie am Oberarm und wollte sie mit sich zerren.

Eva presste die Lippen zusammen, nur Luise schrie auf. Jetzt endlich konnte sie sich doch aus ihrer Starre lösen, der Freundin zu Hilfe eilen. Sie befreite sich von Thilo, hastete zu den beiden, zog an Ernestos Arm. Sein Griff lockerte sich jedoch nicht. »Du tust ihr weh!«, schrie Luise. »Dafür gibt es überhaupt keinen Grund.«

Sie konnte nicht sehen, was Thilo hinter ihrem Rücken trieb, doch anscheinend gab er Ernesto ein Zeichen, denn irgendwann löste sich dessen Griff doch. Sie wollte gar nicht genau ergründen, welche wüste Beleidigung er Eva vor die Füße spuckte, ehe er sich abwandte.

Luise suchte Evas Bick, hielt ihm aber nicht lange stand. Hastig bückte sie sich, um die Unterlagen, die Eva vorhin fallen gelassen hatte, aufzusammeln. Sie hatte nicht alle beisammen, nur ein paar, als sie sich wieder aufrichtete. Eva stand starr und kalkweiß vor ihr, die Arme vor der Brust überkreuzt. Sie machte keine Anstalten, die Blätter zu nehmen.

»Du hast aber früh eingegriffen«, presste sie hervor.

»Ich wusste doch nicht, ich konnte doch nicht …«

»Ich sage dir, was du nicht kannst – nämlich gleichzeitig Thilos Freundin sein und meine.«

»Ich kann mich jetzt nicht von ihm trennen. Du hast ihn doch gehört, wie er …«

»Dann ist die Sache ja klar«, fiel Eva ihr hart ins Wort.

Endlich hob sie ihre Hand, wenn auch nicht, um die Papiere entgegenzunehmen, sondern um sie ihr aus der Hand zu schleudern. Sie flatterten im Luftzug, ehe sie wieder auf dem Boden landeten. Eva trat auf eines, als sie langsam Richtung Tür ging. Sie kämpfte zwar sichtlich darum, einen würdevollen Rückzug hinzulegen, aber sie konnte nicht verhindern, dass ihre Schultern bebten.

Grölen und Applaus begleiteten ihre Schritte bis zur Schwelle.

»Jetzt sind wir unter uns«, rief Ernesto, sobald sie draußen war, und zerriss unter weiteren Parolen eine Ausgabe der *Bild*.

Luise konnte nicht verhindern, dass sie ein Zittern überlief, doch schon war Thilo bei ihr, tätschelte erst tröstend ihre Wangen, zog sie dann an sich, um seinen Mund auf ihre Lippen zu pressen. War das schon ein Kuss oder nur der Versuch, das Zittern besänftigen? Sie wusste nicht mal, ob sie eine Verräterin war oder bloß eine verliebte Frau.

»Können wir endlich gehen?«

Als sie den Raum verlassen wollten, war Eva längst weg, aber Rosie stand neben der Tür an die Wand gelehnt.

»Wolltest du nicht auch dabei sein?«, schnaubte Thilo unwirsch. »Du kommst zu spät.«

»Wahrscheinlich gehört sie auch zu denen, die sich von der Presse haben einlullen lassen und nicht kapieren, was wirklich in Israel abgeht«, kam es von Ernesto.

Die Worte schienen an Rosie abzuperlen. Anstatt sich zu verteidigen, zündete sie sich in aller Seelenruhe eine Zigarette an.

»Ich kann mir nicht helfen«, sagte sie zu Thilo. »Mir geht das zu schnell. Ich komme ja gar nicht mehr nach, immer neue Parolen auswendig zu lernen. Wobei's euch ja sowieso nicht so ums Lernen geht, sondern mehr ums Schreien, oder?«

Sie machte einen tiefen Zug, ehe sie sich an Luise wandte:

»Ich weiß nicht genau, ob man nun für oder gegen Israel sein soll. Ich bin mir allerdings ganz sicher, dass Frauen zusammenhalten sollten. Eva hat gerade ziemlich fertig gewirkt. Du hast sie ganz schön hängen lassen, nicht wahr? Aber nun gut, wenn dir dieser Kerl das wert ist …«

Während sie noch einen Zug nahm, schlenderte sie hoheitsvoll davon.

Und wieder presste Thilo seinen Mund auf Luises Lippen, und diesmal war es zweifellos ein Kuss, der sie zum Schweigen bringen sollte.

Auch als er sie endlich freigab, fand sie keine Worte. Treuherzig sah er sie an. »Ich habe keine Kohle mehr und muss mein Zimmer im Studentenwohnheim räumen. Ich kann doch vorerst bei dir pennen, oder?«

Ella hatte keine Ahnung, wie sie Eva trösten konnte. Sie war nicht einmal sicher, warum die junge Frau ausgerechnet bei ihr in der Buchhandlung Zuflucht gesucht hatte. Sie hatten bislang kaum mehr als ein paar höfliche Sätze gewechselt. Ausgeglichen und fröhlich war ihr das Mädchen immer erschienen, und stets hatte Ella mit leisem Lächeln daran gedacht, dass sie bei Evas Geburt dabei gewesen war und ihr auf die Welt geholfen hatte. Aber sie hatte sie nie darauf angesprochen, um nicht die toten Eltern zu erwähnen.

Jetzt stand Eva jedenfalls weinend vor ihr, und es dauerte

eine Weile, bis Ella ihrem Gestammel entnommen hatte, was geschehen war – und wie sehr im Stich gelassen sie sich fühlte. Ein frischer Schmerz schien sich mit einem alten zu verbinden, der irgendwo in der jungen Frau gewuchert haben musste.

Ella brachte schnell ein Taschentuch. Nachdem Eva sich geschnäuzt hatte, kamen keine neuen Tränen mehr, jedoch noch mehr Worte, allerdings monoton und nüchtern ausgesprochen.

»Meine Eltern … Stiefeltern … sie wollten immer, dass wir unter uns bleiben, dass wir keinen Kontakt zu den Deutschen haben. Jeder Einkauf war für meine Mutter ein Spießrutenlauf, sie hat sich ständig verfolgt gefühlt, war überzeugt, man sehe ihr an, dass sie Jüdin ist, ganz so, als trüge sie noch den Stern. Immer hat sie sich gegen verächtliche Bemerkungen und Angriffe gewappnet. Und dass sie möglichen Anfeindungen entging, weil sie stets mit gesenktem Blick durch die Straßen huschte, hat sie in ihrem Misstrauen nur bestärkt. ›Sie wiegen uns in Sicherheit, um später umso brutaler zuzuschlagen‹, hat sie oft gesagt. Wenn überhaupt durfte ich nur mit jüdischen Kindern spielen – und das waren meine sämtlichen Klassenkameraden nun mal nicht.«

»Eva …«, setzte Ella hilflos an. Sie war nicht sicher, warum sich die junge Frau ausgerechnet an sie gewendet hatte. Weil keiner die Geschichte ihrer Familie so gut kannte wie sie? Weil Eva so zwar nicht Aris Rat erbitten konnte, aber den von jenem Menschen, der ihm hier in Frankfurt am nächsten stand?

Als Eva wieder hochblickte, glänzten in ihren Augenwinkeln Tränen. »Sie haben keine Vorstellung, wie einsam ich war. Und wie herrlich es für mich war, dann plötzlich zu den Studenten zu gehören. Ich dachte wirklich, ich gehöre dazu. Ich dachte, in diesen Kreisen geht es nicht darum, ob jemand Jude ist oder nicht. Aber jetzt …« Sie zerknüllte das Taschentuch in ihren Händen.

»Meine Stiefeltern wollten nie in Deutschland leben, doch sie waren schlichtweg zu kaputt für das harte Leben in Israel. Ich aber … Ich bin jung und stark …«

»Denkst du darüber nach, Deutschland zu verlassen?«

»Was soll ich denn noch hier? Studieren kann ich auch dort. Und dass ich kaum jemanden kenne, macht nichts. Der Staat Israel ist eine große Familie, heißt es.«

Ella trat auf die junge Frau zu, legte behutsam ihre Hände auf deren Schultern. »Deutschland kennst du, es ist deine Heimat. Willst du wirklich alles hinter dir lassen?«

»Was ist denn … alles? Die Synagogen von einst, die jetzt als Lagerhallen, Kinos und Supermärkte genutzt werden? Gewiss, bis jetzt war mir das nicht sonderlich wichtig, aber ich frage mich, ob es nicht bloß kein jüdisches Leben, sondern kein Leben für Juden hier gibt. Und zu glauben, nach dem Sechstagekrieg wäre alles anders, ist wohl ein Irrtum gewesen. Ich muss nicht mal studieren. Ich will nur … ich will nur …«

Sie sprach das Wort nicht aus, aber es schwebte über ihnen. *Dazugehören.*

»Ari hat mir gesagt, dass es in den meisten Kibbuzim den deutschen Juden verboten ist, deutsch zu sprechen. Nicht mal die Lieder der Kindheit darf man singen.«

»Dann habe ich ja Glück«, sagte Eva bitter. »Meine Stiefeltern haben so gut wie nie gesungen, höchstens im Schlaf ein Wimmern, eine Totenklage für ihre Kinder.« Sie zerknüllte das Taschentuch noch fester, steckte es dann in ihre Tasche.

»Ich verstehe, dass du dich von Luise verraten fühlst, dass du schockiert bist, weil sich die deutschen Studenten plötzlich so dezidiert gegen Israel stellen – trotzdem halte ich es für überstürzt, jetzt eine Entscheidung von solcher Tragweite zu treffen.«

»Treffe ich denn eine Entscheidung? Habe ich als Jüdin überhaupt eine andere Wahl, wenn ich mich endlich irgendwo zu Hause fühlen, einen Mann finden will, mit dem ich eine Familie gründen kann? Ich habe keine bewussten Erinnerungen an meinen Vater, aber Ari hat mir viel von ihm erzählt. Ich weiß, dass er einer war, der keine Kompromisse machte. Und ich weiß auch, dass er oft gesagt hat, für einen Juden gebe es auf dieser Welt nur zwei Orte: Erez Israel oder das Krematorium.«

Bis jetzt hatte Ella vergeblich in Evas Gesicht nach Ähnlichkeiten mit ihren Eltern gesucht. Das Haar mochte den Ton von Martas Haar haben, aber ihre Züge waren so viel weicher, unbekümmerter. Doch jetzt tanzte in ihren Augen ein kaltes Funkeln, wie sie es von Viktor kannte. Es bekundete so viel Trotz, diesen festen Willen, sich niemals zu unterwerfen – nicht den Feinden, nicht dem eigenen Schmerz. Diese Art von Stärke hatte ihn dafür gerüstet, Widerstände zu überwinden – und zugleich hatte sie ihn blind gemacht für Zwischentöne.

»Teilst du diese Meinung wirklich?«

Eva zuckte mit den Schultern. »Der Krieg hat doch gerade erst gezeigt, dass im Zweifel niemand für uns eintritt, dass wir uns nur selbst retten können. Und ob die Deutschen uns applaudieren oder uns dafür beschimpfen, ist mir eigentlich egal.«

Wieder ein Schulterzucken, nur dass sie diesmal in dieser Bewegung verharrte und mit hochgezogenen Schultern stehen blieb.

»Willst du nicht noch einmal mit Luise sprechen? Erklären,

wie sehr sie dich verletzt hat … oder ihr zumindest berichten, was du vorhast?«

»Nein«, kam es knapp.

»Das tut mir leid – für Luise und für dich. Ich wünsche dir das Beste, ich würde dich sehr gerne trösten, aber ich bin nicht sicher, ob und wie ich es kann.«

»Ich brauche keinen Trost. Aber wenn ich mit meinen Stiefeltern gesprochen hätte, dann hätten die wohl nur gesagt, dass sie immer schon gewusst hätten, wie schlecht die Deutschen sind. Deshalb bin ich hergekommen.«

Ella begann zu ahnen, dass es einen weiteren Grund gab, warum Eva zu ihr gekommen war. Sie war erpicht darauf, von ihr Widerspruch zu hören, nicht der eigenen Zweifel wegen, sondern um diesem mit umso größerer Entschlusskraft trotzen zu können.

Am Ende fiel Ella nichts mehr zu den Plänen der jungen Frau ein. »Wenn du etwas von Ari hörst …«, setzte sie hilflos an.

»Dann gebe ich sofort Bescheid.« Der letzte Blick, den Eva auf Ella warf, wirkte distanziert, als fände sie sich in einer fremden Welt wieder, wo es nur wenige Freunde, viel mehr Feinde gab, und als sie sich abwandte, hätte Ella schwören können, dass sie sie nicht wiedersehen würde … so wie sie einst sicher gewesen war, Marta nicht wiederzusehen, nachdem sie ihrem Kind auf die Welt geholfen, die andere es ihr aber verboten hatte, den Säugling zu halten.

Vor Marta war sie damals selbst geflüchtet, aber Eva gehen zu sehen tat weh.

»Warte!«, rief sie ihr plötzlich nach.

Eva blieb stehen, drehte sich aber nicht um. Ella zog ein

Exemplar von *Die letzten Tagen von Johanna* aus dem Regal und wollte es der jungen Frau reichen.

»Ich möchte dir gerne eins der Bücher schenken, es ist schließlich die Geschichte deiner Familie.«

Evas Blick richtete sich auf das Buch, abwehrend hob sie die Hände. »Ich will versuchen, so zu tun, als hätte die Geschichte meiner Familie erst in Israel begonnen. Ich bin im Schatten toter Kinder aufgewachsen – da bin ich lieber von Menschen umgeben, die sich wehren können. Mein Name Chaja kommt von Leben, nicht von Tod.«

»Ich weiß«, sagte Ella. »Ich war dabei, als dir dein Vater diesen Namen gab. Ich fand es wunderschön.«

Ein Lächeln zupfte an ihren Lippen, und sie sah deutlich Viktor vor sich, der in diesem einen Augenblick, da sie seine Tochter gehalten hatte, nicht voller Hass und Verachtung für sie gewesen war.

Eva ging, ohne sich zu verabschieden, und ließ Ella ratlos zurück. Immer noch hielt sie das Buch in den Händen, und nie war ihr dieses so nutzlos erschienen. Eva wollte es nicht … Lilo wollte es nicht … und Luise. Nun, der war das Buch so wichtig wie ihr selbst, aber sie wurde ganz und gar von Thilo vereinnahmt, würde entscheiden müssen, ob es mutig war, ihn ohne Rücksicht auf Verluste zu lieben, oder feige, nicht loslassen zu können.

Ella wollte das Buch gerade wieder ins Regal stellen, als die Ladenglocke Kundschaft ankündigte.

Reinhold Schadewald betrat die Buchhandlung und blieb gleich beim Eingang stehen, als müsste er sich an einen Ort, den er nicht mehr betreten hatte, seit er hier so wüst beschimpft worden war, ganz vorsichtig herantasten.

Seit dem Abend in der Sachsenhäuser Ebbelwoi-Kneipe, hatten Lilo und sie Reinhold ein weiteres Mal getroffen, und zwar in einem Café am Liebfrauenberg. Reinhold hatte behauptet, rein zufällig dort aufgetaucht zu sein, doch Ella vermutete, dass Lilo das Ganze eingefädelt hatte. Eigentlich hatte sie der Freundin unmissverständlich klargemacht, dass aus ihnen nie ein Paar werden würde, aber vielleicht war Lilo der Meinung, dass dies der einzige Weg wäre, sie Ari vergessen zu lassen.

Dass Reinhold hier erschien, wertete sie jedenfalls kurz als Beweis, dass die Freundin sich weiter als Kupplerin betätigte, und sie unterdrückte ein Seufzen. Doch erstaunlicherweise las sie nicht den üblichen wehmütig-resignierten Ausdruck in seiner Miene, er deutete geradewegs auf das Buch in ihrer Hand.

»Kann ich eines von diesen haben?«

Ella starrte ihn überrascht an.

»Ich habe einen Zeitungsartikel darüber gelesen. Und da ist mir auch wieder eingefallen, dass es von dieser Geschichte eine ältere, kürzere Version gegeben hat, die kurz nach dem Krieg erschienen ist. Meine Mutter hat bis zu ihrem Tod ein Exemplar davon aufbewahrt. Ich habe es nie lesen wollen, dachte, es sei besser, sich nicht mit diesen alten Geschichten zu befassen. Ich wollte auch nie über die Zeit in der russischen Kriegsgefangenschaft reden, aber …« Seine Lippen zitterten.

»Und was hat deine Meinung geändert?«

Reinhold wiegte nachdenklich den Kopf, als wüsste er es selbst nicht genau, und kurz war Ella überzeugt, er zeige nur Interesse, um ihr einen Gefallen zu tun.

Doch als er entschieden auf sie zutrat, ihr das Buch aus der

Hand nahm und darüberstrich, ahnte sie: Wenn er jemandem einen Gefallen tun wollte, dann ganz bestimmt nicht ihr.

»Ich glaube, meine Mutter wäre stolz auf dich, wenn sie dich sehen könnte. Sie hat so gern für dich gearbeitet und sich so gewünscht, dass du eines Tages wieder Verlegerin sein wirst.«

»Hat sie das jemals so gesagt?«

»Na ja, vielleicht nicht mit diesen Worten. Du weißt ja, sie war nie rührselig, und einer Sache, die sich nicht ändern ließ, trauerte sie nicht nach. Aber etwas anderes hat sie ganz sicher so gesagt ... dass nämlich die erste Version von Naphtali Steins Geschichten ihren Blick auf die Welt verändert hat.«

Er kaufte das Buch, wirkte ein wenig unsicher dabei und gab ihr doch den Glauben an die Macht der Bücher zurück. Auch die vage Ahnung, dass ihr dieser Tag nicht nur als einer im Gedächtnis bleiben würde, da sie hilflos vor einer Kluft zwischen zwei Freundinnen stehen musste. Sondern ihren Teil beitragen konnte, damit Menschen einander mit etwas mehr Verständnis begegneten.

Als sie später nach Hause ging, erwartete sie dort der heiß ersehnte Brief von Ari. Dass er lebte, schrieb er, dass es ihm gut ging, dass sie sich keine Sorgen um ihn machen sollte. Nur dass er nach Deutschland zurückkehren würde – das schrieb er nicht.

14. KAPITEL

Die im letzten Jahr eröffnete Messehalle fünf war die größte Ausstellungshalle Europas, doch trotz des riesigen Platzangebots kam Luise nur langsam voran. Fast eine halbe Stunde hatte sie gebraucht, um vom neben der Kongresshalle gelegenen Empfangsgebäude hierher zu gelangen. Nun gut, das lag nicht nur an den Menschenmassen, die die alljährliche Frankfurter Buchmesse im Oktober besuchten, auch daran, dass sie mehrfach stehen geblieben war. Der gewaltige Kuppelbau der historischen Festhalle war immer wieder aufs Neue beeindruckend, außerdem hatten die Stände der ausländischen Aussteller ihr Interesse geweckt. Die meisten Titel konnte sie nicht übersetzen, aber sie fand es spannend, die Buchumschläge mit jenen zu vergleichen, die im deutschsprachigen Raum üblich waren.

Bei der Gestaltung der Messehallen war viel Kreativität bewiesen worden. Es gab farbige Hinweispfeile an den Wegkreuzungen, und etliche Stände strahlten die Gemütlichkeit eines Wohnzimmers aus. So hatte ein Aussteller aus Finnland an seinem Messestand Sitzmöbel aus Kunststoff aufgestellt, von denen einige die Form einer offenen Halbkugel hatten. Außen waren sie schrill gemustert, innen mit Stoff ausgekleidet.

Gerade hatte sie die Hand gehoben und wollte fühlen, welches Material verwendet wurde, als eine Stimme sie traf. »Wo bleibst du denn?«

Thilo rempelte gleich mehrere Besucher an, als er auf sie zustürmte. Seine Haare waren über den Sommer gewachsen, sodass er sie meist zu einem Pferdeschwanz zusammenband, vor allem dann, wenn er sie tagelang nicht gewaschen hatte. Was er ebenfalls nicht mehr regelmäßig tat, war, sich zu rasieren. Er eiferte zwar nicht Ernesto nach, dessen Bart wilder denn je aussah, aber die Wangen waren immer rau und ungleichmäßig von Stoppeln bedeckt. Dunkel wie der Bartschatten waren auch die Ringe unter seinen Augen.

Luise hatte sich angewöhnt, stets nach neuen Blessuren Ausschau zu halten, wenn sie ihn traf. Die Verletzungen vom Juni waren zwar längst verheilt, aber Anfang September hatte er sich neue zugezogen. Nach einer SDS-Delegiertenkonferenz an der Frankfurter Universität, auf der linke Gruppen die üblichen Forderungen stellten – die Entmachtung des Springer-Konzerns und das Ende des Vietnamkriegs –, war es zu schweren Krawallen gekommen. Thilo trug ein blaues Auge, eine Rippenprellung und eine aufgeplatzte Lippe davon, und er hatte ihr nicht erlaubt, das Blut, das über sein Kinn rann, abzuwischen. »Warum sollen wir so schnell die Spuren der Gewalt verwischen und zur Normalität zurückkehren? Diese Normalität gibt es nicht mehr.«

Das stimmte so nicht. Für Luise gab es sogar zwei Normalitäten, zwei Leben, die sie nebeneinander lebte, meist ohne Berührungspunkte. Da waren diese hektischen Tage, restlos angefüllt mit politischen Aktivitäten – Diskussionsrunden, Teach-ins, Sit-ins –, an denen sie zu wenig schlief und zu wenig aß. Und dann gab es die Stunden, wenn sich die Erschöpfung Bahn brach, sie in ihrem Zimmer im Bett lagen, er sich ihrer Umarmung ergab und auf laute, aggressive Parolen

Schweigen folgte, das manchmal trübsinnig, meist aber wohltuend war. Das eine wie das andere war immer abrupt vorbei, aber sie hatte gelernt, sich diesem Zickzackkurs anzupassen. Hätte sie eine gerade Linie formen wollen, sie wäre gescheitert, aber wenn sie seinem Tempo folgen konnte, dann war sie mal die Kampfgefährtin, mal die Liebende, aber nie die Gegnerin, die er verspottete und zurückstieß.

Zu welcher dieser beiden Welten die Frankfurter Buchmesse gehörte, konnte sie nicht sagen. Eigentlich war diese ihr Terrain, weil Ella einen eigenen Stand gemietet hatte und sie sie bestmöglich unterstützen wollte – zugleich hatten die Studenten viele Pläne, um Präsenz zu zeigen.

»Wo bleibst du denn?«, rief Thilo wieder, dann hatte er sie erreicht und zog sie an sich. Meist war die flüchtige Umarmung kaum mehr als ein Zusammenstoß spitzer Knochen, heute hielt er sie etwas länger fest, küsste sie flüchtig auf den Mund.

»Wir waren doch erst viel später verabredet«, sagte sie, »du weißt doch, dass ich …«

»Du musst uns helfen«, fiel er ihr ins Wort.

Er wollte sie mitziehen, aber Luise versteifte sich. »Ich muss aber auch Ella helfen, nämlich am Stand des Reichenbachverlags. Habe ich dir nicht erzählt, dass ein Journalist uns interviewen will? Ella und ich haben doch beschlossen, noch mehr Lebenserinnerungen von in der NS-Zeit verfolgten Juden herauszugeben. Für dieses Vorhaben brauchen wir die Presse, schließlich war es deren Berichterstattung, die den Verkauf unseres ersten Buchs überhaupt erst in Schwung gebracht hat. Dass es sogar eine zweite Auflage gibt, ist ein großer Erfolg und …«

»Das kann aber nicht warten.« Er zog energisch an ihr, doch auch ihre Gegenwehr fiel entschieden aus.

Seit sie Thilo damals im Juli ihre Freundschaft mit Eva geopfert hatte, beschimpfte Rosie sie regelmäßig als kleines Frauchen, das alles mit sich machen ließe. Doch das stimmte so nicht. Ja, sie hatte sich seinem Lebensrhythmus angepasst und ein gutes Gespür entwickelt, wann auf höchstes Tempo eine Vollbremsung folgen würde. Aber nicht jeder spontanen Idee, die er ihr vor die Nase hielt, jagte sie wie ein Hündchen nach. Eisern hatte sie sich ein eigenes Leben bewahrt, dessen Grenzen sie verteidigte, und dazu gehörten nicht nur die Vorlesungen an der Uni, die sie anders als er noch regelmäßig besuchte, sondern auch der Verlag, den sie nach Kräften unterstützte.

»Das muss warten«, sagte sie heftig und entzog ihm ihren Arm.

Thilo zog die Brauen hoch und stieß ein abfälliges Prusten aus. Früher hatte es immer sofort dafür gesorgt, dass sie sich klein fühlte und machte, was er wollte. Jetzt reagierte sie gar nicht erst darauf, weswegen er sofort seine Taktik änderte.

Aus dem Prusten wurde ein Lächeln, warm und werbend und auch ein wenig unterwürfig. »Großartig, was ihr erreicht habt, wirklich. Aber … aber ich brauche dich genauso sehr.«

Luises Gegenwehr schwankte. *Brauchen* war ein viel machtvolleres Zauberwort als *Lieben*. Und er knappste mit diesem Bekenntnis nicht. Gewiss, große Worte machte er selten, aber seine Gesten bekundeten, dass er sein Leben nur führen konnte, solange sie ihm in seinem Windschatten folgte.

Und seinen feixenden Freunden zum Trotz, die nicht müde wurden, ihm vorzuhalten, dass zum Establishment gehört, wer zweimal mit derselben pennt, gab es keine andere Frau in seinem Leben. Alle hatten sich daran gewöhnt, ihrer beider Namen in einem Atemzug zu nennen, und dass man sie nicht als Paar bezeichnete, geschah nur, weil das zu spießig klang.

Nun gut, im Alltag waren sie nicht immer die unauflösliche Einheit. Nur zwei Wochen hatten sie unter einem Dach gewohnt, nachdem Thilo sein Zimmer im Studentenwohnheim räumen musste. In ihrer WG hatte sie ihn nicht aufnehmen können, also waren sie bei Ella eingezogen, was die nur mit dem unmissverständlichen Hinweis gestattet hatte, dass sie ausschließlich Mitbewohner duldete, die ihr Geschirr selbst abwuschen. Thilo hatte ernsthaft genickt und es hoch und heilig versprochen, aber als ihm die frischen Kaffeetassen ausgegangen waren, war er in die Wohngemeinschaft zu Ernesto gezogen, in dessen Zimmer noch eine weitere Matratze Platz fand. Hier wurde das schmutzige Geschirr einmal im Monat unter die Dusche gestellt.

»Bitte tu mir den Gefallen …«, schob er nach.

Widerwillig folgte sie ihm. Er schien zu spüren, dass ihr das nicht leichtfiel, denn er drückte seine Lippen nun etwas zärtlicher auf ihren Hals und murmelte: »Ich finde, ihr könnt sehr stolz auf euren Verlag sein.«

Sie ahnte, dass seine Worte nicht nur ihren Widerstand brechen sollten, sondern auch ein verspätetes Versöhnungsangebot nach dem Streit vor einer Woche waren. Damals hatte er laut sinniert, wie man ihren Verlag »für unsere Sache« nutzen könnte. »Lebenserinnerungen von verfolgten Juden, schön und gut, aber zeitgemäß ist das nicht. Es geht doch um die Gestaltung unserer Zukunft. Wenn ihr eine neue Veröffentlichung plant, dann seht zu, dass ihr politischer werdet.«

Energisch hatte sie ihn zurechtgewiesen, dass der Verlag den

Namen ihrer Familie trug und sie kein Interesse daran hatte, dass er sich ins Programm einmischte. Erst hatte er überrascht reagiert, dann ungehalten, am Ende hatte er trotzig geschwiegen.

Das jetzige Friedensangebot kam so spät, dass sie nicht sicher war, ob es überhaupt eines war, aber sie war nicht immun gegen sein Lächeln und passte sich dem Tempo seiner hastigen Schritte an.

Es dauerte nicht lange, bis sie den Stand der *Neuen Kritik* erreichten, des Verlags des Sozialistischen Studentenbunds, der nicht nur sozialistische Klassiker herausbrachte, sondern mittlerweile auch im zweimonatigen Abstand eine Zeitschrift.

Auch dieser Stand war ungewöhnlich gestaltet. Mittelpunkt waren aufrecht stehende Tonnen, mit Autorennamen aus der Verlagsproduktion beschriftet – Luxemburg, Togliatti, Bucharin, Trotzki –, und an der Wand dahinter hing ein überlebensgroßes Bild von Che Guevara. Außerdem erblickte Luise eine Schultafel, auf der mit Kreide Termine geschrieben standen.

»Heute 15.00 Uhr, Messevollversammlung. Macht aus einem Denkverlag einen sozialistischen Kampfverlag!« Das Ausrufezeichen dahinter war riesengroß.

Sie warf Thilo einen fragenden Blick zu, war nicht sicher, was damit gemeint war. Nicht er antwortete, sondern Claus, der gerade dabei war, sich eine Zigarette anzuzünden, obwohl das in den Hallen verboten war und er sich eigentlich strikt an Vorschriften hielt. Seit Ewigkeiten hatte sie den angehenden Juristen nicht mehr in Thilos und Ernestos Nähe gesehen, aber dem Verlag des SDS hielt er offenbar die Treue.

»Wir planen eine Aktion für das Braunbuch. Wir können nicht hinnehmen, dass es beschlagnahmt wird.«

Sie machte eine abwehrende Geste, als Claus ihr eine Zigarette anbot. Sie rauchte nur mit Thilo im Bett, sonst nie. »Steht das denn schon fest?«

»Pawlik hat tatsächlich die Drohung wahr gemacht, alle Bestelllisten einzuziehen. Es ist nur mehr eine Frage der Zeit, dass das Buch komplett verschwindet. Doch das darf nicht passieren. Lübkes Name darf nicht reingewaschen werden.«

Heinrich Lübke war der Bundespräsident der BRD und einer von 1800 Kriegsverbrechern, die im sogenannten Braunbuch von Albert Norden aufgelistet waren. Das Buch war vom Staatsverlag der DDR aufgelegt worden, weswegen westdeutsche Politiker und die Presse seit Tagen von Denunziation sprachen und die Präsentation dieses Buchs auf der Frankfurter Buchmesse verhindern wollten.

»Sie wollen bloß vertuschen, dass unser werter Bundespräsident ein Faschistenschwein ist!«, wetterte Thilo grimmig.

Anders als Luise ließ er sich von Claus eine Zigarette geben und fuchtelte damit herum.

Claus dagegen machte eine beschwichtigende Geste. »Was Lübke als sogenannter KZ-Bauführer getan hat oder nicht, steht tatsächlich nicht hundertprozentig fest. Auch hier hat das Rechtsprinzip – Im Zweifel für den Angeklagten – zu gelten. Es geht folglich nicht um seine möglichen Verbrechen, nur darum, dass wir keine Zensur dulden. Und dass wir uns außerdem mit jenen DDR-Ausstellergruppen solidarisieren wollen, die erklärt haben, sie ziehen sich von der Messe zurück, wenn das Buch nicht ausgestellt wird.«

»Und wie genau soll die Aktion aussehen?«, fragte Luise.

»Na, so natürlich!«, rief Thilo. Er hob etwas hoch, wedelte damit vor ihrem Gesicht.

Sie war erleichtert, als sie begriff, dass es nichts war, womit sich Krach oder Rauch erzeugen ließen, sondern einfach nur Bestellscheine.

»Wenn man sie den DDR-Verlagen entzieht, dann müssen eben die westdeutschen Verlage diese Listen auslegen. Ein paar haben sich schon bereit erklärt, die anderen werden wir auch noch überzeugen – der Reichenbachverlag ist nun auch dabei.«

Luise ließ sich ein paar der Zettel in die Hand drücken. Sie fand zwar nicht, dass dieses Anliegen so dringlich war, wie von Thilo behauptet, aber immerhin konnte sie es aus ganzem Herzen unterstützen. Jetzt würde sie zum Stand des Reichenbachverlags eilen und mit Ella das Interview geben und …

Ein lautes Heulen hinter ihr ließ sie zusammenzucken. Als sie herumfuhr, rechnete sie kurz damit, dass ein Messebesucher seinen Hund mitgebracht hatte – was ebenso verboten war wie zu rauchen. Doch wer diese seltsamen Laute ausstieß und nicht damit aufhörte, war kein Tier, sondern Ernesto.

Sie hatte in den letzten Jahren diverse misstönende Laute aus seinem Mund vernommen – kaltes Gelächter, wütendes Knurren, lautes Gebrüll, aber nie etwas, was einem Weinen gleichkam. Und doch, so rot verquollen seine Augen waren, sah er tatsächlich aus, als hätte er Tränen vergossen. Nun verstummte das Geheule zwar, doch er stieß ein trockenes Schluchzen aus. Und das »Verdammte Scheiße!« klang merkwürdig zittrig und hoch.

Claus und Thilo waren ebenso irritiert wie sie.

»Na, na«, kam es von Thilo. »Dass wir einen Nazi als Bundespräsident haben, mag zwar zum Heulen sein, aber das ist kein Grund …«

Von weiter hinten am Stand kam Gekicher, dort saßen neben den Mitarbeitern der *Neuen Kritik* auch mehrere Studenten. Als Ernesto wütend in ihre Richtung blickte, verstummte das Kichern.

»Dass sie ihn einfach abgeknallt haben …«, stieß Ernesto verzweifelt aus.

»Lübke?«, fragte Claus, die Braue ähnlich hochgezogen, wie man es sonst nur bei Thilo sah.

Ernesto machte einen wütenden Satz auf ihn zu. »Verarsch mich nicht, du Trottel, natürlich nicht Lübke! Was juckt mich der?« Sein Blick fiel auf die Bestellscheine, die Luise hielt, und er schleuderte sie ihr mit einer rohen Bewegung aus der Hand.

»Na, na«, kam es wieder von Thilo, »jetzt mach mal halblang!«

»Ja, wisst ihr denn noch nicht, was passiert ist?«

Als ihn etliche fragende Blicke trafen, presste er ein paar Worte hervor, die Luise nicht richtig verstand, weil sie sich unwillkürlich hingehockt hatte, um die Bestellscheine einzusammeln. Als sie sich aufrichtete, war sie rot im Gesicht – als Einzige, denn alle anderen waren sichtlich blass geworden.

»Worauf wartet ihr noch!«, rief Ernesto. »Wir müssen seinen Tod rächen.«

Sie bereute, nicht besser zugehört zu haben. »Jemand ist gestorben?«, platzte es aus ihr heraus. »Etwa auf der Messe? Ein Student?«

Ernesto machte Anstalten, ihr noch einmal die Bogen aus der Hand zu schleudern. »Ihr seid auch für alles zu blöd, ihr Weiber.« Am Ende wandte er sich ab, als wäre sie nicht die Mühe wert, und blickte die anderen forschend an. »Also los, wer ist dabei? Wir müssen ein Zeichen setzen, dass wir uns das nicht einfach bieten lassen. Wenn sie Krieg wollen, dann können sie Krieg haben.«

Ein paar derer, die eben noch lässig herumgesessen hatten, erhoben sich. Claus schüttelte kaum merklich den Kopf und zog an seiner Zigarette. »Von welchem Krieg sprichst du denn?«

Ernesto machte einen wütenden Satz auf ihn zu. »Von dem, für den Hirnwichser wie du zu feige sind.«

Thilo trat zwar mäßigend dazwischen, aber am Ende war er es, der Luise die Bestellscheine aus der Hand nahm. Er ging zwar nicht so roh vor wie Ernesto, aber mit Nachdruck.

»Klar müssen wir was tun. Ich bin dabei.« Seinem beschwörenden Blick konnte sich Luise nicht entziehen.

Als sie vom Stand der *Neuen Kritik* aufbrachen, waren sie höchstens ein Dutzend. Doch auf dem Weg durch die Messehallen schlossen sich immer mehr junge Leute ihrem Zug an. Thilo hatte zwar ihre Hand ergriffen, die Frage, wohin genau es ging, aber beharrlich ignoriert. Als sie nicht aufhörte, sie zu stellen, raunte ihr ein Fremder zu. »Na, zur *Welt*. Und zum Ullstein Verlag.«

Luise begriff immer weniger. Sie konnte sich immer noch keinen Reim auf Ernestos wütendes Geheule machen, erst recht nicht, was eine Zeitung wie *Die Welt* oder der Ullstein Verlag angerichtet haben konnten.

Sie wollte ihre Schritte verlangsamen, doch nicht nur, dass Thilo sie festhielt – von allen Seiten kamen immer mehr Menschen, und da die Gänge so schmal waren, wurde sie einfach weitergeschoben. Dieser Zug schien nichts Planmäßiges, nur Blindwütiges zu haben. Dicht an ihrem Ohr brüllte Ernesto ein verbissenes: »Rache! Rache!«

Sobald er verstummt war, lieferte Thilo ihr immerhin endlich eine Erklärung für den Unmut der Menschen und das Geschrei.

»Che Guevara ist tot«, verkündete er düster.

Wieder wollte sie stehen bleiben, wieder wurde sie von hinten angerempelt.

»Und bei Ullstein brennen zu Ches Gedenken Kerzen, und es wird eine Schweigeminute abgehalten?«

Thilo sah sie vernichtend an, Ernesto grölte unterdessen dicht an ihrem Ohr eine Parole, die Luise schon zigfach gehört hatte: »Nieder mit Springer.«

»Du weißt doch, dass sowohl der Ullstein Verlag als auch Die *Welt* zum Springerkonzern gehören«, erklärte Thilo grimmig.

»Ich weiß nur, dass man der *Bild* zwar viel vorwerfen kann, meinetwegen auch eine Mitschuld an Benno Ohnesorgs Tod. Aber ich kann mir nicht vorstellen, dass sie ihre Reporter nach Bolivien gesandt haben, um Che Guevara zur Strecke zu bringen.«

»Himmel, jetzt stell dich doch nicht so naiv!« Wütend berichtete er, dass Che Guevara auf Befehl des bolivianischen Präsidenten ermordet worden war, nachdem Regierungstruppen ihn und seine Anhänger in die Enge getrieben und ihn gefangen genommen hatten. »Eine Hinrichtung war das, nichts anderes! Der bolivianische Präsident natürlich eine Marionette der USA.«

In diesem Augenblick hatte sie genug davon, Thilos Marionette zu sein, riss ihre Hand los, was erstaunlich leicht ging, wollte sich entfernen, was nicht möglich war, weil sie von den Umstehenden an ihn gedrückt wurde.

»Ich habe mich nicht sehr gründlich damit befasst«, sagte sie, »aber letztens habe ich gelesen, dass Che nie den Rückhalt der Bevölkerung erlangt hat. Er ist in Bolivien genauso gescheitert wie im Kongo, und das nicht wegen der Amerikaner, sondern weil er nicht willens war, die Sprache der Einheimischen zu lernen, sich mit ihrer Kultur zu beschäftigen, weil er Arbeitern und Bauern nie begreiflich machen konnte, was er überhaupt wollte, weil …«

»Ach, gelesen hast du das! Wie schön! Schlag ein Büchlein auf, und du weißt alles über die Welt.«

»Wie soll es denn sonst gehen?«

»Es gilt nicht, die Welt zu begreifen, sondern sie zu formen. Ches Tod ist ein Zeichen, dass sich der Kampf gegen den Imperialismus immer mehr zuspitzt. Das hier ist der Wendepunkt, das hier …«

Er brach ab. Sie hatten keinen Wendepunkt, nur eine der vielen Weggabelungen zwischen den Messegängen erreicht. Kurz schienen die jungen Leute orientierungslos, doch nach einer Weile wurde sie umso stürmischer mitgerissen, und wenig später waren sie fast am Ziel angekommen, auch wenn zwischen ihr und dem Ullstein-Stand ein Menschenmeer wogte, aus dem diverse Transparente ragten.

»Enteignet Springer!«

Und ganz dicht an ihrem Ohr brüllte zwar nicht Ernesto, aber ein Fremder: »Adolf Springer in den Zwinger!«

Sie versuchte, der Speichelsalve zu entgehen, indem sie ein wenig zurückwich, zum Preis, dass der schrille Ton einer Trillerpfeife in ihr Ohr drang. Ein Summen folgte, allerdings nicht laut genug, um weitere Parolen zu übertönen.

»Springer-Presse, halt die Fresse!«

»Haut dem Springer auf die Finger!«

Kurz duckte sie sich, und als sie sich wieder aufrichtete, hatten Thilo und Ernesto längst begonnen, sich durch die Menge zum Stand zu drängen.

»Springer raus aus diesem Haus!«

Was für die anderen eine Drohung sein mochte, war für sie kurz eine Verheißung. Raus aus diesem Gedränge, raus aus diesem Lärm, raus aus der überhitzten Halle, die kein ehrwürdiger Ort mehr war, nur ein Schmelztiegel der Wut.

Zurück kam sie nicht, nach vorn schon. Hatte sie vorhin halbherzig gegen die Menschenmassen angekämpft, scheute sie sich jetzt nicht, ihre Ellbogen einzusetzen, um sich den Weg zu bahnen. Zunächst hatte sie es nur auf frische Luft abgesehen, doch als sich die Menge lichtete, erblickte sie Thilo, der sich mittlerweile bis zum Messestand des Ullstein Verlags durchgekämpft hatte.

Sie konnte hier nichts sehen, was Anstoß hätte erregen können, nur Regale voller Bücher. Ein paar Verlagsmitarbeiter versuchten gerade hilflos, auf die Protestierenden einzureden, wurden von diesen aber niedergeschrien oder laut ausgelacht. Ernesto nahm sich ebenfalls gerade einen vor.

Der Schweiß klebte kalt auf ihr, nicht nur an den Schläfen, auch im Nacken, als sie Thilo erreichte. Aus dem Summen in ihrem Kopf wurde ein vager Schmerz.

»Dreihundert!«, schrie Thilo ihr begeistert entgegen. »Siehst du nicht? Mindestens dreihundert Demonstranten sind da.«

»Bitte Thilo, ich will nicht …« Sie leckte sich über die Lippen, die sich ebenso taub anfühlten wie die Zungenspitze. »Mir ist irgendwie nicht gut, ich …«

Ganz kurz huschte ein besorgter Ausdruck über sein Gesicht. Und als er sie an den Schultern packte, konnte sie zumindest die Wärme dieser Berührung deutlich fühlen. Doch ungehalten fuhr er sie an: »Reiß dich zusammen. Die Messestände haben Polizeischutz angefordert, und wenn die Bullen erst kommen, ist nichts mehr zu machen.«

Wieder ging ihr Blick zu den Bücherregalen. »Was genau wollt ihr denn machen?«

Bevor Thilo antworten konnte, brüllte Ernesto: »Verhaftet! Gleich zwei!«

»Wen denn?«

»Na, unsere Leute.« Bis sie erfasste, dass zwei Studenten aus dem Vorstand des SDS gemeint waren, hatte er sich schon abgewandt, stürmte auf den Stand zu, und diesmal stellte sich ihm keiner der Verlagsmitarbeiter in den Weg. Im nächsten Moment hatte er einige Ausgaben der *Welt* geschnappt, die in großen Ständern ausgestellt waren. Kurz machte er den Anschein, als wollte er sie in der Luft zerreißen, wie Luise es bei der *Bild* schon erlebt hatte, aber diese Zeitung war dicker, und er wollte sich wohl keine Blöße geben, indem er daran scheiterte. Am Ende warf er sie einfach in die Luft, und als sie auf dem Boden landete, trampelte er darauf herum.

Applaus brandete auf, noch mehr Parolen wurden laut.

Als ob das eine Glanztat wäre.

»Ich gehe!« Luise hörte ihre eigenen Worte nicht, sie gingen im Lärm unter, aber Thilo schien sie verstanden zu haben, denn seine Augen wurden schmal. »Du kannst nicht gehen, es gilt jetzt, sein Gesicht zu zeigen.«

Wo siehst du denn Gesichter?, hätte sie ihn am liebsten gefragt. Ich nehme nur Fratzen wahr.

Ernesto hatte sich genug an der *Welt* abgearbeitet, er trat nun zu einem der Bücherregale, begann, ein Buch nach dem anderen herauszureißen und ebenfalls auf den Boden zu schleudern.

Dies war ein Anblick, den sie kannte. Nur dass er damals im *Bücherreich* der Einzige gewesen war, der so gewütet hatte. Nun schien es ein Startschuss für die anderen zu sein, ihm nachzueifern. Noch mehr Bücher krachten auf den Boden. Wie viele es insgesamt waren? Fünfhundert, tausend, zweitausend? Jedenfalls genug, dass sich dreihundert Studenten austoben konnten.

»Na los, wir machen auch mit.«

Schon hatte sich Thilo ein Exemplar der *Welt* geschnappt und warf es ebenfalls in die Luft. Die Literaturbeilage fiel heraus, blieb vor Luises Füßen liegen. Sie konnte nicht anders, als sich zu bücken und sie aufzuheben.

»So geht man nicht mit einer Zeitung um«, erklärte sie nachdrücklich.

»Das ist keine Zeitung, das ist Dreckspresse.«

Sie bückte sich auch nach einem der Bücher. »So geht man nicht mit Büchern um.«

»Das sind keine Bücher, das ist Propaganda.«

Während sie um Worte rang, ertönten rund um sie Pfuirufe. Sie bezog sie zunächst auf sich, erblickte hinter dem Gewühl dann aber Männer in Uniform. Das mussten die angekündigten Polizisten sein – deutlich zu wenige, um die Bücher zu retten.

Luise versuchte es, indem sie sich nach einem weiteren bückte und es an sich presste. Zu ihrem Erstaunen warf auch Ernesto die Bücher nicht mehr auf den Boden, sondern stapelte sie auf seinem Arm.

»Und jetzt geht's zum südafrikanischen Stand, danach zum griechischen, und hinterher machen wir im Hof ein nettes Feuer.«

Thilo lachte schrill und begann ebenfalls, sich Bücher aufzuladen.

»Ja, seid ihr wahnsinnig geworden? Bücher verbrennen! Hört ihr euch selbst noch zu?«

Thilos Stapel war noch nicht sehr hoch. Als er sich ihr zuwandte, ließ er ihn einfach fallen. Seine Miene war ganz starr, als er sie anfuhr: »Hör *du dir* doch mal zu. Du klingst total hysterisch.«

Was langsam an ihr hochkletterte, war keine Hysterie, es war eine eigentümliche Kälte. Keine, die betäubte, eher eine, die unwiderruflich Klarheit schenkte.

Wie von weit her hörte sie Drohungen, wonach die Bullenschweine nun eins auf den Deckel bekämen, wie von weit her auch Poltern, als noch mehr Bücher auf den Boden fielen, auch Buhrufe und Parolen und Pfiffe. Der Lärm schwoll sogar noch an, weil irgendjemand ein Megafon beschafft hatte.

Sie war immun dagegen. Ohne Thilo aus den Augen zu lassen, stellte sie sich vor eines der Regale, streckte die Arme aus. Sie machte sich ganz groß, um so viele Bücher wie möglich zu schützen.

Erst wirkte Thilo verärgert, dann ungläubig. »Ach Luischen«, so hatte er sie lange nicht genannt, »heute geht es nicht um Worte, sondern um Taten.«

Sie streckte die Arme noch weiter aus, stellte sich auf die Zehenspitzen. »Eben«, sagte sie eisig. »Eben.«

Kurz wahrte er Distanz, dann hastete er auf sie zu. Sie wappnete sich dagegen, zur Seite geschoben zu werden, war so fest entschlossen, die Bücher zu verteidigen, dass der Gedanke, er könne gegen sie Gewalt anwenden, sie nicht erschreckte, ebenso wenig wie ihr eigener Wille, sich notfalls zu wehren. Am Ende umfasste er ihr Gesicht, nicht roh, fast liebevoll.

»Luischen«, sagte er wieder, und unter der vermeintlichen Nachsicht spürte sie Enttäuschung. »Wir können nicht zusammen sein, wenn du nicht auf meiner Seite stehst.«

Die Arme wurden ihr schwer, aber sie ließ sie nicht sinken. Das Sprechen fiel ihr auch schwer, aber sie tat es trotzdem. »Nein«, hörte sie sich sagen. »Nein, dir geht's nicht darum, dass wir Seite an Seite kämpfen, dass wir einander vertrauen, uns aufeinander verlassen können. Dir geht's darum, dass ich so denke wie du und bin wie du. Du bist ein Mensch, der nichts mehr verlieren kann, weil er alles in seinem Leben kaputtgemacht hat, der sich nur darum Revolutionär nennt, weil ihm sonst nichts gelingt. Mein Studium ... meine Freundschaften ... meine Leidenschaften ... meine Liebe zu Büchern. Du willst, dass ich dir das alles opfere, damit nicht auffällt, dass du selbst nichts davon hast. Nein, du willst mich nicht als deine Gefährtin. Du willst mir bloß nichts mehr neiden müssen.«

Sie war nicht sicher, ob er sie wirklich gehört hatte, denn zum allgemeinen Lärm kamen nun auch Lautsprecherdurchsagen der Polizei, die die Versammelten dazu aufriefen, den Stand sofort zu verlassen. Aber sie las in seinem Gesicht – aus dem verletzlichen Thilo wurde erst ein überheblicher, dann ein verwirrter, schließlich ein wütender –, dass er sie verstanden hatte.

Und was noch wichtiger war: Sie hatte endlich selbst verstanden, wer sie war und was sie wollte.

Er ließ sie los, als hätte er sich an ihr verbrannt. Jetzt würde er wohl nicht länger zögern, sie gewaltsam vom Regal wegzudrängen und die Bücher daraus auf den Boden zu werfen. Sie gab ihren Platz freiwillig auf, als sie sah, wie jener junge Mann, der vorhin das Megafon gehalten hatte, sich ebenfalls ein paar Bücher gegriffen und das Megafon dabei auf den Boden hatte fallen lassen. Blitzschnell schnappte sie es sich, und bevor es ihr jemand aus den Händen reißen konnte, brüllte sie einen Satz hinein.

Die Worte vorhin hatten allein Thilo gegolten.

Aber an diesem Tag hatte sie noch eine weitere Botschaft zu verkünden – vor der ganzen Welt.

Ella ging unruhig auf und ab. Mittlerweile waren zwei Stunden vergangen, seit sie überstürzt die Messehallen verlassen hatte.

Sie war nicht die Einzige, die nicht an ihrem Stand geblieben war, als die Tumulte losbrachen. Vom Nachbarstand her hatte sie laute Flüche eines Kollegen vernommen, und als sie zu ihm getreten war, hatte er zwar etwas gemäßigter, aber bitter gemurmelt: »Das war's dann wohl für dieses Jahr. Und ob's unter solchen Umständen jemals wieder eine Buchmesse geben wird, bezweifle ich.«

»Na ja«, widersprach Ella schwach. »Wenn diese jungen Leute erst mal ihr Mütchen gekühlt haben, geht morgen alles wieder seinen Gang.«

Sie wusste insgeheim, dass sie diese Meinung nur darum vertreten konnte, weil ihre Halle weitgehend vom Aufruhr verschont geblieben war.

Der andere Verleger nickte prompt düster. »Ich habe vorhin mitbekommen, was sie für morgen planen.« Er beugte sich vor, als wollte er ihr ein Geheimnis verraten. »Sie wollen beim

Goldmann Verlag protestieren, weil der die Angestellten entlassen hat, die sich für die Gründung eines Betriebsrates eingesetzt haben.«

Ella wollte wieder abwiegeln, aber plötzlich verknüpften sich die Geschichten, die die Runde machten, mit Erinnerungen an die Veranstaltung vom *Bücherreich* vor zwei Jahren. Sie erschauderte, als sie an die vielen Bücher auf dem Fußboden dachte.

Ella beeilte sich zu verschwinden, verließ die Messehallen nicht ohne Unbehagen, weil sie ihren Stand unbeaufsichtigt wusste und Luise irgendwo im Tumult wähnte, zugleich war sie davon überzeugt, dass sie sie unmöglich finden würde.

Nur leider erfüllte sich die leise Hoffnung, dass Luise schon vor ihr die Messehallen verlassen hatte und nach Hause gegangen war, nicht. Zunehmend unruhig wanderte sie in der Wohnung herum, machte immer wieder den Fernseher an. Doch noch liefen keine aktuellen Nachrichten, nur ein Liebesfilm.

Als sie endlich hörte, wie der Schlüssel ins Schloss gesteckt wurde, hastete sie erleichtert in den Flur, obwohl sie sich fest vorgenommen hatte, sich nie wieder wie eine Glucke zu verhalten und die Schwester mit Fürsorge zu erdrücken. Hektisch hielt sie nach Blessuren Ausschau, aber dass Luise in die Ausschreitungen geraten war, verrieten nur ihre zerzausten Haare und dass sich ein Knopf von ihrer Bluse gelöst hatte. Ansonsten war sie unverletzt. Erst verspätet sah Ella, dass Luise weinte.

Es dauerte, bis Luise sich ausreichend beruhigt hatte und alles erzählen konnte. Ella machte in der Zwischenzeit heiße Schokolade, und als sie mit zwei randvollen Tassen zurück ins Wohnzimmer ging, sah sie, dass keine Tränen mehr flossen, Luises Gesichtsausdruck dennoch unendlich traurig war.

»Ich weiß, es ging ziemlich hoch her auf der Messe«, setzte Ella an.

»Zwischen Thilo und mir ist es aus«, presste Luise hervor.

»Er … er hat sich von dir getrennt?«

Luise hob den Kopf. Immerhin nahm sie endlich die Tasse, die Ella ihr hinhielt. »Wie kommst du denn darauf?«

»Aber du hast doch gerade gesagt …«

»Dass es aus ist, ja. Weil *ich* genug habe.«

Sie rührte in der Tasse, nahm einen Schluck, verzog das Gesicht, weil sie sich offenbar die Zunge verbrannt hatte. Dennoch schien die schokoladige Süße sie zu beleben.

»Ich frage mich, was von meinem Leben in den letzten zwei Jahren übrig bleibt, wenn ich alles abziehe, was ich nur seinetwegen gemacht habe.«

»Es wäre immer noch viel«, sagte Ella, die sich neben sie setzte und auch einen Schluck nahm.

Luise schien sie gar nicht gehört zu haben. »Nicht die vielen Demonstrationen, Happenings, Teach-ins, Sit-ins … Wahrscheinlich würde ich ohne ihn nicht mal studieren.«

»Du hast dein Studium vielleicht seinetwegen begonnen – aber wenn du es abschließen wirst, dann, weil du den Ehrgeiz dafür hast.«

Luise starrte kurz in die Tasse, dann blickte sie hoch. »Du findest, ich soll es trotz allem durchziehen?«

»Ich finde, du solltest tun, was du willst. Und etwas, was nichts mit Thilo zu tun hatte, ist dein Wunsch, Verlegerin zu sein. Ich weiß, das ist ein wenig in den Hintergrund geraten. Vielleicht ist die Zeit noch längst nicht reif, vollumfänglich einen Verlag zu leiten, du hast noch viel zu lernen. Aber ich träume davon, dass wir eines Tages unser Familienunternehmen gemeinsam führen – ich die Buchhandlung, du den Verlag. Natürlich«, fügte sie schnell hinzu, »mit der notwendigen Unabhängigkeit.«

Ein Lächeln zupfte an Luises Mundwinkeln, dann starrte sie wieder in die Tasse, aber nicht mehr ganz so verloren, sondern eher nachdenklich.

»Aber wie kam es denn dazu, dass du mit ihm Schluss gemacht hast? Warum so … plötzlich?«

»War es wirklich plötzlich? Habe ich nicht seit Langem geahnt, dass er nicht gut für mich ist? Schon damals … bei der Veranstaltung zum Sechstagekrieg hätte ich mich von ihm lossagen müssen. Ich habe nicht nur Thilo meine Meinung gesagt, auch den anderen. Ganze drei Mal konnte ich meine Botschaft wiederholen, ehe mir jemand das Megafon aus der Hand gerissen hat.«

»Und was hast du gesagt?«

Luise holte tief Atem. Auf der Messe hatte sie ins Megafon brüllen müssen, um überhaupt gehört zu werden, hier verkündete sie mit nahezu heiligem Ernst: »Ich kämpfe mit Büchern und für Bücher – aber niemals gegen Bücher.«

1968

15. KAPITEL

Luise betrachtete die Liste. Kurz war sie so aufgeregt, dass die Namen vor ihren Augen verschwammen. Und als sie endlich ihren ausfindig gemacht hatte, musste sie den Finger zu Hilfe nehmen, um herauszufinden, ob die Note auch wirklich am Ende der gleichen Zeile stand. Nachdem sie zwei Mal die Linie nachgefahren war, gab es keinen Zweifel mehr, und ihr entfuhr ein beglücktes Juchzen.

Sie hatte schon viele Prüfungen an der Uni abgelegt und fühlte sich längst nicht mehr wie eine Hochstaplerin wie in der Anfangszeit. Doch das war ihre erste große Prüfung in jenem Fach gewesen, für das sie sich letztes Sommersemester zusätzlich zu Soziologie eingeschrieben hatte – die Rechtswissenschaft. Sie hatte nicht unbedingt den Anspruch, eine große Juristin zu werden, und bis jetzt war sie nicht sicher, welches der Fächer sie wirklich zum Abschluss führen würde. Aber Paragrafen auswendig zu lernen war ein perfekter Ausgleich zu Philosophievorlesungen bei Theodor Adorno oder Jürgen Habermas, und beides zusammen ergab in ihren Augen ein perfektes Rüstzeug für eine Verlegerin.

Eine Weile verharrte sie vor der Liste, dann wollte sie wieder gehen. Es war Ende Oktober, das Wintersemester hatte gerade erst begonnen. Tagsüber herrschte in den Gängen des Campus rege Betriebsamkeit, doch die Neugierde auf ihre Note hatte sie schon in den frühen Morgenstunden hierhergetrieben, und bis jetzt war sie noch auf niemanden gestoßen. Anstatt eine Vorlesung zu besuchen, würde sie heute eine Schicht in der Buchhandlung übernehmen.

Ella bestand zwar darauf, dass dies auf einmal pro Woche beschränkt blieb, und sie zögerte immer noch, Hilfe im Verlag anzunehmen, der zur diesjährigen Buchmesse ganze drei Neuerscheinungen präsentieren konnte, aber Luise hatte mehr als einmal energisch erklärt: »Früher habe ich neben dem Studium gekellnert, ohne dass ich zusammengebrochen wäre. Umso bereichernder ist es, einer Tätigkeit nachzugehen, die mich durch und durch erfüllt.«

Sie kam an der Mensa vorbei, die sie im letzten Semester meist ebenso gemieden hatte wie diverse Diskussionsrunden, die oft nahtlos in Protestaktionen übergegangen waren. Manchmal hatte sie sich wie eine Verräterin gefühlt, weil es nach außen hin den Anschein machte, dass sie sich nicht nur von Thilo getrennt hatte, sondern von all ihren Idealen. Aber dann sagte sie sich, dass man ein politischer Mensch auch ohne Trillerpfeife im Mund und Transparent in der Hand sein konnte.

Sie näherte sich bereits dem Ausgang, als sie aus den Augenwinkeln eine Bewegung wahrnahm. Im Seitengang hängte jemand Flugblätter auf.

Sie erkannte Thilo weniger an seinem Aussehen – eine Mütze auf dem Kopf verbarg das lange Haar – als an seinen Bewegungen. Immer noch waren sie von jener tänzelnden Leichtigkeit, die sie damals bei ihrer ersten Begegnung für ihn eingenommen hatte, zugleich aber wirkten sie ungemein nervös. Kurz drängte alles in ihr zur Flucht, aber dann konnte sie doch nicht anders, als näher zu treten. Als er zu ihr herumfuhr, stellte sie fest, dass sein Gesicht irgendwie … dunkler wirkte. Sie konnte nicht sagen, ob er einfach nur schmutzig war, sich zu lange nicht rasiert hatte oder Spuren gewaltsamer Auseinandersetzungen trug. Jedenfalls sah er ungesund wie nie aus.

»Was machst du denn hier?«, entfuhr es ihr. »Willst du dein Studium doch wieder aufnehmen?«

Bald nach der denkwürdigen Buchmesse im letzten Jahr hatte er es geschmissen, und seitdem hatte sie ihn nur einmal gesehen. Anfang April war das gewesen, und die Zeitungen waren damals übergequollen von Berichten über den großen Brand in zwei Kaufhäusern auf der Frankfurter Zeil – dem Kaufhaus Schneider und dem Kaufhof. Andreas Baader, Gudrun Ensslin und zwei weitere Beteiligte hatten selbst gebaute Brandsätze mit Zeitzündern deponiert – aus Protest gegen Kapitalismus und Faschismus, was in ihren Augen nah beieinanderlag. Viele Studenten, mit denen Luise darüber gesprochen hatte, hatten sich schockiert gezeigt, dass jemand so weit ging, Thilo nicht. Seine Augen hatten damals geglänzt, als er rief: »Die haben kapiert, dass man mit Reden und Denken und Studieren nicht weiterkommt. Dass man ein Zeichen setzen muss. Und niemand hat das Recht, schockiert zu tun, überrascht. Wenn es irgendwo in der nächsten Zeit brennt, wenn irgendwo eine Kaserne in die Luft geht, wenn irgendwo in einem Stadion die Tribüne einstürzt, dann darf man sich nicht empörter geben als an dem Tag, an dem die Amis das Stadtzentrum von Hanoi bombardierten.«

Seitdem hatte sie nichts mehr von ihm gehört, aber vermutet, dass er zu den Rädelsführern gehörte, als im Mai eine Gegenuniversität proklamiert worden war, die sogenannte »Karl-

Marx-Universität«, und das Studierendenhaus von einigen nun »Che-Guevara-Haus« genannt wurde. Am Anfang hatte sie gedacht, dass man dort alternative Inhalte vermitteln wollte, aber rasch hatte sie erkannt, dass das alleinige Ziel das Bestreiken des Studienbetriebs mittels gewalttätiger Aktionen war.

Mal wurde ein Hörsaal besetzt, um eine Vorlesung zu behindern, mal ein Schild der Goethe-Universität von zerplatzten Farbbeuteln besudelt, mal lieferte man sich eine Prügelei mit der Polizei, die die Universitätsleitung – obwohl sie in der einen oder anderen Frage Zugeständnisse machte – mittlerweile häufig herbeirief. Ein normaler Studienbetrieb war nur an wenigen Tagen möglich, und mit den Sommerferien war kaum Ruhe eingekehrt.

»Natürlich studiere ich nicht mehr. Jetzt ist die Zeit des Kampfes gekommen.«

Sie kommentierte seine Worte nicht weiter, wollte keine Phrasen hören, die tausendfach gedroschen worden waren, ohne dass jemals eine fruchtbare Kommunikation daraus hervorgegangen wäre.

Schweigend hängte er noch mehr Flugblätter auf, und als sie eines überflog, erkannte sie, dass es um den Prozess gegen den Todesschützen von Benno Ohnesorg ging, in dem demnächst das Urteil fallen würde. Es wurde gefordert, dass er für Mord zur Rechenschaft gezogen würde, nicht für Totschlag.

»Das sage ich dir«, stieß Thilo finster aus, als er ihrem Blick folgte, »wenn es zu einem Freispruch kommt, wie manche es erwarten, dann brennt hier die Hütte. Dann ersaufen die Professoren in einer Flut von Flugblättern, dann werden die Megafone alles übertönen, dann bellen wir lauter als Polizeihunde, dann herrscht hier Krieg.«

Sie ahnte, dass es besser war, einfach wieder zu gehen, aber sie konnte sich eine Entgegnung nicht verkneifen. »Dafür, dass du deinem Vater vorwirfst, in einem solchen Krieg gekämpft zu haben, sprichst du dieses Wort recht begeistert aus.«

»Mein Vater hat nicht gekämpft, er hat gemordet!«

»Ist es denn so leicht, dazwischen eine Trennlinie zu ziehen?«

Er starrte sie verständnislos an, schließlich blaffte er ungehalten: »Es legt eben nicht jeder seine Pfoten in den Schoß wie du.«

Er wandte sich wieder dem Aushang zu, überklebte rücksichtslos alle Zettel, die sich dort befanden – ob Zimmergesuche oder die Anzeige für ein gebrauchtes Mofa.

»Es gibt auch weniger radikale Möglichkeiten, die Gesellschaft zu ändern«, sagte sie, obwohl sie wusste, dass für ihn das Gespräch beendet war. »Solche mit Augenmaß, mit Vernunft. Selbst Jürgen Habermas hat schon von linkem Faschismus gesprochen, davor gewarnt, dass plötzlich alle Mittel als erlaubt gelten, wenn es gegen den richtigen Feind geht.«

»Fang du nicht auch noch damit an.« Er schnaubte verächtlich. »All diese Vorschläge, von wegen, die Studenten müssten sich mit dem liberalen Teil der Presse verbünden, mit den Gewerkschaften. Das ist doch nur Gelaber. Und die anstehende Podiumsdiskussion über die Hochschulreform wird auch nur Gelaber sein.«

»Die werdet ihr auch boykottieren?«, entfuhr es ihr, obwohl sie nicht sicher war, wen sie mit »ihr« meinte. Durch die Studentenschaft ging mittlerweile ein Riss. Zwei Strömungen standen einander gegenüber – die, die Reformen forderten, und die, die offen revoltierten.

Thilo hatte alle Flugblätter an die Wand geheftet. Erst jetzt wandte er sich ihr zu, musterte sie von oben bis unten. Sie konnte nicht recht deuten, was da in seinem Blick aufglomm. Verachtung und Spott eher nicht. Eine vage Sehnsucht vielleicht.

Doch seine Stimme war beißender denn je, als er sagte: »Du kapierst es einfach nicht. Die Studentenbewegung hat längst an Schwung verloren. Aber es gibt genug Leute, die den bewaffneten Kampf nicht scheuen, auch nicht das Leben im Untergrund. Sie sind keine Feiglinge wie du.«

Bestürzt stellte sie fest, dass nicht das geringste Bedürfnis in ihr erwachte, diese Beleidigung von sich zu weisen. Da war eher der Wunsch, ihn in den Arm zu nehmen, an sich zu drücken, bis das Zittern seiner Hände nachgelassen hatte. Ihn nach Hause mitzunehmen und ins Bett zu legen, damit er sich mal richtig ausschlief. Ihm eine Suppe zu machen und ihn zu füttern, damit er ein wenig an Gewicht zulegte und nicht mehr ganz so gehetzt wirkte.

Jene Zeit, als sie ihn nach Benno Ohnesorgs Tod gepflegt hatte, stand ihr so deutlich vor Augen, dass ihr unvermittelt Tränen in die Augen schossen. Sie wandte sich rasch ab, damit er es nicht sah. Womöglich hätte er die Tränen für einen Ausdruck der Reue gehalten, weil sie mit ihm gebrochen hatte. Aber das stärkste Gefühl, das in ihr hochstieg, als sie langsam wegging, war Mitleid.

Sie dachte, er würde es dabei bewenden lassen, dass sie ihn stehen ließ, doch dann vernahm sie seine Schritte. Sie drehte sich nicht um, hörte ihn aber plötzlich etwas sagen.

»Wir sind die verlorene Generation, auf der die Verbrechen der Väter lasten. Du … du hast einfach Glück gehabt, weil deine Eltern auf der richtigen Seite standen.«

Sie verharrte, sagte über die Schulter: »Das hat nichts mit Glück zu tun. Nur mit der Einsicht, dass man Verbrechen nicht mit neuer Gewalt sühnt. Dass man ganz allein die Verantwortung für seine Entscheidungen trägt.«

Wieder seine Schritte, dann stand er dich hinter ihr, und sie fühlte seinen warmen Atem auf ihrem Nacken, seine Hände um ihre Schultern. Wollte er sie festhalten? Umarmen?

Seine Lippen kamen ihrem Ohr so nah, dass sie schon dachte, er würde ihr Ohrläppchen küssen, kurz liefen Schauer über ihren Körper, wie das Echo vergangener, viel stärkerer Empfindungen. Er küsste sie nicht, er nuschelte ihr nur etwas ins Ohr. Als er sie losließ, wurde aus den Schauern ein Beben, von dem sie nicht sagen konnte, ob es Bedauern verriet oder Erleichterung.

Sie war nicht einmal sicher, was er gesagt hatte, und rätselte noch, als er längst davongehastet war.

Mach es gut. Oder: Du hast es gut.

Es war endgültig Zeit zu gehen, doch wieder kam sie nicht weit, als eine Stimme sie traf.

»Sei froh, dass du den los bist.«

Die Stimme erkannte sie sofort, nicht die Frau, der sie gehörte. Dass Rosie schon vor einiger Zeit ihr Haar raspelkurz geschoren hatte, wusste sie, hatte sie sie doch sporadisch getroffen. Aber erst heute sah sie, wie radikal sie ihr Erscheinungsbild geändert hatte. Sie trug kein kurzes Kleid, sondern eine etwas unförmige Latzhose, und keine hochhackigen Stiefel, sondern flache Turnschuhe.

Wie Thilo hielt auch sie Flugblätter in der Hand, trat damit auf die Wand zu und begann seine zu überkleben.

»Na, willst du auch mitmachen?«, fragte sie.

Als Luise sie fragend ansah, stieß sie ein Lachen aus. Jetzt glich sie wieder der alten Rosie, die immer ein wenig überheblich auf Luise herabgesehen hatte, als wäre sie ein kleines Kind, dem man die Welt erklären musste.

»Die Sache mit dem Tomatenwurf hast du aber schon mitbekommen.«

Luise nickte. Ende September war tagelang Gesprächsthema gewesen, was während einer Delegiertenversammlung des SDS im Festsaal des Studierendenhauses passiert war. Einigen Genossinnen war damals die Hutschnur gerissen, weil fast ausschließlich Männer die Reden schwangen und Wortmeldungen von Frauen übergingen. Erbost über die Arroganz und Ignoranz, hatte eine Kommilitonin daraufhin Suppentomaten Richtung Podium geworfen. Und nach allem, was Luise gehört hatte, hatte sie sehr gut getroffen.

»Der Tomatenwurf ist doch über einen Monat her«, sagte sie jetzt.

Rosie nickte stolz. »Der war doch nur der Anfang, eine symbolische Geste, durchaus mit Strahlkraft, aber jetzt muss daraus etwas mit Substanz werden. Weiberräte zum Beispiel. An mehreren deutschen Unis werden sie in diesen Wochen gegründet.«

Fast die Hälfte der Flugblätter von Thilo waren nun überklebt. Luise überflog eins der neuen. Etwas hochtrabend wurde der Widerspruch zwischen den politischen Forderungen der Neuen Linken und ihrem diskriminierenden Verhalten in der Praxis abgehandelt, aber am Ende folgte ein eingängiger Slogan: *Wir wollen nicht länger nur Brote schmieren und Texte kopieren.*

»Willst du auch mitmachen?«, fragte Rosie. »Bei der Befreiung der Frau?«

Sie streckte ihr ein Flugblatt entgegen, aber Luise nahm es nicht.

»Ja«, sagte sie, »aber ich werde das auf meinem Platz tun. Und der ist nicht die Uni, sondern unser Verlag.«

Rosie wandte sich wieder der Wand zu. Dass sie schwieg und ihre Worte nicht abtat, war wohl die größte Zustimmung, die sie von ihr erwarten konnte. Luise war endgültig am Gehen, als Rosie ihr noch etwas nachrief. Anders als Thilos letzte Worte, die sie nicht genau verstanden hatte, waren Rosies ganz eindeutig ein: »Mach's gut.«

Ella blickte sich in der Buchhandlung um, die sich im letzten Jahr deutlich verändert hatte. Gewiss, die Schmökerecke mit dem Schaukelstuhl vor der Schmucktapete gab es immer noch, und immer noch war da nicht viel Platz, sich zu bewegen, ohne Bücher zu streifen. Dennoch wurde den Kunden eine viel größere Freiheit zugestanden, sich umzusehen. Da war kein wuchtiger Tresen mehr, der wie eine Absperrung den Zugang zum Allerheiligsten verstellte, und die Kasse befand sich an unauffälliger Stelle in einem Winkel. Hinzu kam ein ausgefeiltes Beleuchtungssystem, das für wärmeres Licht als früher sorgte. Jeder konnte in Ruhe Bücher aus den Regalen ziehen, und wer darin schmökern wollte, dem stand nicht nur der Schaukelstuhl zur Verfügung, sondern es gab auch ein paar große Sitzkissen aus Leder, wie sie gerade auch in den deutschen Wohnzimmern der letzte Schrei waren. Luise hätte sie sich in noch grelleren Farben gewünscht, Ella aber hatte auf einem dunklen Orange bestanden. Farbtupfer waren sie so oder so, und sie verstärkten den gemütlichen Eindruck.

Die größte Veränderung war nicht auf den ersten Blick auszumachen. Man musste schon die Buchrücken gründlich studieren, um zu erkennen, dass sie neue thematische Schwerpunkte setzten – vor allem in jener Abteilung, die auf ein junges Publikum und insbesondere Studenten abzielte, und wo sich gerade Bücher wie Siegfried Lenz' *Deutschstunde* oder Michail Bulgakows *Der Meister und Margarita* als Verkaufsschlager erwiesen.

Worauf Ella ebenfalls seit Monaten verzichtete, war die weiße Schürze, die sie früher bei der Arbeit getragen hatte – wenngleich sie auch in dieser Hinsicht Luises Vorschläge nicht bis ins Letzte mittrug. Die hatte gemeint, dass ihre Kleidung optimalerweise so auffällig wie mancher Taschenbucheinband sein sollte, doch Ella bevorzugte dunkle, gedeckte Farben. Und sie konnte sich nicht durchringen, in der Buchhandlung Hosen zu tragen. »Ich bin nicht der Meinung, dass Frauen das grundsätzlich nicht tun sollten, aber ich finde, Hosen gehören in die Freizeit.«

Als die Ladenglocke ertönte, war sie erfreut, Lilo zu sehen – und auch ein bisschen erstaunt. Die Freundin hatte sich im letzten Jahr ziemlich rargemacht und manchmal sehr kurzfristig Verabredungen abgesagt, ohne einen echten Grund zu benennen. Ella hatte das hingenommen, weil sie selbst mit Buchhandlung und Verlag eingespannt war, aber es insgeheim durchaus bedauert.

»Es tut mir leid«, erklärte Ella darum, nachdem sie sich begrüßt hatten, »aber seit *Angélique und Joffrey* ist leider kein neuer Band der Reihe erschienen, ich hätte dir wirklich Bescheid gesagt und …«

»Darum geht es nicht.«

Ella unterdrückte ein Seufzen. Obwohl Lilo das *Bücherreich* insgesamt viel seltener aufsuchte, verpasste sie keine Gelegenheit, die Neuausrichtung der Buchhandlung skeptisch zu kommentieren. Es gab fast nichts, woran sie keinen Anstoß nahm.

Dass Studenten hier künftig zu ermäßigten Preisen würden einkaufen können, hatte sie als Irrsinn bezeichnet. »Seit wann überlebt man als Buchhändler, wenn man Bücher verschenkt?«

»Ich verschenke sie nicht«, hatte Ella dagegengehalten, »ich will, dass sich auch junge Leute, die knapp bei Kasse sind, Bücher leisten können, und deswegen gewähre ich ihnen einen Studentenrabatt. Und es stimmt zwar, dass vor ein paar Jahren der Absatz eingebrochen ist. Aber seit diesem Jahr geht es wieder aufwärts, und davon sollte ich nicht allein profitieren.«

»Aber … aber es ist alles viel unübersichtlicher geworden hier drin!«

»Was gut so ist. Der Buchhändler sollte nicht wie ein König in seinem Reich thronen, die Untertanen überwachen und ihnen die passende Lektüre zuweisen. Jeder soll sich nach Herzenslust umschauen und dann selber seine Auswahl treffen.«

Mit einer Geste hatte sie Lilo dazu eingeladen, das auch zu tun, doch die hatte abgewinkt.

»Und dann noch dieser Politikkram.«

Ella hatte auf das *Libresse* am Opernplatz verwiesen, den ersten linken Buchladen der Stadt, mit dem sie mithalten musste, auch darauf, dass der über lange Zeit stetig wachsende Anteil der Unterhaltungsliteratur nun zurückging und das *Bücherreich* diese Entwicklung widerspiegeln sollte.

Am Ende hatte Lilo beim Anblick des Schaufensters, in dem die Werke von Ingeborg Bachmann und Simone de Beauvoir präsentiert wurden, trotzdem ein Gesicht gezogen, als hätte Ella für die Kommunistische Partei Werbung gemacht.

Und wenn sie nicht gerade die Ausrichtung der Buchhandlung monierte, dann, dass Ella sich viel zu viel Arbeit aufbürden würde. »Ich kann nicht verstehen, warum du neben einer Buchhandlung auch noch einen Verlag führen musst. Dafür opferst du doch deine gesamte Freizeit!«

Mehrfach hatte Ella erklärt, dass das für sie keine Arbeit, sondern eine Leidenschaft war, dass nicht nur die Anzahl unkonventioneller, auf bestimmte Themen spezialisierter Buchhandlungen wuchs, sondern auch die entsprechender Verlage und dass sie auf diesem Markt eine Nische gefunden hatte, indem sie Lebenserinnerungen Frankfurter Juden veröffentliche. Aber überzeugt hatte Lilo nie gewirkt.

Heute wollte Ella Kritik gar nicht erst aufkommen lassen, weswegen sie ihr rasch einen Kaffee anbot – wie sie es neuerdings bei Stammkunden häufig tat.

Zu ihrem Erstaunen schüttelte Lilo den Kopf. »Ich dachte, ich muss es dir endlich erzählen.«

»Was erzählen?«

»Die Sache mit … uns.«

»Uns beiden?«

»Nein, es geht nicht um dich und mich, sondern um mich und …« Wieder geriet sie ins Stocken. Ella entging nicht, wie rot sie im Gesicht war und dass sie den Blick beharrlich auf ihre Fußspitzen gerichtet hielt.

Ella lächelte breit. »Du hast jemanden kennengelernt.«

Nun hob Lilo doch den Blick, trat etwas unbeholfen von einem Fuß auf den anderen. »So kann man das eigentlich nicht nennen, weil ich ihn ja all die Jahre schon kannte … Du kennst ihn auch, eigentlich besser als ich … bist sogar mit ihm ausgegangen, weswegen ich dachte, dass du vielleicht etwas dagegen haben könntest, wenn ich … wenn wir … Jedenfalls wollte ich dich nicht gleich einweihen, und so habe ich den richtigen Zeitpunkt verpasst, und jetzt fühle ich mich schrecklich. Ich hätte dich vorher fragen müssen, aber es hat sich erst nach und nach ergeben. Nachdem wir ihn damals in der Kneipe in Sachsenhausen getroffen haben und später im Caféhaus am Liebfrauenberg, haben wir uns irgendwann zu zweit verabredet … und … und … Ach, es tut mir leid. Das Letzte, was ich wollte, war, in deinem Terrain zu wildern. Womöglich bedauerst du, dass nichts aus euch geworden ist … Aber ich wusste ja nicht sofort, dass aus uns was werden würde. Ich meine, aus mir und … und … und …«

»Reinhold Schadewald?«, rief Ella. Das hatte sie nun wahrlich nicht kommen sehen. Aber sie war nicht nur überrascht, auch sehr erfreut. Sie hatte immer deutlich gespürt, wie sehr Reinhold mit der Einsamkeit haderte, obwohl er sich mit dem Schicksal des ewigen Junggesellen längst abgefunden hatte. Auch Lilo hatte sich nach eigenem Bekunden daran gewöhnt, ein spätes Mädchen zu sein, aber dass sie über der Lektüre von Liebesromanen oft weinte, lag wohl nicht nur an Rührung.

»Du … du hast also nichts dagegen, dass wir beide …«, fragte Lilo kleinlaut.

»Aber natürlich nicht!«, rief Ella und ergriff ihre Hände. »Warum soll ich denn etwas dagegen haben? Es ist Ewigkeiten her, dass Reinhold und ich miteinander ausgegangen sind, und das geschah eher aus alter Verbundenheit, weil seine Mutter so lange hier gearbeitet hat. Ich freue mich wahnsinnig, wenn ihr beide euer Glück findet. Wirklich … auf mich musst du keine Rücksicht nehmen!«

»Nun ja«, druckste Lilo herum. »Vielleicht nimmst du es mir

krumm, wenn ich nicht mehr so viel Zeit für dich habe. Wenn er erst mal um meine Hand anhält – unter uns: Ich glaube nicht, dass das noch lange auf sich warten lässt –, wird unsere Freundschaft darunter vielleicht leiden.«

Ella drückte ihre Hand. »Warum das denn? Du weißt doch, dass auch ich sehr viel zu tun habe, du selbst hast dich oft genug darüber beschwert. Ich wäre die Letzte, die …«

»Das ist es ja. Du hast schon immer den Anschein gemacht, dass du mit der Buchhandlung verheiratet bist, und zusätzlich kommt jetzt noch der Verlag hinzu.«

»Das klingt ja so, als würde ich einen Ehemann mit einem Liebhaber betrügen«, scherzte Ella.

Lilo lachte nicht darüber, sah sie fast ein wenig mitleidig an. »Ich dachte mir, dass du auch darum so viel arbeitest, weil du insgeheim jemanden an deiner Seite vermisst. Und dass du traurig wirst, wenn du siehst, wie ich und Reinhold …«

»Ach Lilo.« Kurz klang ihre Stimme etwas gepresst. So ausführlich sie mit ihr über den Buchmarkt sprach – ein anderes Thema hatte sie immer ausgespart, nämlich wie sehr sie Ari vermisste. Wie weh es tat, dass er sich nach dem Krieg zwar gemeldet hatte, aber ihr Kontakt seitdem auf sporadische Briefe beschränkt blieb und darin nie die Rede von einer geplanten Rückkehr nach Deutschland war. Nun gut, sie hatte auch nie gewagt, offen danach zu fragen, aus Angst vor einem endgültigen Nein. Aber jetzt wollte sie nicht darüber nachdenken, jetzt wollte sie sich mit Lilo freuen. »Ich kann dir versichern, dass es mich niemals traurig machen wird, dich glücklich zu sehen. Und ich bin das ja auch, wenngleich auf andere Weise. Es ist ja nicht so, dass ich niemanden habe. Luise und ich stehen uns wieder so nah. Gewiss, sie muss ihren eigenen Weg gehen, und sie wohnt auch in der Wohngemeinschaft, weil ich finde, dass wir nicht aufeinander kleben sollten, aber sie unterstützt mich sehr. Glaub mir, mein Leben ist reich und erfüllt, und ob du nun verheiratet sein wirst oder nicht – für manches bleibt doch immer Zeit: eine gute Freundin, ein spannendes Buch – und ein paar köstliche Pralinen.«

Lilo sah sie prüfend an, konnte dann aber doch nicht anders, als breit zu lächeln. »Oh, ich kann dir gar nicht sagen, wie gut die Pralinen schmecken, die Reinhold mir immer mitbringt. Mit Orangenkrokant!« Sie schmatzte genießerisch.

»Und gegen so einen Mann an deiner Seite sollte ich irgendeinen Einwand erheben?«, fragte Ella lächelnd. »Ich bestehe natürlich darauf, dass du mich einmal von den Pralinen kosten lässt, und ebenso bestehe ich darauf, dass du dir heute ein Buch von mir schenken lässt. Keine Widerrede, ich weiß, du hast immer bezahlt, aber Reinholds Mutter gehörte quasi zur Familie, und ein Buch pro Monat wird mein Hochzeitsgeschenk sein. Also lass mich schauen, was ich dir anbieten kann. Einen Diätratgeber ja schon mal nicht. Aber wie wär's denn mit dem neuesten Simmel – *Alle Menschen werden Brüder*?«

Ella war zu einem Regal gegangen und zog den Roman hervor, doch als sie sich damit wieder an Lilo wandte, schüttelte die den Kopf. Stattdessen schritt sie an Ella vorbei an ein anderes Regal, um selbst nach einem Buch zu greifen. Ella konnte kaum glauben, als sie erkannte, worum es sich handelte.

»Aber du wolltest *Die letzten Tage von Johanna* doch nie lesen?«

»Na ja, ich behaupte auch nicht, dass ich es lesen *will*. Aber ich habe das Gefühl, dass ich es lesen *sollte*. Reinhold meint das übrigens auch. Er hat erzählt, dass du die ursprüngliche Fassung verlegt hast, als seine Mutter Hildegard noch im *Bücherreich* gearbeitet hat, und ihm ist es ein Anliegen, dass so viele Leute wie möglich es kennenlernen. Man darf die Augen nicht vor der Vergangenheit verschließen, sagt er, und obwohl ich nicht weiß, ob er recht hat – es war nicht schön von mir, die Lektüre zu verweigern. Ich meine, in gewisser Weise ist es auch dein Werk, und du bist sicher mächtig stolz darauf.«

Ella ahnte, dass Lilo vor allem der Wunsch antrieb, ihr und Reinhold einen Gefallen zu tun. Aber im Laufe der Lektüre konnte ehrliches Interesse ja noch wachsen. Wer, wenn nicht sie, wusste, dass Bücher die Macht hatten, Menschen zu verändern? Und so oder so war sie gerührt, als sie zu Lilo ans Regal trat. »Ich würde das Buch nicht als mein Werk bezeichnen – und ich weiß nicht, ob das Wort *Stolz* wiedergibt, was ich fühle. Aber ich bin überzeugt, dass es wichtig ist, es zu lesen, auch wenn es ein trauriges Buch ist.«

Lilo nickte, ehe sie sich das Buch in ihre kleine blaue Handtasche steckte, die Ella noch nicht an ihr kannte. Schweigend umarmten sie sich zum Abschied. Und obwohl Ella nach ihrem Streit damals recht schnell wieder zur Tagesordnung übergegangen war und ihr vergeben hatte, hatte sie das Gefühl, dass Lilos böse Worte erst jetzt aus der Welt geschafft waren und sie diese Umarmung aus ganzem Herzen zulassen konnte.

Ella hatte sich gerade von der Tür abgewandt und überlegte, wo sie für die Bücher, die heute neu ausgeliefert worden waren, Platz machen sollte, als die Ladenglocke erneut bimmelte.

»Hast du etwas vergessen? So dringend ist es mir mit den Orangenpralinen auch wieder nicht …«

Sie brach ab, erstarrte.

Ein Mann hatte die Buchhandlung betreten, die Schultern hochgezogen, den Kopf leicht geneigt. Sein Blick glitt kurz über sie, erforschte dann die Buchhandlung, blieb zuletzt bei jenem Regal hängen, in dem ihre eigenen Verlagserzeugnisse – mittlerweile fünf Publikationen – standen.

»Ich habe gehört«, setzte er grußlos an, und nur die gepresste Stimme verriet seine Aufregung, »dass hier ein Buch über eine jüdische Krankenschwester erhältlich ist, die im Heim in der Gagernstraße ihren Lebensabend verbringt, wo sie vor dem Krieg lange gearbeitet hat.«

Ellas Hand war unwillkürlich an ihre Brust gefahren, sonst war sie kurz zu keiner Regung fähig. Sie konnte nichts sagen, kaum atmen.

Nun gut, irgendwann musste sie Luft holen. Als sie den Atem danach entweichen ließ, klang es wie ein Schluchzen. Aber als sie »Ari!« rief, tönte ein freudiges Lachen durch ihre Stimme.

Wenig später saßen sie sich im Büro gegenüber. Sie hatte erst Platz schaffen müssen – die Rollen Packpapier von den Stühlen nehmen und die Schreibmaschine vom Tisch –, und sie war dankbar, dass sie so ein wenig Zeit hatte, sich zu fassen und die richtigen Worte zurechtzulegen. Nicht dass auch nur eins von beidem gelang. Als sie endlich saß, lief immer noch ein Beben durch ihren Körper. Und mehr als unverbindliche Fragen – wie war der Flug, wohnst du wieder bei der Familie Selig? – brachte sie nicht hervor. Sie wollte ihn auch nicht aufdringlich mustern, auch wenn schon ein flüchtiger Blick ausreichte, um die Veränderung wahrzunehmen. Da waren mehr Kerben und Furchen im insgesamt kantigeren Gesicht, die

Haare waren sehr kurz, der Blick seiner graublauen Augen intensiver.

Endlich fiel ihr eine Frage ein, die nicht an der Oberfläche blieb und zugleich nicht schmerzhaft tief ging. »Wie geht es denn Eva?«

»Oh«, stieß er aus, wohl ebenfalls erleichtert, ein Thema zu finden, das nichts mit ihnen beiden zu tun hatte. »Sie ist begeistert von Israel, hat das Gefühl, endlich angekommen zu sein. Nationalen Stolz und Patriotismus gibt es dieser Tage nicht zu knapp, und sie scheint Ehrgeiz zu haben, noch den selbstbewusstesten Israeli darin zu übertreffen.« Das blecherne Echo seines Lachens verriet, dass er eher Spott trieb, als die Wirklichkeit zu beschreiben.

»Du dagegen machst nicht den Eindruck, als ließest du dich davon anstecken«, tastete sie sich vor.

»Es ist eine verrückte Zeit.« Er zuckte mit den Schultern, fuhr langsam fort. »Junge Leute wie Eva idealisieren ihre Heimat, für sie ist Israel nicht einfach ein Staat, sondern das Gelobte Land. So hat Viktor nach dem Krieg ja auch die Welt betrachtet, es gab nur Schwarz und Weiß, die Henker und die Ermordeten, die Nazis und die Opfer, auch wenn die keine mehr sein wollten. Ich frage mich, als was er uns jetzt bezeichnen würde? Als Überlebende, Sieger, Besatzer?«

Vorhin hatte sie ihm Kaffee angeboten, und er hatte abgelehnt, aber als sie jetzt aufstand und ihm ein Glas Wasser brachte, trank er durstig. Sie musste daran denken, wie er ihr am Tag der Urteilsverkündigung im Auschwitzprozess ein Glas Wasser gebracht hatte. So viel hatte damals zwischen ihnen gestanden, und sie konnte nicht sagen, ob es jetzt weniger war. Nur dass sie nicht zulassen wollte, dass sie sich weiterhin mit dieser Distanz, dieser Scheu, dieser Angst vor Fragen begegneten.

»Und als was siehst du dich? Bereust du, dass du zurückgegangen bist und im Krieg gekämpft hast.«

»Nein«, sagte er schnell. »Wir haben gekämpft, weil wir keine Wahl hatten. Aber damit habe ich meine Pflicht erfüllt. Jetzt … bin ich meinem Land nichts mehr schuldig.«

Sie starrte auf das Wasserglas in seiner Hand, wollte nicht zeigen, dass in ihr eine vage Hoffnung erwachte.

»Der Krieg endete mit einem großen Triumph.«

»Vielleicht ist genau das das Problem.«

»Wie meinst du das?«

»In Israel kursiert ein Witz. Zwei Offiziere denken darüber nach, wie sie den Tag verbringen können. ›Erobern wir doch einfach Kairo‹, schlägt der eine vor. Der andere erwidert: ›Schön, aber was machen wir nach dem Mittagessen?‹«

Nicht einmal der Anflug eines Schmunzelns verzog seine Lippen, sie waren schmal wie nie zuvor. Ella war nicht sicher, worauf er hinauswollte.

»Es klingt, als wäre alles so leicht«, murmelte Ari, »doch ein Krieg ist alles, nur niemals … leicht. Im Moment werden die Generäle wie Filmstars gefeiert, sie sind gern gesehene Gäste bei Galas, Modenschauen und Cocktailpartys. Ihre Konterfeis sind auf Tellern, Tassen, Schlüsselanhängern, auf Armbanduhren, sogar auf Kinderspielzeug. Es gibt Bildbände mit Samteinband und Goldgravur, in denen hochwertige Fotografien von den Schlachten gezeigt werden. Manche sind schwarz-weiß, manche in Farbe, aber keiner erzählt die Wahrheit vom Krieg, welchen Preis er hatte und noch haben wird.«

»Galt es nicht darum, ein bestimmtes Ziel zu erreichen? Die Zukunft für eure Nation zu sichern?«

»Und wie genau sieht diese Zukunft aus. Für uns? Für sie?«

Er trank wieder, setzte das Glas ab, und plötzlich lag seine Hand auf ihrer. Vorhin im Laden hatten sie sich noch unschlüssig gegenübergestanden, hatten beide nicht gewusst, ob sie sich umarmen oder die Hand geben sollten, sodass sie am Ende den richtigen Moment verpasst und nichts von beidem gemacht hatten. Jetzt war es selbstverständlich, seinen Druck zu erwidern, auch wenn sie noch nicht wagte, die nächste Frage zu stellen. Und wie sieht die Zukunft von uns beiden aus?

»Du spielst darauf an, dass die gedemütigten arabischen Staaten keinen Frieden wollen und die Anerkennung Israels weiterhin strikt ablehnen«, sagte sie leise.

Wieder zuckte er mit den Schultern. »Ich war ein paarmal im besetzten Westjordanland ... viele Israelis machen Ausflüge dorthin, auch hier wirkt alles so leicht. Hier ist nichts schwarzweiß, alles ist in prächtige Farben getaucht, allein die Blumen, wie man sie in Israel kaum sieht, und die bunten arabischen Märkte wie der von Jericho. Israelis kaufen wie verrückt selbst geknüpfte Teppiche, und die Araber nehmen wie verrückt israelisches Geld ein. Ein gutes Geschäft, als gäbe es nur Sieger. Aber so läuft es nicht, auf jeden Sieger kommt immer auch ein Verlierer. Und wenn man mit seinem Teppich nach Hause fährt, dann sieht man Hunderte Menschen die Straße entlangziehen, Familien, deren Dörfer zerstört wurden, die woandershin umgesiedelt werden, oft nicht in Häuser, sondern in Ställe, manche leben gar unter Bäumen. Sie tragen auch Teppiche, aber sie brechen unter dieser Last fast zusammen.«

»Ich verstehe nicht genug von deinem Land – aber ich habe am eigenen Leib erlebt, wie lange es dauert, bis nach einem Krieg die Wunden heilen.«

Er zog seine Hand zurück, erhob sich und drehte eine Runde in dem Büro, das eigentlich viel zu klein dafür war. Aber er war es gewohnt, mit wenig Raum auszukommen. Ganz leise und eindringlich fuhr er fort. »Wunden können nur heilen, wenn man sie wahrnimmt. Einen tiefen Schnitt, in den Schmutz eingedrungen ist und der darum zu eitern beginnt, kann man nicht mit Ledereinband, Goldgravur und hehren Worten, die eine sogenannte aufgeklärte Besatzung beschwören, behandeln. Damit beeindruckt man den Vatikan, das US-Außenministerium und die UNO, aber nicht die, die unter den Bäumen schlafen, sich an ihrer Wut und ihrem Hass auf die zionistischen Banden, die ihnen Palästina geraubt haben, wärmen.«

Er hielt inne, und sie las Bedauern in seinem Gesicht, Trauer vielleicht, über den Verlust von Träumen, von etwas, was hätte sein können.

»Wer weiß, wie lange Eva dort glücklich sein wird«, sagte er schließlich. »Wie lange sie sich als Teil einer großen Familie fühlt. Vielleicht merkt sie irgendwann, dass die Eltern autoritärer als ihre leiblichen sind und die Geschwister humorlos, dass man mit Puppen, die die Gesichter von Kriegshelden tragen, nicht spielen kann, zumal rein gar nichts ein Spiel ist, und dass es schwer ist, ein Vaterland als solches zu bezeichnen, wenn dort die Muttersprache noch immer verpönt ist.«

Bitterkeit lag nun in seinem Blick, aber als sie zu ihm trat, war da auch Hoffnung. Vielleicht nicht unbedingt auf Glück, aber auf die Freiheit und darauf, sich in Zukunft weder als ein

Gefangener zu fühlen wie einst noch als ein Getriebener wie später.

»Wie lange«, fragte sie entschlossen. »Wie lange wirst du bleiben?«

Er umfasste ihre Hände. Etwas Forderndes lag in seinem Druck, fast Schmerzhaftes, zugleich Beglückendes. »Ich und das Bleiben – ich weiß nicht, ob wir jemals Freunde sein werden. Herumziehen entspricht wohl eher meiner Natur. Ich bin nicht allein gekommen, sondern mit meinen Schauspielkollegen aus Tel Aviv. Viele stammen aus Deutschland, wollten schon seit Langem Europa bereisen, und darum ist eine Tournee geplant, auf der wir Stücke jiddischer Dichter aufführen.«

»Das heißt, du wirst bald wieder gehen.« Sie wollte ihre Hand aus seiner lösen, doch das ließ er nicht zu.

»Ach, das Gehen und ich, wir werden wohl auch keine Freunde mehr. Während sich das Bleiben für mich wie ein Gefängnis anfühlt, ist das Gehen wie eine Flucht. Aber vielleicht gibt es etwas dazwischen – das Aufbrechen mit dem Wissen, immer wieder zurückkehren zu können.«

»Zurück nach Frankfurt?«

»Zurück zu dir«, sagte er heiser und legte seine Hände um ihr Gesicht. Sie versank in seinem Blick, wünschte kurz sehnlichst, sie würden sich küssen, dachte aber zugleich, dass sie ihm nicht noch näherkommen konnte, nicht noch deutlicher dieses stumme Versprechen hören. Sie musste an ihr Treffen auf dem Henningerturm denken, als die Welt sich um sie gedreht hatte und sie immer wieder zum Ausgangspunkt zurückgekehrt waren. Als ein Sinnbild für zermürbendes Kreisen war ihr das erschienen, aber jetzt wurde es zur Verheißung, dass sie zwar nicht all ihre Tage und Nächte mit ihm zusammen sein, ihn aber nie wieder ganz verlieren würde.

Der Bann brach, als er seine Hände von ihrem Gesicht löste.

»Natürlich kann ich verstehen, wenn dir das nicht reicht.«

Er wollte zurückweichen, aber nun war sie es, die ihn festhielt, sein Gesicht umfasste, ihn zwang, sie anzusehen. »Warum soll es denn nicht reichen? Glück ist doch kein Kuchen, den man nach einem bestimmten Rezept backt. Es besteht nicht aus festgelegten Mengen von Zucker und Butter und Mehl, die man bloß lange genug umrühren muss, damit der Teig im Herd aufgeht. Ich bin nie eine Kuchenbäckerin gewesen, immer nur eine Bücherfrau, und ich weiß: Die schönsten und spannendsten Bücher sind die, bei denen man nicht sofort weiß, wie sie ausgehen. Man begibt sich vielmehr auf eine spannende Reise voller Auf und Ab, auf der einen unerwartete Wendungen und überraschende Erkenntnisse vorantreiben. Ich will kein vorhersehbares Buch lesen, und ich will kein vorhersehbares Leben führen. Gewiss, ein glückliches Ende auf der letzten Seite ist immer schön, aber noch wichtiger ist doch, dass man den Weg dorthin voller Neugierde und Offenheit beschreitet und es kaum erwarteten kann, zur nächsten Seite umzublättern.«

Jetzt konnte sie sich nicht länger zurückhalten. Sie beugte sich vor und küsste ihn. Wohliger Schwindel ergriff sie. Drehte sich die Welt oder sie? Vielleicht war beides der Fall. Und wenn ihr Leben tatsächlich ein Buch war – war dies der Moment, in dem Aris und ihre Geschichte endete oder begann? Vielleicht war beides der Fall.

HISTORISCHE ANMERKUNG

Wenn man sich den Sechzigerjahren und der Studentenrevolte aus der Perspektive des Buchhandels nähert, wird man rasch feststellen, dass dieser eine Art Spiegelbild, wenn nicht gar Seismograf war, an dem Eigenheiten und Widersprüche dieser Zeit deutlich sichtbar werden.

Denn ein Blick in die damaligen Buchhandlungen und Verlage ist zugleich ein Blick in eine Gesellschaft, die sich durch ihre extreme Spaltung auszeichnet. Es gab eine riesige Kluft zwischen den Generationen – und ebenso zwischen jenen, die im Taschenbuch, in der Jugendliteratur oder Comics nichts Geringeres als den drohenden Untergang der abendländischen Kultur sahen, und jenen, die der altehrwürdigen Buchhandlung den baldigen Tod vorhersagten, selbst wenn der Buchhändler sich hinter einem noch so hohen Verkaufstresen verschanzte. Manche sahen bereits in Thomas Mann einen Vaterlandsverräter, weil er im Krieg emigriert war, andere erachteten jegliche Lektüre jenseits der Mao-Bibel als betulich und konservativ. Für einige hatten Bücher vor allem die Funktion, gesellschaftliche Missstände aufzuzeigen; genauso groß war die Gruppe derer, die sämtlichen Konflikten lieber in Form leichter Unterhaltung entfliehen wollten.

Damit war der Beginn einer Entwicklung eingeleitet, in deren Verlauf sich Verlage und Buchhandlungen immer stärker auf ein ganz bestimmtes Zielpublikum spezialisierten. In den Siebzigerjahren sprossen linke Buchhandlungen, Frauenbuchhandlungen und Studentenbuchhandlungen wie Pilze aus dem Boden, ohne den Häusern konservativer Prägung echte Konkurrenz zu machen, weil eben jeder in seinem eigenen Becken fischte.

Und obwohl dieser Trend nicht sehr langlebig war – die tiefe Kluft zwischen vermeintlich hochwertiger ernsthafter Literatur und ihrem seichten Konterpart blieb ein Phänomen, das insbesondere für den deutschsprachigen Raum prägend war und nicht zuletzt dem Zeitgeist der Sechzigerjahre entsprach, wo Extrempositionen en vogue waren und dazwischen so gut wie kein Graubereich. Ganz überwinden lässt sich die Kluft wohl bis heute nicht, aber immerhin gibt es gegenwärtig Unterhaltungsromane wie diesen, die auch ernsthafte politische Themen reflektieren, anstatt nur ein paar Stunden Flucht in eine heile Welt zu bieten.

Und wer weiß, vielleicht hätte ein solcher Roman im *Bücherreich* schon damals Platz gefunden.

Gegensätze, Ambivalenzen und Widersprüche bestimmen auch das andere große Thema meiner Dilogie – die sogenannte Vergangenheitsbewältigung, die damals wohl eher Vergangenheitsinstrumentalisierung war.

Nach langen Jahren, in denen die NS-Zeit totgeschwiegen und die eigene Schuld hartnäckig verdrängt worden war, rückte das Thema langsam aus dem toten Winkel der Geschichte ins Bewusstsein der Deutschen. Doch oft geschah das nicht zuletzt, um den eigenen Standpunkt hinsichtlich eines aktuellen Themas zu festigen.

So war die Enttabuisierung der Vergangenheit zwar nicht zuletzt den Studenten und Schülern zu verdanken. Von ihnen ging der Impuls aus, auch unangenehme Fragen zu stellen, und anzuprangern, dass viele wichtige Ämter von einstigen Nazigrößen besetzt waren. Doch dass für die junge Generation Auschwitz mehr und mehr zum Ausdruck des absolut Bösen, zur Allegorie der Schande wurde, diente nicht zuletzt dem Zweck, den Angriff aufs politische und ökonomische System der Bundesrepublik zu legitimieren. Getrieben wurden sie weniger vom Interesse an einem bestimmten historischen Phänomen, sondern vom Interesse an den universellen Bedingungen, die das Entstehen des Faschismus ermöglichten. Mehr und mehr wurde der Nationalsozialismus mit dem Faschismus gleichgesetzt und nicht nur die Nähe des deutschen Establishments zu diesem verurteilt, sondern vor allem die der USA, die in Vietnam, so die landläufige Meinung, ein neues Auschwitz vorbereiten würden. Das bedeutete wiederum, dass die Juden als Opfer austauschbar wurden und auch nicht ihr Schicksal, sondern das der Täter im Vordergrund stand. Und damit wurde einer Relativierung Vorschub geleistet, die auch bei anderen Phänomenen augenscheinlich wird, zum Beispiel bei der Rezeption des Tagebuchs der Anne Frank. Sowohl in Buchform als auch als Theaterstück war es enorm erfolgreich, doch das Mitleid galt vor allem einem jungen eingesperrten Mädchen – weniger der ermordeten Jüdin. Denn zur gleichen Zeit bestätigte fast jede Umfrage, dass die Mehrheit der Deutschen gerne einen Schlussstrich unter die Vergangenheit ziehen wollte.

Auch die überwältigenden Solidaritätsbekundungen mit Israel nach dem Sechstagekrieg könnte man als Zeichen werten, dass der lange grassierende Antisemitismus langsam überwunden wurde – doch wenn man die Sache genau betrachtet, wird klar, dass die Juden von vielen Deutschen nur dann akzeptiert wurden, wenn sie sich in einem möglichst fernen Land aufhielten und dem Idealbild der eigenen Soldaten und Generäle entsprachen.

Die Verblüffung darüber, dass selbst ehemalige SS-Angehörige mit einem Mosche Dajan sympathisierten, schlug bei der nachkommenden Generation oft in Empörung und nicht zuletzt in eine einseitige Parteinahme für die Sache der Palästinenser um. Einmal mehr zeigt sich hier die Tendenz der Achtundsechziger, komplexe historische Ereignisse auf so eingängige wie simple Parolen wie »Faschismus = Imperialismus = Zionismus« herunterzubrechen, anstatt zu einem ausgewogenen, informierten Urteil zu gelangen.

Es entsprach wohl dem Zeitgeist, mit einem Vorschlaghammer auf verkrustete Strukturen einzuschlagen – die Kunst der Differenzierung, eine möglichst komplexe Betrachtung der Wirklichkeit und das Aushalten von Dilemmata waren da weit weniger erstrebenswert.

Das Ereignis, das die Wahrnehmung der Shoah in Deutschland übrigens am entschiedensten verändert hat, spielt in meinem Roman noch keine Rolle, weil es sich erst 1979 zutrug. Damals wurde die amerikanische Miniserie *Holocaust – Die Geschichte der Familie Weiss* über eine jüdische Berliner Arztfamilie ausgestrahlt und erwies sich als Straßenfeger, der ein Millionenpublikum erreichte. Danach begann nicht nur eine breite Diskussion über die nationalsozialistische Vergangenheit, die weder der Auschwitzprozess noch die Studentenbewegung je in gleichem Ausmaß hatten auslösen können – überdies wurde der Begriff »Holocaust« für den Genozid an den europäischen Juden auch in Deutschland gebräuchlich. Bis dahin wurde – so wie ich es in diesem Roman tue – meist von der sogenannten Endlösung der Judenfrage gesprochen.

Die Serie hat viel Kritik bekommen: Von einer Trivialisierung der Geschichte war die Rede, einer Reduzierung der Shoah auf eine unerträgliche Seifenoper und kommerziellen Kalkül, das dem Thema nicht gerecht würde. Besonders unangenehm stieß die Tatsache auf, dass historische Fakten mit Versatzstücken verknüpft wurden und weniger auf Wissensvermittlung Wert gelegt wurde als darauf, starke Emotionen zu wecken.

Allerdings war wohl gerade die Tatsache, dass die Geschichte eben nicht nur den Verstand ansprach, sondern mitten ins Herz traf, der Grund für die zahlreichen Zuschauerreaktionen.

Die Frage, inwiefern man ein Ereignis wie den Holocaust fiktional inszenieren, auch individualisieren, gar mit einer Liebesgeschichte verknüpfen darf, führt auf jenen schmalen Grat, auf dem auch ich die Balance zu halten versuche. Ich beschreite ihn mit der Überzeugung, dass ein Medium wie der Unterhaltungsroman durchaus komplexe historische Inhalte vermitteln kann – und das nicht zuletzt dank eines Sicherheitsnetzes: die akribische Recherche. Gerade bei den jüdischen ProtagonistInnen dieses Romans habe ich mir bei aller künstlerischen Freiheit reale Menschen zum Vorbild genommen, die ähnliche Aussagen gemacht und ähnliche Entscheidungen getroffen haben.

Natürlich ändert das nichts daran, dass ich bezüglich der angesprochenen Themen nur eine beschränkte Anzahl an Sichtweisen liefern kann – aber wenn diese Dilogie zum Anstoß wird, weitere Bücher darüber zu lesen, um das eigene Wissen zu vertiefen, dann hat sie für mich ihren Zweck erfüllt. All jene Verleger und Buchhändler, die in der Tradition von Ella und Luise Reichenbach stehen, wird das freuen.

Leseprobe

aus

DAS MODEHAUS

Töchter der Freiheit

von Julia Kröhn

September 2000

Liebe Judy,
ich weiß nicht, ob es einen Begriff für das gibt, was wir füreinander sind. Freundinnen, Schwägerinnen oder Cousinen trifft es schon mal nicht. Vielleicht Schicksalsgenossinnen, aber das klingt pathetisch und zugleich so, als hätte das Schicksal uns besonders herausgefordert. In Wahrheit hat dieses Schicksal vor allem unsere Eltern geprüft, und deren Leben hat einen Schatten auf uns geworfen. Bis heute weiß ich nicht, wie dunkel dieser Schatten ist – ich bin mir nur sicher, dass auch in ihm etwas blühen kann.
Wie auch immer. Sie haben mich gebeten, Ihnen mehr von der großen Liebe meiner Mutter zu erzählen. Das will ich tun, aber wenn ich von ihrer Liebe berichten soll, muss ich von ihrem Leben sprechen, und wenn es um ihr Leben geht, kann ich das meiner Großmutter und meiner Mutter ebenso wenig aussparen wie mein eigenes. Lassen Sie uns das Schicksal nicht mit einem Schatten werfenden Ungeheuer vergleichen, sondern lieber mit einem Kleid, dessen Fäden schon lange vor der Geburt meiner Mutter gesponnen wur-

den. Wobei man bei einem Kleid nie sicher sein kann, welche Naht als Erste angefertigt wurde, während es mir leichtfällt, den Augenblick zu bestimmen, in dem die Geschichte meiner Großmutter begann.

Meine Großmutter hieß Fanny, und als das Jahr 1900 anbrach, war sie bereits sechs Jahre alt. Dennoch behauptete sie später, dass der Anbruch des neuen Jahrhunderts in gewisser Weise ihre zweite Geburtsstunde gewesen sei. »Um ein Haar hätte mich das neue Jahrhundert nämlich getötet«, sagte sie oft.

Ich fand das merkwürdig. Ein Jahrhundert – ob nun ein neues und unschuldig reines oder eines, das aufgrund vieler Kriege frühzeitig ergraut ist – hat schließlich keine Hände, um jemanden zu erdrosseln, ihm ein Messer in die Brust zu rammen oder Gift einzuflößen. Doch wenn ich widersprach, zuckte Fanny nur mit den Schultern und blieb bei ihrer Wortwahl.

Jedenfalls war es am Silvesterabend 1899 das erste Mal, dass Fanny bis Mitternacht aufbleiben und bei den Frauen ihrer Familie sitzen durfte, die in Erwartung des Jahreswechsels immer das Gleiche taten: trinken und nähen. Das heißt, Fannys Großmutter Elise trank nur, sie nähte nicht. Sie behauptete, nicht mehr gut genug sehen zu können, um gleichmäßige Stiche zu machen. Allerdings war sie nicht zu blind, um aus Früchten und Kräutern Schnaps zu brennen. Zwölf Zutaten bedurfte es für ihr Spezialgebräu, Tausendgüldenkraut und Kirsche, Schafgarbe und ungeschwefelte Backpflaumen, Johanniskraut und Johannisbeeren – an die restlichen sechs konnte sich nach Elises Tod niemand mehr erinnern. Der Schnaps konnte auf jeden Fall Tote nicht nur wecken, er bewirkte, dass diese vor Schreck, wieder am Leben zu sein, sogar schluchzten und heulten. Von Toten wusste Fanny damals noch nichts, aber als sie sich einmal über ihr

Glas beugte, schienen allein vom Geruch ihre Nasenhärchen zu versengen.

Fannys Mutter Hilde wiederum nähte eifrig – meist an einem Unterrock, denn sie trug stets mindesten sechs Unterröcke übereinander –, trank seit dem Tod von Fannys Vater jedoch keinen Schluck mehr. Hilde sagte, er sei ein guter Mann gewesen, Elise hingegen nannte ihn die »dumme Saufkrenke«, wobei sie durchaus Verständnis dafür zeigte, dass er manches Mal einen über den Durst getrunken hatte, dagegen nicht, dass er einmal im Vollrausch einen Becher Kali, eigentlich zum Färben von Kautschukmasse bestimmt, zu sich genommen hatte und ihm davon Kehle und Gesicht verätzt worden waren. »Was war es schwierig, ihn für die Beerdigung anständig herzurichten«, murmelte Hilde mehr als einmal. Es war das einzige Zugeständnis an seinen unrühmlichen Tod, ansonsten erwähnte sie die genauen Hintergründe nie.

Die Dritte im Bunde war Fannys Tante Alma, die in besagter Silvesternacht, statt zu nähen und zu trinken, ihrem neuesten Lieblingszeitvertreib nachging – der sogenannten Brandmalerei. Wie diese genau funktioniert, kann ich Ihnen, liebe Judy, nicht sagen. Jedenfalls war dafür ein Apparat mit Spiritusflamme, Gebläse und Gummischlauch erforderlich, mit dem man einen Stift bis zur Rotglut erhitzte. Mit diesem Stift wiederum wurden Arabesken, Landschaften und Figuren in Truhen, Schränke und Lederstühle eingebrannt – oder, wie an jenem Abend, das Wappen des Frauenvereins in den Deckel einer Holzkiste. Das Wappen bestand aus einem Kreuz, einem Lorbeerkranz und den Dornen einer Rose, doch nachdem Elise einen großen Schluck aus ihrem Schnapsglas genommen hatte, bemerkte sie trocken: »Deine Rose sieht wie ein Gänseblümchen aus. Und wenn Christus an diesem

Kreuz gehangen hätte, wäre es zusammengekracht, ehe er seinen Geist hätte aushauchen können. Man stelle sich vor, wie der Holzbalken Maria Magdalena und die Gottesmutter erschlagen hätte.«
Hilde sog empört Luft ein, woraufhin sie prompt husten musste. Elise wiederum lachte, und dann hustete sie ebenfalls, sodass Hilde ihr auf den Rücken schlug.
»Lass mich nur husten, vielleicht habe ich Glück und ersticke.«
»Red keinen Unsinn!«
»Oder hau ein wenig fester zu, dann bersten womöglich meine Knochen.«
»Man muss für das Leben dankbar sein, ganz gleich, wie alt man ist«, sagte Hilde in demselben Tonfall, in dem sie Fanny immer befahl, ihren Grünkohl aufzuessen. »Bis zur Neige gilt es, den Krug zu leeren. So hat Gott es gewollt.«
»Na, einen Krug leeren, das kann ich«, erklärte Elise, hob ihr Glas und kippte dessen Inhalt in sich hinein.
Jetzt kam kein Husten mehr aus ihrem Mund, nur mehr ein Lallen. Hilde vermied es, noch einmal tief Luft zu holen, sondern rümpfte die Nase, woraufhin nun Alma schallend lachte.
»Ich verstehe nicht, warum ihr an einem Tag wie heute lachen könnt.« Hilde machte schnelle, zornige Stiche, mehrmals stieß die Nadel gegen ihren Fingerhut.
»Ein neues Jahrhundert beginnt«, rief Alma, »da kann man doch frohgemut sein.«
Hilde hielt kurz inne. »Hast du etwa vergessen, dass wir erst kürzlich unsere gute Cousine verloren haben?«
Fanny zuckte zusammen. Sie war vor dem Gestank der Spiritusflamme unter den Tisch geflohen und spielte dort mit dem Inhalt des Nähkastens ihrer Mutter. Die Fingerhüte benutzte

sie als kleine Tassen für ihre Puppe, das Nadelkissen als Polster und das Nähgarn als Kette. Die Puppe war eigentlich nach der Kaiserin Auguste Victoria benannt worden, wurde aber von Elise als Schreckgespenst bezeichnet, seitdem sie eines ihrer Glasaugen verloren hatte. Aus unerfindlichem Grund war das merkwürdige Leinengebilde, das Hilde nachts um den Kopf trug, damit sie kein Doppelkinn bekam, ebenfalls in den Nähkasten geraten, und weil es zu groß für eine Augenbinde war, die aus dem Schreckgespenst eine Piratin gemacht hätte, beschloss Fanny, es als Puppenhängematte zu benutzen.

Jetzt war ihr Spiel jäh gestört worden, denn die tragische Geschichte ihrer Großcousine Martha machte ihr Angst und steckte außerdem voller Worte, die Fanny nicht verstand – zum Beispiel »Bordell« und »Verführer«. Zumindest bezeichnete Hilde den Mann, der Martha auf dem Gewissen hatte, stets als solchen. Alma sah das etwas anders. Sie und Hilde erzählten die Geschichte von Martha grundsätzlich in zwei Varianten, auch an jenem Abend.

»Sie war eine junge, abenteuerlustige Frau«, behauptete Alma.

»Sie war nicht mit dem ihr von Gott zugewiesenen Platz im Leben zufrieden«, tadelte Hilde.

»Sie hat von einem neuen Leben in Amerika geträumt«, konterte Alma.

»Wie kann man nur so dumm sein, in einem Land ohne Kaiser leben zu wollen«, schimpfte Hilde.

»Sie hat sich in einen Mann verliebt, der sie überredete, mit ihm auszuwandern«, fuhr Alma fort.

»Unsinn!«, rief Hilde. »Sie ist einem Mann auf den Leim gegangen, der aus ihren Träumen ihr Totentuch webte.«

Alma ließ den Spiritusbrenner sinken. »Seit wann bist du so poetisch?«

»Die Poesie ist nicht schuld daran, dass er sie nach Genua lockte und dort nicht auf ein Schiff brachte, nein, in eine finstere Hafenspelunke, die sich als Bordell herausstellte. Um dem schrecklichem Schicksal zu entgehen, das ihr drohte, ist sie aus dem Fenster gesprungen und hat sich beide Beine gebrochen.«

»Und daran ist sie gestorben?«, fragte Elise. Sie kannte die Geschichte zwar, hatte die Details aber wohl wieder vergessen.

Fanny lauschte zunächst wie erstarrt, dann kroch sie unter dem Tisch hervor und huschte zur Tür. Das Gerede von Amerika setzte ihr zwar nicht zu, umso mehr dagegen das von finsteren Spelunken. Als sie zum ersten Mal von den gebrochenen Beinen gehört hatte, hatte sie zwei Nächte lang schlecht geträumt. Und keinesfalls wollte sie ein weiteres Mal das Ende von Marthas Geschichte hören, die mit den gebrochenen Beinen in ein Krankenhaus eingeliefert worden und dort an Typhus gestorben war. Fanny wusste zwar nicht, ob man bei Typhus erst ein blaues und danach ein schwarzes Gesicht bekam, wie eine Freundin behauptet hatte, ob einem die Hände und Beine abstarben, was ein Dienstmädchen glaubte, oder ob man sich die Seele aus dem Leibe schiss, wie Großmutter Elise sich ausdrückte – eine schlimme Krankheit war es auf jeden Fall. Sie wollte weder sich selbst noch dem Schreckgespenst Einzelheiten zumuten.

Erst als sie schon aus dem Raum gehuscht war, fiel ihr ein, dass sie die Kinnbinde ihrer Mutter – oder vielmehr die Hängematte für die Puppe – unter dem Tisch vergessen hatte, und beschloss, das Schreckgespenst in einem selbst gebauten Bett schlafen zu lassen. Als Matratze wollte sie die Kokosfasern verwenden, mit denen die Schneiderpuppen im Geschäft ihrer Mutter Hilde ausgestopft waren. Eine dieser Schneider-

puppen befand sich gerade in deren Schlafzimmer, weil sie an der Seite aufgerissen war und ihre Mutter noch keine Zeit gefunden hatte, sie zu reparieren.

Fanny presste das Schreckgespenst an sich, betrat den unbeheizten Raum und blickte sich fröstelnd um. Da war das breite Himmelbett – auf jener Betthälfte, wo früher ihr Vater geschlafen hatte, lag jetzt ein Rosenkranz –, und da war eine Kommode, auf der ein Waschbecken aus Emaille und ein Zinnkrug standen. Erst am Morgen hatte sich Hilde wie immer am letzten Tag des Jahres darin ihre Haare gewaschen, indem sie diese mit zehn Eidottern und einem halben Glas Cognac eingeschäumt und danach ausgespült hatte.

Die Schneiderpuppe entdeckte Fanny jedenfalls nirgendwo. Sie wollte den Raum schon verlassen, als etwas anderes ihre Aufmerksamkeit auf sich zog: die Truhe aus dunklem, schwerem Eichenholz, deren mit Schnitzereien versehener Deckel überraschenderweise weit offen stand. Mutters heilige Stofftruhe. In der sich vielleicht etwas befand, aus dem sie dem Schreckgespenst zwar kein Bett bauen, aber ein Kleid nähen konnte.

Fanny trat näher, beugte sich über die Truhe und sah, dass sie leer war. Oder nicht ganz leer, auf dem Boden lag ein roter Seidenschal. Zumindest hätte sie schwören können, dass er rot war, obwohl das schummrige Licht vom Gang alles in Grautöne tauchte. Doch selbst wenn der Schal nicht rot gewesen wäre, weich war er auf jeden Fall und außerdem so breit, dass es für ein Ballkleid für das Schreckgespenst reichen würde.

Fanny beugte sich noch tiefer über die Truhe. Nicht dass sie sicher war, ob sie den Schal überhaupt nehmen und ein Puppenkleid daraus machen durfte. Allerdings bestärkte Elise sie gern darin, so gierig in den Apfel zu beißen, dass die Zähne gleich bis zum Kerngehäuse vordrangen. »Wenn du alles willst und das sofort, wirst du am Ende auch alles bekommen«, sagte sie stets.

Mit der einen Hand hielt sie die Puppe, die andere streckte sie nach dem Schal aus. Doch sie ertastete ihn nicht, denn sie war viel zu klein und die Truhe viel zu groß. Sie legte das Schreckgespenst aufs Bett – sicherheitshalber weit genug vom Rosenkranz entfernt – und beugte sich wieder vor, um den Schal mit nunmehr beiden Händen ergreifen zu können. Wieder kein Erfolg. Fanny atmete tief durch, stellte sich auf die Zehenspitzen, probierte es ein weiteres Mal – und dann ging alles ganz schnell: Kopfüber stürzte sie in die Truhe, konnte den Kopf zwar gerade noch zur Seite drehen, sodass sie nur mit der Schulter aufprallte, vernahm aber ein lautes Rums, als der Deckel zufiel. Und sogleich waren da keine Grautöne mehr zu sehen, nur ein Schwarz.

Kein gewöhnliches Schwarz, das von Sternen oder Gaslichtern durchlöchert wurde, ein tiefes, unendliches, erstickendes Schwarz. Ein Schwarz, in dem es kein Oben oder Unten mehr gab, keinen Anfang und kein Ende. Ein Schwarz, das sie ebenso verschluckte wie all ihre Wünsche und Sehnsüchte. Nur die Angst ließ es zurück, und diese Angst wuchs zur Panik. Fanny schrie, das Schwarz blieb. Sie tastete nach dem Truhendeckel, um ihn aufzustoßen, doch der war zu schwer. Sie legte sich auf den Rücken, trat mit beiden Füßen dagegen – auch so gelang es ihr nicht.

Sie holte wieder Luft, begann zu schreien, so laut dieses Mal, dass man sie im Wohnzimmer gewiss gehört hätte – vorausgesetzt, dass in diesem Augenblick nicht die Glocken von sämtlichen Kirchen Frankfurts begonnen hätten, das neue Jahrhundert einzuläuten.

»Hilfe! So helft mir doch!«, schrie sie, bekam aber keine Antwort.
Schon nach dem sechsten Glockenschlag schien die Luft knapp zu werden, beim achten wurde ihr schwindlig, beim zehnten sah sie Sternchen. Keine leuchtenden und hellen, nein, nur trostlose Löcher, die sich im Nichts ausbreiteten. Mit dem zwölften Schlag war Mitternacht erreicht, doch die Glocken verstummten nicht, sie begrüßten lautstark das neue Jahrhundert, während Fanny von ihrem Leben ganz leise Abschied nahm.
Das ist gar keine Stofftruhe, es ist ein Sarg, ging ihr durch den Kopf. Das Pochen ihres Herzens schmerzte, das Atmen schmerzte. Was, wenn die Luft nicht mehr reichte, wenn sie erstickte, ihr Kopf erst blau und sodann schwarz werden würde? Es war ja alles schwarz, selbst der Schal!
Der Schal!
Sie ließ die Hände sinken, ertastete den Stoff unter sich, so wunderbar weich und glatt. Eigentlich wollte sie gar kein Ballkleid für das Schreckgespenst daraus machen – Fanny wollte sich den Schal selbst um die Schultern legen und damit tanzen und Äpfel mitsamt ihren Kernen essen.
Der Gedanke daran gab ihr die unverhoffte Kraft, wieder mit beiden Füßen gegen den Deckel zu drücken, und dieses Mal gab er um ein Spaltbreit nach. Hastig steckte sie die Hand, die den roten Seidenschal fest umklammert hielt, hinein, presste das Gesicht an den Spalt, schrie wieder in der Hoffnung, gehört zu werden, steckte die zweite Hand in den Spalt und presste nun mit all der ihr verbliebenen Kraft den Kopf gegen den Deckel, und endlich gab er nach. Fanny glitt mit dem Oberkörper aus der Truhe, atmete begierig die kalte, frische Luft ein. Das einäugige Schreckgespenst starrte sie vom Bett aus an.

Als sie ins Wohnzimmer zurückkehrte, war ihr Gesicht bleich und mit roten Flecken übersät, aber die Frauen bemerkten es nicht. Sie bemerkten auch nicht, dass sie sich einen roten Schal um die Schultern geschlungen hatte. Nachdem das Neujahrsgeläut verklungen war, stritten sie schon wieder oder immer noch über Martha.

»Das eigene Leben ist ein zu hoher Preis für die Ehre«, sagte Alma eben nüchtern.

»Unsere Cousine sehnte sich nun mal nach der Liebe und war bitter enttäuscht, dass sie betrogen wurde«, erklärte Hilde und verdrückte ein Tränchen. Ob über die Cousine oder im Gedenken an die dumme Saufkrenke, das wusste Fanny nicht. Fasziniert beobachtete sie, wie ihre Mutter sich das Tränchen mit dem Fingerhut von der Wange wischte.

»Von wegen«, sagte Alma. »Martha sehnte sich nach Freiheit.«

»Nun ja«, mischte sich Großmutter Elise ein und schenkte sich nach, »eins von beiden kann man haben, ohne dass man sich Magen und Seele verrenkt. Doch sowohl Liebe als auch Freiheit zu erlangen – das ist eine unmögliche Kunst.«

Fanny verkroch sich erneut unter dem Tisch und hustete leise. Mit dem Wort Liebe konnte sie wenig anfangen, Freiheit zu erlangen fühlte sich dagegen wohl genauso an, wie einer finsteren Truhe entkommen zu sein.

»Schenk mir was ein«, forderte Alma ihre Mutter auf, und nachdem sie einen Schluck Schnaps genommen hatte, erklärte sie: »Selbst wenn die Sehnsucht nach Liebe und Freiheit einen ins Unglück stürzt, sollte man dabei wenigstens ein schönes Kleid tragen.«

Oder einen schönen Schal, fügte Fanny in Gedanken hinzu.

So also, liebe Judy, beginnt die Geschichte, die Fannys Geschichte ist, und weil sie sich so entscheidend auf uns auswirkte, auch die meiner Mutter und meine.
Ich denke, für Fanny war die Freiheit stets wichtiger als die Liebe. Meine Mutter wiederum hat nicht immer die Freiheit gehabt, ihre Liebe zu leben. Und ich versuchte mich in jener unmöglichen Kunst, beides zu erlangen. Nur in einer Hinsicht glichen wir drei Frauen uns: Ob wir bekamen, was wir wollten, oder etwa verloren, was wir uns gar nicht gewünscht hatten, ob unser Herz gebrochen oder wieder heil wurde, oder ob wir uns den Kopf an sichtbaren oder unsichtbaren Truhendeckeln anstießen – wir wollten dabei immer gut gekleidet sein …

FANNY

1914

Am 28. Juni 1914 wurde Franz Ferdinand, der Kronprinz von Österreich-Ungarn, erschossen, und der Dackel vom deutschen Reichskanzler Theobald Theodor von Bethmann Hollweg litt an Blähungen.

Nun gut, die Blähungen des Dackels hatte Fanny später erfunden, sie wusste nicht einmal, ob Theobald Theodor von Bethmann Hollweg überhaupt einen Dackel hatte. Allerdings fand sie, dass man schreckliche Ereignisse der Weltgeschichte mit amüsanten Anekdoten würzen müsste, so wie sie die Strenge des kleinen Schwarzen gern mit einer Perlenkette auflockerte. Und allein dass jemand in direkter Folge Theobald und Theodor hieß, erschien ihr wie ein Witz.

Außerdem verliebte sich Fanny, die mittlerweile zwanzig Jahre alt war, an diesem Tag und das sogar gleich zweimal – zuerst in ein blassrotes Kleid, das in ihren Augen hervorragend zu ihrem roten Schal passte, das sie jedoch niemals trug, und später in einen jungen Mann, den sie heiratete.

»Besser, es wäre umgekehrt gewesen«, sagte Fanny später. »Besser, ich hätte das Kleid getragen, bis es mir in Fetzen vom Leib hing, mir jedoch nie einen Ehering an den Finger stecken lassen.«

Das Kleid hatte sie in jener Werkstatt genäht, die zum Miedersalon ihrer Mutter gehörte, in dem nicht nur Mieder, sondern auch Korsetts angefertigt wurden. Die Kalilösung, mit der sich die Saufkrenke vergiftet hatte, sollte jenen Kautschuk blau färben, der ein Bestandteil von diesen war. Es gab sehr viele Arten von Korsetts – für Sängerinnen und übergewichtige Damen, für Frauen mit Rückenleiden und solchen mit Verdauungsproblemen und natürlich für Schwangere – wobei Hilde über Schwangerschaften ebenso wenig sprach wie über die Todesursache ihres guten Mannes.

Eines hatten die Korsetts jedenfalls gemein: Sie schnürten den Leib ab und machten das Atmen schwer, was Fanny allerdings erst als junge Frau herausfand. Als Kind ließ die Berufsbezeichnung ihrer Mutter – Corsetière – sie an jenen goldenen Ballsaal denken, in dem Aschenputtel mit ihrem Prinzen tanzte. Großmutter Elise hatte ihr diese Geschichte manchmal aus dem Märchenbuch vorgelesen, und weil ihre Augen schon so schlecht und ihre Sinne häufig vom Schnaps umnebelt gewesen waren, hatte sie nicht alles richtig wiedergegeben. Am Ende opferten angeblich nicht Aschenputtels Stiefschwestern Zehen und Fersen, der Prinz tat es, weil er so dämlich gewesen war, Aschenputtel erst gar nicht und dann nur anhand des dummen Schuhs wiederzuerkennen.

Wie auch immer: Corsetière klang nach Licht, nach Duft, nach Musik, doch weder verhieß ein Korsett das alles, noch war dergleichen in Hilde Seidels Miedersalon in der Nähe der Frankfurter Hauptwache zu finden. Die Verkaufsräume befanden sich im Erdgeschoss, die Schneiderwerkstatt unter dem Dach. Richtig hell wurde es dort trotzdem nicht, weil die Fensterluken viel zu klein waren. Außerdem war es ein niedriger Raum, in dem groß gewachsene Frauen nicht aufrecht stehen, geschweige denn wie Aschenputtel und der Prinz tanzen konnten, und es duftete nicht, es roch ständig nach heißem Bügeleisen, Wasserdampf und Stärke.

Aus diesen Gründen hatte Fanny besagtes Kleid in einer Kammer hinter dem Verkaufsraum, der zur Anprobe diente, genäht, und zudem nicht aus Walknochen und Stahlblech und schwerem Stoff, sondern aus luftigem Leinen. Noch trug Fanny das Kleid nicht selbst, nur die Schneiderpuppe ohne Unterleib. Selbigen sollte nach Hildes Auffassung auch eine Frau aus Fleisch und Blut am besten nicht haben – und erst recht keine kreativen Gelüste.

»Was … soll … das … sein?«, herrschte sie Fanny an, als sie das Kleid entdeckte. Nun ja, richtig laut wurde sie nicht. Wenn nicht gerade Silvesternacht war, hatte sie immer Stecknadeln zwischen den Lippen. »Was … soll … das … sein?«, wiederholte sie.

»Ein Kleid.«

»Das ist kein Kleid, das ist unser *Ruin.* Herrgott, Kind! Seit dein guter Vater starb, habe ich es schwer genug. Aufgrund der vielen Korsettfabriken steht uns das Wasser bis zum Hals.« Fanny stellte sich vor, wie nur der Kopf ihrer Mutter mit all den Stecknadeln zwischen den Lippen aus einem dunklen Tümpel ragte, und musste lachen. »Was ist daran lustig?«, schimpfte, nein, nuschelte Hilde. »Vielleicht können wir uns noch eine Weile gegen die Konkurrenz behaupten. Aber falls solche Kleider in Mode kommen, müssen wir unser Geschäft schließen und werden des Hungertodes sterben. Dein guter Vater würde sich im Grabe umdrehen.«

Hilde musterte finster das Kleid, das keines sein durfte. Es fiel glatt am Körper herab, ohne Brust oder Taille oder Hüfte zu betonen. An den Schultern war es etwas gerafft, wodurch so schöne Falten erzeugt wurden wie bei der Toga antiker Statuen.

»Ich habe gehört, dass sich Leinen vorzüglich für Sportbekleidung eignet«, erklärte Fanny schnell.

»Sport?«

Hilde schien nicht zu wissen, was damit gemeint war. Fanny wusste es ja selbst nicht so genau. Jedenfalls hatte sie gehört, dass reiche Menschen gern Tennis spielten, und dabei ging es offenbar darum, mit einem Ding, das einer Bratpfanne glich, einen Ball so groß wie ein Hühnerei zu treffen. Sie hatte keine Ahnung, welchen Sinn das hatte, wusste jedoch, dass man gehörig dabei schwitzte.

Da es in Hildes Welt allerdings nicht vorgesehen war, dass Frauen schwitzten, ließ Fanny das lieber unerwähnt und sagte stattdessen: »Ich habe ein Kleid wie dieses in der *Modewelt* gesehen. Noch lieber würde ich ja französische Modezeitungen lesen, aber die sind hier in Frankfurt so schwer zu bekommen. Jedenfalls nennt man ein Kleid wie dieses Reformkleid, und damit kann man doch auch Geld verdienen.«

»Willst du behaupten, mehr als mit einem Korsett? Oh, deine arme Mutter opfert sich für dich auf, um dich vergessen zu lassen, dass dir dein armer Vater fehlt, und du lohnst es ihr so!« Fanny konnte nicht deuten, was schlimmer war – von Hilde als gut oder arm bezeichnet zu werden. Sie selbst war in ihren Augen jedenfalls weder das eine noch das andere. »Du bist immer schon aufrührerisch gewesen!«, schimpfte ihre Mutter weiter. »Wende ich dir den Rücken zu, vergeudest du Zeit und verschwendest Stoff. Wenigstens ein Nachthemd hättest du daraus nähen können oder eine neue Kinnbinde.«

Dieses Kinn zitterte, und die Lippen bebten nicht minder, als Hilde begann, das Kleid von der Schneiderpuppe zu zerren, nein, zu reißen. Wie der Anblick des zerrissenen Kleides schmerzte!

»Ich habe es angefertigt, und ich will es auch tragen!«,

rief Fanny mit jenem Feuer, von dem ihre Großmutter Elise behauptete, es würde zwar so heiß brennen wie Flammen, die sich am Fichtenholz nährten, aber nicht lange genug, um so zu wärmen wie ein Feuer, das sich durch Buchenholz brannte.

Fanny hatte keine Ahnung von Holz, sie hatte indes eine genaue Vorstellung davon, was Frauen stand … und was ihr selbst stehen würde – erst recht, wenn sie ihren roten Seidenschal nicht einfach um ihre Schultern schlang wie jetzt, sondern kunstvoll um den Kopf drapierte, wie sie es in einer Modezeitschrift gesehen hatte. Sie versuchte, ihrer Mutter das Kleid aus der Hand zu reißen, ehe es völlig ruiniert war, doch die hielt es so gnadenlos fest, dass es einen weiteren tiefen Riss bekam. Eine Nadel fiel ihr aus dem Mund – das Einzige, was bewies, dass ihre Kräfte nachließen.

Fanny konnte es trotzdem nicht mit ihr aufnehmen. Ob das Feuer in ihr heiß oder nur warm war, kurz oder lang brannte – die Mutter schaffte es immer, einen Kübel Wasser darüber auszuleeren.

Fanny ließ das Kleid los, drehte sich um und stürmte mit dem roten Seidenschal um ihren Schultern hinaus – unterwegs zu dem einen Ort, an dem sie wenigstens ein kleines bisschen frei sein konnte.

Wenn Sie wissen möchten,
wie es weitergeht, lesen Sie
Julia Kröhn

Das Modehaus
Töchter der Freiheit

ISBN 978-3-7341-0571-5
ISBN 978-3-641-21963-5 (E-Book)
Blanvalet Verlag

Eine angehende Lehrerin im Spannungsfeld zwischen Reformpädagogik und erstarkendem Nationalsozialismus …

432 Seiten. ISBN 978-3-7341-0964-5

Hamburg 1931: Ein neuer Geist weht durch die Schulen der Weimarer Republik. Felicitas, die gerade eine neue Stelle als Lehrerin angetreten hat, ist beseelt von den Idealen der Reformpädagogik. Auch Sportlehrer Emil scheint ein Verbündeter zu sein, ist er doch heimlich in sie verliebt. Ganz anders sieht es bei ihrer Freundin Anneliese aus, die alles daransetzt, Emil für sich zu gewinnen. Während Annelieses und Emils aufkeimende Zuneigung einen Keil zwischen die Freundinnen treibt, ziehen auch am Horizont der Geschichte dunkle Wolken auf: Die Nazis ergreifen die Macht, und Felicitas und ihre Kollegen müssen eine Entscheidung treffen: Wollen sie zum Dienst am Führer erziehen? Oder ihren Idealen treu bleiben?

Lesen Sie mehr unter: **www.blanvalet.de**